Der *Wolf*
aus den
Highlands

Die Autorin

Hannah Howell hat sich seit ihrem ersten Buch 1988 einen Namen als Autorin romantischer historischer Romane gemacht. Die begeisterte England-Reisende lebt an der Ostküste der USA, wo ihre Familie seit 1630 ansässig ist. Sie ist verheiratet, hat zwei erwachsene Söhne, einen Enkel und fünf Katzen, von denen eine den Namen Oliver Cromwell trägt.

HANNAH HOWELL

Der Wolf aus den Highlands

ROMAN

*Aus dem Amerikanischen
von Angela Schumitz*

Weltbild

Die amerikanische Originalausgabe erschien 2008 unter dem Titel
Highland Wolf bei Zebra Books, New York.

Besuchen Sie uns im Internet:
www.weltbild.de

Copyright der Originalausgabe © 2008 by Hannah Howell
Published by Arrangement with Kensington Publishing Corp.,
New York, NY, USA
Copyright der deutschsprachigen Ausgabe © 2011 by
Verlagsgruppe Weltbild GmbH, Steinerne Furt, 86167 Augsburg
Dieses Werk wurde vermittelt durch die
Literarische Agentur Thomas Schlück GmbH, 30827 Garbsen
Übersetzung: Angela Schumitz, Gröbenzell
Projektleitung: usb bücherbüro, Friedberg/Bay.
Redaktion: Gerhild Gerlich, München
Umschlaggestaltung: Atelier Seidel - Verlagsgrafik, Teising
Umschlagmotiv: © Victor Gadino via Agentur Schlück GmbH, Garbsen
Satz: Dirk Risch, Berlin
Druck und Bindung: CPI Moravia Books s.r.o., Pohorelice
Printed in the EU
ISBN 978-3-86800-776-3

2014   2013   2012   2011
Die letzte Jahreszahl gibt die aktuelle Ausgabe an.

Prolog

Schottland – Frühling 1477

Sir James Drummond, einst der Laird von Dunncraig und ein Ehemann und liebevoller Vater, kroch aus seinem Versteck in der Tiefe der Highlands und richtete sich langsam auf. In der Luft lag ein Hauch von Frühling, ein Versprechen von Wärme in der feuchten Morgenbrise.

James atmete ein und kam sich vor wie ein Tier, das aus einem langen Winterschlaf erwacht – aus einem sehr langen Winterschlaf; denn seiner hatte drei harte Jahre gedauert.

James war zerlumpt, schmutzig und hungrig, aber auch fest entschlossen, nicht eine weitere Jahreszeit von Höhle zu Höhle zu schleichen, dabei Angst zu haben, Freunden oder Verwandten zu nahe zu kommen, weil ihm der Tod auf den Fersen folgte, und Angst zu haben, dass selbst der flüchtigste Gruß einem Mann gelten könnte, der ihn erkannte und tötete.

Es war an der Zeit, nicht mehr davonzulaufen. Nie mehr würde er davonlaufen.

Er ballte die Fäuste, als er an seinen Feind dachte – Sir Donnell MacKay.

Obwohl er den Mann nie gemocht oder ihm voll und ganz vertraut hatte, hatte er Donnell gestattet, Dunncraig zu besuchen, wann immer er wollte, denn er war ein Verwandter von Mary gewesen. Diese schlichte Geste der Höflichkeit und die süße Unschuld seiner Frau Mary, die zu den Menschen gehörte, die nie etwas Böses in einem anderen entdecken können, hatten sie das Leben gekostet. Kaum hatte James seine Frau beerdigt und überlegt, wie er beweisen könnte, dass Donnell sie getötet hatte, da unternahm der Mann seinen nächsten

Schritt, und James wurde des Mordes an seiner Frau für schuldig befunden. Bald darauf war er geächtet worden, und dann hatte Donnell beides beansprucht, Dunncraig und die kleine Margaret, das einzige Kind von James und Mary.

Die wenigen Menschen, die versucht hatten, James zu helfen, wurden kaltblütig ermordet, und an dem Punkt hatte er sein Heil in der Flucht gesucht, hatte begonnen, sich zu verstecken und sich so weit wie möglich von denen fernzuhalten, die ihm am Herzen lagen.

Doch jetzt war Schluss damit. James schulterte den Sack mit seinen wenigen Habseligkeiten und machte sich daran, den steinigen Abhang hinunterzulaufen. Während er darum gekämpft hatte, den Winter zu überleben – was ihm kaum besser geglückt war als den Tieren, die er gejagt hatte –, hatte er einen Entschluss gefasst: Er musste nach Dunncraig zurück und den Beweis finden, der Donnell MacKay an den Galgen brachte und ihn, James, freisprach.

Im Dorf von Dunncraig lebte noch ein Mann, dem James voll und ganz vertraute. Dessen Hilfe würde er brauchen, wenn er anfing, auf die Suche nach der Wahrheit und der Gerechtigkeit zu gehen, wonach er sich sehnte. Wenn er beides erreichte, konnte er seinen guten Namen, sein Land und sein Kind wiedergewinnen; andernfalls würde er alles verlieren, auch sein Leben.

So oder so – er würde vor nichts und niemandem mehr davonlaufen.

Am Fuß des Hügels hielt er inne und starrte Richtung Dunncraig.

Es würde eine lange, anstrengende Reise werden, die ihn Wochen kosten würde, weil er kein Pferd hatte, aber er konnte im Geiste die Burg deutlich vor sich sehen. Er konnte auch seine kleine Meggie vor sich sehen, mit ihren dicken goldblonden Locken und den großen braunen Augen, die denen ihrer Mutter so ähnelten. Meggie war inzwischen fünf Jahre alt, und er spürte, wie seine Wut wuchs bei dem Gedanken, was er in dieser Zeit wegen Donnells Gier bei seinem Kind verpasst hatte. Auch quälten ihn Schuldgefühle, weil er vor allem daran gedacht hatte, sein eigenes Leben zu retten, und nicht daran, was seine Tochter unter Donnells Herrschaft womöglich zu leiden hatte.

»Keine Angst, meine Meggie, bald werde ich heimkommen und uns beide befreien«, flüsterte er in den leichten Wind, straffte dann die Schultern und machte sich an den langen Heimweg.

1

Dunncraig – Frühsommer 1477

Drück die Erde über den Samen nur ganz sachte fest, Meggie.«

Annora lächelte, als das kleine Mädchen die Erde langsam und sorgfältig festklopfte, so wie sie ihren Kater tätschelte. Margaret, die darauf bestand, Meggie genannt zu werden, war alles, was Annora auf Dunncraig hielt. Ihr Cousin Donnell hatte jemanden gebraucht, der sich um das Kind kümmerte, und ihre Familie hatte sie hergeschickt. Das hatte Annora nicht überrascht, da sie arm und unehelich geboren war, eine Last für alle Verwandten, eine Last, die man abschüttelte, sobald sich die Gelegenheit bot. Anfangs hatte sie sich nur damit abgefunden, doch dann hatte sie die kleine Meggie kennengelernt, ein Kind von zwei Jahren mit großen braunen Augen und dicken goldblonden Locken. Obwohl Annora Donnell für einen brutalen Mann hielt, sogar ein wenig fürchtete, und einige Zweifel an seinem Besitzanspruch auf Dunncraig hatte, weilte sie drei Jahre später noch immer auf Dunncraig, und nicht nur, weil sie keine andere Zuflucht hatte. Sie blieb wegen der kleinen Meggie, einem Kind, das sie vom ersten Tag an ins Herz geschlossen hatte.

»Samen sind kostbar«, sagte Meggie.

»Richtig, sehr kostbar«, pflichtete Annora ihr bei. »Manche Pflanzen wachsen allerdings jedes Frühjahr von allein«, fuhr sie fort.

»Verfluchtes Unkraut.«

Annora senkte den Kopf, um ein Grinsen zu verbergen, und meinte still: »Junge Damen sollten nicht fluchen.« Auch Damen mit vierundzwanzig sollten das nicht, dachte sie, denn ihr war klar, woher Meggie solche Worte kannte. »Aber es stimmt, Unkraut wächst von allein dort, wo man es nicht haben will. Doch manche Pflanzen können den Winter nicht überstehen, und wir müssen die Samen oder Wurzeln sammeln und sie an geeigneten Plätzen lagern, damit wir sie einbringen können, wenn es wieder warm genug dafür ist.«

»Es ist aber noch nicht warm.«

Annora sah hoch und stellte fest, dass Meggie den Himmel böse ansah. »Warm genug, um die Samen in die Erde zu legen, Schätzchen.«

»Meinst du nicht, dass wir sie vorher in eine kleine Decke hüllen sollten?«

»Die Erde ist ihre Decke.«

»Annora! Der Laird will, dass Ihr ins Dorf geht und Euch anseht, wie gut dieser neue Holzschnitzer Pokale fertigt.«

Als sich Annora umdrehte, um auf den barschen Befehl des jungen Ian zu antworten, war der Junge bereits auf dem Weg zurück in den Keep. Seufzend sammelte sie die kleinen Säckchen mit den Samen ein, die sie an diesem Nachmittag hatte aussäen wollen. Ian berichtete Donnell wahrscheinlich bereits, dass Annora ins Dorf sei, und natürlich würde sie folgsam sein. Niemand lehnte die Ausführung eines Befehls von Donnell ab. Sie nahm Meggie bei der Hand und eilte mit ihr in den Keep, wo sie sich, bevor sie ins Dorf gingen, noch rasch die Hände waschen wollten.

Auf ihrem Weg hinaus trat Donnell aus der Großen Halle und fing sie ab. Annora verspannte sich, und sie spürte, wie sich Meggie an ihre Röcke presste. Sie kämpfte dagegen an, sich zu entschuldigen, weil sie nicht auf der Stelle ins Dorf geeilt war, und begegnete seinem finsteren Blick mit einem schwachen, fragenden Lächeln.

Ihr Cousin war an und für sich ein sehr gut aussehender Mann, dachte Annora. Er hatte dichtes dunkles Haar und schöne dunkle Augen. Seine Züge waren männlich, aber nicht grob, und er hatte sogar eine schöne Haut und keine sichtbaren Narben. Doch seine ständig mürrische oder zornige Miene entstellte sein gutes Aussehen. Es war, als würde alles Schlechte in diesem Mann sein Aussehen zeichnen. Und so, wie Donnell jetzt aussah, fand ihn bestimmt keine einzige Frau attraktiv.

»Warum gehst Ihr nicht ins Dorf?«, bellte er.

»Wir sind schon unterwegs, Cousin«, erwiderte sie und strengte sich an, süß und gehorsam zu klingen. »Wir mussten uns nur die Hände waschen, die bei der Gartenarbeit schmutzig geworden sind.«

»Ihr sollt nicht im Garten arbeiten wie irgendeine dahergelaufene Schlampe. Ihr seid zwar ein Bastard, aber Ihr seid von edlem Geblüt. Und Margaret solltet Ihr solche Dinge auch nicht beibringen.«

»Eines Tages wird sie die Herrin eines Landguts oder einer Burg sein und einen Haushalt befehligen. Das wird sie viel besser können, wenn sie weiß, wie viel Arbeit es bedarf, ihre Anordnungen umzusetzen.«

An der Art, wie sich Donnells Augen verengten, merkte Annora, dass er überlegte, ob sie soeben Kritik an ihm geübt hatte. Das hatte sie tatsächlich, denn sie wusste nur allzu gut, wie wenig Donnell von der Arbeit verstand, die er den Leuten auftrug, und wie wenig er sich darum kümmerte. Er verschwendete nie einen Gedanken daran, wie seine Wünsche und Bedürfnisse erfüllt wurden, außer, dass er diejenigen brutal bestrafte, die seiner Meinung nach nicht taten, was ihnen befohlen war.

Annora strengte sich an, möglichst viel Unschuld in ihren Blick zu legen, während sie seinem Argwohn begegnete, und atmete erleichtert auf, als er ganz offenkundig beschloss, dass sie nicht schlau genug war, ihre Kritik so geschickt zu verpacken.

»Dann macht, dass Ihr fortkommt«, sagte er. »Mir kam zu Ohren, dass dieser neue Mann ausgezeichnet arbeitet, und ich will einen Pokal oder etwas in dieser Art haben, damit ich mir ein Urteil über seine Kunstfertigkeit bilden kann.«

Annora nickte und eilte an ihm vorbei, die kleine Meggie fest an sich gedrückt. Wenn der Narr so begierig darauf war, die Fertigkeiten dieses Mannes zu begutachten, hätte er wahrhaftig selbst gehen und sich ein Bild machen können. Doch die Angst, diesen Gedanken laut zu äußern, trieb sie zu umso größerer Eile an. Donnells Antwort auf solche Worte wäre die Faust gewesen, und sie ging seinen Schlägen lieber aus dem Weg, wann immer möglich.

»Warum braucht der Laird einen Pokal?«, fragte Meggie, sobald Annora ihr Tempo zu einem fast lässigen Schlendern verlangsamt hatte.

»Er möchte herausfinden, ob der Mann, der die Pokale schnitzt, so geschickt ist, wie alle behaupten«, erwiderte Annora.

»Also glaubt er den anderen nicht?«

»Nun, vermutlich nicht.«

»Aber warum will er dann uns glauben?«

»Das ist eine sehr gute Frage, Schätzchen. Ich weiß es nicht, aber es ist wohl am besten, wir tun, was er uns aufgetragen hat.«

Meggie nickte mit einer Miene, die für ein Kind ihres Alters überraschend ernst war. »Aye, sonst schlägt er dich wieder, und das will ich nicht.«

Das wollte Annora auch nicht. Beim letzten Mal hätte ihr Cousin ihr fast den Kiefer und noch ein paar andere Knochen gebrochen. Eigentlich sollte sie Donnells Stellvertreter und Erstem Mann, Egan, dankbar sein, dass er ihn daran gehindert hatte, weiter auf sie einzuprügeln, aber das war sie nicht. Im Allgemeinen war es Egan egal, wen Donnell schlug oder wie unbarmherzig er es tat, denn er war genauso brutal wie Donnell. Dass dieser Mann nicht wollte, dass sie geschlagen wurde – oder zumindest allzu heftig geschlagen wurde –, beunruhigte sie, genauso wie sein Blick, der viel zu oft auf ihr verweilte. Annora wollte diesem Mann nichts schuldig sein.

»Aye, das will ich auch nicht, Liebes«, murmelte sie schließlich und lenkte Meggie von ihren düsteren Gedanken ab, indem sie auf das Vieh deutete, das friedlich auf dem Hügel weidete.

Auf dem Weg ins Dorf sorgte Annora für Meggies Unterhaltung, indem sie ihre Aufmerksamkeit auf jedes Tier, jeden Menschen und jede Pflanze lenkte, an denen sie vorbeikamen. Sie tauschte Grüße mit einigen Leuten, doch wieder einmal bedauerte sie es, wie streng Donnell sie und Meggie bewachen ließ. Obwohl es ihr lieber gewesen wäre, Zeitpunkt und Grund für einen Ausflug ins Dorf selbst zu bestimmen, genoss sie den Anschein von Freiheit, konnte die Wächter ignorieren, die ihr, wie sie wusste, folgten. Sie wünschte nur, genug Zeit und Freiheit zu haben, um öfter ins Dorf gehen und die Leute von Dunncraig besser kennenlernen zu können.

Sie stieß einen Seufzer des Bedauerns aus, weil sie nie die Chance gehabt hatte, ein Teil von Dunncraig zu werden und seine Leute so gut kennenzulernen, wie sie es sich gewünscht hätte. Irgendetwas war nicht in Ordnung mit Donnells Stellung als Laird, mit seinem Anspruch auf diese Ländereien und auf Meggie, das hatte Annora von Anfang an gespürt. Doch selbst nach drei Jahren hatte sie noch nichts finden können, was ihrem Argwohn zusätzliches Gewicht verliehen hätte. Sie wusste, dass es im Dorf von Dunncraig jemanden geben musste, der Antworten auf all ihre Fragen hatte, aber sie hatte noch keine Möglichkeit gehabt, Donnells Wache lange genug abzuschütteln, um irgendeinen Dörfler zu befragen.

Als sie sich dem Haus und dem Laden des Böttchers näherten, hellte sich ihre Laune ein wenig auf. Vielleicht war Ida, die Frau von Edmund dem Böttcher, zu Hause. Sie würde Annoras Verlangen, mit einer anderen Frau zu reden, bereitwillig stillen, und so beschleunigte Annora ihr Tempo erwartungsvoll. So sehr sie Meggie liebte – ein Kind konnte einfach nicht ihr Bedürfnis nach einem ausführlichen Schwatz mit einer anderen Frau befriedigen.

***

»Rolf, sie kommt.«

Diesmal zögerte James nicht, von seiner Arbeit aufzublicken, als Edmund ihn bei seinem Decknamen rief. Er hatte länger gebraucht, sich an ihn zu gewöhnen, als ihm lieb war. So ungern er es zugab – Edmund hatte recht gehabt, ihn zur Geduld zu mahnen und zu warnen, dass es eine Weile dauern würde, bis er zu Rolf Larousse Lavengeance geworden war.

Dann dämmerte ihm, was Edmund gerade gesagt hatte. »Meggie?«

»Aye, aber für dich ist sie Lady Margaret«, erinnerte ihn Edmund.

»Natürlich. Ich werde es nicht vergessen. Wer begleitet sie?«

»Mistress Annora und, ein paar Schritte hinter ihr, zwei von Donnells Männern.«

James fluchte. »Glaubt der Kerl etwa, der Frau oder Meggie droht hier eine Gefahr?«

»Nur ihm selbst, denke ich. MacKay lässt die junge Frau nie länger mit den Leuten reden, und das Kind auch nicht. Manche hier denken, sie hielte sich für etwas Besseres und erzählte das auch dem Kind, aber ich glaube, Mistress Annora wird gezwungen, sich abseits zu halten. Selbst wenn sie die Gelegenheit hat, mit jemandem zu reden, stehen immer MacKays Männer in der Nähe und versuchen mitzubekommen, was geredet wird.«

»Es ist bestimmt nur sein schlechtes Gewissen, das ihn glauben lässt, jeder sei darauf aus, ihn schlechtzumachen.«

»Das kann gut sein. Meine Ida sagt, die junge Frau ist klug und schnell von Begriff. Vielleicht hat MacKay Angst, dass sie eins und eins zusammenzählen und die Wahrheit erkennen kann. Er lebt eine riesengroße Lüge, und das lastet sicher auf ihm.«

»Ich hoffe, es bricht ihm sein verfluchtes Kreuz«, murrte James und klopfte sich den Staub von den Kleidern. »Aber am liebsten würde ich ihn hängen sehen.«

»So geht es fast jedem hier auf Dunncraig«, sagte Edmund.

James nickte. Er hatte bald erkannt, wie bedrückt seine Leute waren. Donnell war ein herzloser, grausamer Laird, und außerdem besaß er nicht das nötige Wissen, um Felder und Vieh gedeihen zu lassen. Vieles deutete darauf hin, dass sich der Kerl reichlich mit Dunncraigs Reichtümern vollstopfte, ohne sich darum zu kümmern, wie seine Leute überlebten, oder Vorsorge zu treffen, dass es in Zukunft noch etwas zu essen gab. Die Menschen hatten wahrscheinlich Angst vor dem Mann, der jetzt auf dem Stuhl des Lairds saß, aber sie nahmen kein Blatt vor den Mund, wenn sie unter sich waren, und James hatte einiges erfahren. Donnell ließ das Land ausbluten, um seinen Bauch und seinen Geldbeutel zu füllen.

Ida steckte den Kopf durch die Tür. »Das junge Mädchen sagt, der Laird habe sie geschickt. Er will einen von Rolfs Pokalen kaufen.«

Bevor er etwas sagen konnte, war Ida schon wieder verschwunden. Einen Moment lang saß James nur an seiner Werkbank und atmete langsam ein und aus, um seine Aufregung und Vorfreude zu zügeln. Das war der erste Schritt. Er musste vorsichtig sein, um nicht ins Stolpern zu geraten. Er wusste, dass Donnell viel Geld ausgab, um Dunncraig Keep so prachtvoll auszustatten wie ein französisches Königsschloss. Dazu brauchte er einen kunstfertigen Tischler und Holzschnitzer, und James wollte, dass er ihn einstellte.

»Der da«, meinte Edmund und deutete auf einen großen, mit üppigen Schnitzereien verzierten Pokal.

»Aye, ich glaube, du hast den besten ausgesucht, mein alter Freund«, sagte James lächelnd.

»Diese Miene habe ich schon sehr, sehr lange nicht mehr bei dir gesehen.«

»Das ist die Vorfreude.«

»Aye, sie liegt spürbar in der Luft. Der Mann ist ein eitles Schwein. Er gibt viel zu viel von deinem Geld aus für Dinge, die er nicht braucht, doch von denen er denkt, sie steigern seine Bedeutung. Du hast seine Schwäche richtig erkannt.

Aber denkst du denn wirklich, der Mann würde einen Beweis für seine Schuld herumliegen lassen?«

Diese Frage stellte Edmund nicht zum ersten Mal, und James war noch nicht völlig davon überzeugt, dass die Wahrheit im Keep zu finden war. »Sicher bin ich mir nicht, aber ich denke, es muss etwas geben. Er hat sich bestimmt nicht aller Beweise entledigt. Vielleicht erfahre ich etwas, was mir weiterhilft.« Er zuckte mit den Schultern. »Ich kann es nicht sagen. Ich weiß nur, dass ich mich oben auf Dunncraig aufhalten muss, wenn ich eine Chance haben will, die Wahrheit herauszufinden.«

»Na gut, dann sehen wir zu, dass wir dich dort reinbekommen.«

Annora blickte hoch, als Edmund mit einem Mann aus der Werkstatt im hinteren Teil des kleinen Ladens trat. Sie beäugte den Fremden eingehend, auch wenn sie sich wunderte, warum er ihre Aufmerksamkeit so auf sich zog. Er war groß und schlank, ja fast hager, als habe er einige Mahlzeiten versäumt. Sein braunes Haar fiel ihm über die breiten Schultern. Auf seiner rechte Wange war eine Narbe, und über dem linken Auge trug er eine Klappe. Das rechte Auge war herrlich grün, fast tat es Annora leid, dass dieses Auge seinen Partner verloren hatte. Der Mann sah gut aus, hatte ein ebenmäßig geschnittenes, doch kantiges Gesicht, was auf Hunger und Kummer schließen ließ. Dieser Mann hatte einiges hinter sich, und Annora verspürte einen überraschenden Anflug von Mitgefühl. Da sie keine Ahnung hatte, welcher Kummer die harten Linien in sein Gesicht gegraben hatte, verstand sie nicht, warum sie das Bedürfnis verspürte, diese Falten glätten zu wollen. Seine ziemlich vollen Lippen erzeugten eine gewisse Wärme in ihr, was sie beunruhigte. Der Mann hatte eine sehr seltsame Wirkung auf sie, und das behagte ihr ganz und gar nicht.

Dann bemerkte sie, dass sein Blick auf Meggie ruhte, und legte schnell den Arm um die Schultern der Kleinen. Sein

Blick war so eindringlich, dass sie sich fragte, warum sie das nicht stärker beunruhigte. Im nächsten Moment wurde ihr klar, dass in dieser Eindringlichkeit keinerlei Bedrohung oder Abneigung lag, sondern vielmehr eine Sehnsucht, ein Bedürfnis und ein gewisses Leid. Sie fragte sich, ob er ein Kind verloren hatte. Abermals verspürte sie den Drang, ihn zu trösten, doch gleichzeitig auch eine große Unruhe.

Als sie auf den Pokal sah, den er in seinen eleganten, langfingrigen Händen hielt, keuchte sie leise auf. »Den wollt Ihr dem Laird verkaufen?«, fragte sie verwundert.

»Aye«, erwiderte der Mann. »Ich heiße Rolf. Rolf Larousse Lavengeance.«

Annora blinzelte und musste sich auf die Lippe beißen, um nichts zu sagen. Was für ein seltsamer Name – grob übersetzt lautete er Wolf, Rothaariger und Rache. Außerdem war es für einen armen Handwerker seltsam, einen solch langen Namen zu tragen. Hinter diesem Namen steckte bestimmt eine Geschichte. Ihre Neugier war geweckt, doch sie zügelte sie. Schließlich stand es ihr nicht zu, den Mann nach seinem Namen auszufragen. Als unehelich geborenes Kind war sie sich darüber hinaus nur allzu bewusst, wie viel Schmerz und Scham solche Fragen auslösen konnten, und das wollte sie keinem anderen zufügen.

»Der Pokal ist wunderschön, Master Lavengeance«, sagte sie und streckte die Hand aus. »Kann ich ihn mir genauer ansehen?«

»Aye.«

Als sie den Pokal in die Hand nahm, kam sie zu dem Schluss, dass sich der Mann wohl lange genug in Schottland aufgehalten hatte, um ein paar Worte ihrer Sprache aufgeschnappt zu haben. Donnell hingegen sprach kein Wort Französisch und würde sich wahrscheinlich rasch über einen Handwerker aufregen, der Schwierigkeiten hatte, seine, Donnells, Aufträge zu verstehen. Während sie die wundervoll geschnitzten Jagdszenen musterte, wurde ihr klar, dass Donnell erpicht darauf sein würde, diesen Mann mit Arbeiten auf Dunncraig Keep zu beauftragen. Der Gedanke, dass sie ihn dann wahrscheinlich häufiger sehen würde, um Befehle für ihn zu übersetzen, erregte sie, doch gleichzeitig verspürte sie das Bedürfnis, sich von ihm fernzuhalten.

»Ich glaube, dieses Stück wird meinem Cousin sehr gut gefallen«, sagte sie. »Eure Arbeit ist wundervoll, Master Lavengeance. Der Hirsch auf diesem Pokal sieht verblüffend echt aus. Fast erwartet man, dass er seinen stolzen Kopf nach hinten wirft.«

James nickte nur und nannte ihr den Preis. Sie bezahlte, ohne mit der Wimper zu zucken, dann schob sie Meggie rasch hinaus. James trat an die Tür und blickte der jungen Frau hinterher, die sein Kind zur Burg hinaufführte, gefolgt von zwei von Donnells Männern. Als er eine Hand auf seinem Arm spürte, sah er zur Seite. Ida war neben ihn getreten, in ihren blauen Augen lag tiefes Mitgefühl.

»Annora liebt das kleine Mädchen«, meinte Ida.

»Tut sie das wirklich? Oder ist sie nur ein gutes Kindermädchen?«, fragte James.

»Nein, sie liebt das Kind. Nur Lady Margaret hält Mistress Annora auf Dunncraig, sonst nichts. Das Kind ist geliebt und gut versorgt worden, während Ihr weg wart, Laird.«

James nickte, aber er wusste nicht, ob er es wirklich glauben sollte. Meggie hatte gesund und munter gewirkt, aber sie hatte kein Wort gesprochen, und ein Ernst hatte auf ihren Zügen gelegen, der früher nicht da gewesen war. Meggie war so süß und unschuldig gewesen wie ihre Mutter, aber auch sehr lebhaft, was Mary nie gewesen war. Von dieser Lebhaftigkeit hatte er jetzt nichts gesehen, und er fragte sich, wodurch sie der Kleinen abhandengekommen war. Mistress Annora wollte er die Schuld daran noch nicht geben, doch er nahm sich vor, die Frau genau zu beobachten.

Allerdings würde ihm das auch nicht weiter schwerfallen, musste er sich mit einem schiefen Grinsen eingestehen. Mistress Annora war wunderschön. Ihr schlanker und doch wohlgerundeter Körper fesselte den Blick eines Mannes unweigerlich. Ihr dichtes rabenschwarzes Haar ließ ihre helle Haut noch cremefarbener schimmern, und ihre großen, nachtblauen Augen zogen einen Mann an wie eine Flamme die Motte. Nach drei einsamen Jahren wusste er, dass er aufpassen musste, dass seine unbefriedigten Gefühle ihn nicht vom rechten Weg abbrachten. Dennoch konnte er es kaum erwarten, seine Bekanntschaft mit Mistress Annora zu vertiefen.

Plötzlich fragte er sich, ob Mistress Annora Donnells Geliebte war, und gleichzeitig fragte er sich, warum ihn dieser Gedanke in Rage versetzte. Wahrscheinlich kam seine Wut daher, weil er nicht wollte, dass eine solche Frau sich um sein Kind kümmerte. Wahrscheinlich war es unfair zu glauben, dass diese Frau mehr war, als sie zu sein vorgab. Aber sie war so schön, dass die Vermutung nahelag, dass Donnell sie nicht in Ruhe ließ. Mistress Annoras wahre Stellung auf Dunncraig Keep war eine weitere Frage, auf die er eine Antwort finden musste.

Er trat auf die Straße und starrte zu dem Wohn- und Wehrturm hinauf, der einst sein Zuhause gewesen war. Bald würde er wieder dort sein. Er würde den Keep als Kunsthandwerker betreten, beabsichtigte aber, als Laird zu bleiben. Und Mistress Annora konnte noch so schön sein – wenn sie bei Donnells Machenschaften eine Rolle spielte, würde sie rasch herausfinden, dass ihre Schönheit sie nicht schützte.

2

Die Wut brach so rasch über Annora herein, dass sie keine Gelegenheit hatte, sich zu schützen. Das heftige Gefühl trübte ihren Verstand und drehte ihr den Magen um. Sie legte eine zitternde Hand auf den Bauch, die andere flach auf die kalte Steinwand des Korridors im Obergeschoss, um sich zu stützen. Sie musste sich eine Weile konzentrieren und langsam und tief atmen, um das Gefühl abzuwehren, bis sie es nur noch als vorhanden spürte, jedoch nicht länger davon verzehrt wurde. Es kostete sie allerdings Mühe, sich völlig davon zu befreien. In solchen Momenten hasste sie ihre seltsame Fähigkeit, die Gefühle anderer zu spüren, denn offenbar waren die schlimmsten Gefühle die stärksten und trafen sie am härtesten.

Sie verzog das Gesicht und sah sich um. Ihr wurde klar, dass sie nur wenige Schritte von Donnells Schlafgemach entfernt war. Zuerst dachte sie, dass wieder einmal jemand Donnells Zorn erregt hatte, doch dann schüttelte sie den Kopf. Sie kannte den herben, bitteren Geschmack der Wut ihres Cousins zu gut. Die Wut, die sie soeben gespürt hatte, fühlte sich anders an und schmeckte auch anders. Doch abgesehen von Donnell und Egan kannte Annora niemanden auf Dunncraig, den je eine derart heftige Wut gepackt hatte.

Als sie sich wieder gefasst hatte, schlich Annora zu Donnells Schlafgemach. Die Tür stand offen, aber sie hörte keine lauten Stimmen und auch nicht das Geräusch von Fäusten, die auf jemanden einschlugen, ja nicht einmal das leiseste, schmerzerfüllte Wimmern. Das ergab keinen Sinn – wo waren die unvermeidlichen Folgen einer solchen Wut? Wären Donnell oder Egan die Wutbesessenen, herrschte nicht diese Ruhe in dem Raum, sie hätte vielmehr etwas von den Schmerzen gehört oder gespürt, die ein armer Mann oder eine Frau erduldeten, während sie brutal bestraft wurden.

Plötzlich hatte sie Angst, dass Donnell die Person, der seine Wut galt, ernstlich verletzt, ja vielleicht sogar getötet hatte. Leise trat sie näher und spähte vorsichtig ins Zimmer, auch wenn eine kleine Stimme in ihrem Kopf sie für diese Torheit schalt: Was hätte sie schon tun können, um jemandem zu helfen, der die Wut ihres Cousins oder seines Ersten Mannes entflammt hatte? Doch sie hörte nicht auf die warnende Stimme und sah sich trotzdem um. Annora konnte sich nur mit Mühe davon abhalten, vor Überraschung laut aufzukeuchen und sich zu verraten.

Auf dem Boden lag kein zerschmetterter, blutiger Körper, nichts wies auf einen Streit hin, nicht einmal ein umgekippter Hocker. Donnell und der gut aussehende Holzschnitzer aus dem Dorf standen vor der großen Feuerstelle, begutachteten die Einfassung und unterhielten sich in aller Ruhe.

Annora nahm vorsichtig Verbindung zu der Quelle der Wut auf, die sie so berührt hatte, und plötzlich stand sie kerzengerade im Türrahmen. Die Wut stammte von dem Holzschnitzer!

»Was habt Ihr hier zu suchen?«, fragte Donnell barsch.

Annora blinzelte. Ihr war, als wäre sie soeben grob aus einem tiefen Schlaf gerissen worden. Die Bestürzung darüber, dass der leise sprechende Mann, der so bescheiden vor Donnell stand und ganz ruhig mit ihm redete, in Wahrheit vor Wut schäumte, hatte sie völlig aus der Fassung gebracht. Ihre ruckartige Bewegung hatte sie wohl verraten. Leider wurde nun sie das Ziel von Donnells Aufmerksamkeit und Reizbarkeit, obgleich sie im Allgemeinen alles tat, um das zu vermeiden. Wenn man Donnell reizte, führte das meist zu einer Menge blauer Flecke.

»Verzeiht, Cousin«, sagte sie und trat einen Schritt zurück, um den Anfang von etwas zu machen, was hoffentlich nicht wie eine schmachvolle Flucht aussah. »Ich habe Stimmen gehört und gesehen, dass Eure Tür offen stand. Da Ihr Euch gewöhnlich um diese Zeit nicht in Eurem Schlafgemach aufhaltet, sah ich mich veranlasst, der Sache auf den Grund zu gehen.«

»Das Einzige, wozu Ihr Euch veranlasst sehen solltet, ist das, weshalb Ihr hier seid – auf Margaret aufzupassen. Alles andere auf Dunncraig geht Euch nichts an, abgesehen von den Dingen, die Euch aufgetragen werden.«

»Selbstverständlich, Cousin.«

Vor Rolf Lavengeance derart herablassend behandelt zu werden, schmerzte mehr, als es sollte. Schließlich sprang Donnell stets so mit ihr um, sie hatte gedacht, dass sie inzwischen daran gewöhnt sei. Doch diesmal kostete es sie ihre gesamte Willenskraft, die Schamesröte zu unterdrücken – und wäre es nur deshalb, um Donnell nicht zu zeigen, wie sehr er sie verletzt hatte. Diese Genugtuung wollte sie ihm nicht gönnen. Nach drei Jahren auf Dunncraig war ihr Stolz zwar reichlich angeschlagen, aber er war noch vorhanden.

»Margaret ist nicht bei Euch, oder? Warum nicht?«

»Sie wartet in der Großen Halle auf mich. Ich wollte nur noch rasch zu Mary, um ihren Umhang abzuholen, den sie ihr gestern abgenommen hat, um ihn zu säubern.«

»Es kostet offenbar eine Menge Zeit, dieses Kind und seine Kleider sauber zu halten. Wenn es Euch so schwerfällt, Euch ordentlich um sie zu kümmern, sollte ich mich vielleicht nach einem besseren, fähigeren Kindermädchen umsehen.«

Donnells Stimme klang gefährlich leise, und er beobachtete Annora genau. Ihr lief ein Schauder über den Rücken. Bislang hatte Donnell diese Schwäche nie genutzt, um ihr eins auszuwischen. Sie hatte gedacht, dass sie ihre Liebe zu Meggie gut versteckt hatte, aber auf Dauer offensichtlich nicht gut genug. Vielleicht hatte er ja sogar die ganze Zeit davon gewusst und nur den günstigsten Moment abgewartet, um zuzuschlagen und ihre Gefühle für Meggie ebenso zu benutzen wie seine Fäuste – als Möglichkeit, sie einzuschüchtern. Und das gelang ihm auch bestens. Meggie war ihre einzige Freude, selbst der Gedanke, von ihr getrennt zu werden, machte ihr Angst.

»Ich werde mich bemühen, es besser zu machen«, sagte sie und hoffte inständig, dass sie gefügig genug klang und dennoch nichts von der Angst zeigte, die sie ergriff.

»Das solltet Ihr auch.«

Annora machte einen Knicks und ging. Am liebsten wäre sie in die Große Halle hinabgestürmt, hätte Meggie gepackt und wäre aus Dunncraig geflohen. Der Drang war so stark, dass sie zitterte, während sie sich zwang, mit festen, gleichmäßigen Schritten davonzugehen. Doch ihr blieb wohl nichts anderes übrig, als sich nach Möglichkeit noch weniger blicken zu lassen, noch stiller und bescheidener zu sein, wenn Donnell zugegen war, und noch stärker zu verbergen, wie gern sie mit Meggie zusammen war.

»Ich dachte schon, du hast dich verlaufen.«

Die süße, hohe Stimme riss Annora aus ihren Gedanken. Sie blickte zu Meggie, während die Kleine sanft an dem Umhang zog, den Annora in der Hand hielt. Sie ging in die Hocke und half Meggie, den Umhang anzulegen. Eingehend musterte sie jede weiche Linie des süßen Kindergesichts. Es erstaunte sie immer wieder, dass Donnell so ein hübsches, reizendes Kind gezeugt haben sollte – und das war einer der Gründe, warum sie seine Ansprüche bezweifelte.

Meggie war zum Mittelpunkt ihres Lebens geworden, ihre einzige Freude. Das musste ihr Cousin gemerkt haben; und dass er es gemerkt hatte, war nicht weiter verwunderlich, weil ihre Gefühle für das Kind so stark waren. Solch tiefempfundenen Gefühle ließen sich nie vollständig verbergen. Vielleicht hatte Donnell ja auch nur bemerkt, wie oft sie Meggie vor seinem Zorn und seiner Brutalität schützte, und wollte sie das wissen lassen. Sie wusste, dass sie damit nie aufhören würde, aber vielleicht ließ sich ein Weg finden, es weniger offenkundig zu tun. Wenn sie sich in ein rückgratloses Gespenst verwandeln musste, das sich nur noch in den Schatten von Dunncraig herumdrückte, um bei Meggie zu bleiben, dann würde sie es tun.

»Was machen wir heute, Annora?«, fragte Meggie.

Annora richtete sich auf und schluckte ihre Antwort hinunter. Am liebsten hätte sie dem Kind erklärt, dass sie nach Frankreich fliehen würden. Dunncraig war zwar unter Donnells Herrschaft kein besonders guter Ort für solch ein süßes Mädchen wie Meggie, doch es war mehr, als Annora dem Kind je würde bieten können. Hier hatte Meggie ein Dach über dem Kopf, ein Bett zum Schlafen und genügend zu essen. Wenn sie vor Donnell flohen, würde Annora sehr wahrscheinlich nicht einmal diese schlichten Bedürfnisse befriedigen können. Sie gab es zwar nur ungern zu, doch sie steckten in der Falle: Wenn sie am Leben bleiben wollten, mussten sie sich mit Donnells brutaler Herrschaft abfinden. Sie musste sich einfach noch stärker mühen, niemals Donnells Aufmerksamkeit auf sich zu lenken oder seinen Zorn zu erregen. Bislang hatte sie das getan, um Schläge zu vermeiden, doch die neue Drohung schreckte sie mehr als Donnells brutale Wutausbrüche. Donnells Fäuste verletzten nur ihren Körper, doch wenn er sie fortschickte und sie Meggie zurücklassen musste, würde es ihr das Herz zerreißen.

»Wir machen einen kleinen Spaziergang außerhalb der Ringmauer und genießen die Schönheit, die der Frühling stets über das Land bringt«, erklärte Annora, nahm die kleine Hand des Kindes und machte sich auf den Weg aus der Großen Halle. Im Stillen wünschte sie, eines Tages eine Möglichkeit zu finden, mit Meggie an ihrer Seite einfach weiterzugehen, über die Mauern von Dunncraig hinaus, über seine Grenze hinaus, und weit, weit weg von der Angst, die zu ihrer ständigen Begleiterin geworden war.

James bemühte sich nach Kräften um eine ausdruckslose Miene, als er Donnell so kalt mit Annora sprechen hörte. Obwohl Annoras Gesichtsausdruck bei MacKays Drohung, ein neues

Kindermädchen zu finden, nur wenig verriet, gelang es ihr doch nicht gänzlich, ihre Bestürzung zu verbergen. James hatte diese kurz in ihren Augen aufflackern sehen, und er hatte auch bemerkt, wie Annoras gesunde rosige Gesichtsfarbe schlagartig verblasste. Alles wies darauf hin, dass Annora MacKay nicht von Meggie getrennt werden wollte. Und der selbstzufriedene Ausdruck auf Donnells Gesicht, als Annora ging, sagte James, dass der Mann das wusste und sich über den Erfolg seiner Drohung freute.

»Ich fürchte, meine Cousine denkt oft, sie sei mehr, als sie ist«, sagte Donnell.

»Mehr, als sie ist?«, murmelte James und hoffte, dass, wenn er wenig sprach, die Leute nicht merkten, dass er kein Franzose war.

»Aye, mehr als der Bastard einer meiner Verwandten. Ich habe dieser Maid freundlich mein Haus geöffnet und ihr die begehrte Stellung eines Kindermädchens für meine Tochter gegeben, aber Annora versucht noch immer, sich so aufzuführen, als sei sie mir ebenbürtig; als sei sie eine legitime, echte Lady.«

James musste die Hände fest hinter dem Rücken verschränken, um dem Drang zu widerstehen, Donnell MacKay zu schlagen. Schon für die Art, wie dieser Mann über Annoras Herkunft sprach, hätte er die Fäuste verdient. James hatte zwar bislang noch nicht viel gesehen oder gehört, doch schon das wenige hatte ihm gezeigt, dass Annora MacKay alles besaß, was eine echte Lady auszeichnete. Er war sich zwar noch nicht sicher, ob er ihr voll und ganz vertrauen konnte, aber es hatte ihn immer erzürnt, wenn einem Menschen die Sünden seiner Eltern zum Vorwurf gemacht wurden.

Doch dass Donnell Meggie als seine Tochter ausgab, erzürnte ihn noch weit mehr. Am liebsten hätte er den Mann auf der Stelle umgebracht – was ihn allerdings ziemlich beunruhigte. Er hatte sich nie für blutrünstig gehalten, und er hatte auch gedacht, dass er gelernt hatte, sein Temperament zu zügeln.

Doch es war nicht Selbstbeherrschung, die ihn davon abhielt, sich auf MacKay zu stürzen und die Hände um dessen feisten Hals zu legen. Er musste erst seine eigene Unschuld beweisen, bevor er sich an diesem eitlen Mann rächen konnte. Das hielt er sich vor Augen, bis seine Wut auf eine kontrollierbarere Stufe abklang. Sobald die Belegung mit der Acht zurückgenommen war, würde er die Gerechtigkeit einfordern, nach der er sich sehnte. Wenn er MacKay jetzt das Genick brach, würde er sich zwar ein Weilchen besser fühlen, aber er wusste, dass diese Befriedigung nur sehr flüchtig sein würde. Sie könnte ihn sehr wohl um die Gelegenheit bringen, seinen Namen reinzuwaschen. Seine Tochter und Dunncraig zurückzubekommen und wieder als freier Mann zu leben waren weitaus wichtigere Ziele als MacKays Gurgel.

»Das Kind scheint sie zu mögen«, war alles, was James dazu zu sagen wagte.

»Na ja, aber was weiß ein Kind von fünf Jahren denn schon? Sie ist ja noch ziemlich klein.«

James nickte nur stumm, er wollte lieber nichts mehr sagen. Er war sehr zufrieden gewesen, wie schnell MacKay ihn nach Dunncraig beordert hatte. Es hatte nur eine Woche gedauert, und James vermutete, dass MacKay die meiste Zeit damit zugebracht hatte, sich zu überlegen, womit er James beauftragen würde. Es hatte nur einen Herzschlag gedauert, und James hatte gemerkt, dass der Umgang mit MacKay seine ganze Selbstbeherrschung erfordern würde.

Selbst wenn Donnell MacKay nicht sein Leben zerstört hätte, wusste James, dass er diesen Mann nicht mögen konnte. MacKays Besuche auf Dunncraig, als Mary noch am Leben war, hatten viel zu spät den wahren Charakter dieses Mannes enthüllt; es hatte damals immer nur Andeutungen gegeben. Donnell MacKay war brutal, eitel und bestechlich. Es wunderte James, dass noch niemand versucht hatte, den Mistkerl zu töten; vermutlich war es vor allem seiner animalischen Verschlagenheit zu verdanken, dass er noch lebte.

»Kommt mit, ich zeige Euch, wo Ihr wohnen und arbeiten

werdet«, sagte MacKay und schickte sich an hinauszugehen. »Ich habe schon schönes Holz für Euch besorgt.«

Während James MacKay folgte, hielt er Ausschau nach den Männern, die MacKay als Burgwache dienten. Nur wenige der Männer, die James gedient hatten, waren noch auf Dunncraig. Das könnte die Sache schwierig machen, aber James hatte schon damit gerechnet. Ein Mann wie MacKay wählte seine Burgbesatzung selbstverständlich sehr sorgfältig aus.

Nachdem James die Werkstatt begutachtet hatte, die ihm zugewiesen worden war, und auch das Holz, das MacKay ausgesucht hatte, ließ sich James häuslich nieder. Der kleine Raum befand sich in einem der Türme des Keeps. James musste seine freudige Verwunderung darüber verbergen, dass er ein Zimmer im Keep bekommen hatte. Früher hatte dieser Raum als Lager gedient. James fragte sich, wohin die Sachen geschafft worden waren, die sich hier befunden hatten. Doch gleich darauf fluchte er halblaut. So wie MacKay sich an allem bediente, ohne einen Gedanken an die Zukunft zu verschwenden, waren Tuchballen, Garn und andere nützliche Dinge für den Haushalt mittlerweile wohl aufgebraucht und nie ersetzt worden. Es würde eine Weile dauern und viel Geld kosten, um all das zu ersetzen, was durch McKays Maßlosigkeit verschwunden waren.

In dem Raum gab es nur eine kleine, schmale Bogenschießscharte als Fenster und eine Pritsche als Lagerstatt sowie eine kleine Kohlenpfanne, um ein Feuer zu machen. Auf einem grob gezimmerten Tisch in einer Ecke stand Waschgeschirr, ein Krug Wasser mit einer Schüssel. MacKay betrachtete Rolf Lavengeance offenkundig als jemanden, der über den Gemeinen stand. Wenn er nicht so verbittert gewesen wäre, hätte James darüber gelacht.

Doch nun schüttelte er erst einmal die finsteren Gedanken ab und verstaute seine wenigen Habseligkeiten in der kleinen ramponierten Truhe neben der Pritsche. Da es noch recht früh war, kehrte er noch einmal in die Werkstatt zurück, die MacKay für ihn hatte einrichten lassen. In dem Raum hatten einst die Frauen die Wäsche gewaschen, zudem hatte der Raum als Badestube gedient. Die Frauen hatten hier leichten Zugriff auf heißes Wasser, sie waren geschützt vor dem Wind oder der heißen Sonne, wenn sie die Kleider schrubbten, und außerdem mussten sie das Wasser nicht eimerweise ins Obergeschoss schleppen, wenn jemand von der Herrschaft ein Bad nehmen wollte. James hoffte, dass der Verlust dieses Raums dem Gesinde nicht zu viel Verdruss bereitete. Wenn er seine Unschuld beweisen wollte, durfte er sich die Knechte und Mägde nicht zu Feinden machen. Es würde ihm viel helfen, wenn sie sich ungezwungen mit ihm unterhielten.

Einen Vorteil hatte dieses Arrangement jedoch – man würde nicht von ihm erwarten, in diesem Raum zu baden. Da er sich weitaus häufiger badete und wusch als ein Gemeiner, versuchte James, sich eine Erklärung für diese Absonderlichkeit zurechtzulegen; aber vielleicht würden die Leute ja glauben, es käme daher, dass er Franzose war. Doch sich im eigenen Zimmer zu waschen bedeutete auch, dass er seine Privatsphäre wahren konnte – wieder etwas, was den Leuten vielleicht seltsam vorkam. Doch er musste es wohl oder übel riskieren, als Sonderling zu gelten. Jedenfalls konnte er es sich nicht leisten, dass ihn jemand nackt sah.

Er öffnete die breite, schwere Tür, die nach draußen führte, und freute sich über das Licht eines ungewöhnlich sonnigen Tages. Der Garten hinter der Küche war bereits bepflanzt, und James sog tief den Duft der feuchten Wäsche ein, die an den Leinen wehte, auf denen sie hing. Solche Dinge hatte er früher kaum bemerkt, doch jetzt erfüllten sie ihn mit einem Gefühl der Heimkehr und bestärkten ihn in seiner Entschlossenheit, Dunncraig Donnell MacKays gierigen Händen zu entreißen. Dunncraig war sein, James', Heim, und er hätte sich nie daraus vertreiben lassen dürfen.

»Nun, offenbar genießt Ihr die Annehmlichkeiten Eurer Werkstatt. Einen schönen Arbeitsraum habt Ihr bekommen, findet Ihr nicht auch?«

James drehte sich langsam zur Besitzerin dieser verdrossenen Stimme um und erstarrte erst einmal vor Angst, erkannt zu werden. Hinter ihm stand Big Marta und funkelte ihn finster an, die dünnen, doch kräftigen Arme vor der schmalen Brust verschränkt. Eigentlich hätte er wissen müssen, dass seine Bewaffneten zwar verschwunden waren, doch nicht alle Dienstboten. Big Marta war eine ausgezeichnete Köchin, es war also kein Wunder, dass MacKay sie behalten hatte. Leider war sie auch die Person, die James am längsten und besten kannte. Er hoffte, dass ihre dunklen Augen schmaler wurden, weil ihr Ärger wuchs, und nicht, weil sie etwas an ihm erkannt hatte.

»Es war nicht meine Wahl, eh?«, murmelte er schulterzuckend.

Big Marta verdrehte die Augen. »Na toll! Ihr beherrscht nicht mal unsere Sprache richtig, stimmt's? Und dabei hatte ich mir gedacht, irgendwas an Euch käme mir bekannt vor. Aber das kann wohl nicht sein, denn ich kenne keine Franzosen. Wollte auch nie welche kennenlernen. Vermutlich kann ich Euch die Wahl dieses Raums nicht vorwerfen«, fuhr sie seufzend fort. »Das ist nur wieder mal was, was dieser Narr getan hat, um uns das Leben noch schwerer zu machen.« Sie verzog das Gesicht. »Könnt Ihr wenigstens ein bisschen mehr von unserer Sprache verstehen, als Ihr sprecht?«

»*Oui.*«

»Da Ihr nickt, heißt das wohl *aye.*«

»Aye.«

»Na ja, Ihr seid ein gut aussehender Bursche, also sag ich Euch, was ich auch den anderen schon gesagt hab: Haltet Euch von den Mädchen fern, die für mich arbeiten. Es ist auch so schon schwer genug, all die Arbeit zu erledigen, ohne dass Ihr oder diese Narren, die MacKay um sich versammelt hat, hinter allen Röcken auf Dunncraig her sind. Denkt daran, wenn ich etwas dergleichen herausfinde, dann bekommt Ihr es mit mir zu tun!«

James nickte abermals. Dieses Versprechen fiel ihm nicht

schwer. Nach über drei Jahren Enthaltsamkeit verlangte es ihn zwar heftig nach einer Frau, aber das Risiko, dass seine Tarnung aufflog, war einfach zu groß. Davor hatte ihn das Risiko, verraten oder überrumpelt zu werden, davon abgehalten, sich eine Geliebte zu nehmen. Nicht einmal eine Schankmaid, die einem Mann für Geld Entspannung schenkte und danach vergessen wurde, hatte ihn in Versuchung geführt. Selbst wenn er die Freiheit besessen hätte, sich gehen zu lassen, hätte er es nicht mit einer Magd getan, die innerhalb der Mauern von Dunncraig arbeitete. Das hatte er nie getan. Es war eine Regel, die seine Pflegeeltern ihm und seinen Pflegebrüdern beigebracht hatten und auf deren Einhaltung sie großen Wert gelegt hatten.

»Hm. Ich bin mir nicht sicher, ob ich Euch mehr trauen soll als MacKays Spießgesellen, aber wir werden sehen.« Big Marta musterte den Raum. »Und was will der Narr nun von Euch?«

»Ich soll für ihn schnitzen.« James deutete auf das Holz und die Werkzeuge. »Mein Pokal hat ihm gefallen.«

»Aha, verstehe. Das ist ja auch ein sehr schöner Pokal, gute Arbeit, sehr gute Arbeit. Hab nie eine bessere gesehen. Noch mehr schöne Sachen für unseren großen Laird. Die Kleinen können sich ruhig heiser schreien vor Hunger, der in ihren kleinen Bäuchen wütet, doch MacKay wird einen schön geschnitzten Stuhl bekommen, auf den er seinen Hintern pflanzen kann, und einen hübschen Pokal, aus dem er Wein in seinen gierigen Schlund schütten kann.« Sie schüttelte den Kopf, und ihr ergrauendes braunes Haar tanzte mit. »Aber haltet Euch von meinen Mädchen fern und seht zu, dass die Unordnung sich auf diesen Raum beschränkt. Ich will keine Holzspäne und Ähnliches in meiner Küche!«

Nach diesem Wortschwall verschwand sie, bevor James abermals nicken konnte. Er atmete erleichtert auf. Wenn sie doch etwas Bekanntes an ihm entdeckt hatte, würde sie es für sich behalten.

Er fuhr über ein großes Stück Eichenholz. Das würde Teil

einer der reich verzierten Kamineinfassungen werden, die MacKay unbedingt haben wollte. James hatte nichts gegen diese Arbeit; früher hatte er oft gestöhnt, dass ihm die Zeit für die Schnitzerei fehlte, die er schon immer recht geschickt beherrschte. Während er nach einem Beweis suchte, um Dunncraig von MacKay zu befreien, konnte er ja vielleicht einiges fertigen, von dem er oft geträumt hatte. MacKay sollte ruhig denken, dass alles seiner eigenen Erhöhung diente, aber James würde sehr zufrieden sein mit seinen Werken, wenn er wieder frei und Laird von Dunncraig war.

»Ich brauche nur ein bisschen Zeit und ein bisschen Glück«, flüsterte er halblaut, während er das Stück Holz begutachtete und darüber nachdachte, welche Verzierung er schnitzen sollte.

Gerade, als er eines der Werkzeuge zur Hand nehmen wollte, die ausgebreitet vor ihm lagen, stampfte Big Marta wieder herein. Sie knallte ein Brett mit Brot und Käse auf den Tisch, dann betrachtete sie James. Er spürte, wie ihm der Schweiß über den Rücken rann, als die Frau ihm direkt ins Gesicht starrte und in ihren klaren, klugen Augen ein amüsiertes, zufriedenes Glitzern auftauchte.

»Ich glaube, Ihr braucht Eure Kraft für alles, was vor Euch liegt, Junge«, sagte sie und marschierte hinaus.

James starrte auf das Essen und den Humpen Ale. Sie wusste Bescheid, daran hatte er jetzt keinen Zweifel mehr. Die Frage war nur, wie war sie darauf gekommen? Er war sicher, dass seine Tarnung gut war. Big Marta kannte ihn sehr lange, aber auch Edmund und Ida kannten ihn schon eine Weile, und sie hatten seine Tarnung für sehr gut befunden.

»Am besten haltet Ihr den Blick ein wenig mehr gesenkt. Eure grünen Augen, die vergisst eine Frau nicht so schnell.«

Er drehte sich um, entdeckte jedoch nur noch einen wehenden Rockzipfel, während Big Marta in ihre Küche zurückeilte. Er fluchte leise. Offenbar reichte die Augenklappe nicht aus. Nun musste er sich wohl oder übel zurückhalten und den Schüchternen bei jedem Mädchen spielen, das versuchte, mit ihm zu reden, zumindest bei denen, die auf Dunncraig gewesen waren, als er hier der Laird war. Wenn all das vorbei war, würde sich seine Familie köstlich darüber amüsieren.

Er musste so tun, als sei er schüchtern, sogar voller Scheu vor Frauen, der Landessprache nicht ganz mächtig, und er durfte nichts von der Liebe zeigen, die er für sein Kind empfand. Auch musste er den Dienstboten spielen und den Mann, der sich vorgenommen hatte, ein enthaltsames Leben zu führen. Darüber hinaus konnte er MacKay nicht einfach umbringen, wie er es am liebsten getan hätte, sondern musste Beweise für die Verbrechen dieses Mannes finden. James beschlich das Gefühl, eine Last geschultert zu haben, die er nicht weit würde tragen können. Er hoffte nur, dass er seine Unschuld rasch beweisen konnte, denn all diese Spielchen würden ihn so verrückt machen, dass ihm bald alles egal sein würde.

3

»Was macht Ihr da?«

James war froh, dass er gerade nichts schnitzte. Die süße, hohe Stimme des Kindes war ihm so vertraut, und er hatte sich so lang nach ihrem Klang gesehnt, dass ihm dabei vielleicht das Messer ausgerutscht wäre und er das große Stück der Kamineinfassung, an dem er gerade arbeitete, womöglich böse verunstaltet hätte. Langsam drehte er sich um und sah auf die kleine Meggie. Er musste die Fäuste ballen, um dem heftigen Drang zu widerstehen, dem Kind die dicken wirren Locken aus dem Gesicht zu streichen. Er war jetzt schon eine gute Woche auf Dunncraig, doch es war das erste Mal, dass Meggie zu ihm kam und er mit ihr reden konnte.

»Ich mache die Einfassung für einen Kamin«, erwiderte er.

Meggie kam vorsichtig in die Werkstatt und beobachtete James wachsam. James tat dieser Blick in der Seele weh. Meggie war immer ein fröhliches, vertrauensseliges Kind gewesen. Das Kind hatte auf Dunncraig unter Donnell MacKay offenkundig gelernt, wachsam und ängstlich zu sein. Wachsam zu sein schadete keinem Kind, aber Angst, vor allem innerhalb des eigenen Zuhauses, sollte ein Kind nicht haben. James hegte nicht den geringsten Zweifel, dass MacKays Jähzorn diese Angst bei Meggie wie auch bei vielen anderen auf Dunncraig ausgelöst hatte.

Er setzte es auf die lange Liste der Verbrechen, für die Donnell MacKay bezahlen sollte.

»Ich schnitze die Kamineinfassung für das Schlafzimmer des Herrn, *oui*?«, wiederholte er, als sie vor ihm stand und ihn mit gerunzelter Stirn betrachtete.

»Ach, ich habe Euch schon verstanden, Sir, auch wenn Ihr

ein bisschen komisch redet. Aber ich habe mich gefragt, warum Sir MacKay Euch das tun lässt. Er hat doch schon eine Kamineinfassung, oder? Er braucht keine neue.« Meggie trat näher an das Holz, an dem James gerade gearbeitet hatte. »Das ist sehr hübsch.«

»Du bist sehr freundlich.« Er lächelte, als sie kicherte, und verschränkte die Hände hinter dem Rücken, um Meggie nicht doch spontan zu umarmen. »Warum sagst du Sir MacKay? Ist er denn nicht dein Papa?«

»Das sagt er zwar jedem, doch es stimmt nicht.« Meggie wirkte plötzlich unruhig. »Aber Ihr dürft niemandem verraten, dass ich das gesagt habe.«

»Nein, natürlich nicht. Es ist unser Geheimnis, *oui?*«

»Aye, unser Geheimnis. Ich weiß, dass er meine Mutter geküsst hat, aber das macht ihn noch lange nicht zu meinem Vater. Er hat viele Frauen geküsst. Mein Da war schön und freundlich und hat gelacht und gelächelt. Sir MacKay schreit die Leute nur an und schlägt sie. Er ist überhaupt nicht nett.«

James war verdutzt über die Worte *»Ich weiß, dass er meine Mutter geküsst hat«.* Er musste sich erst einmal fassen, bevor er auf Meggies Vertraulichkeiten reagieren konnte. »*Non,* Küssen macht einen Mann nicht zu einem Papa. Wo ist dein Kindermädchen?«

»Annora? Sie arbeitet im Garten. Siehst du?« Meggie hielt ihre schmutzigen Hände hoch. »Ich habe ihr geholfen, aber ich habe Durst bekommen. Big Marta hat mir etwas zu trinken gegeben. Warum glaubt Ihr, heißt sie Große Marta? Sie ist überhaupt nicht groß, eher ziemlich klein.«

»Ich glaube, der Name ist so etwas wie ein Scherz, *oui?* Etwas, bei dem die Leute lächeln.«

»Ach so. Machen sie sich über sie lustig? Glaubt Ihr, das macht sie traurig?«

»*Non.* Ich denke, sie trägt den Namen zu Recht, eh? Sie hat ein großes Herz, *oui?*«

Meggie nickte lächelnd, wobei ihre dicken Locken einen

wilden Tanz um ihren Kopf aufführten. »Sie ist wirklich sehr stark, und jeder macht, was sie anordnet.« Sie sah wieder auf das Holz, an dem James arbeitete. »Das ist sehr, sehr schön. Darf ich es anfassen, wenn ich saubere Hände habe?«

»*Oui*. Ich bin die meiste Zeit hier und arbeite. Du kannst mich besuchen, wann immer du willst.«

»Meggie!«, rief jemand laut.

»Das ist Annora. Ich gehe jetzt lieber zu ihr zurück, sie macht sich Sorgen um mich, müsst Ihr wissen.«

Bevor James etwas sagen konnte, war Meggie schon verschwunden. Er starrte auf die Türschwelle, über die sie gerade geeilt war, doch er sah nichts. Seine Gedanken nahmen ihn so in Anspruch, dass er blind und taub war gegenüber allem anderen.

Die unschuldig geäußerten Worte seines Kindes hämmerten in seinem Kopf.

Ich weiß, dass er meine Mutter geküsst hat.

James versuchte, sich einzureden, dass sich Meggie das bestimmt nur eingebildet hatte; schließlich war sie erst zwei gewesen, als Mary starb. Ein Kind in diesem Alter konnte unmöglich wissen, was es gesehen hatte, und sich drei Jahre später daran erinnern. Dennoch konnte er nicht aufhören, über diese Worte nachzugrübeln.

War Mary ihm untreu gewesen? Das konnte er sich kaum vorstellen. Mary war enorm schüchtern gewesen, sie war schon bei der zurückhaltendsten Form des Liebemachens errötet und erstarrt. Er hatte nicht glauben wollen, dass ihr seine Berührungen unangenehm waren, und hatte gehofft, dass sie nach ein paar Jahren anfangen würde, die intime Seite ihrer Vereinigung mehr zu genießen. Jetzt musste er überlegen, ob das, was er immer für übergroße Schüchternheit gehalten hatte, in Wahrheit Abneigung gewesen war – Abneigung, weil Mary einen anderen Mann geliebt hatte.

James packte die Ahle in seiner Hand so fest, bis er fast einen Krampf bekam. Er hatte nie verstanden, warum Mary Donnell

MacKay offenbar mochte, aber vielleicht hätte er genauer hinsehen sollen. Es fiel ihm schwer, sich vorzustellen, dass er zum Narren gehalten worden war, aber es war an der Zeit, seine kurze Ehe kritischer zu betrachten. Obwohl es ihn hart ankam, dass die Mary, die er gekannt hatte, eine Rolle bei seiner Zerstörung gespielt haben könnte, wusste James, dass er diese Möglichkeit nicht außer Acht lassen durfte.

Sobald er sich damit abgefunden hatte, dass Mary womöglich nicht die süße, scheue Gemahlin gewesen war, für die er sie gehalten hatte, fragte sich James, ob sie tatsächlich tot war. Die Leiche, die er zu Grabe getragen hatte, hatte zwar die richtige Größe gehabt, aber das Feuer hatte sie bis zur Unkenntlichkeit zerstört. Er war davon ausgegangen, dass es Mary war; an einer kleinen, verkohlten Hand hatte der Ehering gesteckt, den er Mary bei ihrer Hochzeit über den Finger gestreift hatte, und es hatte auch ein paar versengte Reste des Gewandes gegeben, das sie an jenem Tag getragen hatte. Doch das ließ noch eine Menge Raum für Zweifel. Die größten Zweifel regten sich bei James, weil er Mary nie die Niedertracht zugetraut hätte, die für solch eine Ränke nötig war, und nicht glauben konnte, dass sie so geduldig war, sich so lange zu verstecken.

Schließlich verdrängte er all die Fragen, die in seinem Kopf herumschwirrten, und schenkte seine Aufmerksamkeit wieder der Schnitzerei. Die langsame, sorgfältige Arbeit würde ihn beruhigen, das tat sie immer, und dabei würde sein Kopf auch wieder klarer werden. Offenbar gab es auf Dunncraig noch weit mehr Geheimnisse, als er gedacht hatte. Bei seiner Jagd nach der Wahrheit musste er ruhig bleiben und durfte keineswegs Argwohn erregen. Er hoffte nur, dass die Wahrheit nicht zeigen würde, was für ein blinder Narr er gewesen war, einem süßen Lächeln und hübschem Erröten zum Opfer gefallen zu sein und dadurch seinen Feinden Tür und Tor geöffnet zu haben.

***

»Wo hast du gesteckt, Meggie?«, fragte Annora, als die Kleine neben sie trat. »Hast du denn einen ganzen Eimer Wasser getrunken?«

Meggie schüttelte den Kopf und kicherte. »Nay, ich habe mit dem Mann geredet, der hübsche Bilder ins Holz schnitzt.«

Annora warf einen Blick auf den Keep, dann verzog sie das Gesicht und mahnte: »Du sollst den Mann aber nicht bei seiner Arbeit stören.«

»Er hatte nichts dagegen.«

»Vielleicht war er zu höflich, um dir zu sagen, dass du ihn in Ruhe lassen sollst.«

»Nay, er hat mit mir geredet.«

»Na gut, das war nett von ihm, aber du solltest ihn trotzdem seine Arbeit machen lassen.«

»Er hat gemeint, dass ich wiederkommen und das Holz anfassen darf, wenn meine Hände sauber sind.«

Annora verkniff sich das energische Verbot, das ihr auf der Zunge lag. Der Mann fertigte wirklich herrliche Dinge. Sie konnte gut verstehen, warum Meggie so interessiert war. Außerdem wäre es falsch, dem Kind nur aus Angst um seine Sicherheit die Gelegenheit zu nehmen, sich mit jemandem anzufreunden. Solche Ängste konnten die Lebenslust des Kindes nur dämpfen; allein das Leben auf Dunncraig unter Donnells Herrschaft tat in dieser Hinsicht wahrhaftig schon genug.

»Na gut, du darfst dir seine Werke ansehen, wenn du wieder saubere Hände hast«, sagte sie schließlich. »Sogar öfter, wenn er sagt, dass er nichts dagegen hat. Aber du darfst ihn nicht zu oft stören und ihm nicht die Ohren vollquasseln.«

»Ich rede aber gern.«

»Jeder redet gern, aber der Mann hat viel Arbeit. Dein Vater hat ihn eingestellt, um Dinge zu machen, die Dunncraig verschönern sollen.«

»Dunncraig ist schon schön.«

»Aye, das finde ich auch, aber…«

»Und der Laird ist nicht mein Vater.«

Auch Annora hatte ihre Zweifel an Donnells Behauptung, der Vater des Mädchens zu sein, aber das hätte sie Meggie gegenüber nie zugegeben. »Donnell sagt, dass er es ist«, murmelte sie.

»Er lügt.«

Das tut er, dachte Annora, und zwar vermutlich noch viel häufiger, als sie bislang gedacht hatte, aber so etwas konnte sie Meggie natürlich nicht sagen.

»Meggie, du warst noch ganz klein, als deine Mutter starb«, begann sie, obwohl sie nicht sicher war, was sie dem Kind sagen sollte oder konnte.

»Der Mann ist nicht mein Vater! Ich weiß, dass er meine Mutter geküsst hat, aber das macht ihn noch lange nicht zu meinem Vater.«

Annora nahm Meggie, die inzwischen völlig starr war, in die Arme und streichelte ihr übers Haar.

»Dann ist er eben nicht dein Vater. Aber jetzt beruhige dich bitte wieder, sonst wirst du noch richtig krank. Ich habe doch nicht gesagt, dass du lügst, ich habe mich nur gewundert, dass so ein kleines Kind, wie du es damals warst, so genau weiß, wer sein Vater war.«

»Ich weiß es, weil *mein* Vater mich nie schlagen würde, und dich auch nicht. Mein Vater war schön, und er hat gelächelt und gelacht und mich geküsst.«

Das passte jedenfalls nicht zu Donnell, dachte Annora. »Aber du hast es nie abgestritten.«

»Weil er mich dann geschlagen hätte. Oder dich. Das wollte ich nicht.« Meggie starrte auf die Hand, mit der sie gerade durch die Spitzen von Annoras schlichtem, allmählich zerschlissenen Gewand fuhr. »Und außerdem habe ich immer gedacht, dass er vielleicht eines Tages wie mein Vater werden könnte, wenn er gelernt hat, mich zu lieben. Aber ich glaube nicht, dass er das jemals tun wird. Ich glaube nicht, dass Donnell irgendwen liebt.«

Bei der schmerzerfüllten Sehnsucht, die in Meggies Stimme

lag und die Annora nur allzu gut verstehen konnte, schnürte es ihr das Herz zusammen. Obwohl niemand mit Bestimmtheit sagen konnte, ob Sir James Drummond tot war, war Meggie verwaist. Ihre Mutter war tot, und ihr Vater musste sich verstecken, sonst würde er bald tot sein. Die arme Meggie wollte und brauchte eine Familie, und alles, was sie hatte, war Donnell MacKay. Selbst wenn Annora dem Kind noch so viel Liebe schenkte, den Verlust ihrer Eltern konnte sie nicht wettmachen.

»Meggie, meine Süße, du musst das Spiel unbedingt weiterspielen. Das verstehst du doch, oder?«

»Aye, das verstehe ich. Ich weiß, dass Sir MacKay sonst sehr zornig würde, und das will ich nicht.«

»Nay, wir wissen beide, dass das nicht gut ist. Deshalb müssen wir die Geschichte für uns behalten.« Annora fragte sich, warum über das Gesicht des Kindes ein Hauch von Schuld huschte, doch sie beschloss, dass sie einstweilen genug über dieses Thema geredet hatten. »Sollen wir uns wieder an unsere Arbeit machen?«

Meggie nickte eifrig und wandte sich dem kleinen Beet zu, das sie bepflanzte. Annora sah ihr kurz zu, dann kehrte sie zu ihrer eigenen Arbeit zurück. Doch ihr Kopf gab keine Ruhe. Meggie war felsenfest davon überzeugt, dass Donnell nicht ihr Vater war. Annora wusste, dass ein unglückliches Kind manchmal aus einem Wunsch eine Tatsache machte; aber Meggie neigte nicht dazu, so hartnäckig an Wunschvorstellungen festzuhalten.

Manchmal war sie unglücklich, aber meist ging sie Donnell und seiner Lieblosigkeit einfach aus dem Weg.

Das Problem war nur – mit ihrer Überzeugung, dass Donnell nicht ihr Vater war, schürte Meggie Annoras Zweifel an den Ansprüchen ihres Cousins. Bei dem Gedanken, dass Mary vielleicht Donnells Geliebte gewesen war, überkam sie ein solch starker Abscheu, dass sie ihn nicht weiter verfolgen wollte. Leider hatte sie Mary nicht sehr gut gekannt, doch sie wusste, dass diese sehr leichtgläubig gewesen war. Aber konnte denn eine Frau ihren Gemahl über längere Zeit derart hintergehen? Annora schüttelte kaum merklich den Kopf und beschloss, dass das wohl ein weiteres Rätsel war, das sie lösen musste. Wenn man bedachte, wie lange sie brauchte, um der Lösung der anderen Rätsel ein Stück näher zu kommen, konnte es gut sein, dass Meggie schon verheiratet war und eigene Kinder hatte, bevor die ganze Wahrheit ans Tageslicht kam.

Vielleicht war es an der Zeit, weniger zaghaft nach der Wahrheit zu suchen. Annora ärgerte sich über ihre Feigheit. Sie hatte immer geglaubt, dass sie die Wahrheit über Donnells plötzlichen Aufstieg herausfinden würde, wenn sie die Menschen von Dunncraig kennenlernte und mit ihnen sprach. Doch Donnell sorgte mit Erfolg dafür, dass das nicht passierte. Bislang war sie ihren Bewachern nicht entkommen, und vermutlich würde es Argwohn wecken, wenn sie es doch einmal tat.

Am besten war es wohl, nicht bei anderen nach Antworten auf all ihre Fragen zu suchen, sondern sich innerhalb von Dunncraigs Mauern umzusehen.

Als sie diesen Gedanken gefasst hatte, beschloss Annora, dass es wohl gar nicht so schwierig sein dürfte. Die meisten Männer, die Donnell treugesinnt waren, waren stets an seiner Seite; wenn sie also wusste, wo sich Donnell aufhielt, sollte es möglich sein, unbeobachtet zu schnüffeln. Die Frage war nur, wo sie suchen sollte. Donnell hielt sich gewöhnlich an einen strikten Zeitplan. Sie wusste genau, wann er in seinem Arbeitszimmer am Tisch saß, um die Buchhaltung zu machen und wann nicht. Das Arbeitszimmer wäre wahrscheinlich der beste Ausgangspunkt. Sie musste nur für einen Fluchtweg sorgen oder eine sehr gute Ausrede parat haben, falls sie dort ertappt wurde.

»Warum verrichtet Ihr solche Arbeiten?«

Beim Klang der tiefen Stimme war Annora so überrascht und besorgt, dass der Mann ihre Pläne womöglich erriet, dass sie beinahe laut aufgeschrien hätte. Nur mit größter Mühe konnte sie verbergen, wie sehr Egans plötzliches Auftauchen sie erschreckt hatte. Sie hielt den Blick fest auf den Boden gerichtet, während sie sich aufsetzte. Erst als sie sicher war, dass sie sich ausreichend gefasst hatte, sah sie Egan an. Zu seinen Füßen zu knien und zu ihm aufzublicken, kam zwar einer Unterwerfung gleich, doch sie widerstand dem Drang, aufzustehen und ihm direkt in die Augen zu sehen. Selbst dann hätte sie zwar noch hochblicken müssen, aber es hätte wahrscheinlich zu streitlustig gewirkt. Und Egan reagierte auf jede Art von Kampfansage auf dieselbe Weise – mit seinen Fäusten.

»Ich arbeite gern im Garten«, sagte sie. »Es beruhigt, und man schafft dabei etwas Nützliches.«

»Diese Arbeit ist die Arbeit anderer Mädchen, solcher, die nicht von edlem Geblüt sind wie Ihr.«

»Sie würden es gerne tun, wenn ich sie darum bitten würde, aber ich mache es wirklich sehr gern selbst. Und außerdem ist es gut, hin und wieder an die frische Luft zu kommen.«

Sie bemühte sich, möglichst leise und ruhig zu sprechen und den Blick auf sein pockennarbiges Gesicht gerichtet zu halten. Rasch hatte sie gelernt, dass es ebenso unklug war, Egan zu verärgern wie Donnell.

Er hatte zwar nur selten die Hand gegen sie erhoben, doch andere Frauen auf Dunncraig hatte er aus dem geringfügigsten Anlass beinahe totgeprügelt.

Annora fragte sich, warum der Mann so brutal war. Trotz seiner Pockennarben war er nicht hässlich. Seine haselnussbraunen Augen hätten sogar schön sein können, doch sie waren so kalt, wie Annora es noch bei niemandem gesehen hatte. Egans Züge waren zwar etwas grob, aber ebenmäßig. Doch wenn er zornig war, sah er so grausam aus, dass er jeden in Angst und Schrecken versetzte, der ihm über den Weg lief. Annora bemühte sich stets nach Kräften, ihn nicht zornig zu machen.

Wenn er nur nicht ein derart starkes Interesse an ihr gehabt hätte! Bislang hatte sie Glück gehabt, denn er hatte ihr seine Aufmerksamkeit nicht allzu intensiv aufgedrängt. Doch leider wusste sie von einigen Frauen, die auf die harte Art herausgefunden hatten, dass Egan nicht gern abgelehnt wurde und es ihm durchaus zuzutrauen war, eine Frau einfach zu überwältigen und sich zu nehmen, was er wollte. Annora fürchtete, dass ihr eines Tages dasselbe widerfahren könnte. Sie bezweifelte, dass Donnell dem Mann Einhalt gebieten oder ihn bestrafen würde, wenn er sie vergewaltigt hatte. Wenn Meggie nicht gewesen wäre, wäre sie nur wenige Wochen nach ihrer Ankunft auf Dunncraig und nur Minuten, nachdem Egan sie zum ersten Mal lüstern angegafft hatte, geflohen.

»Das sollten sie auch; bis der Laird eine Gemahlin gefunden hat, seid Ihr hier die Lady von vornehmster Geburt.«

»Viele Frauen von vornehmer Geburt arbeiten im Garten. Ich pflüge ja keinen Acker.«

An der Art, wie sich seine Augen verengten, merkte Annora, dass in ihren Worten wohl mehr Schärfe gelegen hatte als beabsichtigt.

Als Egan die dicken Arme vor der Brust verschränkte, atmete sie erleichtert auf. Diese Haltung zeigte zwar seinen Dünkel, enthielt aber keine richtige Drohung.

»Ihr haltet Euch besser nicht zu lange in der Sonne auf, sonst werdet Ihr noch so braun und runzelig wie diese Frauen. Im Übrigen sucht Donnell nach Euch.«

»Oh, verstehe.« Sie stand auf und wischte den Staub von den Röcken. »Soll ich für ihn wieder etwas im Dorf erledigen?«

»Nay. Offenbar erwartet er Besuch, und Ihr sollt Euch davon überzeugen, dass alles hergerichtet ist, wie es sich für Gäste gehört.«

»Kenne ich die Gäste? Wenn ja, würde mir das helfen bei der Entscheidung, was aufgetischt werden soll.«

»Es sind Laird Chisholm und seine Söhne.«

Annora schaffte es nur mit Mühe, einen abfälligen Schauder zu unterdrücken. Ian Chisholm, Laird von Dubhuisge, war ein großer, haariger, übel riechender Mann, und seine zwei grobschlächtigen Söhne waren keinen Deut besser. Er war erpicht darauf, sich mit Donnell zusammenzutun, um ihren Besitz zu vergrößern.

Annora hatte Angst um die Clans in der Nähe, die nicht so stark und so gewalttätig waren. Sie waren bereits mehrmals von Donnell und den Chisholms überfallen worden und konnten wahrhaftig darauf verzichten, dass der Verwüstungen noch mehr wurden. Darüber hinaus fanden die drei Chisholms, dass Annora zu den Höflichkeiten gehören sollte, die Donnell seinen Gästen zuteil werden ließ. Bislang war es allerdings noch nicht dazu gekommen, und Annora hatte das Gefühl, dass sie das Egan zu verdanken hatte. Doch wahre Dankbarkeit wollte einfach nicht in ihr aufkeimen.

»Nun denn, dann sollte ich wohl mit Big Marta reden.«

»Aye, und sagt der Alten, dass wir viel Fleisch auf dem Tisch haben wollen, und zwar gut gekochtes Fleisch.«

Es fiel ihr zwar schwer, doch Annora widerstand der Versuchung, dem Mann die Zunge herauszustrecken, als sie ging. Big Marta war eine ausgezeichnete Köchin. Kritik an ihrer Arbeit war völlig ungerechtfertigt, und sie hatte nicht die Absicht, ihr etwas davon zu sagen. Wahrscheinlich nutzten Egan und Donnell derartige Beleidigungen, um dafür zu sorgen, dass die Leute kuschten und sich noch mehr ins Zeug legten, um es ihnen recht zu machen.

Offenbar war dem Mann entgangen, dass derlei Taktiken bei Big Marta nicht verfingen.

Annora brachte Meggie ins Kinderzimmer und säuberte sie. Dann überließ sie sie Annie, einem jungen Mädchen von dreizehn Jahren, die gern im Kinderzimmer half, da sie dann Donnells Männern nicht über den Weg laufen musste. Nachdem sie sich gewaschen hatte, eilte Annora in die Küche.

»Big Marta«, begrüßte sie die Frau, die gerade in einem Kessel mit dickem, köstlich duftenden Eintopf rührte. »Wir haben Gäste zum Abendessen.«

»Ich weiß«, erwiderte die Köchin unwirsch. Sie sah aus, als ob sie am liebsten ausspucken würde. »Dieser alte Lüstling Chisholm und seine sabbernden Sprösslinge.«

»Ach so, dann brauchst du mich hier nicht mehr.«

»Aye, ich weiß, wer kommt und was die Narren zum Essen haben wollen, aber das heißt nicht, dass Ihr mir nicht helfen könnt. Ich könnte jemanden gebrauchen, der die Äpfel schneidet, die ich gerade aus dem Vorratsraum geholt habe.«

»Natürlich, ich helfe gern«, meinte Annora und setzte sich an den großen Arbeitstisch. Sie holte einen Apfel aus dem Korb und machte sich ans Werk. »Ist Helga krank?«, fragte sie, nachdem sie sich umgesehen und gemerkt hatte, dass eines der Küchenmädchen fehlte.

»Hm, so könnte man es auch nennen. Der Laird hatte gestern Nacht Lust auf eine Frau. Leider war er auch betrunken und brutal. Es wird sicher einige Tage dauern, bis Helga sich davon erholt hat.«

Annora seufzte kopfschüttelnd. »Früher war es hier nicht so, oder?«

»Nay, es war schön auf Dunncraig, und der Laird kümmerte sich um seine Leute. Außerdem hat er von den Mädchen, die im Keep arbeiteten, nie erwartet, dass sie sein Bett wärmten, obwohl viele es gern getan hätten. Schon ein Lächeln von ihm hätte genügt.«

Offenbar war Big Marta zum Reden aufgelegt, und Annora wollte das nutzen. »Trotzdem heißt es, dass er seine Frau getötet hat.«

»Nay, so etwas hätte dieser hübsche junge Mann nie getan. Mir ist schleierhaft, wie jemand auf einen solchen Gedanken verfallen kann. Ich bin mir nicht einmal sicher, ob jemand weiß, was genau Mary Drummond geschehen ist.«

»Ich habe nie gehört, dass jemand bezweifelt hätte, dass sie ums Leben kam.«

»Na, das ist auch kein Wunder, Euer Cousin lässt Euch ja mit niemandem reden. Wenn Ihr mit den Leuten reden dürftet, die hier auf den Feldern arbeiten, dann würdet Ihr die Wahrheit über Sir James Drummond erfahren. Er war gut zu uns und gut für Dunncraig.«

Annora sah sich noch einmal um und merkte, dass Big Marta wohl auch deshalb kein Blatt vor den Mund nahm, weil keiner von Donnells Leuten da war. Offenbar hatte sie, Annora, es geschafft, ohne ihre Wächter in die Küche zu gelangen. Zweifellos würde bald jemandem auffallen, dass sie ohne Begleitung unterwegs war, und noch dazu dort war, wo sie womöglich Dinge zu hören bekam, die Donnell sie nicht hören lassen wollte. Doch ihre plötzliche Freiheit wollte sie nach Kräften nutzen.

Sie nickte nur und arbeitete weiter, während sie Big Marta eine Frage nach der anderen stellte. Manchmal ließ sie die Frau einfach reden, ohne sie zu unterbrechen. Sie machte sich Vorwürfe, dass sie in den drei Jahren, die sie nun auf Dunncraig lebte, nur wenige Worte mit dieser Frau gewechselt hatte, auch wenn es natürlich nicht ihre Schuld war. Nach so einem Gespräch hatte es sie eigentlich von Anfang an verlangt, und je mehr sie erfuhr, desto klarer wurde ihr, warum bisher dafür gesorgt worden war, dass sie möglichst wenig Kontakt zu den Frauen auf Dunncraig Keep hatte. Als Annoras Bewacher schließlich in die Küche stolperten, wäre ihr beinahe ein Fluch über die Lippen gekommen, doch nachdem sie mit dem Zerkleinern der Äpfel fertig war, hatte sie keinen offensichtlichen Grund, sich weiter in der Küche aufzuhalten.

Auf dem Weg in ihre Kemenate war ihr, als müsste sie platzen von all dem, was Big Marta ihr erzählt hatte. Nichts stimmte mit dem überein, was sie von Donnell über den früheren Laird gehört hatte. Wenn das, was Big Marta erzählt hatte, der Wahrheit entsprach, dann war Donnell noch weit schlimmer, als Annora vermutet hatte. Wenn man all dem Glauben schenken konnte, was die Köchin behauptet hatte, dann war Sir James Drummond ein grausames Unrecht widerfahren, und auch die Leute von Dunncraig litten darunter.

All dies bestärkte Annoras eigene Zweifel, doch sie wusste, dass sie umsichtig sein musste. Sie wollte, dass dies die Wahrheit war, doch ihr war klar, dass dieser Wunsch sie blind gegenüber allem machen würde, was ihrer eigenen Meinung nicht entsprach. Eines indes wusste sie ganz genau: Sie musste weitergraben, um die ganze Wahrheit über den früheren Laird und Donnells Anspruch auf Dunncraig in Erfahrung zu bringen. Ihre Neugier trieb sie dazu, und die Menschen von Dunncraig verdienten es, von Donnell MacKays Schreckensherrschaft befreit zu werden.

4

James schwitzte, und das ärgerte ihn, denn es war ein Zeichen der Angst, die ihn gepackt hatte. Am liebsten hätte er lauthals geflucht und wäre dann mit kühnen Schritten ins Arbeitszimmer gegangen, zu dem er nun heimlich schlich. Auf dem Weg zu einem Raum in seiner eigenen Burg Angst zu verspüren oder auch nur ein gewisses Unbehagen, stachelte die Wut an, die er nach Kräften zu unterdrücken suchte. Dass sich erst jetzt die Gelegenheit dazu ergeben hatte, obwohl er nun schon seit zwei Wochen auf Dunncraig weilte, verstärkte nur seinen Zorn.

Bei der Tür angekommen, sah er sich noch einmal um, und als er niemanden bemerkte, schlüpfte er rasch hinein. Abgesehen von neuen Wandbehängen und einem dicken Teppich hatte der Raum sich kaum verändert, aber die Pracht dieser Wandbehänge war unübersehbar, und auch für den Teppich hatte MacKay bestimmt eine hohe Summe zahlen müssen. James schüttelte den Kopf ob dieser Beweise, dass MacKay viel zu viel Geld für Komfort ausgab.

Alles deutete darauf hin, dass Donnell MacKay Dunncraig total ausnahm. James hatte das schon bemerkt, als er bei Edmund und Ida untergeschlüpft war, und auch Big Marta hatte sich darüber beklagt. Noch zögerte James, die Bücher zu überprüfen. Er befürchtete, dass MacKay nicht nur jede Münze aus Land und Leuten herausgepresst hatte, die er herauspressen konnte, sondern dass er Dunncraig auch noch hoch verschuldet hatte.

Doch dann fasste er sich ein Herz – er musste die hässliche Wahrheit herausfinden. Er setzte sich an den Tisch und machte sich an die mühsame Arbeit, die Geschäftsbücher zu studieren.

Beim Lesen horchte er, ob sich jemand dem Raum näherte. Bald stellte er fest, dass MacKay genau das getan hatte, was er befürchtet hatte. Und schlimmer noch – offenbar überfiel er auch regelmäßig die Nachbarn und nahm sich mit Gewalt, was Dunncraig mühelos abgeworfen hätte, wenn er sich um das Land gekümmert hätte, wie es ein Laird tun sollte. James war klar, dass es ihn einige Mühe kosten würde, die benachbarten Clans zu beschwichtigen, nachdem er Dunncraig wiedererlangt hatte.

Dann stieß er auf ein kleines Geschäftsbuch, versteckt zwischen den großen mit den Bilanzen. Was James in dem kleinen Buch las, jagte ihm einen eiskalten Schauder über den Rücken. Edmund der Böttcher hatte nicht viel zu berichten gehabt über das Schicksal der Männer, die James die Treue gehalten hatten, aber er hatte befürchtet, dass nur wenige den Wechsel der Lairds überlebt hatten, und Edmund hatte mit seiner Befürchtung recht. In MacKays kritzeliger Handschrift war das Schicksal dieser Männer niedergelegt. Einige hatten es geschafft, aus Dunncraig zu fliehen. Der Rest war getötet worden. Die meisten von ihnen waren vor ihrer Ermordung von MacKay brutal gefoltert worden, weil er wissen wollte, wohin James geflohen war. Daneben war auch noch ganz genau aufgelistet, wer auf Dunncraig Keep, auf Dunncraigs Land und im Dorf lebte. Offenbar behielt MacKay jeden, ob Mann, Frau oder Kind, den er zu beherrschen trachtete, genau im Auge.

Zorn und Trauer über den Verlust so vieler guter Männer machten James eine Weile blind gegenüber allem anderen. Erst ein Geräusch an der Tür holte ihn aus seiner düsteren Grübelei und machte ihm wieder deutlich, in welcher Gefahr er sich befand: Jemand machte sich leise an der Klinke zu schaffen.

Rasch schloss er die Bücher und trat vom Tisch weg. In dem Moment ging die Tür auf. James dachte fieberhaft über einen guten Grund nach, warum er sich in MacKays Arbeitszimmer herumtrieb. Doch als er sah, wer sich hier rückwärts in den Raum schlich, ging ihm der Mund sperrangelweit auf: Es war

Annora. Während sie noch einmal sorgfältig ihre Blicke über den Gang schweifen ließ, bevor sie die Tür schloss, schlich James sich hinter sie.

Als Annora behutsam die Tür zuzog, schlug ihr das Herz bis zum Hals, doch dann seufzte sie erleichtert auf. Der erste Schritt auf der Suche nach der Wahrheit war getan. Sie hatte es geschafft, unbemerkt in Donnells Arbeitszimmer zu gelangen. Jetzt musste sie sich nur noch gründlich umsehen, ohne sich dabei erwischen zu lassen. Annora schnitt eine Grimasse. Sie fragte sich, ob sie die Neugier nicht in Schwierigkeiten gebracht hatte, aus denen sie nicht mehr herauskommen würde.

Schließlich straffte sie die Schultern, entschlossen, einige Antworten auf ihre Fragen zu finden. Doch als sie sich umdrehte, um zum Tisch zu gehen, starrte sie auf eine breite Brust. Ihre Nase berührte sogar das grobe Leinenhemd, das diese breite Brust bedeckte. Der einzige klare Gedanke, den sie fassen konnte, sagte ihr, dass es sich nicht um Donnell oder Egan handelte, und einer der Chisholms konnte es auch nicht sein; wäre ihre Nase einem von ihnen so nahe gerückt, hätten ihre Augen von dem Gestank dieser Männer zu tränen begonnen. Langsam hob sie den Kopf – und starrte in ein wunderschönes grünes Auge. Fast war sie ein wenig bestürzt, dass sie sich eigentlich nicht weiter wunderte. Sie hatte seinen Geruch erkannt und das Gefühl kaum gezügelter Wut, gepaart mit Kummer und Enttäuschung.

»Was habt Ihr hier zu suchen, Master Lavengeance?«, fragte sie, denn in diesem Fall dachte sie, dass es besser wäre, zum Angriff überzugehen, statt eine Entschuldigung zu stammeln oder wegzulaufen.

Da er mittlerweile wusste, dass Annora fließend Französisch sprach, sah James keinen Grund, sich Mühe zu geben, einen Franzosen zu mimen, der schlecht Englisch sprach. »Ich denke, ich sollte Euch eher fragen, was *Ihr* hier zu suchen habt«, erwiderte er auf Französisch.

»Ich habe als Erste gefragt.«

»Ah, aber ich glaube, Eure Antwort wird viel interessanter ausfallen als meine.«

Annora kam es ein bisschen seltsam vor, Englisch zu reden, während er Französisch sprach, doch sie hatte gleich erraten, dass Master Lavengeance nahezu alles verstand, was auf Englisch gesagt wurde. Sie kannte mehrere gälischsprechende Leute, die Englisch verstanden, aber es nicht sprechen konnten. Aber vielleicht weigerten sie sich auch nur, die Sprache ihrer ältesten Feinde zu sprechen. Doch diesen Nebengedanken verfolgte sie jetzt nicht weiter. Stattdessen sah sie den Holzschnitzer stirnrunzelnd an.

»Ich muss ein paar Briefe schreiben«, sagte sie.

»Ihr könnt schreiben?«, fragte James, wissend, dass er seine Überraschung nur schlecht verbarg.

Die Murray-Frauen bekamen zwar alle eine recht gute Erziehung, dennoch war es ungewöhnlich, dass Frauen etwas anderes beigebracht wurde, als sich um ihr Heim, ihren Mann und ihre Kinder zu kümmern.

»Natürlich kann ich schreiben. Und lesen.«

»Seid doch nicht gleich beleidigt. Viele Frauen können weder das eine noch das andere, und vielen Männern ist das auch ganz recht so. Ja, viele achten sogar darauf, dass die Frauen in ihrem Haushalt nur mit Mühe ihren Namen schreiben können, wenn überhaupt.«

Annora trat endlich einen Schritt zurück. Sie fragte sich, warum sie so lange dazu gebraucht hatte, sich zu entfernen. »Na ja, ich lebte in den Häusern mehrerer Frauen, die der Meinung waren, eine Frau sollte so viel lernen, wie sie kann. Sie beendeten das Werk, das meine Mutter begonnen hatte. Nicht, dass Euch das etwas anginge. Aber jetzt werde ich Euch wohl dem überlassen, wozu Ihr hier hereingeschlichen seid.«

Sie wollte sich zur Tür drehen, doch er packte sie an den Oberarmen. Seine langen, starken Finger umschlossen ihre Arme fast gänzlich. Annora hatte drei Jahre lang gelernt, wie sie die schlimmsten Auswüchse von Donnells Zorn vermeiden konnte, und deshalb wehrte sie sich nicht. Aber als Master Lavengeance sie gegen die Tür drückte, allerdings, ohne ihr wehzutun, fragte sie sich, ob sie sich nicht doch lieber wehren sollte.

»Habt Ihr vor, zu Eurem Herrn zu eilen und ihm zu sagen, dass ich mich in diesem Raum aufgehalten habe?«, fragte er.

Den Griff um ihre Arme lockernd, drückte er sie mit seinem ganzen Körper gegen die Tür. Doch rasch wurde ihm klar, dass das ein Fehler war. Sobald sein Körper mit ihr in Berührung kam, entflammte das Verlangen in ihm. Es durchströmte ihn mit jedem Herzschlag und erinnerte ihn daran, wie lange es her war, seit er solche Bedürfnisse gestillt hatte.

Er verzog das Gesicht. Am liebsten hätte er eilig die Flucht angetreten, doch sein Verstand drängte ihn, die Wahrheit zu erkennen: Es war nicht nur das blinde Verlangen nach einer Frau, das ihn vor Lust ganz benommen machte; es war sie, ihr Duft, ihre nachtblauen Augen, ja selbst der Klang ihrer Stimme. Und auch, wie sie seine so ernste und wachsame Meggie zum Lächeln und Kichern bringen konnte.

Er drängte die verzehrende Leidenschaft beiseite und musterte Annoras Gesicht.

Beinahe hätte er grinsen müssen. Als er sie packte, war sie erstarrt wie ein verängstigter Vogel. Er wusste, dass sie mit Gewalt gerechnet hatte und sich wahrscheinlich sogar auf Schmerzen eingestellt hatte; doch offenbar hatte sie gemerkt, dass er sie nicht so grob behandeln würde. Darüber freute er sich, aber dass sie schlimme Dinge erwartet hatte, erzürnte ihn und machte ihn traurig. Er beschloss, dass es wohl am ratsamsten war, sich auf die Verärgerung und Empörung in ihrem hübschen Gesicht zu konzentrieren. Allerdings war ihm klar, dass es ein Fehler wäre, ihr zu sagen, sie sähe hinreißend aus, wenn sie wütend war; denn die Frauen in seiner Pflegefamilie, der Familie Murray, hatten ihm in dieser Hinsicht viel beigebracht.

»Also, habt Ihr vor, Euren Herrn auf mich zu hetzen?«, fragte er noch einmal.

»Warum? Habt Ihr etwas getan, was Dunncraig schaden könnte?«

Ihm fiel auf, dass sie nicht von einem Schaden für MacKay gesprochen hatte. »Nein. Ich habe mich nur gefragt, warum der Mann mich so stattlich entlohnt für geschnitzte Kamineinfassungen und hübsche Möbel, wenn die Leute im Dorf kurz vor dem Verhungern sind.«

»Dieses Rätsel lässt sich leicht lösen. Der Narr findet, es stehe ihm zu, wie ein König zu leben. Alles, was hier angebaut, gemacht oder verdient wird, soll einzig und allein seiner Annehmlichkeit dienen. Ihr weilt seit zwei Wochen in diesem Keep, und davor habt Ihr im Dorf gelebt, da hättet Ihr wahrhaftig nicht hier herumzuschnüffeln brauchen, um diese bittere Wahrheit herauszufinden.«

Annora spürte, wie sich ihr Atem beschleunigte, als Rolf sich noch ein wenig fester an sie presste. Sie spürte auch, dass er die Wahrheit sagte, aber nicht die ganze Wahrheit. Außerdem spürte sie, dass er für Dunncraig und die Menschen, die hier lebten, keine Bedrohung darstellte. Wenn er eine Bedrohung für Donnell und seine Spießgesellen war, sollte ihr das egal sein. Es beunruhigte sie nicht weiter. Was sie hingegen beunruhigte, war sein Verlangen nach ihr, und als er sich noch näher an sie drängte, spürte sie sogar den Beweis. Dass ihr die Gefühle gefielen, die dabei in ihr aufstiegen, wunderte sie allerdings, ja, es machte ihr richtig Angst.

»Ich werde Donnell nichts sagen, Ihr könnt mich also ruhig loslassen«, sagte sie, froh, dass sie so ruhig klang, während sie innerlich bebte.

»Seid Ihr sicher, dass ich Euch loslassen soll?« James drückte einen sanften Kuss auf ihre Stirn. Er spürte, wie sie ein wenig erzitterte. »Ich glaube nicht, dass ich das will. Ich glaube, ich werde Euch küssen.«

»Ich glaube nicht, dass das klug ist.«

»Vielleicht habt Ihr recht, aber in diesem Augenblick ist mir das gleichgültig. Ich möchte nur ...«

Bevor sie etwas sagen konnte, verschloss sein Mund ihre Lippen. Er war weich und warm. Sie konnte sein Verlangen schmecken, und sie spürte, wie es in sie floss und ihre Lust entfachte.

Ihr war, als entblöße er einen Moment lang sein Herz und seine Seele vor ihr; seine Gefühle vermischten sich mit den ihren und verstärkten sie. Der Mann hatte sehr starke Gefühle, und nicht alle davon waren gut, aber sein Verlangen nach ihr war echt. Annora wusste zwar, dass das Verlangen eines Mannes ein oberflächliches und flüchtiges Gefühl sein konnte, doch sie zögerte nicht, die Lippen zu öffnen, als er sachte an ihrer Unterlippe nagte.

Als seine Zunge in ihre Mundhöhle eindrang, warf sie alle Vorsicht über Bord und schlang die Arme um seinen Hals. Es war ihr egal, ob sein Verlangen oberflächlich, tief oder sogar gefährlich war. Sie wollte nur noch, dass er nicht aufhörte, sie zu küssen.

Er zog sie ungestüm an seinen großen, sehnigen Körper. Seine Hand legte sich auf ihr Hinterteil und presste sie gegen seine Lenden. Seine lange, harte Männlichkeit, die sich an sie drängte, ließ keinen Zweifel daran, wonach es ihm gelüstete. Das hätte sie dazu bringen müssen, um ihr Leben oder zumindest um die Wahrung ihrer Tugend zu rennen. Stattdessen erwiderte sie seine sanften Stöße und hörte sich selbst leise stöhnen.

Als er aufhörte, sie zu küssen, folgte Annora kurz seinen Lippen in dem Versuch, sie wieder zurückzuholen. Doch dann flackerte kurz ihr gesunder Menschenverstand auf und gebot ihr Einhalt. Sie sank an die Tür und spürte, wie sehr er darum kämpfen musste, die Lust zu zügeln, die zwischen ihnen entbrannt war. Eigentlich hätte sie darüber froh sein müssen. Leider trug ihr gesunder Menschenverstand nicht dazu bei, das Feuer zu löschen, das sein Kuss in ihr entfacht hatte. Außerdem fragte sie sich, warum er aufgehört hatte, nachdem sie ja überaus bereit gewesen wäre, die Sache fortzusetzen.

»Habt Ihr das gehört?«, fragte er plötzlich, und sein ganzer Körper spannte sich an wie vor einem Kampf.

»Was gehört?«, fragte sie. Sie war noch immer damit beschäftigt, die Lust aus ihrem Körper zu vertreiben.

»Jemand ist im Anmarsch.«

Annora stand kurz davor, in Panik auszubrechen, als er sie an die Hand nahm und zur Wand neben den kleinen Kamin zerrte. »Wir müssen hier raus«, sagte sie atemlos.

»Genau das tun wir.«

Sie sah ihm verwundert zu, als er auf ein paar Steine neben dem Kamin drückte und die Wand sich bewegte. Während er Annora in den winzigen Raum zerrte, der sich vor ihnen aufgetan hatte, ging ihr durch den Kopf, wie gut es war, dass Donnell offenkundig nicht alles über Dunncraig wusste. Der Mann hätte geheime Räume und Gänge bestimmt für einen ruchlosen Zweck genutzt. Nun drückte Rolf auf etwas neben der Tür, und sie schloss sich wieder. Sie standen jetzt sehr nah beieinander in völliger Dunkelheit. Die Nähe zu ihm machte Annora nichts aus, doch sie hatte eine alte und tiefsitzende Angst vor der Dunkelheit.

»Bleiben wir hier?«, flüsterte sie mit bebender Stimme, auch wenn es ihr peinlich war, dass sie ihre wachsende Angst nicht verbergen konnte. »Gibt es keinen Gang, durch den wir kriechen können?«

»Doch, den gibt es«, flüsterte er ihr ins Ohr. »Aber ohne Licht ist es nicht ratsam, ihn zu benutzen.«

»Kann man uns hören?«, wisperte sie zurück in der Hoffnung, dass ein Gespräch ihr helfen würde, ihrer Angst Herr zu werden.

»Nicht, wenn wir sehr, sehr leise flüstern. Wir werden jedoch alles hören können, was im Arbeitszimmer gesprochen wird.«

»Das könnte nützlich sein.«

James schlang die Arme um sie und zog sie wieder an sich. Es war eine süße Folter, aber er beherrschte sein Verlangen, weil er ihre wachsende Angst spürte.

Außerdem ging er davon aus, dass sie noch Jungfrau war. Und eine hastige Paarung in einem winzigen, dunklen Raum, kaum ein paar Schritte entfernt von Fremden, war sicher nicht dazu angetan, sie in die Freuden der körperlichen Liebe einzuführen – selbst wenn er dann vielleicht an seiner Tarnung hätte festhalten können.

»Habt Ihr Angst vor der Dunkelheit?«

»Aye, vor dunklen, engen Räumen, bei denen ich keinen Fluchtweg sehen kann.« Sie erbebte, als plötzlich aus den Tiefen ihres Gedächtnisses, dort, wo sie sie begraben hatte, eine düstere Erinnerung an ihre Cousine Sorcha in ihr aufstieg. »Eine der Frauen, die mich nach dem Tod meiner Mutter zu sich nahmen, war der Ansicht, dass man ein ungehorsames Kind am besten damit bestraft, wenn man es in einen kleinen, dunklen Raum einsperrt.« Warum erzählte sie ihm das überhaupt? Sie hatte noch nie mit jemandem darüber gesprochen.

James hielt sie noch ein wenig fester. Am liebsten hätte er diese Frau zur Rede gestellt und sie wenn nötig mit Gewalt dazu gebracht, ihren Fehler einzusehen. Allerdings wunderte er sich, dass er sich über etwas, was Annora zugestoßen war, so empören konnte. Er kannte die junge Frau doch kaum, und er war sich noch nicht einmal sicher, ob er ihr wirklich vertrauen konnte. Nur weil ein Kuss ihm durch und durch gegangen war, hieß das noch lange nicht, dass er ihr all seine Geheimnisse anvertrauen konnte. Doch genau das würde er tun müssen, wenn sie tatsächlich miteinander schliefen, was er nur zu gern getan hätte. Nein, es blieb ihm wohl nichts anderes übrig, als zu vergessen, wie süß sie schmeckte.

Der Klang von MacKays Stimme riss ihn aus den Gedanken, wie richtig sich diese junge Frau in seinen Armen anfühlte. James erstarrte und lauschte. Er wollte kein Wort verpassen. Es überraschte ihn nur, dass Annora dasselbe zu tun schien. Offenbar mochte sie ihren Cousin nicht und vertraute ihm auch nicht. James wunderte sich darüber, aber er wusste, dass jetzt nicht der rechte Zeitpunkt war, sie danach zu fragen.

»Wann ziehen diese verfluchten Chisholms wieder ab?«, fragte Egan.

»Wenn unser Geschäft besiegelt ist«, erwiderte Donnell.

»Sie machen zu viele Leute auf uns aufmerksam. Sie bemühen sich nicht zu verbergen, was sie tun. Es würde mich nicht wundern, wenn sie in jeder Schenke, die sie betreten, sogar prahlen würden mit unseren Taten.«

»Das spielt keine Rolle. Ich kann mir nicht vorstellen, dass ihnen jemand Glauben schenkt, wenn sie sich gegen uns aussprechen, dazu sind sie viel zu bekannt als verlogene Diebe. Es wird ein Leichtes für uns sein, die Leute zu überzeugen, dass die Chisholms nur versuchen, jemanden mit sich in den Abgrund zu ziehen.«

»Das mag sein, aber seid Ihr bereit, dieses Risiko einzugehen? Wenn Ihr Euch irrt, werden wir neben ihnen am Galgen baumeln.«

Donnell schnaubte abfällig, und zwar so laut, dass Annora es deutlich hörte in dem winzigen dunklen Raum, in dem sie sich versteckt hielt, fest umschlungen von zwei starken, allzu verlockenden Armen. Sie bemühte sich zwar nach Kräften, den Mann, der sie umschlungen hielt, zu ignorieren und nur Donnell und Egan zu belauschen, aber so viel Männlichkeit zu ignorieren, die sich an ihren Rücken presste, war schlicht unmöglich.

Sie konnte nur hoffen, sich später noch an genug von dem zu erinnern, was dort draußen gesagt wurde, um eingehend darüber nachzudenken.

Rolf Lavengeance war ein gefährlicher Mann, beschloss sie, während sich Donnell und Egan weiter über die Gefahren stritten, die ihnen aus ihrer Verbindung mit den Chisholms erwachsen konnten, wenn sie dieses Bündnis fortsetzten. Annora war von Anfang an klar gewesen, dass sie sich zu dem Mann hingezogen fühlte, der nun hinter ihr stand, aber sie hatte so wenig von ihm zu sehen bekommen, dass es sie nicht weiter beunruhigt hatte. Bislang war diese Anziehung ungefährlich gewesen, sie hatte sie aus der Ferne genießen können, und sie verlieh ein paar Träumen romantischen Glanz. Aber jetzt war sie nicht mehr ungefährlich, jetzt wusste Annora, dass der Fremde sie begehrte. Schlimmer noch, jetzt wusste sie, wie er schmeckte und welche Gefühle er in ihr erregen konnte. Sie nahm sich vor, ab sofort möglichst viel Distanz zu diesem Mann zu wahren.

Dieser Vorsatz erfüllte sie plötzlich mit einem Verlustgefühl. Sie schloss die Augen und mahnte sich, nicht so töricht zu sein. Sie kannte diesen Mann doch kaum, der sie nun vor der Dunkelheit beschützte, und sie hatte nicht die Freiheit, Gefühle wie Verlangen eingehender zu erforschen. Unwillkürlich musste sie an Meggie denken, und sie wusste genau, dass Donnell auch nur den Hauch eines unangemessenen Verhaltens ihrerseits als Vorwand nehmen würde, sie und Meggie zu trennen. Außerdem konnte sie Rolf und sich selbst in Gefahr bringen, wenn sie dieser Anziehung nachgab, denn zweifellos würde Egan das gar nicht gefallen. Und nicht zuletzt wollte sie sich wahrhaftig nicht in dieselbe Lage bringen, die ihre Mutter zerstört hatte – unverheiratet ein Kind unter dem Herzen zu tragen, das ein Leben lang für die Sünden seiner Eltern würde büßen müssen.

Nein, es blieb ihr nichts anderes übrig – sie musste sich von Rolf Lavengeance zurückziehen und ihm fernbleiben. So fern wie nur möglich.

Als ihr eine kleine Stimme zu bedenken gab, dass sie damit wohl warten musste, bis sie aus diesem kleinen dunklen Raum herausgetreten war, musste sie grinsen. Im Moment konnte sie sich nirgendwohin zurückziehen, und so, wie er mit seinen Lippen ihren Nackenansatz liebkoste und sie langsam streichelte, wo immer er mit seinen Händen hinkam, war er wahrhaftig nicht zu ignorieren.

»Beim letzten Mal ist der älteste Sohn eines Lairds getötet worden, Donnell«, sagte Egan.

Diese Worte rissen Annora aus ihren Gedanken. Sie verspannte sich wieder. Ihr war bekannt, dass Donnell bei Überfällen von anderen Clans die Hand im Spiel gehabt hatte, aber sie hatte nicht gewusst, wie oft das vorgekommen war und wie sehr er darin verwickelt gewesen war. Doch offenbar hatte er erst kürzlich bei einem Überfall mitgemacht, bei dem sogar Blut vergossen worden war. Meist lungerten die Chisholms auf Dunncraig herum, wenn wieder einmal ein Überfall geplant war.

Da solche Verbrechen gewöhnlich in der Nacht begangen wurden, hatte sie nie besonders darauf geachtet, doch es war klar, dass diese Männer Dunncraig und seine Leute in Gefahr brachten – auch Meggie.

So, wie der Mann, der sie umschlungen hielt, erstarrte, dachte er offenbar das Gleiche. Sie konnte sich nicht recht erklären, warum ihm das so nahe ging. Vielleicht hatte er beschlossen, Dunncraig zu seiner neuen Heimat zu machen, und fürchtete nun, dass Donnell und seine Spießgesellen den Frieden seines neu gewählten Heims bedrohten? Friede war etwas sehr Flüchtiges in ganz Schottland; es war der reine Wahnsinn, etwas zu tun, was nach Vergeltung rief und blutige Fehden verursachen konnte.

»Nun beruhigt Euch endlich, Egan«, meinte Donnell. Seine Schritte waren direkt vor ihrem Versteck zu hören. »Ich werde den alten Mistkerl bald so an mich binden, dass er den Mund hält, selbst wenn er erwischt wird.«

»Ich hoffe, Ihr habt recht«, erwiderte Egan, der offenbar hinter Donnell herlief.

»Selbst wenn ich mich bei Old Ian irre, so irre ich mich doch nicht bei seinen Söhnen. Sie würden sich ohne mit der Wimper zu zucken gegen ihren Vater stellen, um ihren eigenen Hintern zu schützen oder um die Macht zu erringen, die er ihnen verweigert. Sobald ich einen dieser Narren an mich gebunden habe, wird er alles tun, um mich zu schützen, und auch vor den eigenen Verwandten nicht haltmachen.«

Annora war beinahe enttäuscht, als sie hörte, wie die Männer das Arbeitszimmer verließen und die Tür hinter sich zuzogen. Sie war zwar froh, dass sie weg waren, da sie wahrhaftig aus ihrem Gefängnis und aus Rolfs Umarmung herausmusste, doch es wäre ihr recht gewesen, wenn die Männer sich noch so lange unterhalten hätten, bis klar wurde, welche Waffe Donnell bald gegen die Chisholms in der Hand haben würde, die sie zwingen würde, ihn zu beschützen.

Mehrere stumme, angespannte Momente verstrichen, und Annora wollte gerade fragen, wann sie denn endlich ihr Versteck verlassen könnten, als Rolf die Geheimtür öffnete. Annora musste blinzeln, als sie plötzlich wieder im Licht stand, und es dauerte eine Weile, bis sie Rolfs Gesicht klar sehen konnte. Sein Anblick verwunderte sie: Der Mann war höchst erzürnt. Da sie schon immer eine gewisse Wut in ihm gespürt hatte, hatte sie nicht weiter darauf geachtet. Doch diese Wut war eindeutig frisch, und zwar geweckt durch Donnells und Egans Untaten. Unwillkürlich ging ihr durch den Kopf, dass es ganz nett war, einen Mann kennenzulernen, der sich über Verbrechen und Unrecht aufregte, als sie merkte, dass er fluchte, leise, ausgiebig und heftig – und zwar auf Schottisch.

»Also sprecht Ihr doch unsere Sprache«, murmelte sie und lächelte schief. »Und noch dazu recht farbenprächtig.«

»Verzeihung«, murmelte er auf Französisch. Allerdings verzerrte die unterschwellige Wut in seiner tiefen Stimme seinen Versuch, ruhig und höflich zu klingen. »Ich kann fließend in Eurer Sprache fluchen; schwerer fällt es mir, so zu reden, wie ein Herr sich gegenüber einer Dame ausdrücken sollte.«

Sie nickte, doch sie war ebenso geistesabwesend wie er. Nachdem sie sich nicht mehr in seinen Armen befand, konnte sie kaum noch an etwas anderes denken als an das Gespräch, das sie soeben belauscht hatten. Sie musste unbedingt in Ruhe darüber nachdenken. Außerdem wäre es sicher nicht das

Schlechteste, etwas Abstand zwischen diesem Mann und ihr zu schaffen, und zwar so rasch wie möglich. Sie machte sich auf den Weg zur Tür.

»Ich finde, wir sollten diesen Raum, so schnell es geht, verlassen«, meinte sie.

»Jawohl.«

James schritt an ihr vorbei und öffnete leise die Tür. Er suchte den Gang ab, und als er niemanden sah, schlüpfte er hinaus und bedeutete ihr, ihm zu folgen. Doch als sie sich von ihm entfernen wollte, hielt er sie zurück und küsste sie noch einmal heftig.

Er musste fast lächeln, wie sie errötete und beinahe von ihm wegrannte, als er sie losließ. Wahrscheinlich war es ein Fehler, sie daran zu erinnern, was sie geteilt hatten, bevor Donnell und Egan sie gestört hatten, doch er hatte es nicht zulassen wollen, dass sie sich so einfach entfernte und ihn aus ihren Gedanken vertrieb. Der kurze Kuss sollte eine Erinnerung sein und ein Hinweis, dass die Sache damit noch lange nicht erledigt war. Ihm war klar, dass er vorsichtig sein musste, doch das, was zwischen ihnen entbrannt war, konnte er nicht einfach vergessen.

Ebenso wenig konnte er vergessen, was er soeben dem Gespräch zwischen MacKay und Egan entnommen hatte. Auf dem Weg zurück zu seiner Werkstatt musste er ständig gegen den Drang ankämpfen, sofort zu MacKay zu gehen und ihn zwingen zu sagen, wen er überfallen hatte und wer dabei umgekommen war. Der Mann drohte Dunncraig und seine Leute in eine lange, blutige Fehde zu verwickeln. Womöglich war das kaum noch zu vermeiden, selbst wenn James seine Unschuld bewiesen und die Herrschaft über Dunncraig zurückerlangt hatte. Es sei denn, er konnte dem geschädigten Clan MacKays Kopf auf einem Servierbrett bringen, dachte er mit einer gewissen Vorfreude.

In seiner Werkstatt angekommen, betrachtete James seine Werkzeuge und die Kamineinfassung, an der er gerade arbeitete. Es würde ihm bestimmt nicht leichtfallen, die nötige Ruhe für seine Arbeit zu finden. Dunncraig schwebte in Gefahr. Der Tod eines Erben konnte nicht mit Geld und guten Worten aufgewogen werden. Er würde so schnell wie möglich MacKay aus dem Weg räumen und seinen guten Namen wiederherstellen müssen. Er konnte es sich nicht mehr leisten, langsam und umsichtig vorzugehen; es war an der Zeit, entschlossen und rasch zu handeln. Wenn er dem verbrecherischen Tun dieses Mannes nicht bald ein Ende machte, würde alles, was er besaß, nachdem er seinen guten Namen, sein Kind und sein Land wiedergewonnen hatte, eine rauchende Ruine sein.

5

Als Annora zum Frühstück die Große Halle betrat, entfuhr ihr ein leiser Fluch. Die Chisholms waren immer noch auf Dunncraig. Sie hatte gehofft, dass sie im Morgengrauen aufgebrochen wären. Dem Gespräch zufolge, das sie und Rolf belauscht hatten, war ihr blutiges Werk vollendet, sie hatten also keinen Grund, ihren Aufenthalt zu verlängern. Dennoch waren sie da und ruinierten Annoras Morgen.

Sie setzte sich auf ihren üblichen Platz an der Hohen Tafel. Allerdings saßen die Chisholms ihr direkt gegenüber, wahrhaftig nicht weit genug weg für ihren Geschmack. Aber sie konnte schlecht aufstehen und sich woanders hinsetzen, denn das wäre eine offenkundige Beleidigung von Donnells Gästen gewesen und hätte ihr den Ärger eingebracht, den sie tunlichst vermeiden wollte. Zu allem Übel saß Egan zu ihrer Rechten. Da sie auf einer ziemlich kleinen Bank saß, berührten sie sich ständig, was Egan weidlich ausnützte. Ihr Appetit war plötzlich verflogen, aber sie wusste, dass sie bleiben und so tun musste, als würde es ihr nichts ausmachen, den Tisch mit fünf brutalen Männern zu teilen.

Sobald ihre Schale mit Hafergrütze gefüllt war, versuchte sie, die Männer geflissentlich zu übersehen. Doch das war leichter gedacht als getan. Egan rieb sich ständig an ihr und presste seinen Oberschenkel gegen den ihren, die Chisholms zeigten lautstark ihren Mangel an Tischmanieren, und Donnell schien auf nichts weiter zu achten als auf die enorme Menge an Essen, die er sich in den Mund stopfte. Der Mann scheute weder Kosten noch Mühe, seinen Keep so auszustaffieren, dass er sich mit einem Königsschloss messen konnte, doch an sich selbst sah er offenbar keinerlei Verbesserungsbedarf. Wahrscheinlich war er so selbstgefällig, dass er an sich keinen Makel entdecken konnte.

Annora nahm sich gerade ein bisschen Obst, als Meggie in die Große Halle kam, begleitet von Hazel, einer der vielen Maiden, die für Donnell im Haus arbeiteten. Die meisten Frauen waren fleißig, aber diejenigen, die bereitwillig in Donnells Bett stiegen, taten, was sie wollten. Sie gingen offenbar davon aus, dass sie sich eine besondere Stellung und einige Privilegien verdienten, wenn sie das Lager mit dem Laird teilten. Hazel, die Meggie nun zu Donnell führte, gehörte zu denen, die noch immer freundlich waren und ein Gewissen hatten, worüber Annora sehr froh war. Meggie bekam es immer mit der Angst zu tun, wenn sie zu Donnell gebracht wurde, und eine der hartherzigen Frauen hätte die Sache für sie nur noch schlimmer gemacht.

Die arme kleine Meggie sah ebenso verwirrt aus, wie Annora sich fühlte, als Donnell sie den Chisholms vorstellte. Er sprach mit einer ausgesprochen sanften Stimme mit Meggie, was Annora sofort beunruhigte. Wenn er sich sonst herabließ, mit dem Kind zu sprechen, das er als das seine ausgab, lag nie auch nur ein Anflug von Freundlichkeit in seiner Stimme. An Meggies Augen, die sehr groß wurden, konnte Annora ablesen, dass auch das Kind eine solche Veränderung von Donnells Gewohnheit eher beunruhigend fand. Und wahrscheinlich hatte sie allen Grund zur Sorge, denn so etwas war ein sicheres Zeichen für Ärger.

Plötzlich durchfuhr es Annora eiskalt. Es gab nur einen Grund, warum ein Mann seine kleine Tochter zu einer Mahlzeit mit Gästen rufen ließ, zumindest für einen Mann wie Donnell. Er wusste nichts über Meggies Fertigkeiten, ihre Vorlieben und Abneigungen, also konnte er wohl kaum über solche Dinge reden wollen. Nein, Donnell führte seinen Freunden eine mögliche Braut vor.

Allein bei dem Gedanken, dass die süße kleine Meggie einem der Chisholms in die Hände fallen könnte, drehte sich

Annora der Magen um. Während sie einen Apfel schälte und vom Kernhaus befreite, ließ sie die Chisholms nicht aus den Augen. Es mussten die Chisholms sein, die Donnell zu beeindrucken oder vielleicht auch zu bestechen versuchte, denn Egan hatte Meggie fast ihr ganzes Leben lang gekannt und hatte an ihr stets genauso wenig Interesse gezeigt wie Donnell. Bei der Art und Weise, wie die jungen Chisholms Meggie begutachteten, als ob sie versuchten, sich vorzustellen, wie sie wohl aussehen würde, wenn sie groß war, hätte Annora Meggie am liebsten gepackt und wäre mit ihr in die Berge geflohen.

Als Meggie schließlich weggeschickt wurde, verzehrte Annora so ruhig wie möglich ihren Apfel, dann entschuldigte sie sich höflich. Sie entfernte sich jedoch nur so weit, dass die Männer den Eindruck bekamen, sie hätte sich in ihre Schlafkammer zurückgezogen oder sich zu Meggie ins Kinderzimmer gesellt. Dann schlich sie, so leise sie konnte, zurück zur Großen Halle und drückte sich an die Wand neben der Tür. Wenn Donnell vorhatte, Meggie mit einem der Chisholms zu verheiraten, würden sie sich jetzt darüber unterhalten, nachdem der Einsatz vorgeführt worden war.

»Ein hübsches kleines Mädchen«, bemerkte Old Ian Chisholm, dessen tiefe, kratzige Stimme leicht zu erkennen war. »Was meinst du, Wee Ian?«

»Aye, sie könnte sich zu einem hübschen großen Mädchen mausern«, erwiderte Ians Erstgeborener.

Annora hätte beinahe laut geflucht. Sie musste die Hand vor den Mund pressen, um ihren Zorn daran zu hindern, sich lautstark zu äußern. Donnell hatte also tatsächlich vor, eine Verlobung zwischen Meggie und einem von Ian Chisholms hässlichen Söhnen zu arrangieren! Offenbar erhoffte er sich etwas aus einem solchen Arrangement. Allerdings waren Ian und Donnell bereits enge Verbündete, seit sie die benachbarten Clans überfielen, und standen sich in Bezug auf ihre Verbrechen bestimmt in nichts nach. Deshalb bezweifelte sie, dass Donnell von den Chisholms erpresst wurde und er ihnen deshalb sein Kind anbot, sein erstes und einziges Kind, wie er stets behauptete.

»Warum darf Kleiner Ian wählen?«, knurrte Halbert, der jüngere Sohn. »Er hat doch schon zwei Frauen gehabt.«

»Weil er mein Erbe ist, du Dummkopf«, fauchte Old Ian. »Diese schwachen Weiber, die er geheiratet hat, haben ihm vor ihrem Tod nicht den Sohn geschenkt, den wir brauchen. Die kleine Meggie ist zwar noch recht jung, doch sie scheint mir ziemlich robust und gesund.«

»Fiona ist ebenfalls robust und gesund. Warum heiratet Wee Ian nicht sie?«

»Was hat Fiona damit zu tun?«

»Kleiner Ian teilt das Bett mit ihr und zeigt ihr dabei wohl oft genug, dass er gar nicht so klein ist. Es heißt, sie erwartet sein Kind.«

Annora hörte, wie eine Faust auf Knochen traf und jemand zu Boden ging. Sie kämpfte gegen den Drang an, vor diesen Kampfgeräuschen zu fliehen, denn schon in ihren ersten Wochen auf Dunncraig hatte sie gelernt, wie ratsam solche Vorsichtsmaßnahmen waren. Doch bei dem Gedanken, was Meggie drohte, fand sie die Stärke, zu bleiben und leise zu beten, dass die Chisholms ihr Augenmerk weiter auf die fruchtbare Fiona richten mochten. Wenn die Frau von Wee Ian schwanger war, würde Meggies Heirat mit einem von Old Ian Chisholms grässlichen Sprösslingen vielleicht vorerst in den Hintergrund treten.

»Warum hast du mich geschlagen?«

Annora dachte, dass Kleiner Ian für einen ausgewachsenen Mann jammerte wie ein kleines Kind.

»Warum hast du mir nicht gesagt, dass du diese Fiona geschwängert hast?«, fragte Old Ian unwirsch.

»Weil sie eine Hure ist und ich nicht sicher sein kann, dass es mein Kind ist, das sie erwartet.«

»Es ist deins, und das weißt du sehr wohl«, stellte Halbert schadenfroh fest. »Von dem Moment an, als du deinen Hintern in ihr Bett geschafft hast, hat sie nie mehr mit einem anderen Mann geredet. Das wissen alle.«

»Dann wirst du Fiona heiraten, Kleiner Ian«, knurrte Ian.

»Aber vielleicht bekommt sie ja ein Mädchen!«, protestierte der Sohn.

»Dann wirst du sie eben wieder schwängern und immer wieder, bis sie es richtig macht. Sie sieht aus wie eine gute Zuchtstute. Halbert wird mit Margaret verlobt. Wenn das Mädchen groß genug ist, und du dann noch immer keinen Sohn hast oder Fiona sich zu deinen anderen Ehefrauen gesellt hat, können wir die Sache ja noch mal überdenken.«

»Reden wir also über die Möglichkeit einer Verlobung und einer Verbindung unserer Häuser«, sagte Donnell.

Annora musste sich zwingen, nicht in die Große Halle zu stürmen und lauthals zu protestieren. Ein anderer Teil von ihr wollte Meggie immer noch am liebsten packen und mit ihr Reißaus nehmen.

Sie musste so hart gegen diese Impulse ankämpfen, dass sie zu zittern begann. Plötzlich wurde ihr klar, wie lange sie schon hier gestanden hatte, und sie fand die Kraft, sich zu bewegen und in ihre Schlafkammer zu fliehen. Sie wusste, dass Meggie auf sie wartete und sich bestimmt schon fragte, wo sie blieb. Aber sie brauchte ein bisschen Zeit, um sich zu beruhigen und diesen Gedanken wegzuschieben, dass dieses süße, unschuldige, fröhliche Kind einem dieser harten, grausamen Männer ausgeliefert werden sollte.

In ihrem Zimmer warf sie sich aufs Bett und atmete tief durch, bis sich ihr Herzschlag verlangsamte und sie endlich wieder klar denken konnte. Ihr erster Gedanke war, dass Meggie keine unmittelbare Gefahr drohte. Sie war erst fünf. Bis sie ins heiratsfähige Alter kam, würden mindestens weitere acht Jahre verstreichen, und in der Zeit konnte noch viel passieren. Das sagte sie sich so oft vor, bis sie spürte, dass ihre Ängste allmählich schwanden.

Sie setzte sich auf und starrte auf die Zimmertür. Sie musste jetzt unbedingt ein paar Pläne schmieden. Da sie nicht sicher sein konnte, dass sie die ganze Zeit bei Meggie bleiben durfte, brauchte sie mehrere Pläne, um alle Möglichkeiten abzudecken. Zu wissen, was Donnell mit Meggie im Sinn hatte, verlieh Annora umso mehr Antrieb, die Wahrheit über ihren Cousin und seinen Besitzanspruch auf Dunncraig herauszufinden. Wenn Donnell nicht mehr der Laird war, ja vielleicht sogar als Lügner und Dieb überführt war oder sich herausstellte, dass er noch schlimmere Verbrechen begangen hatte, wäre Meggie von allen Versprechen befreit, die Donnell gemacht hatte.

Donnells Vernichtung würde zwar auch bedeuten, dass Meggie ihres Lebens auf Dunncraig beraubt würde, doch das ließ Annora nur ganz kurz zögern. Selbst ein Leben, wie es Annora geführt hatte, oder eines, in dem das Essen karg und die Unterkunft ärmlich waren, waren um vieles besser als das einer Gemahlin von Halbert Chisholm oder einem seiner Brüder.

Entschlossen, alles zu tun, um Meggie vor den Chisholms zu beschützen, begab sich Annora schließlich auf die Suche nach ihrer Schutzbefohlenen. Wenn Meggies Sicherheit und Glück bedroht waren, würde Donnell bald herausfinden, dass seine Cousine, das ungewollte, uneheliche Kind, nicht das lammfromme, fügsame Geschöpf war, für das er sie immer gehalten hatte.

Das fröhliche Lachen eines kleinen Mädchens zog James zur Tür seiner Werkstatt. Er musste nach draußen gehen, um einen direkten Blick auf sein Kind zu erhaschen. Wie immer war Meggie mit Annora zusammen, doch heute schien Annora das Kind anders zu behandeln als sonst. James brauchte eine Weile, bis ihm klar war, worin der Unterschied bestand: Annora schien viel wachsamer und beschützender gegenüber der Kleinen. James hätte zu gerne gewusst, was sie dazu veranlasst hatte, und trat sogar einen Schritt auf die beiden zu, doch dann spürte er, wie jemand ihn am Hemdzipfel zog und zurückhielt.

Er sah sich um und entdeckte Big Marta, die langsam den Kopf schüttelte.

»Nay, Junge, das solltet Ihr nicht tun«, sagte sie.

»Ach so? Ich kann also nicht einfach zu ihnen gehen und sie begrüßen, vielleicht auch noch eine Bemerkung über das schöne Wetter machen?«

James hatte seine Tarnung gegenüber der scharfäugigen Big Marta aufgegeben, aber er sprach so leise mit ihr, dass sonst keiner hören konnte, dass er kein Franzose war.

»Habt Ihr denn die zwei Kerle nicht gesehen, die auf die beiden aufpassen?«

»MacKay lässt Annora und Meggie sogar innerhalb von Dunncraigs Mauern bewachen?«

»Wenn diese miesen Chisholms hier sind schon. Und nicht nur MacKay möchte, dass die Mädchen bewacht werden, auch Egan will nicht, dass einer der Chisholms Annora alleine erwischt. Im Keep kann sie sich allerdings im Allgemeinen ziemlich frei bewegen, denn ein lauter Schrei würde sie retten, wenn jemand töricht genug wäre, sich an sie heranzumachen. Von uns wagt es ohnehin kaum einer, sich eingehender mit ihr zu unterhalten, aus Angst, dass MacKay Wind davon bekommt. Keiner will, dass dieser Mann denkt, man weiß etwas, was man lieber nicht wissen sollte. Aye, und jeder Mann, jede Frau und jedes Kind hier weiß, dass man den Mädchen nicht zu nahe kommen soll.«

»Es wundert mich, dass MacKay das Kind so beschützt, von dem er doch ganz genau weiß, dass es nicht seins ist.«

Big Marta verschränkte die Arme vor der Brust. »Ach so? Wen sollte man besser bewachen als die Tochter des Mannes, von dem man weiß, dass er einen tot sehen will?«

James schnitt eine Grimasse, als ihm aufging, dass sein Ärger über MacKays falsche Behauptung, Meggies Vater zu sein, ihn offenbar blind gemacht hatte gegenüber ein paar ganz schlichten Tatsachen. »Und Annora? Er glaubt ja wohl nicht, dass ich sie kenne. Als ich mit Mary verheiratet war, war sie nie hier.«

»Wie ich schon sagte – Egan will nicht, dass jemand Annora zu nahe kommt.«

»Er will sie.«

Marta nickte. »Ganz genau, und zwar vom ersten Tag an, als sie durch das Tor von Dunncraig geschritten kam. Allerdings hat das Mädchen ziemlich lange gebraucht, bis sie es gemerkt hat.«

»Egan ist doch MacKays rechte Hand und ein Mann, der nicht zu zögern scheint, sich zu nehmen, was er will. Warum hat er Annora bislang in Ruhe gelassen?«

»Sie ist zwar ein uneheliches Kind, doch von vornehmerer Geburt als er, und er will, dass sie ihn aus freien Stücken nimmt. Vermutlich geht das auf seine Eitelkeit zurück. Er will allen zeigen, dass sie ihn gewählt hat und freiwillig in sein Bett steigt, weil er so ein großer, bedeutender Mann ist. Man stelle sich das vor!«

Gleich regte sich wieder die Wut in James, und der unüberhörbare Hohn in Martas Stimme, wenn sie von Egan sprach, trug nicht dazu bei, sie zu mindern. Erst nach einer Weile erkannte er, dass ein Großteil seiner Wut nach Eifersucht schmeckte. Doch es war wahrhaftig ein schlechter Zeitpunkt, Besitzansprüche auf eine Frau zu erheben. Und besonders ungünstig war es, solche Gefühle gegenüber Annora MacKay zu empfinden, einer Frau, die eine Cousine des Mannes war, der ihn zerstört hatte, und von eben diesem Mann abhängig war, weil er für ihren Unterhalt sorgte.

»Glaubst du, dass es dazu kommen wird?«, fragte er die Köchin.

Big Marta gab ein Geräusch von sich, in dem sich Verachtung mit Belustigung paarte, und diesmal beruhigte sich James etwas.

»Nay, ich glaube, lieber würde sie noch in der Gosse betteln, als ihn zum Mann zu nehmen. Wie Ihr wisst, darf das Mädchen mit uns anderen nicht viel zu tun haben, aber nach drei Jahren weiß man trotzdem, was für eine sie ist. Aye, und die kleine Meggie liebt sie. Die kleine Annie, die ihr mit dem Kind hilft, sagt, dass Annora eine gute Frau ist – süß, geduldig und freundlich zu Meggie. Und ich habe gleich beim ersten Mal, als sie Meggie zum Kichern gebracht hat, gemerkt, dass sie ein guter Mensch ist.« Big Marta seufzte. »Euer Kind war ein trauriges kleines Mädchen, bevor Annora zu uns kam. Und Annora tut alles, damit Meggie nicht allzu viel mit Donnell zu tun hat. Wenn nötig lenkt sie seinen Zorn lieber auf sich, bevor er sich über Meggie entladen kann.«

»Er schlägt sie also«, sagte James leise. Neuer Zorn schnürte ihm die Kehle zu.

Er pflegte den Leuten aus dem Weg zu gehen und versuchte, so wenig wie möglich zu reden, weil er seine Tarnung nicht aufs Spiel setzen wollte. Dennoch hatte er schon so manches erfahren. Die Menschen schienen sich gern mit jemandem zu unterhalten, von dem sie glaubten, er verstehe nicht alles, was sie sagten, oder könne das Gesagte zumindest nicht korrekt wiedergeben.

Ein Mann hatte James nach einer langen Klage über alles, was nicht mehr gut lief, seit MacKay der Herr von Dunncraig war, leise zu verstehen gegeben, dass er etwas an sich hatte, was seinem Gegenüber das Gefühl gebe, man könne ihm trauen.

James wusste zwar nicht, ob dem wirklich so war, aber er war froh darüber, denn es stellte sich als sehr hilfreich heraus. Und Hilfe konnte er durchaus gebrauchen.

So hatte er erfahren, dass Donnell MacKay und sein Stellvertreter brutale Schläger waren. Sie benutzten ihre Fäuste und Schlimmeres, um ihre Regeln durchzusetzen und ihre Herrschaft über die Menschen von Dunncraig zu festigen. James ging davon aus, dass die Folter und der Tod vieler seiner Bewaffneten gereicht hatten, den Menschen die Gefahr von Klagen und Widerstand klarzumachen. Die Schreie von starken, tapferen Männern brachten viele dazu, sich aus Angst vor einem ähnlichen Schicksal zurückzuhalten. Aber dass MacKay auch Annora und Meggie nicht verschone, hatte

James so aufgeregt, dass er kurz davor gewesen war, etwas sehr Unüberlegtes zu tun. Es hatte Stunden gedauert, bis er sich wieder beruhigt hatte. Dass er nicht sofort dagegen einschreiten konnte, ja, dass er sich vielleicht sogar selbst dann noch würde zurückhalten müssen, wenn so etwas wieder vorkam, führte dazu, dass bittere Wut in seinem Bauch zu einem Wackerstein wurde.

»Aye, er schlägt sie, aber nicht so fest, dass ein bleibender Schaden entsteht«, sagte Big Marta leise.

»Und jetzt soll ich mich besser fühlen?«

»Das habe ich nur gesagt, damit Ihr nicht vorschnell handelt und bei dem Versuch, ihnen zu helfen, alles verliert. MacKay ist nur ein einziges Mal so wütend auf Annora geworden, dass er sich nicht gezügelt hat, doch Egan hat ihn weggezogen, bevor er größeren Schaden anrichten konnte. Ich habe mich danach um das Mädchen gekümmert; sie sah wirklich nicht gut aus, aber es war nichts gebrochen, nicht einmal ihr Mut. Bei dieser Gelegenheit habe ich gemerkt, dass sie ziemlich viel Mut hat, auch wenn sie ihn gut verbirgt. Nur deshalb bleibt sie hier – deshalb und weil sie die kleine Meggie liebt.«

»Ich finde nicht schnell genug heraus, was ich wissen muss«, murrte James und raufte sich die Haare.

»Ihr habt doch nicht etwa geglaubt, dass der Mann ein schriftliches Geständnis herumliegen lässt, damit alle es sehen und lesen können, oder?«

»Freches Weib.«

»Aye, und darauf bin ich stolz. Aber es gibt bestimmt Beweise, es gibt bestimmt etwas oder jemanden, der all die Lügen und Täuschungen dieses Mistkerls offenlegen kann.«

»Du klingst ziemlich sicher.«

»Das bin ich auch. Er ist einfach viel zu vorsichtig. Ein Mann, der so vorsichtig ist, weiß, dass es etwas gibt, was ihm schaden kann. Der Mann hat Geheimnisse, die er unbedingt hüten muss.«

James nickte stumm, während er Annora und Meggie beobachtete, die im Garten ein Hüpfspiel machten. »Wenn ich meine Unschuld beweisen könnte, würde MacKay schon allein für die Ermordung vieler guter Männer an den Galgen kommen.«

Big Marta seufzte schwer. »Aye, das war eine finstere Zeit. Möglicherweise weiß ich, wo sich die wenigen verstecken, denen die Flucht gelungen ist.«

In James' Herz regte sich eine schwache Hoffnung, aber er hatte in letzter Zeit zu viele Enttäuschungen erlebt, um dieser Hoffnung nachzugeben. »Wo denn?«

»Bald werde ich Näheres wissen. Man muss vorsichtig sein bei solchen Sachen, ich will wahrhaftig nicht am Tod der wenigen schuld sein, die das Glück hatten, MacKays Ankunft zu überleben.«

»Nay, natürlich nicht.«

Seufzend machte sich James auf den Weg zurück in seine Werkstatt.

Doch dann bemerkte er plötzlich, dass Meggie ihn direkt ansah. Sie winkte ihm lächelnd zu. Als James die Geste erwiderte, sah er, dass Annora ihn anstarrte. Er hatte ihren Geschmack noch immer auf seinen Lippen, er spürte noch immer ihre weichen Kurven in seinen Armen, und ihre leisen Seufzer klangen noch in seinen Ohren. Seine Träume waren von Bildern erfüllt, die ihn hart werden und mit einem Verlangen aufwachen ließen.

Als Meggie Annora ansah, schenkte sie ihm nur ein hastiges Lächeln und winkte kurz, bevor sie sein Kind eilig wegführte.

Einen Moment lang dachte James tatsächlich daran, auf eines der lächelnden Angebote einzugehen, die er bereits von mehreren Mägden bekommen hatte. Sein Körper war ausgehungert nach einer Frau. Aber er merkte, dass es ihn nur nach einer ganz bestimmten Frau verlangte. Einerseits war das wohl ganz gut, denn mit einer der Maiden zu schlafen könnte sich rasch als schwerer Fehler erweisen und seine Tarnung auffliegen lassen. Andererseits war er sich nicht sicher, ob er sich darüber freuen sollte, dass Annora MacKay eine solche Macht über seinen Körper ausübte.

»Sie wäre eine gute Wahl, wenn Ihr hier wieder der Laird seid«, sagte Big Marta leise.

James wollte nicht zeigen, wie verlegen er war, dass sie ihn ertappt hatte, wie er Annora MacKay einen sehnsüchtigen Blick zuwarf. Also wandte er sich schnaubend ab und ging in seine Werkstatt.

»Sie ist eine MacKay«, knurrte er.

Big Marta fauchte abfällig hinter ihm. »Nur, weil ihre Mutter eine war. Das Mädchen ist von ihren Verwandten nicht gut behandelt worden, und von dem Teil ihrer Familie hier ganz bestimmt nicht. Sie vertraut MacKay nicht, das hat sie von Anfang an nicht getan. Und Ihr bildet Euch doch nicht etwa ein, dass Ihr der Einzige seid, der hier Fragen über diesen Mann stellt, oder?«

James fiel ein, wie er Annora erwischt hatte, als sie in MacKays Arbeitszimmer geschlichen war, offenbar mit der Absicht, die Unterlagen zu prüfen. Er verzog das Gesicht. »Wer denn noch außer mir und vielleicht Annora MacKay?«

»Na ja, Eure Verwandten haben es versucht, aber sie sind nicht nah genug an ihn herangekommen.«

»Aye, und ich habe ihnen klipp und klar gesagt, dass es meine Sache ist und dass sie ihr Leben nicht aufs Spiel setzen sollen, zumindest so lange nicht, bis ich eine Möglichkeit gefunden habe zu beweisen, dass MacKay das Verbrechen begangen hat, dessen man mich beschuldigt hat.«

»Das hat sie nicht aufgehalten, aber sie sind nicht weitergekommen. Ich weiß nicht, wie er es schafft, aber MacKay spürt immer wieder, wenn ihm jemand auf den Pelz rücken will. Nachdem Eure Verwandten etliche Male nur knapp mit dem Leben davongekommen sind, haben sie wahrscheinlich beschlossen, sich ruhig zu verhalten, wie Ihr es von ihnen verlangt habt. Aber ich glaube nicht, dass sie völlig untätig geblieben sind.«

»Das glaube ich auch nicht. Leider ist die Wahrheit irgendwo hier in diesem Keep verborgen, dessen bin ich mir sicher.«

Big Marta nickte. »Das ist sie, Junge. Das ist sie. Aber vielleicht ist sie nicht so gut verborgen, wie dieser Mistkerl glaubt. In einem Keep ist es ziemlich schwierig, über einen längeren Zeitraum hinweg Geheimnisse zu wahren. Es gibt immer einen, der etwas gesehen oder gehört hat, und eines Tages gibt er es dann auch offen zu.«

»Hast du denn etwas gehört?«

»Nur leise Gerüchte, vorläufig nur leises Flüstern. Doch ich spitze meine alten Ohren, und sobald ich etwas erfahre, das mehr als ein reines Gerücht ist, gebe ich Euch Bescheid.«

James nickte seufzend und sah der Frau nach, die wieder in ihrer Küche verschwand. Er widerstand dem Drang, sie zurückzuholen und über die Gerüchte auszufragen, die sie gehört hatte, selbst wenn es nur ein vager Verdacht war. Aber mit Gerüchten und Mutmaßungen würde er seine Freiheit nicht zurückgewinnen, und überstürztes Handeln könnte auch diejenigen zum Schweigen bringen, die sich bislang flüsternd austauschten. Doch eben diese Leute könnten ihm vielleicht zu etwas Brauchbarem verhelfen.

Während er sich wieder an seine Arbeit machte, dachte er darüber nach, dass Egan es auf Annora abgesehen hatte. Dabei regte sich etwas ziemlich Primitives in ihm, sein Herz fing an zu hämmern, und eine Stimme in ihm sagte immer wieder: »Sie gehört mir.« Auch hierbei musste er sehr vorsichtig sein, und zwar aus mehreren Gründen: Zum einen konnte Egan ihn aus Dunncraig verstoßen, wenn er den Verdacht schöpfte, dass Annora an ihm interessiert war. Zum anderen war Annora so unschuldig, dass er womöglich ihre Gefühle verletzte, wenn er zu oft von Heiß auf Kalt und wieder zurück umschwenkte.

Er schüttelte knurrend den Kopf. Egal, wie oft er sich sagte, dass es nicht gut war, sich so zu Annora hingezogen zu fühlen – die Anziehung wollte einfach nicht schwinden. Er hatte das merkwürdige Gefühl, dass er wohl seine Gefährtin gefunden hatte. Die Murrays, bei denen er aufgewachsen war, waren davon überzeugt, dass das Schicksal einem jeden von ihnen einen Gefährten zugedacht hatte; und bei den Paaren, die er kennengelernt hatte, schien sich das auch immer zu bewahrheiten. Bei Mary hatte er dieses Gefühl nicht gehabt, und deshalb verspürte er noch immer Schuldgefühle.

Doch vielleicht war ja Annora MacKay seine Gefährtin. Das sagte ihm jedenfalls der Besitzanspruch, der sich in ihm regte, sobald er Annora sah.

Zu dumm, dass das Schicksal einen solch ungünstigen Zeitpunkt gewählt hatte, dachte er. Als Vogelfreier war er dem Tod geweiht. Wenn er sich jetzt eine Gefährtin nahm, bedeutete das, dass er die Frau derselben Gefahr aussetzte. Er musste sich wirklich mehr am Riemen reißen, um sich zu bändigen, wenn er Annora am liebsten packen und sie auf der Stelle und in jeder Hinsicht zu seiner Frau machen wollte.

Schließlich verscheuchte er diese Gedanken und konzentrierte sich auf seine Arbeit. Das Schnitzen bescherte ihm ein wenig Frieden. Er war froh, dass seine Anspannung etwas nachließ. Erst als er innehielt, um sein Werk zu begutachten, erstarrte er wieder: An der anderen Ecke der Kamineinfassung, an der er gerade gearbeitet hatte, fand sich das Gesicht einer Frau. Es war Annoras Antlitz, jede weiche Kontur davon war ihm schon so vertraut wie sein eigenes Gesicht.

»Schöne Arbeit, die Ihr da gefertigt habt, Junge«, sagte Big Marta hinter ihm. James fluchte halblaut. Dieses Weib hatte ein ausgesprochenes Geschick, im falschen Moment aufzutauchen.

»Aye, das sollte genügen«, murmelte er und hoffte, die Frau würde es dabei belassen.

»Das Gesicht dort kommt mir sehr bekannt vor.«
»Ach ja?«
»Aye, es sieht genauso aus wie das unserer kleinen Annora.«
»Na ja, sie hat ein hübsches Gesicht.«
Big Marta lachte, gab ihm einen freundschaftlichen Klaps

auf den Rücken und ging. »Ach, Junge, kämpft nicht so dagegen an«, sagte sie noch.

James lehnte stöhnend den Kopf an die Schnitzerei, die nun dauerhaft ins Holz der Kamineinfassung geschnitten war, die die Feuerstelle im Schlafzimmer des Lairds zieren würde. Wahrscheinlich würde er noch ein wenig länger gegen etwas ankämpfen, was immer deutlicher zutage trat. Es lag in der Natur der Männer, sich gegen eine dauerhafte Bindung zu wehren. Doch leider war er sich ziemlich sicher, dass er den Kampf bereits verloren hatte.

6

Beim Aufwachen fiel Annoras Blick als Erstes auf ihren Kater, der auf ihrer Brust saß und sie anstarrte. Sie schenkte dem großen, grauen Tier ein schläfriges Lächeln und kraulte es hinter den zerfetzten Ohren. Der Kater war ein paar Tage auf Wanderschaft gewesen, und sie befürchtete, dass es in ein paar Monaten einen Wurf Katzen geben würde. Sie würde sich wohl auf die Suche nach ihnen begeben müssen, um sie davor zu bewahren, ertränkt zu werden.

Mungo, benannt nach einem Jungen, mit dem sie in ihrer Kindheit befreundet gewesen war, war ein sorgfältig gehütetes Geheimnis. Annora hatte nicht den geringsten Zweifel, dass Donnell die Liebe zu ihrer Katze gegen sie verwenden würde, sobald er etwas davon erfuhr. Er hatte ja bereits bewiesen, dass er ihre Gefühle für Meggie ausnutzen konnte, um ihren Gehorsam zu erzwingen.

Sie richtete sich auf und nahm ein Tuch von einem kleinen Brett, auf dem sie ein paar Bissen Braten und Reste eines hart gekochten Eis für Mungo beiseitegeschafft hatte. Sie stellte das Brett aufs Bett neben sich. Mungo machte sich laut schnurrend darüber her, während sie ihm gedankenverloren den Rücken streichelte und versuchte, die letzten, hartnäckigen Spuren eines langen, tiefen Schlafes abzuschütteln.

Obwohl sie so tief geschlafen hatte, konnte sie sich merkwürdigerweise noch sehr lebhaft an einen Traum erinnern – einen Traum, den sie schon viele Male gehabt hatte. Diesmal jedoch beobachtete sie der verflixte Wolf mit den grünen Augen, während sie einen großen, dunkelhaarigen Mann küsste. Einen Mann, dessen Augen dieselbe Farbe hatten wie die des Wolfes, dachte sie stirnrunzelnd. Der Kuss, den sie mit Rolf geteilt hatte, hatte ihren Träumen eine neue Wärme verliehen, doch erst jetzt merkte sie, dass der Mann dieselben Augen hatte wie der Wolf, der sie nun schon seit gut drei Jahren in ihren Träumen heimsuchte.

»Sehr seltsam, Mungo«, murmelte sie, als der Kater sich zufrieden an sie kuschelte und den Kopf auf ihre Brust legte. »Glaubst du, dass meine Träume so etwas wie eine Prophezeiung sind? Nein, das kann nicht sein. Ich habe bei Gott schon genug Ärger, wenn ich versuche, nicht das zu fühlen, was alle um mich herum fühlen. Auf die Gabe des Sehens kann ich wahrhaftig verzichten.«

Mungo gähnte und begann, sich träge die Pfote abzuschlecken.

»Er hat mich geküsst, Mungo. Ich weiß schon, ich bin nicht zum ersten Mal geküsst worden, und ein- oder zweimal wollte ich es sogar. Aber noch nie hat mich jemand geküsst wie dieser Mann. Und außerdem habe ich noch nie von einem Mann geträumt, der mich geküsst hat. Von den meisten würde ich ohnehin nicht gerne träumen, aber ich gebe zu, der eine oder andere war mir nicht unangenehm. Doch selbst die haben es nicht geschafft, dass ich von ihnen träumte. Obwohl mich Rolf nur ein einziges Mal geküsst hat, werde ich die Erinnerung nicht los, sie drängt sich sogar in die Träume von meinem Wolf.« Sie schnitt eine Grimasse. »Ich fürchte, mein Herz bereitet sich darauf vor, etwas sehr, sehr Törichtes zu tun.«

Als sie sah, dass Mungo eingeschlafen war, schlüpfte sie vorsichtig aus dem Bett. Der Kater blinzelte kaum, obwohl er sein gemütliches Kissen verloren hatte. Es war schon traurig, wenn man seine Sorgen mit einem Kater teilen musste, dachte Annora, als sie sich eilig wusch und anzog. Am besten unterhielt man sich mit anderen Frauen über Küsse und Männer, aber Donnell hatte dafür gesorgt, dass sie unter den Frauen von Dunncraig keine Vertraute hatte.

Doch sie wollte nicht in Trübsinn verfallen wegen all dem, was sie nicht hatte. Entschlossen machte sie sich auf den Weg, um Meggie einen guten Morgen zu wünschen. Das kleine Mädchen war munter und redselig, als Annora ins Kinderzimmer kam. Sie sprudelte über von Plänen, die sie für diesen Tag gemacht hatte. Annie, die Magd, gab Annora leise zu verstehen, dass ihre *Gäste* im Morgengrauen aufgebrochen waren. Annora lächelte erleichtert darüber, dass sie an diesem Morgen ihr Frühstück ohne die Chisholms genießen konnte.

Nachdem sie Meggie eingeschärft hatte, der jungen Annie zu gehorchen, die ihr so ein schönes Frühstück bereitet hatte, ging Annora hinunter in die Große Halle, um selbst zu frühstücken. Sie fragte sich, ob einer der Gründe für ihre Freude der war, dass sie die Chisholms jetzt bestimmt ein paar Monate nicht mehr sehen würde. Aus dem wenigen, was sie mitbekommen hatte, und der Tatsache, dass es keine hastig vollzogene Zeremonie gegeben hatte, schloss sie, dass die Verlobung von Halbert Chisholm und Meggie noch nicht endgültig besiegelt worden war. Offenbar wollte Donnell den Chisholms den Köder noch ein bisschen länger vor die Nase halten.

Das Abendessen war eine wahre Folter für Annora gewesen, eine, die sie bestimmt nicht so bald vergessen würde. Sie hatte jeden Moment damit gerechnet, dass Donnell Meggies Verlobung verkünden würde. In dem Gespräch, das Annora belauscht hatte, hatte es geklungen, als ob alles schon fest beschlossen wäre, doch jetzt war sie sich nicht mehr sicher. Zu gerne hätte sie gewusst, was die Männer gegeneinander in der Hand und worauf sie es wirklich abgesehen hatten. Doch wie sollte sie das herausfinden? Sie war zwar versucht, Donnell einfach zur Rede zu stellen und Antworten von ihm zu fordern, aber sie wusste, dass das nicht so einfach sein würde. Ja, es wäre die reine Torheit zu glauben, eine Auseinandersetzung mit Donnell könne zu etwas Gutem führen; und ebenso töricht wäre es zu glauben, dass er sich in aller Ruhe ihre Meinung anhören und sie hinnehmen würde.

Als Annora die Große Halle betrat, seufzte sie erleichtert auf. Die Chisholms waren wirklich weg. Weit und breit war nichts von ihnen zu sehen, und auch Egan saß nicht an der Hohen Tafel. Nur Donnell war da und unterhielt sich mit Rolf. Den Mann zu erblicken, den sie kürzlich so innig geküsst und an den sie sich so heftig geklammert hatte, brachte sie zwar ein wenig aus der Fassung, doch es war besser, als Egan und die anderen wiederzusehen. Die kleine Bank, auf der sie gewöhnlich saß, war wundervoll leer. Sie trat jedoch nur vorsichtig näher, denn sie wusste nicht, ob Donnell sie dabeihaben wollte, wenn er mit Master Lavengeance über dessen Arbeit sprach. Zu ihrer Erleichterung warf Donnell nur einen kurzen Blick auf sie, bevor er sein Gespräch fortsetzte. Sie setzte sich und bediente sich so unauffällig wie möglich selbst.

Allerdings fiel es ihr schwer, so zu tun, als würde sie von dem Gespräch in ihrer Nähe nichts mitbekommen. Donnell sprach von den Stühlen, die er als Nächstes haben wollte. Er erklärte, vor Kurzem habe er ein paar Stühle im Keep eines reichen Mannes gesehen, und nun wolle er etwas Ähnliches für seine Hohe Tafel. Annora konnte ihre Überraschung kaum verbergen, beinahe hätte sie ihn mit offenem Mund angestarrt, doch sie füllte ihn rasch mit Hafergrütze.

Ein kurzer Blick auf Master Lavengeance führte sie in Versuchung, mit ihrer Gabe herauszufinden, welche Gefühle ihn bewegten. Seine Miene gab nicht preis, was er von Donnells kostspieligen Plänen hielt, doch Annora hätte wirklich zu gern gewusst, was sich hinter dieser glatten, ruhigen Fassade abspielte. Doch als sie es schließlich zuließ, ihn zu lesen, bedauerte sie es sogleich. Die Wut, die sie schon früher bei ihm gespürt hatte, tobte jetzt mit voller Wucht in ihm. Annora wunderte sich, dass sich nichts davon auf seinem Gesicht zeigte. Außerdem war eine tiefe Verachtung in ihm, obwohl seine Stimme leise und höflich klang.

Plötzlich rieb sich Master Lavengeance den Mund, als müsse er nachdenken, und sagte dann hastig etwas auf Französisch. Beinahe hätte sich Annora an ihrer Grütze verschluckt. Sie warf einen Blick auf Donnell, doch der hatte seiner leichten

Verwirrung nach zu schließen keine Ahnung, wie übel er soeben beleidigt worden war. Es kostete Annora die größte Kraft, nicht über die groben Worte zu erröten, die Master Lavengeance mit seiner tiefen, ruhigen, höflichen Stimme geäußert hatte. Der Mann verabscheute Donnell so sehr, dass sie sich fragte, warum er sich überhaupt auf Dunncraig aufhielt. Wie konnte er für jemanden arbeiten, den er so abgrundtief hasste?

»Verflixt und zugenäht«, murrte Donnell, dann warf er einen finsteren Blick auf Annora. »Was hat er gesagt? Übersteigen die Dinge, die ich von ihm verlange, seine Fähigkeiten? Na komm schon, du verstehst ihn doch, oder?«

Annora nahm erst einmal einen großen Schluck Ziegenmilch, um nicht dem Drang nachzugeben, Master Lavengeance' Beleidigungen Wort für Wort zu wiederholen. Wahrscheinlich hätte es Donnell dann nicht dabei belassen, den Mann grün und blau zu schlagen. Vielleicht liebte er seine Mutter ja nicht besonders, doch bestimmt wollte er nicht, dass jemand behauptete, sie habe sich mit Ziegenböcken eingelassen. Schließlich beschloss sie, Donnell ein paar der Dinge zu sagen, die ihr durch den Kopf gegangen waren, als sie von seinen großartigen Plänen gehört hatte.

»Master Lavengeance hat sich nur gefragt, ob die Stühle durch das Muster, das Ihr auf der Rückenlehne haben wollt, nicht unbequem werden.« Aus dem Augenwinkel heraus sah sie eine leichte Belustigung in Master Lavengeance' Blick. »Es könnte vielleicht ein klein bisschen uneben sein, oder?«

Donnell runzelte die Stirn, offenbar vergeblich bemüht, sich vorzustellen, was genau er eigentlich haben wollte. »Hm, das wäre natürlich nicht gut. Ich überlasse Euch die Verzierung«, erklärte er schließlich, an Master Lavengeance gewandt. »Doch ich erwarte, dass Ihr mir zeigt, was Ihr plant. Und was hat er noch gesagt?«, fragte er Annora. »Das war doch bestimmt nicht alles, er hat ja ziemlich viel von sich gegeben.«

Na ja, er hat noch gesagt, dass er glaubt, dass dein Vater die Hure des Königs gewesen sei, ging ihr durch den Kopf, doch sie meinte nur: »Er hat gesagt, dass Ihr entscheiden müsst, ob Ihr schweres Holz haben wollt oder leichtes.«

»Schweres. Ich will stabile Stühle.« Donnells Miene verfinsterte sich, offenbar ging ihm gerade erst auf, dass er Annoras Hilfe erbitten musste, um einem schlichten Holzschnitzer seine Wünsche verständlich zu machen. »Woher kennst du überhaupt diese Sprache? Wozu braucht ein kleines Mädchen so etwas?«

»Vermutlich brauchte ich es nicht wirklich«, erwiderte sie in dem Versuch, seine Verärgerung einzudämmen. »Aber als Kind lebte ich bei meinen Großeltern und hatte dort einen Freund namens Mungo. Seine Mutter war Französin.« Die Erinnerung an Lady Aimée stimmte Annora traurig, aber sie war auch tröstlich, denn die Frau war sehr freundlich zu ihr gewesen, und Freundlichkeit war ihr als Kind nicht oft zuteilgeworden. »Sie hat mir die Sprache beigebracht.«

»Wahrscheinlich hat sie jemanden haben wollen, mit dem sie sich unterhalten konnte. In der Muttersprache lässt es sich leichter klatschen.«

»Aye, wahrscheinlich war das so.«

Froh, dass Donnells Grimm sich gelegt hatte und er sich nun wieder ganz Master Lavengeance widmete, beendete Annora ihre Mahlzeit. Sie zog sich auch von dem Handwerker zurück, dessen Groll gegen Donnell zwar verständlich war, aber es war ihr unangenehm, wenn sie ihn so deutlich zu spüren bekam. Sie hatte wahrhaftig genügend eigene Schwierigkeiten. Sobald sie mit dem Essen fertig war, entschuldigte sie sich und stand auf, um zu gehen. Doch Donnell packte sie am Arm. Annora verspannte sich, sie hatte Angst, dass sie jetzt gleich teuer dafür würde bezahlen müssen, etwas zu können, was ihr Cousin nicht konnte. Als sie merkte, wie sich Master Lavengeance ebenfalls verspannte, zwang sie sich, seinem Blick möglichst gleichgültig zu begegnen und ihm zu verstehen zu geben, dass es sinnlos, ja gefährlich wäre, Donnell an etwas zu hindern, was dieser vorhatte.

»Am besten geht Ihr nicht zu weit weg, Cousine«, sagte Donnell. »Vielleicht brauche ich Euch bald wieder einmal, damit Ihr mir helft, den Mann zu verstehen.«

Seiner Stimme war zu entnehmen, wie ungern er eine solche Bitte äußerte; dennoch wurden Annora vor Erleichterung die Knie weich. »Wie Ihr wünscht, Cousin. Kann ich jetzt zu Meggie gehen?«

»Aye, fort mit Euch.«

Sie knickste noch kurz vor den beiden Männern, dann entfernte sie sich, so schnell sie konnte. Es war ihr nicht recht, dass Donnell ihre Hilfe haben wollte, denn seine Abneigung, sie darum bitten zu müssen, würde mit jedem Mal wachsen. Es war wohl am klügsten, bald einmal mit dem Holzschnitzer unter vier Augen zu reden. Natürlich hatte es sie auch ein wenig belustigt mitzubekommen, wie Donnell beschimpft wurde, aber sie wusste, dass dieser kurze Moment der Belustigung sie teuer zu stehen kommen konnte. Und wenn Donnell je herausfand, was Master Lavengeance wirklich gesagt hatte, würde es diesen noch teurer zu stehen kommen. Der letzte Mann, der Donnell beleidigt hatte, war in einem Käfig, der an die Zinnen von Dunncraig aufgehängt worden war, langsam und qualvoll gestorben. Schon allein der Gedanke, dass dem gut aussehenden Holzschnitzer ein ähnlich grausames Schicksal drohen könnte, erfüllte sie mit Angst und Schrecken. Ja, sie würde den Mann bei der nächstbesten Gelegenheit zur Seite nehmen und mit ihm reden müssen.

James sah Annora hinterher, wie sie die Große Halle verließ, und freute sich an dem sanften Schwung ihrer Hüften. Ihn plagte ein schlechtes Gewissen wegen dem, was er über Donnell gesagt hatte, auch wenn es die Wut, die in ihm hockte, ein wenig gemildert hatte. Einen Moment lang hatte er vergessen, dass Annora Französisch verstand. Er hätte vor ihr nie so grobe Worte gebrauchen dürfen. Außerdem befürchtete er, dass er ihr damit Ärger mit ihrem Cousin beschert hatte. In Zukunft musste er wohl wirklich vorsichtiger sein, dachte er, während er sich wieder Donnell zuwandte. Er merkte, dass der Mann ihn anstarrte. Offenbar war er nicht zornig, doch in seinen zusammengekniffenen Augen lag eine Warnung.

»Die ist nicht für Euch bestimmt, Bursche«, sagte Donnell, während er sich und James einen Humpen Ale einschenkte. »Ihr solltet Eure Blicke lieber nicht zu oft auf sie werfen.«

»Ist sie zu hochstehend?«, murmelte James, bevor er einen Schluck Ale nahm.

»Aye, vermutlich, auch wenn Ihr einen für einen gemeinen Mann recht hübschen Namen habt. Aber sie ist für Egan bestimmt. Ihm würde der Blick nicht gefallen, mit dem Ihr gerade ihrem hübschen Arsch nachgeschaut habt.«

James fiel es schwer, den Mann für seine groben Worte nicht zu schlagen. »Sie sind verlobt, eh?«

»Nun, das werden sie bald sein, wenn es nach Egan geht. Aber jetzt will ich Euch lieber noch etwas zu den Stühlen erklären, die ich haben will.«

Am liebsten hätte James die Augen verdreht. Wenn er nicht an der Hoffnung festgehalten hätte, bald auf dem Stuhl des Lairds zu sitzen, wäre er wahrscheinlich noch verstimmter gewesen über MacKays krampfhafte Bemühungen, auf Kosten aller anderen von Dunncraig möglichst viel Eleganz um sich herum anzuhäufen. Doch solange er seine Unschuld nicht bewiesen hatte und das Recht, über sein Land zu herrschen, nicht zurückerlangt hatte, konnte er nichts gegen die Vernachlässigung seines Landes und seiner Leute tun. Bis dahin musste er sich damit trösten, dass er die Schönheit des Keeps steigerte, während er an MacKays Vernichtung arbeitete. Außerdem wusste er, dass ihm seine Familie, sobald er seinen guten Namen und sein Land wiedergewonnen hatte, helfen würde, die Leistungsfähigkeit seines Landes wiederherzustellen. Das war das Einzige, was ihn von einer unüberlegten Handlung abhielt.

***

Annora rieb sich das Kreuz, während sie auf den bestellten Garten blickte. Wenn es in den nächsten Monaten genügend Sonnenschein und Regen gab, würden auf Dunncraig alle Kräuter und Gewürze vorrätig sein, die man zum Kochen und zum Heilen brauchte. Außerdem würden auch ein paar Blumen wachsen, an deren Anblick man sich erfreuen konnte. Sie war zufrieden mit ihrer Arbeit und lobte auch Meggie für ihre Hilfe. Dann sagte sie der Kleinen, sie solle auf ihr Zimmer gehen und sich waschen, und klaubte die kleinen Säckchen auf, in denen die Samen aufbewahrt worden waren, sowie die Werkzeuge, die sie zum Einbringen benutzt hatten.

Als sie sich aufrichten wollte, packte sie plötzlich jemand von hinten. Vor Schreck ließ sie alles fallen. Sie wurde grob zur Burgmauer gezerrt. Es passierte alles so rasch, dass sie gar nicht protestieren konnte.

Einen Moment lang dachte sie trotz der groben Behandlung, es sei Rolf, doch rasch wurde ihr klar, dass das nicht sein konnte. Das Gefühl stimmte nicht und der Geruch auch nicht. Als sie gegen die Mauer gedrängt wurde, wusste sie, dass Egan sie erwischt hatte. Der kurze Blick auf sein Gesicht, bevor er ihr einen Kuss auf den Mund presste, sagte ihr, dass er keine Lust mehr hatte, den sanften Freier zu spielen.

Diesmal würde er wohl nicht aufzuhalten sein. Annora konnte sein Verlangen fast schon riechen. Doch anders als Master Lavengeance erregte Egan keinerlei Verlangen in ihr. Sein harter Mund war schmerzhaft, sein Geschmack, als er ihr gewaltsam die Zunge in den Mund stieß, und die Art, wie er sich an ihr rieb, erregten in ihr nur Übelkeit und Angst. Und dass es spät am Tag war und sie sich im hintersten Teil des Burghofs befanden, verschärfte ihre Lage noch; denn sehr wahrscheinlich würde hier um diese Zeit niemand vorbeikommen. Das Auftauchen eines Dritten hatte bislang immer dazu geführt, dass Egan einen Rückzieher machte. Annora wusste nicht warum, aber offenbar wollte er nicht, dass die Leute dachten, er würde sich ihr aufdrängen. Und das, obwohl er im Ruf stand, ein brutaler Vergewaltiger zu sein, und schon viele Frauen auf Dunncraig und auch anderswo mit blauen Flecken und blutend zurückgelassen hatte – und mit einer Angst vor Männern, die sie nie mehr überwanden.

Annora versuchte, ihn wegzustoßen, aber er war zu groß und stark. Er presste sie an die harte Wand, sodass sie sich kaum bewegen konnte. Mit den Füßen zu treten erwies sich als sinnlos, und ihre Hände hatte er fest gepackt und an die steinerne Mauer gedrückt, so fest, dass sie spürte, wie ihr das Blut über die Handgelenke tropfte. Von dem Mann ging eine brutale, grobe Begierde aus, etwas fast Barbarisches und sehr Beängstigendes.

Doch auf einmal war er weg, und sie war frei. Keuchend sah sie, wie Master Lavengeance ihren Angreifer mit einer kraftvollen Faust aufs Kinn bewusstlos schlug. Einen Moment lang war sie verblüfft über das glückliche Auftauchen des Mannes, aber auch über die mächtige Wut, die die Luft um ihn herum erfüllte. Dann sah sie, wie er den bewusstlosen Egan beim Kragen packte, hochzerrte und zu einem weiteren Schlag ausholte.

»Nein!«, ächzte sie und taumelte vorwärts, um Master Lavengeance am Ärmel zu packen.

»Sagt mir bloß nicht, dass Euch das Spaß gemacht hat«, fauchte James, während er sich bemühte, die blinde Wut zu bezwingen, die sich seiner bemächtigt hatte, als er sah, wie Egan Annora an die Mauer presste und sich an ihr rieb. Ein Wunder, dass er noch die geistige Klarheit besaß, Französisch zu sprechen.

»Männer können solche Dummköpfe sein«, murrte sie. »Nein, Ihr Narr. Einen Schlag kann man damit erklären, dass man gesehen hat, wie jemand eine Frau vergewaltigen wollte, und man nicht weiter darauf geachtet hat, um wen es sich dabei handelte. Doch alles Weitere würde wie eine sehr persönliche Feindschaft aussehen, findet Ihr nicht?«

James sah das sofort ein und ließ Egan fallen. Er stemmte

die Hände in die Hüften und starrte auf den bewusstlosen Mann. Erst nach mehreren tiefen Atemzügen gelang es ihm, seiner Wut Herr zu werden, doch als sein Blick auf Annora fiel, wäre sie beinahe wieder hochgekocht. Annoras Lippen waren geschwollen und bluteten, und in ihren Augen lag eine Angst, die er noch nie bei ihr gesehen hatte. Da er Egans Ruf, sich Frauen wenn nötig mit Gewalt zu nehmen, kannte, vermutete er, dass sie davon ausgegangen war, sein nächstes Opfer zu werden.

»Seid Ihr verletzt?«, fragte er.

»Es wird wohl ein paar blaue Flecken geben, mehr nicht. Danke«, fügte sie mit leiser, bebender Stimme hinzu.

Am liebsten hätte sie geweint, auch wenn sie nicht wusste, warum; schließlich war sie gerettet worden. Sie sollte doch eigentlich erleichtert sein, und einen Anflug davon verspürte sie auch, doch weitaus stärker war die Angst. Ja, am liebsten hätte sie sich auf dem Boden zusammengerollt und wie ein Kind geweint. Erst nach einigen Momenten wurde ihr klar, was sie am meisten quälte: Egan hatte die schmale Linie überschritten, die sie bislang vor seiner Brutalität bewahrt hatte. Sie konnte sich nicht mehr mit der Annahme beruhigen, dass er sie nicht so behandeln würde, wie er viele andere schon behandelt hatte. Wahrscheinlich würde sie von nun an bei jeder Bewegung, die sie aus dem Augenwinkel wahrnahm, zusammenzucken und an jeder dunklen Stelle nach diesem Menschen Ausschau halten.

»Könnt Ihr die Tür zu Eurer Schlafkammer verriegeln?«, fragte James.

»Aye, das tue ich meistens.«

»Gut. Macht es Euch zur Regel.«

Obwohl Französisch eine weiche Sprache war, klang Master Lavengeance hart und kalt. In ihm tobte noch immer der Zorn, und zwar nicht nur der, den sie normalerweise bei ihm spürte. Dieser Zorn war neu, und er war direkt gegen Egan gerichtet. Der Kerl verdiente es zwar, doch in Annora regte sich Angst um den Holzschnitzer. Egan war Donnells Stellvertreter und wahrscheinlich sein Treuester, sein Freund und Günstling. Es war nicht klug, sich die beiden zu Feinden zu machen.

»Ihr solltet gut auf Euch aufpassen, Master Lavengeance«, sagte sie. Sie nahm ihn am Arm und zog ihn von der Stelle fort, auf der Egan bäuchlings im Gras lag.

»Und du sollst mich Rolf nennen.« Zu gern hätte James sie seinen wahren Namen sagen hören, und zwar mit leiser, von Leidenschaft rauchiger Stimme.

Annora errötete, doch sie nickte. »Dann nenn mich bitte auch Annora.« Sie warf einen Blick zurück auf Egan, während sie Rolf weiter zum Hintereingang des Wohn- und Wehrturms zog. »Aber nicht vor ihm oder vor Donnell, aye?«

James blieb kurz stehen, um sich aus ihrem Griff zu befreien und sie am Arm zu nehmen, sodass er derjenige war, der sie von der Stelle wegführte, wo Egan versucht hatte, sie zu vergewaltigen. »Der hat mir bereits erklärt, dass du zu hochstehend für mich bist und Egan dich haben will.«

Annora war von seinen Worten so verblüfft, dass sie stolperte. Sie starrte ihn ungläubig an, während er sie in den Keep führte. »Das hat Donnell gesagt? Meine Güte, ich bin wahrhaftig nicht zu hochstehend. Ich bin ein Bastard, und meine Mutter war nicht zu hochstehend, auch nicht bevor sie in Ungnade fiel. Und was Egan angeht – nun, da hat er wohl Pech.«

Am liebsten hätte James ihr gesagt, sie solle sich bloß nichts vormachen, doch er verkniff sich diese Bemerkung. Sie zitterte nach wie vor am ganzen Körper, auch wenn ihre Stimme die Unsicherheit einer Frau am Rande der Tränen verloren hatte. Er vermutete, dass Annora entweder Egans Pläne nicht zur Gänze kannte – die ja noch weit darüber hinausgingen, als sie nur ins Bett zu zerren –, oder aber dass sie versuchte, die Wahrheit zu ignorieren, weil sie ihr zu grausam vorkam.

Vor der Großen Halle schob er sie sanft Richtung Treppe. »Geh hinauf. Ich werde MacKay berichten, was vorgefallen ist.«

»Hältst du das für klug?«, fragte sie und blieb auf der ersten Stufe stehen, um ihn anzusehen.

»Es ist klug, der Erste zu sein, der es ihm erzählt. Dann hat er diese Geschichte im Kopf, wenn Egan ankommt und Gerechtigkeit oder Rache fordert. Geh nur, es wird schon gutgehen. Du hattest recht, mich daran zu hindern, ihm eine ordentliche Tracht Prügel zu verabreichen, obwohl er es wahrhaftig verdient hätte. Aber ich habe ihn aufgehalten, und dein Herr kann mir das Recht dazu nicht absprechen. Du bist Margarets Kindermädchen und keine herumhurende Magd wie Mab.«

Selbst auf dem Weg nach oben blickte Annora immer wieder zu ihm, bis er in der Großen Halle verschwunden war. Sie wollte ihm nacheilen, sie wollte neben ihm stehen und versuchen, Donnell davon abzuhalten, zornig zu werden. Aber sie wusste, es war sinnlos. Sie hatte Donnells Zorn noch nie besonders gut beschwichtigen können. Und Rolf hatte recht – ihm die Geschichte als Erster zu erzählen, war das Beste. Das würde Egan in die Defensive drängen.

Als sie in ihr Zimmer eintrat, um sich zu säubern und zum Abendessen umzukleiden, dachte Annora über das nach, was Donnell Rolf zufolge über sie gesagt hatte. Dass Donnell Rolf zu verstehen gegeben hatte, sie sei zu hochstehend für ihn, war schlichtweg lächerlich. Donnell betrachtete sie nicht als ein Mädchen aus vornehmem Haus stammend. Dass sie für Egan bestimmt sein sollte, beunruhigte sie zwar zutiefst, aber vielleicht war es auch nur eine List, um Rolf davon abzuhalten, um sie zu werben. Schließlich fand Donnell sie als Meggies Kindermädchen recht nützlich.

Aber wenn Egan sie beanspruchte, würde sie auf Dunncraig bleiben, dachte sie und begann zu frieren. Bei diesem Gedanken wurde ihr so kalt, dass sie zu zittern begann. Je mehr sie darüber nachdachte, desto größer wurde ihre Angst, dass Donnell und Egan Pläne für sie hatten.

Plötzlich vertrieb Wut die Angst, die noch immer von Egans Angriff in ihr steckte. Die beiden hatten kein Recht zu planen, wen sie heiratete oder wer sie bekommen sollte – als was auch immer. Sie war zwar mit Donnell verwandt, aber nicht sehr nah, und mit vierundzwanzig war sie über das Alter hinaus, in dem sie sich von einem Mann die Zukunft bestimmen lassen wollte.

Eine neue Entschlossenheit erfasste sie. Sie musste herausfinden, welche Pläne es gab. Das bedeutete, dass sie weiter herumschleichen und belauschen musste, was nicht für ihre Ohren bestimmt war. Aber das konnte sie allmählich recht gut, dachte sie, während sie in ein frisches Gewand schlüpfte. Je eher sie wusste, was Donnell und Egan planten, desto eher konnte sie handeln, um sich zu schützen. Sie würde allerdings rasch handeln müssen, denn ihr blieb nicht viel Zeit, um ihnen einen Strich durch die Rechnung zu machen. Wenn Donnell vorhatte, sie Egan zu geben, musste sie sich nur eine Frage beantworten: In Egans Besitz überzugehen – war dieser Preis zu hoch, um bei Meggie zu bleiben?

7

Annora überließ es Annie, Meggie zu baden, und eilte in ihre Kemenate, um sich für das Abendessen in der Großen Halle fertig zu machen. Aus Gründen, die sie nie verstanden hatte, hatte Donnell ihr untersagt, bei Meggie im Kinderzimmer oder auch nur in ihrer Nähe zu schlafen. Doch vielleicht wollte Donnell einfach nur verhindern, dass Meggie und sie sich zu vertraut wurden. Falls er das im Sinn gehabt hatte, dann hatte er es nicht geschafft. Meggie und sie verbrachten jeden Tag zusammen und waren so vertraut wie Mutter und Tochter. Annora konnte nur hoffen, dass Donnell das nicht merkte.

Sie dachte nicht weiter über dieses Rätsel nach und begann, schneller zu laufen, weil sie nicht zu spät zum Essen kommen wollte. Am Abend zuvor war es ihr nicht gelungen herauszufinden, was Donnell mit ihr im Sinn hatte, aber so schnell wollte sie nicht aufgeben. Egans übel zugerichtetes Gesicht war allerdings eine kleine Entschädigung für ihr Nichtweiterkommen gewesen. Der Mann hatte sie den ganzen Abend über zornig angestarrt. Einerseits konnte ihr das nur recht sein, denn das war weitaus besser als seine Versuche, um sie zu werben oder sie zu verführen. Aber die Drohung in seinem Blick hatte ihr den Appetit verdorben. Sie nahm sich fest vor, sich am heutigen Abend nicht mehr von ihm einschüchtern zu lassen.

Auf dem Weg durch den langen, spärlich beleuchteten Gang zu ihrem Zimmer begegnete Annora Mab, einer großbusigen Magd. Sie lächelte die Frau freundlich an, von der es hieß, sie teile häufig Donnells und auch Egans Lager. Wenn die geflüsterten Gerüchte zutrafen, dann trieb das Weib es gelegentlich sogar mit beiden gleichzeitig. Das wollte sich Annora jedoch lieber nicht weiter ausmalen.

Aus der Richtung zu schließen, aus der die Frau kam, hatte Mab diesmal wohl keinen der beiden besucht. Plötzlich fiel Annora ein, dass man zu dem kleinen Raum des Holzschnitzers gelangte, wenn man den Korridor ganz entlangging und dann links abbog. Der bloße Gedanke, dass Mab es womöglich mit Master'Lavengeance getrieben hatte, verletzte Annora, und zugleich machte er sie zornig. Zwar ging es sie im Grunde nichts an, wen der Mann beschlief, aber es war ihr nicht gleichgültig, nein, wahrhaftig nicht.

»Ah, das kleine Kindermädchen«, schnaubte Mab.

Annora erschrak ein wenig über die Feindseligkeit dieser Frau, die ihre Stimme hart klingen ließ. »Kann ich dir bei etwas helfen?«, fragte sie. Sie war froh, dass sie so ruhig und höflich klang, denn sie wollte nichts zu der unerklärlichen Abneigung der Frau beitragen.

»Bei Gott, Ihr könnt mir bei nichts helfen, es sei denn, Ihr wollt mir sagen, wie gut dieser Franzose zwischen den Laken ist.«

»Weißt du das denn nicht?« Annora beschloss, dass Höflichkeit bei dieser Frau die reine Verschwendung war.

»Das habe ich nicht gesagt. Ich habe mir nur überlegt, ob Ihr vielleicht ein kleines Gespräch von Frau zu Frau führen wollt darüber, wie gut der Mann ist. Mir ist zu Ohren gekommen, dass Ihr versteht, was er sagt, wenn er zu leidenschaftlich wird, um unsere Sprache zu sprechen.«

Annora fragte sich, woher eine Frau wie Mab ein Wort wie *leidenschaftlich* kannte, doch gleich darauf bereute sie diesen unfreundlichen Gedanken. »Ich fürchte, diese Frage kann ich nicht beantworten.«

»Ach nein? Ihr wollt mich glauben machen, dass Ihr nicht um diesen feinen Mann herumstreicht? Dass Ihr nicht versucht herauszufinden, ob er im Bett besser ist als Egan?«

»Ich kann dir auch nicht sagen, wie gut oder schlecht Egan ist.« Annora schickte ein Stoßgebet gen Himmel, dass sie es auch nie würde herausfinden müssen.

»Pah, das süße Unschuldslamm! Na, ich weiß genau, was in Eurem Kopf vorgeht. Ihr denkt, dass ich eine Hure bin, und Ihr rümpft Eure feine Nase, stimmt's? Dabei seid Ihr nur ein Bastard, der von Haus zu Haus herumgereicht wird und Arbeit verrichtet, die um keinen Deut besser ist als meine. Wie kommt Ihr eigentlich darauf, dass Ihr um so vieles besser seid als ich?«

Ich bade gelegentlich, dachte Annora. Und wieder fragte sie sich, warum sie eigentlich so unfreundliche Gedanken dieser Frau gegenüber hegte. Das sah ihr doch gar nicht ähnlich. Bestenfalls dachte sie nur wenig, wenn jemand sie reizte wie jetzt Mab. Wenn sie an etwas dachte, dann daran, sich solch einem Gespräch möglichst rasch zu entziehen

Oh weh, wahrscheinlich war es die Eifersucht. Zögernd musste sich Annora eingestehen, dass sie allein schon den Gedanken verabscheute, Master Lavengeance und Mab könnten etwas tun, was über Händeschütteln hinausging. Und nicht einmal die Vorstellung, dass sich die beiden die Hände gaben, wollte ihr recht gefallen, denn schließlich würde er diese Frau dabei berühren. Doch solche Gefühle mussten eine Art Wahn sein. Zugegeben, sie fand den Mann sehr attraktiv, und noch immer wurde ihr heiß, wenn sie daran dachte, wie er sie geküsst hatte – was für ihren Seelenfrieden leider viel zu oft vorkam. Doch das war keine Entschuldigung für den wachsenden Wunsch, Mab eine Ohrfeige zu verpassen oder auf Master Lavengeance Besitzansprüche geltend zu machen. Was immer zwischen ihr und dem Holzschnitzer wuchs, es hatte keine Zukunft, und es konnte ihnen sogar eine Menge Ärger seitens Donnell und Egan einbringen – gefährlichen Ärger.

»Dieses Gespräch ist albern«, sagte sie und schob Mab zur Seite, um den Weg zu ihrem Schlafraum fortzusetzen. »Ich kümmere mich auf Dunncraig einzig und allein um Meggie, sonst tue ich hier nichts, das weißt du ganz genau.«

Mabs abfälliges Schnauben hallte durch den Korridor und verfolgte Annora, die das Gefühl beschlich, ihr Weggehen könne allzu stark nach Rückzug aussehen. Sie schimpfte halblaut, dann seufzte sie erleichtert auf, als sie hörte, wie Mab davoneilte. Welche Richtung die Frau eingeschlagen hatte, wollte sie gar nicht wissen. Mab gehörte zu den Frauen, die sich auf jeden Mann in ihrer Reichweite stürzten. Selbst wenn sie Master Lavengeance nie berührt hatte, hätte Annora sie vermutlich nicht in ihr Herz geschlossen. Niemand mag gierige Menschen, dachte Annora, und es war ihr egal, dass das selbst in ihren eigenen Ohren ein wenig kindisch klang.

Als sie an einer kleinen Nische in der Nähe der Treppe, die zu einem der Turmzimmer führte, vorbeiging, wurde Annora am Arm gepackt und tief in die Schatten gezogen. Ein warmer, weicher Mund dämpfte ihren instinktiven Schrei. Einen Moment lang erfüllte sie der Schrecken, dass Egan ihr aufgelauert haben könnte, doch dann erkannte sie den Geschmack des Mannes, der sie küsste. Sie wusste, dass sie sich gegen Rolf wehren sollte und es sie hätte beunruhigen sollen, wie rasch sie den Mann erkannt hatte, der sie nun fest an sich zog; doch sie schlang nur die Arme um seinen Hals und gab sich dem Kuss hin.

In dem Augenblick, wo der Kuss endete, kämpfte sie um einen klaren Kopf, doch gleich darauf verlor sie ihn wieder, denn nun begann Rolf, ihren Hals mit Küssen zu bedecken, drückte sie ungestüm an seinen starken Körper und gegen die Wand. Flüchtig musste sie daran denken, dass Leute, um Liebe zu machen, vielleicht gar nicht in die Bauchlage gehen mussten.

Als Rolf an ihrem Ohr knabberte und es mit seiner Zunge neckte, erbebte Annora. Ihr war, als ströme reines Feuer durch ihren Körper. Ein Anflug von Angst mischte sich in die Leidenschaft, die das Steuer übernommen hatte. Einer solch starken, solch überwältigenden Empfindung wollte und konnte sie nicht vertrauen.

James spürte, wie sich ihr weicher Körper, den er so heiß begehrte, ein wenig verspannte. Rasch küsste er Annora wieder, um den Widerstand zu vertreiben, den sie offenbar gerade aufbaute. Es war zwar der reine Wahnsinn, sie so zu packen, aber sein Verlangen fühlte sich tatsächlich wie ein Wahn an. Einer Bestrafung dafür, Egan geschlagen zu haben, war er zwar entgangen, doch er glaubte, hauptsächlich deswegen, weil MacKay Egan eins auswischen wollte. Ob es Donnell darum ging, sich der Macht über seinen Ersten Mann zu vergewissern, oder um etwas anderes, wusste James nicht, und es war ihm auch ziemlich gleichgültig. Er wusste nur, dass MacKay und Egan ihn nun sehr genau beobachteten. Vor allem Egan, der zweifellos auf eine Gelegenheit wartete, ihn teuer bezahlen zu lassen, weil er seinen Versuch, Annora zu nehmen, vereitelt und ihn vor ihr geschlagen hatte.

Auch wenn James es nur ungern zugab – ein Teil seines starken Bedürfnisses, Annora im Arm zu halten und zu küssen, rührte daher, sie als die Seine zu zeichnen. Er wollte den Geschmack und das Gefühl von Egan von ihren Lippen vertreiben. Außerdem wollte er, dass Annora keine Angst vor solchen Zärtlichkeiten hatte, nur weil Egan versucht hatte, ihr Gewalt anzutun.

Er küsste sie unablässig, während er langsam die Hand über ihren Oberkörper gleiten ließ und anfing, ihre Brüste zu streicheln. Sie verspannte sich kurz und murmelte einen Protest gegen seine Lippen, doch sehr zu seiner Freude dauerte ihr Widerstand nicht lange an. Das Gefühl ihrer üppigen Brust in seiner Hand machte ihn hungrig auf mehr, auf viel mehr. Er wollte ihre Haut spüren und kosten, wie sie schmeckte, und zwar hier und jetzt. Doch er zügelte sich, auch wenn es ihn die größte Mühe kostete.

Als Rolf von ihren Lippen abließ und anfing, heiße Küsse auf ihren Hals zu drücken, kämpfte Annora darum, sich wieder etwas zu fassen. Was er da tat, fühlte sich so gut an, dass es ihr schwerfiel, sich daran zu erinnern, dass es falsch war. Eine Jungfrau sollte sich nicht von einem Mann in eine dunkle Ecke ziehen und so intim berühren lassen. Und in diesem Fall war es womöglich nicht nur unschicklich, sondern auch noch gefährlich. Sie hatte noch nicht herausgefunden, was Donnell für ihre Zukunft im Sinn hatte, doch wenn Rolf etwas tat, um Donnells Pläne zu vereiteln, würde er dafür mit dem Leben bezahlen müssen – und das konnte sie nicht zulassen. Um ihre Leidenschaft möglichst rasch abzukühlen, begann Annora, an Mab zu denken und daran, dass das Weib womöglich gerade aus Rolfs Bett gestiegen war. Das klappte fast so gut wie ein Eimer kaltes Wasser.

»Nay!«, sagte sie und stemmte sich ein wenig gegen Rolfs Brust. Flüchtig überlegte sie, warum sie ein derart starkes Bedürfnis hatte, ihm das Hemd vom Körper zu reißen und die Haut darunter zu berühren. »Ich will keine weitere Mab für dich sein.«

James lehnte sich ein wenig zurück und starrte sie verständnislos an. »Mab?«

Endlich konnte auch er wieder klar denken, obgleich sein Körper noch immer vor Verlangen brannte. James fluchte halblaut, und als Annora errötete, murrte er eine Entschuldigung. Offenbar hatte Mab wieder einmal versucht, in sein Bett zu gelangen, und Annora hatte sie unterwegs getroffen. Mab wurde allmählich richtig lästig. James fragte sich, ob das Weib deshalb so hartnäckig war, weil einer oder vielleicht sogar beide ihrer Liebhaber versuchten, ihn mit ihrer Hilfe beschäftigt zu halten. MacKay und Egan gehörten nicht zu den Männern, die verstehen konnten, dass ein Mann nur eine ganz bestimmte Frau haben wollte.

»Ich habe Mab nicht beschlafen, und es ist mir egal, was diese Frau sagt. Es stimmt schon, sie scheint sehr erpicht darauf, in mein Bett zu kriechen« – er gab Annora einen raschen, harten Kuss – »aber ich will etwas Besseres, etwas viel Süßeres. Ich glaube, dein Herr oder dieser törichte Egan schicken sie immer wieder zu mir, weil sie hoffen, dass ich damit ausreichend zu tun hätte.«

Annora wusste, dass er die Wahrheit sagte. Ihre Fähigkeit,

die Wahrheit von einer Lüge zu unterscheiden, war eines der wenigen Dinge, die sie an ihrer Gabe wirklich schätzte. »Aber warum sollten sie das tun?«

»Damit ich mich von dir fernhalte.«

Da er einen Schritt zurückgetreten war, widmete sich Annora der überflüssigen Tätigkeit, ihre Röcke zu glätten, um sich zu beruhigen. Sein Gerede, dass er sie haben wolle, schmeichelte ihr zwar, machte sie jedoch auch unruhig. Obwohl sie an seinem Verlangen nichts Schlechtes spüren konnte, wusste sie, dass viele Männer meinten, eine unehelich geborene Frau verdiene nicht den Respekt und die Höflichkeit, die einer legitim geborenen Lady zustanden. Solchen Männern zu sagen, dass ihre Mutter eine echte Lady, ein Edelfräulein, gewesen war, nützte rein gar nichts. Dass ihre Mutter einen Bastard zur Welt gebracht hatte, schmälerte ihr Ansehen bei vielen. Außerdem schien so mancher zu glauben, die offensichtliche Unmoral der Mutter sei an die Tochter weitervererbt worden. Bei Rolfs Verlangen spürte sie nichts von all diesen Vorbehalten, aber sie musste ihn trotzdem abweisen, was sie sehr betrübte.

»Wahrscheinlich wäre es das Beste, wenn du dich von mir fernhalten würdest«, sagte sie und hoffte, dass sich ihr Bedauern, ihn abweisen zu müssen, nicht zu offen in ihrer Stimme oder in ihrem Blick zeigte.

James streichelte ihr zärtlich die Wange und freute sich, dass sie nicht zurückschreckte. Er wusste, dass viele Leute Französisch für die perfekte Sprache für Liebende hielten, aber er wurde es allmählich leid, in dieser Sprache reden zu müssen. Er wollte sich mit Annora in seiner Muttersprache unterhalten und hoffte nur, dass er es bald könnte.

»Du möchtest nicht, dass ich in deiner Nähe bin?«, fragte er.

Annora seufzte. »Was ich möchte, ist nicht wichtig, oder?«

»Für mich schon.«

Sie lächelte matt. »Tja nun, das ist sehr schön, aber wir haben nicht die Freiheit zu tun, was wir wollen.«

»Ich bin kein MacKay.«

»Aber ich, und du bist ein Mann, der von MacKay eingestellt worden ist.«

»Aber glaubst du denn, du seist zu hochstehend, um einen Holzschnitzer zu küssen?«

»Sei kein Narr. Aber trotzdem halte ich es für das Beste, wenn du deine Arbeit tust und dann diesen Ort verlässt, und zwar heil und lebendig. Donnell hat wohl seine Gründe, warum er nicht will, dass du – dass du um mich wirbst. Und Donnell mag es nicht, wenn er seinen Willen nicht bekommt. Es sind schon Männer deswegen gestorben, und zwar unter großen Schmerzen.«

»Ah, du machst dir Sorgen um meine Sicherheit.« Er küsste sie noch einmal. »Das ist schön.«

Beinahe hätte Annora gelacht, aber die Gefahr, in der sie beide möglicherweise schwebten, erstickte ihren Anflug von Humor.

»Sei auf der Hut, Rolf. Donnell ist zwar manchmal ein Narr, doch er kann auch sehr brutal sein. Aber jetzt muss ich zum Abendessen in die Große Halle.«

Er hielt sie nicht mehr auf. Im Moment konnte er nichts weiter tun, als ein paar Küsse und Zärtlichkeiten zu stehlen. Es war töricht von ihm, sich zu quälen und immer wieder nach etwas zu greifen, was er noch nicht haben konnte. Es bescherte ihm nur eine Sehnsucht, die ihn die ganze Nacht peinigen würde, und das kalte Bad, das er sich nun genehmigen wollte, würde wohl nicht viel helfen.

Obwohl Annora sehr spät in die Große Halle kam, wurde sie von den Anwesenden kaum beachtet. Sie setzte sich und lächelte flüchtig dem Jungen zu, der sich beeilte, Essen auf ihre Platte zu häufen und ihren Humpen mit Ale zu füllen. Egan warf nur einen einzigen hitzigen Blick auf sie, dann nahm er sein Gespräch mit Donnell wieder auf.

Meistens war es ihr ganz recht, wenn kaum einer von Donnells Männern Notiz von ihr nahm, aber diesmal schmerzte es. Annora wusste, dass es am besten war, wenn sie für alle mehr oder weniger unsichtbar blieb, und dass sie so am besten vermeiden konnte, die Zielscheibe von Donnells Zorn zu werden. Aber an diesem Abend ärgerte sie sich darüber. Sie mochte ein Bastard sein, aber immerhin kümmerte sie sich um das Kind des Lairds. Das war eine wichtige Aufgabe, und dennoch war sie für viele von Donnells Leuten kaum mehr als ein Geist. Einerseits war ihr das ganz recht, andererseits hätte es ihr nicht so leicht gemacht werden sollen.

Doch dann mahnte sie sich, nicht so töricht zu sein und sich nicht von ihrem Stolz lenken zu lassen, und konzentrierte sich aufs Essen. Donnell und Egan redeten leise miteinander. Gelegentlich warfen sie einen Blick auf Annora, aber sie bemühte sich, die beiden einfach zu ignorieren. Es war ein Segen, dass Egan nicht direkt neben ihr saß. Wenn sie nur gewusst hätte, was die beiden mit ihr vorhatten! Zu gern hätte sie mitbekommen, worüber die Männer sich so eingehend unterhielten, aber sie wollte jetzt wahrhaftig nicht beim Lauschen ertappt werden.

Sehr zu ihrem Verdruss standen Egan und Donnell plötzlich auf und verließen den Raum. Bestimmt wollten sie weiterreden, aber offenbar an einem Ort, an dem sie das Gefühl hatten, es ungestört tun zu können – wahrscheinlich in Donnells Arbeitszimmer. Wenn sie ihr Essen hinunterschlang und ebenfalls ging, würde das wahrscheinlich auffallen und Donnell gemeldet werden. Das konnte sie nicht riskieren. Obwohl der Wunsch in ihr brannte herauszufinden, worüber die beiden redeten, aß sie ruhig weiter. Als sie sich endlich sicher genug fühlte, die Halle zu verlassen, lag ihr das Essen wie ein Stein im Magen.

Auf dem Gang vergewisserte sie sich erst einmal, dass sie unbeobachtet war, dann machte sie sich vorsichtig auf den Weg zu Donnells Arbeitszimmer. Master Lavengeance mochte dessen Geheimtür kennen, durch die man in diesen kleinen

Nebenraum gelangte, doch auch sie kannte ein gutes Versteck, von dem aus man alles hören konnte, was hinter der schweren Tür des Arbeitszimmers gesagt wurde. Rasch schlüpfte Annora in das rechts angrenzende Kämmerchen.

Der Raum bot nur Platz für ein schmales Bett und eine Truhe, aber das reichte Donnell wohl, um sich kurz mit einer Magd zu vergnügen, dachte sie und verzog das Gesicht, während sie auf Zehenspitzen zur Wand schlich, die die beiden Räume trennte. Donnell hatte das Kämmerchen kurz nach seiner Übernahme von Dunncraig einbauen lassen, weil er daran gedacht hatte, einen Buchhalter einzustellen. Doch dann hatte er beschlossen, die Buchführung lieber selbst zu machen, und bestimmt nicht deshalb, weil ihm die Arbeit gefiel oder er das Gefühl hatte, er könne es besser als ein anderer. Nein, vermutlich wollte er einfach nicht, dass sich jemand Einblick in seine Geschäftsbücher verschaffte.

Wahrscheinlich vertraute Donnell nicht einmal seiner eigenen Mutter, dachte Annora, während sie das Ohr an ein kleines Astloch in der Holzwand presste. Die Tür zwischen den Räumen war so dünn, dass man durch sie genauso gut hörte, aber nachdem sie, Annora, einmal fast erwischt worden wäre, weil die Tür geknarzt hatte, als sie sich dagegenlehnte, hatte sie eine andere Stelle gesucht. Die Angst von damals wollte sie nicht noch einmal erleben. Danach hatte sie tagelang befürchtet, Donnell hätte erraten, dass sie es gewesen war, die versucht hatte, sein Gespräch mit dem Sheriff zu belauschen. Und es hatte Wochen gedauert, bevor sie endlich überzeugt gewesen war, dass sie das Glück gehabt hatte, nicht entdeckt worden zu sein.

Annora verdrehte angewidert die Augen, als sie als Erstes ein lautes Rülpsen hörte. Das war bestimmt Donnell, denn dieser Mensch aß ständig zu viel und zu schnell; kein Wunder, dass sein Magen protestierte. Manchmal, wenn sie ihm beim Essen zusah, fragte sie sich, wie er es nur schaffte, nicht irgendwann einmal zu platzen wie eine überreife Beere.

»Ich kapier nicht, warum wir uns hierher zurückziehen mussten«, beschwerte sich Egan.

»Ich wollte nicht riskieren, dass Annora hört, was wir bereden«, erwiderte Donnell.

»Man muss es ihr möglichst bald sagen. Dieser verfluchte Franzose hängt viel zu oft für meinen Geschmack bei ihr herum. Und die Dienstmägde weist er alle ab.«

»Vielleicht ist er ein verkappter Mönch«, meinte Donnell gedehnt und kicherte über seinen eigenen Witz.

»Lacht ruhig, aber ich habe langsam das Gefühl, dass etwas nicht stimmt mit diesem Mann.«

»Warum? Weil er sich nicht mit den Mägden um seinen Verstand vögelt? Manche Männer sind nicht so, auch wenn ich das nicht verstehen kann. Ich kenne selbst einige, ich glaube, sie sind einfach zu wählerisch.«

»Na, wenn er daran denkt, Annora zu wählen, dann sollte er sich lieber eines Besseren besinnen. Sie gehört mir.«

»Das habt Ihr mir vom ersten Tag an gesagt, als sie hierherkam«, erwiderte Donnell einigermaßen gelangweilt.

Doch es lag auch eine Kälte in Donnells Stimme, der Annora entnahm, dass ihr Cousin das Gefühl hatte, von Egan bedrängt zu werden – und so etwas konnte er nicht ausstehen.

»Ich weiß, und ich weiß auch, dass es mir lieber gewesen wäre, sie hätte mich gewählt. Ich hatte vor, um sie zu werben, aber sie macht es mir nahezu unmöglich. Jetzt wird sie mich eben heiraten, ob sie will oder nicht. Sie wird ihre Meinung bestimmt bald ändern. Das Mädchen muss nur ein paarmal ordentlich bestiegen werden, dann sieht sie sicher ein, welche Vorteile es mit sich bringt, einen Mann in ihrem Bett zu haben.«

Annora drehte sich der Magen um. Sie wollte nicht einmal daran denken, wie Egan in ihr Bett und – schlimmer noch – auf sie stieg, und sie hatte nicht vor, ihm zu erlauben, sich ihrer, zur Befriedigung seiner Bedürfnisse, zu bedienen. Nein, sie wollte nicht die Frau und der Besitz eines Mannes werden, der so brutal war wie Egan. In einigen der Häuser, in denen sie gelebt hatte, hatte sie gesehen, dass ein solches Leben eine Frau langsam zerstören konnte.

»Und dieser Mann seid natürlich Ihr«, sagte Donnell.

»Ich finde, ich war sehr geduldig.«

»Aye, das will ich nicht bestreiten. Sehr geduldig – bis der Holzschnitzer Euren Arsch zu Boden strecken musste.«

Die Belustigung in Donnells Stimme war selbst durch die Wand deutlich zu hören. Annora zuckte zusammen, denn sie wusste, dass sich Egan ärgern würde. Es wurmte ihn bestimmt schon genügend, von einem Mann geschlagen worden zu sein, der seiner Meinung nach gesellschaftlich weit unter ihm stand. Wenn Donnell nun ständig Salz in diese Wunde streute, könnte es ihn in Mordlust versetzen – die sich direkt gegen Rolf richten würde. Annora musste an sich halten, um nicht gleich loszustürmen und Rolf vor der Gefahr zu warnen. Doch auch wenn es selbstsüchtig war – sie musste bleiben und versuchen, erst einmal herauszufinden, in welcher Gefahr sie selbst schwebte. Sobald sie sich darüber im Klaren war, wollte sie Master Lavengeance aufsuchen und ihm von dem Sturm erzählen, der sich über ihm zusammenbraute. Die kleine, höhnische Stimme in ihrem Kopf, die ihr sagte, dass sie den Mann nicht nur aufsuchen wollte, um ihn zu warnen, sondern auch, um noch einmal von ihm geküsst zu werden, brachte sie rasch zum Verstummen.

»Also wann bekomme ich die Erlaubnis, Annora zu heiraten?«, fragte Egan.

»Bald.«

»Das sagt Ihr immer. Aye, ich war bereit zu warten. Ich wollte, dass sie es freiwillig tut, das habe ich ja stets gesagt. Aber jetzt ist es mir allmählich gleichgültig, ich werde sie dazu zwingen.«

»Wie Ihr meint. Es wäre weitaus einfacher, wenn sie es freiwillig tun würde, aber wie Ihr ja bereits festgestellt habt, scheint sie ziemlich viel Zeit zu brauchen, um sich zwischen Euch und einem Dasein als alte Jungfer zu entscheiden. Mir ist es jedenfalls recht, wenn Ihr sie heiratet, denn dann wird sie auf Dunncraig bleiben müssen.«

»Erwartet Ihr etwa, dass Annora nach unserer Hochzeit weiter als Kindermädchen für Euch arbeitet?«

»Warum sollte sie sich nicht auch künftig um Margaret kümmern?«

»Sie wird *meine* Gemahlin sein, nicht irgendeine Dienstmagd. Es sieht bestimmt nicht besonders gut aus, wenn meine Ehefrau als Kindermädchen arbeitet.«

Donnell schnaubte abfällig. »Sich um das Kind des Lairds zu kümmern ist für jede Frau eine achtbare Tätigkeit, das wisst Ihr ganz genau. Wenn Ihr vorhabt, mich um ein gutes Kindermädchen zu bringen, dann sollten wir diese Heirat vielleicht noch einmal überdenken.«

»Nay, nay«, beeilte sich Egan zu erwidern. »Ihr habt recht, viele Edeldamen, ob verwitwet oder unverheiratet, kümmern sich um die Kinder ihrer Verwandten. Das geht schon in Ordnung.«

»Ich bin froh, dass Ihr so viel Einsicht zeigt.«

»Sollen wir jetzt besprechen, wann die Hochzeit stattfinden wird?«

»Bald.«

»Was soll das heißen?«

»Bald.«

»Bald ist kein Datum.«

»Ich weiß, aber ich muss noch einiges erledigen, bevor ich dir meine kleine Cousine anvertraue. Ein paar Wochen, länger nicht, aber es ist nicht ratsam, mit den Planungen zu beginnen, bevor wir uns nicht auf ein Datum geeinigt haben. Jedenfalls will ich, dass alles seine Ordnung hat. Ich möchte nicht, dass jemand behauptet, ich habe ihr Unrecht getan, solange sie in meiner Obhut war.«

Annora hatte genug gehört, mehr konnte sie nicht ertragen. Nur mit Mühe schaffte sie es, vorsichtig und leise aus dem

Kämmerchen in den Korridor zu schleichen. Dann erst wagte sie, schneller zu gehen und nicht mehr so darauf zu achten, welchen Lärm sie machte. Oben angekommen, rannte sie den Gang entlang, beherrscht von nur einem Gedanken: Sie brauchte jemanden, der ihr beistand, und der Einzige, der ihr einfiel, war Rolf.

Fast blind vor Panik konnte sie sich nicht beherrschen, als sie an der mitgenommenen Tür zu seinem Turmzimmer anlangte. Ohne zu klopfen, riss sie sie auf und taumelte hinein. Kurz fragte sie sich, warum die Tür nicht verriegelt war, und blickte sich in dem kleinen Raum nach Master Lavengeance um, und beinahe verschlug es ihr den Atem.

Er war nackt, splitterfasernackt und schön. Sie musterte ihn von oben bis unten und bewunderte jeden festen Muskel, jedes sehnige Glied. Da es in einem Keep nahezu unmöglich war, sich vor fremden Blicken zu schützen, hatte Annora hier und da schon nackte Männer gesehen, doch noch nie einen, der so schön war wie Master Lavengeance. Er stand da und starrte sie überrascht an – vermutlich genauso überrascht, wie sie selbst es war. Doch sie nutzte es weidlich aus und labte sich an seiner männlichen Gestalt.

Auf seinen breiten Schultern glänzte noch die Feuchtigkeit von einem Bad, das er offenbar gerade genommen hatte. Seine Brust war breit und kräftig, das Brusthaar ein feines Dreieck. Langsam ließ sie den Blick seinen großen, schlanken Körper hinunterwandern. Sein Bauch war flach und muskulös. Plötzlich hatte sie Hemmungen, zwinkerte, um nicht seine Lenden näher zu betrachten. Stattdessen bewunderte sie nur seine langen, wohlgeformten Beine. Beim Anblick dieses athletischen Körpers wurde ihr auf einmal sehr, sehr warm.

Dann begannen der Schock und die wachsende Erregung plötzlich zu Verwirrung zu verschmelzen. Annora brauchte einen Moment, bis sie merkte, was sie verwirrte: Master Lavengeance hatte lange, kräftige, leicht behaarte Beine. Rot behaarte Beine. Ihre Augen wurden groß, als ihr klar wurde, was das bedeutete. Sie vergaß ihre Hemmungen und blickte direkt auf seine Lenden. Auch dort war er sehr beeindruckend, seine Männlichkeit ragte stolz auf. Die Größe war verblüffend, ja fast beunruhigend, aber Annora war zu überrascht von den dichten Locken, aus denen sie herausragte. Diese Locken waren rot. Männer mit braunem Kopfhaar sollten nirgends rote Locken haben, dessen war sich Annora ganz sicher.

Master Lavengeance war nicht der Mann, der zu sein er vorgab.

8

»Wer bist du?«, fragte Annora. Sie wunderte sich nicht, dass ihre Stimme schwach und heiser klang von dem Schock, den sie noch nicht ganz überwunden hatte.

Plötzlich beschloss sie, nicht auf die Antwort zu warten. Er hatte alle angelogen, doch am meisten kränkte sie, dass er auch sie angelogen hatte. Sie wandte sich ab, um zu gehen. Aber sie schaffte es nicht zur Tür, bevor diese zugeschlagen und verriegelt wurde. Nun stand sie da und starrte den Mann mit großen Augen an, den Mann, den sie nicht mehr zu kennen glaubte. Plötzlich fragte sie sich, ob sie in Gefahr schwebte. Ihre Gabe hatte sie nie im Stich gelassen, doch jetzt begann sie, die Richtigkeit dessen anzuzweifeln, was sie ihr zu verstehen gab. Der nackte Mann, der sie in seinem Zimmer festhielt, sah auf jeden Fall gefährlich aus.

James erkannte die Angst in ihrem Blick und fluchte. Annora Angst einzujagen war das Letzte, was er wollte; sie hatte wahrhaftig schon mit genügend Ängsten zu kämpfen. Dennoch konnte er sie jetzt nicht weggehen lassen.

Er nahm sie beim Arm und führte sie zu seinem Bett. Ohne sie aus den Augen zu lassen, schlüpfte er hastig in seine Hose. Sein Geheimnis war keines mehr, und er war sich noch nicht ganz sicher, ob er Annora vertrauen konnte. Nur zu gern hätte er es getan, und sein Herz sagte ihm, dass er es getrost könne – aber hier ging es um Leben oder Tod, er musste vorsichtig sein. Er musste ihr zwar jetzt die Wahrheit sagen, doch er musste auch dafür sorgen, dass sie ihm nicht entkam, bevor er sich nicht absolut sicher war, sie zur Verbündeten gewonnen zu haben.

»Ich bin Sir James Drummond«, sagte er. Es wunderte ihn

nicht, dass sie erbleichte, denn er wusste, dass die Geschichten über ihn mit jedem Jahr seiner Flucht wilder und beängstigender geworden waren.

»Der Mann, der seine Frau getötet hat?«, flüsterte sie und sah zur Tür, ihrem einzigen Fluchtweg.

»Ich habe Mary nicht getötet«, fauchte er.

Er atmete tief durch. Wenn er jetzt aufgebracht seine Unschuld beteuerte, konnte er Annora bestimmt nicht auf seine Seite ziehen. Doch ruhig zu bleiben fiel ihm sehr schwer, denn er war es unendlich leid zu hören, dass er ein Frauenmörder sei. Und es aus Annoras Mund zu hören schmerzte ihn über alle Maßen, genauso wie ihr Blick, der ihm zeigte, dass sie am liebsten vor ihm geflohen wäre.

»Aber du bist doch deshalb geächtet worden«, sagte sie. »Es hat doch bestimmt Beweise gegeben.«

Ihr ging auf, dass sie es nicht glauben konnte. Obwohl James gelogen und alle mit seiner Tarnung getäuscht hatte, spürte sie jetzt, da sie allmählich ruhiger wurde, dass sie ihn doch kannte. Sie hielt ihn nicht für fähig, seine Frau getötet zu haben. Und eine falsche Beschuldigung, gefolgt vom Verlust all dessen, was ihm gehört und was er geliebt hatte, würde zumindest die kaum gezügelte Wut erklären, die sie von Anfang an bei ihm gespürt hatte.

»Donnell MacKay hat dafür gesorgt, dass ich des Mordes beschuldigt wurde«, sagte James. »Ich weiß noch nicht genau, wie er es geschafft hat, aber ich habe vor, es herauszufinden.«

Sie setzte sich aufs Bett und versuchte nachzudenken. In ihr regten sich so viele Fragen, dass sie sich nicht entscheiden konnte, welche sie zuerst stellen sollte. Dass er sie belogen hatte, schmerzte noch immer, aber langsam verstand sie, warum er es getan hatte. Er war zum Leben eines Vogelfreien verdammt worden – jeder hatte das Recht, ihn zu töten. In mancherlei Hinsicht war er ein toter Mann, er wartete nur auf den letzten, tödlichen Schlag.

»Wer weiß noch, wer du wirklich bist?«, fragte sie endlich.

»Big Marta. Sie hat mich zu lange gekannt, um sich von meiner Tarnung täuschen zu lassen. Ich glaube, sie hat mich schon nach wenigen Minuten erkannt.«

James musterte Annora, während sie kurz nachdachte. Er entdeckte nichts mehr von der Angst, die sie gezeigt hatte, als sie erraten hatte, dass er nicht der war, der zu sein er erklärt hatte. Und sie sah auch nicht mehr so schockiert aus, so, als sei sie bereit davonzulaufen. Einen Moment lang hatte sie verletzt gewirkt, und das konnte er gut verstehen. Wahrscheinlich wäre es ihm genauso ergangen, wenn sie ihn auf ähnliche Weise zu täuschen versucht hätte. Seine Täuschung konnte sie allerdings zu der Annahme verleiten, dass alles, was er gesagt oder getan hatte, gelogen war, und das wollte er natürlich verhindern.

»Und sie hat dein Geheimnis für sich behalten?« Freilich vermutete Annora, dass es Big Marta überaus recht wäre, wenn Donnell und seine Männer aus Dunncraig vertrieben würden.

»Aye, das hat sie, und das wird sie auch weiterhin.« James setzte sich neben sie. Sehr zu seiner Freude machte sie keine Anstalten, zu fliehen oder von ihm abzurücken. »Sie weiß, dass ich unschuldig bin.«

»Meine Güte, das weiß ich auch, aber ich bin mir nicht sicher, ob das gut für mich ist.« Sie verspannte sich nur ganz kurz, als er den Arm um ihre Schultern legte und sie näher an sich heranzog. »Meinem Gefühl nach kannst du weder Mary noch sonst einer Frau etwas zuleide tun; ich kann mir kaum vorstellen, dass du sie getötet hast. Aber trotzdem verstehe ich nicht, wie Donnell es geschafft hat, dich zu beschuldigen und alles an sich zu reißen, was dir gehört hat.« Sie sah ihn an. »Sogar Meggie.«

»Sogar Meggie, obwohl ich glaube, dass sie sich gar nicht mehr an mich erinnert.«

»Ich glaube schon. Jedenfalls beharrt sie darauf, dass Donnell nicht ihr Vater ist, und dass ihr Vater ein Mann war, der viel gelacht und gelächelt und sie geliebt hat. Donnell tut nichts dergleichen.«

James nickte. »Das hat sie mir gegenüber auch schon erwähnt.«

»Hast du vor, Meggie aus Dunncraig zu entführen?«

»Nay. Ich habe vor, sie und Dunncraig zurückzuholen. Ich bin geflohen, um mein Leben zu retten, aber es war überhaupt kein richtiges Leben mehr. Als ich in diesem Jahr bei Frühlingsbeginn aus meiner Winterhöhle gekrochen bin, beschloss ich, dass es reichte.«

Als Annora sich vorstellte, wie dieser lebensfrohe Mann sich wie ein Tier in einer Höhle verkrochen hatte, wurde sie so traurig, dass sie beinahe zu weinen begonnen hätte. Sie vertrieb diese Trauer mit Wut auf Donnell. Ihr Cousin hatte den Mann sogar seiner Würde beraubt. An diesem Punkt erkannte sie, dass sie James wirklich glaubte. Sie hatte sich immer gefragt, auf welche Weise Donnell zu so viel Reichtum gekommen war, und immer hatte sie eine Trickserei oder ein Verbrechen dahinter vermutet. Doch wie sollte so ein Verbrechen nach drei langen Jahren bewiesen werden?

»Es wird nicht leicht werden, deine Unschuld zu beweisen«, sagte sie.

»Nay, das weiß ich nur zu gut. Ursprünglich dachte ich mir, ich würde die Wahrheit schon herausfinden, wenn ich nur nach Dunncraig zurückkehrte. Aber jetzt bin ich schon geraume Zeit hier und habe noch nichts gefunden, mit dem ich den Mistkerl an den Galgen bringen könnte. Natürlich wird einer, der raffiniert genug ist, einen Unschuldigen ächten zu lassen und einen Anspruch auf den Besitz desselben durchzusetzen, keine Beweise für seine Verbrechen herumliegen lassen. Big Marta hat ein paar geflüsterte Gerüchte gehört und versucht jetzt herauszufinden, was dahinter steckt. Aber sie will mir alles erst erklären, wenn sie es abgesichert hat.«

»Von ihr wirst du bestimmt erst dann Näheres erfahren, wenn sie weiß, was wahr ist und was nicht. Sie ist eine sehr aufrichtige Frau. Aber jetzt muss ich dich doch fragen, auch wenn ich nicht in alten Wunden stochern will: Unter welchen Umständen ist Mary gestorben? Ich habe immer nur gehört, dass du sie umgebracht hast und dass sie in einem kleinen Cottage im Wald verbrannt ist.«

Als James an jenen Tag vor drei Jahren dachte, verspürte er nur einen Anflug des Bedauerns über den Tod einer jungen, unschuldigen Frau. Allerdings hatte er ein schlechtes Gewissen, weil er Mary mehr hätte lieben sollen und ihm ihr Tod weitaus größeres Leid hätte bereiten sollen. In gewisser Weise schmälerte es die Bedeutung der Ärmsten, dass er sie nicht ausreichend geliebt hatte und seine Trauer schnell vergangen war. Und schlimmer noch – James fiel bis auf seine Tochter niemand ein, dem es anders ergangen wäre als ihm. Die süße, schüchterne Mary hatte nicht viele Spuren in der Welt hinterlassen. Ihr einziges Vermächtnis war Margaret, und da hatte sie sich selbst übertroffen.

»Aye, so war es.« Er schüttelte den Kopf. »Ich weiß nicht einmal, was sie dort draußen zu suchen hatte. Mary hat nie größere Spaziergänge gemacht, und dieses Cottage lag ziemlich weit weg. Sie hatte auch keinen Grund, dorthin zu gehen, zumindest kenne ich keinen. MacKay hat viele Leute überzeugt, dass ich sie dorthin gelockt, getötet und dann die Hütte angezündet habe in der Hoffnung, mein Verbrechen zu vertuschen.«

»Aber *warum* sollte jemand glauben, dass du so etwas Abscheuliches getan hast?«

»An jenem Tag haben Mary und ich uns gestritten, und zwar recht lautstark. Mary war normalerweise eine schüchterne, stille junge Frau, aber damals war sie mehrere Wochen lang sehr gereizt.« Er zuckte mit den Schultern. »Ich dachte, dass sie vielleicht wieder schwanger war. Es heißt doch, dass sich die Stimmung einer Frau verändern kann, wenn sie ein Kind unterm Herzen trägt. Ich wusste nicht, warum sie so verstimmt war und mich ständig herumkommandierte, bis auch ich verärgert war, aber ich konnte nicht bleiben und versuchen, sie zu beruhigen. Die Aussaat stand an, und ich hatte alle Hände voll zu tun.«

Er runzelte die Stirn, während er darüber nachdachte, wie sehr sich Mary in den letzten Wochen vor ihrem Tod verändert hatte. Er entsann sich, dass er verwirrt und gereizt gewesen war. Er hatte wirklich wenig Zeit gehabt, sich mit einer launischen Frau herumzuschlagen. Das war einer der Gründe für sein schlechtes Gewissen – ihre letzten gemeinsamen Momente hatten zornige Worte gefüllt. Andererseits bezweifelte er, dass er sich besser gefühlt hätte, wenn damals Frieden zwischen ihnen geherrscht hätte.

»Aber das reicht doch noch lange nicht, um dich, einen Laird, für vogelfrei zu erklären und deinen Grundbesitz dem zu übereignen, der dich beschuldigte.«

»Wie schon gesagt – MacKay hat bald das Gerücht verbreitet, dass ich Mary in das Cottage gelockt hätte. Außerdem hieß es, ich sei verstimmt, weil sie mir nur eine Tochter geboren hatte und sich nicht beeilte, mir den Sohn zu schenken, den ich wollte und brauchte. Es wurde sogar behauptet, ich hätte eine andere Frau, die es gar nicht erwarten könne, mich zu heiraten, eine Robuste, die keine Probleme hat, Kinder zu gebären. Mein Fehler war es, dass ich all diese Gerüchte einfach überhört habe; ich bin damit so umgegangen wie mit allem Gerede, das bei einem unerwarteten Tod aufkommt. Ich hätte versuchen müssen, die Quelle dieser Lügen aufzuspüren.«

»Und das war wahrscheinlich mein Cousin.«

»Aye, dessen war ich mir ziemlich sicher. Was ich nicht wusste, war, dass er die Anklage wegen Mordes bei Leuten vorbrachte, die die Macht hatten, mich mit weit mehr als nur mit Gerüchten zu verletzen.« James schüttelte den Kopf. »Ich weiß nicht, wie er es gemacht hat. Ob er den Leuten einfach eingeredet hat, seine Lügen zu glauben wie die Lügen der Leute, die er bestochen oder denen er befohlen hatte, Lügen über mich zu verbreiten? Oder ob er gegen manche ein dunkles Geheimnis in der Hand hatte und es benutzte, um sie zu zwingen, ihm bei meiner Vernichtung zu helfen? Mir kommt es vor, als ob ich noch am Grab meiner Frau stehend für vogelfrei erklärt worden war und um mein Leben rennen musste. Ich hatte keine Zeit, die Wahrheit herauszufinden, auch wenn ich es versucht habe. Aye, und meine Verwandten haben es natürlich auch versucht, bis einige von ihnen nur knapp mit dem Leben davongekommen waren. Auf meine Bitten hin, sich nicht in Gefahr zu bringen, haben sie dann ihre offenkundigeren Versuche eingestellt.«

»Hast du in Donnells Arbeitszimmer etwas gefunden?«, fragte sie und schmiegte den Kopf an James Schulter. Trotz der düsteren Geschichte genoss sie das Gefühl seiner warmen Haut auf ihrer Wange.

»Ich fand ein Buch, in dem die Tode meiner Männer aufgezeichnet sind. Es waren keine leichten Tode, und nur wenige Männer konnten flüchten. MacKay wollte alle, die mir die Treue hielten, beseitigen, und vorher hat er noch versucht, aus ihnen herauszubekommen, wo ich mich versteckt hielt. Ich hatte gedacht, wenn ich getarnt nach Dunncraig zurückkehre, könne ich diejenigen aufspüren, die über mich die Lügen verbreitet haben, und vielleicht auch Marys wahren Mörder finden.«

»Du glaubst also, sie ist wirklich ermordet worden, und es war nicht nur ein tragischer Unfall?«

»Jawohl.«

Annora richtete sich auf. Endlich stellte sie eine der Fragen, die sie schon lange beschäftigten. »Bist du dir ganz sicher, dass es Mary war, die im Feuer umgekommen ist?«

James starrte sie lange stumm an, bis er die Kraft fand, ihr zu antworten. »Wer hätte es denn sonst sein sollen?«

»Ich weiß nicht. Ich habe nur gehört, dass das Feuer von ihr nicht mehr viel übrig ließ. Wie sollte jemand, der die Leiche gesehen hat, sicher sein, dass es deine Frau war?«

»Diese Sicherheit hatte niemand, aber auf ihrem Finger steckte der Ring, den ich ihr zur Hochzeit geschenkt hatte, und auch von dem Gewand, das sie an ihrem Todestag trug, waren noch ein paar Fetzen übrig. Außerdem haben mehrere Leute ausgesagt, dass sie gesehen hätten, wie sie zu diesem Cottage ging.«

Annoras Fragen hatten in James einige sehr verstörende Gedanken geweckt. Er stand auf und begann, unruhig auf und ab zu laufen. Dass es womöglich gar nicht Mary gewesen war, die damals gestorben war – darüber hatte er nie nachdenken wollen. Denn das hätte bedeutet, dass sie MacKay geholfen hatte, ihn zu zerstören – und auch darüber hatte er nie nachdenken wollen. Das letzte Mal, als ihm derartige Gedanken durch seinen Kopf gezuckt waren, hatte er sich vorgenommen, auf der Suche nach der Wahrheit jeden Stein umzudrehen. Aber er war seinem Vorsatz nicht treu geblieben. Noch jetzt wollte er es nicht glauben, aber er wusste, es wäre töricht, die Möglichkeit völlig außer Acht zu lassen, dass seine süße, schüchterne Gemahlin in Wirklichkeit ganz anders und MacKays Verbündete gewesen war. Er musste endlich aufhören, dem auszuweichen, was womöglich die schreckliche Wahrheit war.

»Flüchtig erwog ich, dass sie es vielleicht gar nicht gewesen ist. Ich nahm mir sogar vor, diese Möglichkeit genauer zu überdenken, aber dann habe ich es doch nie getan, Narr, der ich bin.«

»Du solltest dir deshalb keine Vorwürfe machen. Keiner würde die Möglichkeit in Betracht ziehen wollen, von seiner Gemahlin oder auch dem Ehemann so grausam hintergangen worden zu sein.«

»Das mag schon sein. Aber das bedeutet, dass ich einiges außer Acht gelassen habe, was mich womöglich direkt zur Wahrheit geführt hätte. Ich kann es mir nicht leisten, Angst vor dem zu haben, was ich vielleicht herausfinde. Dunncraig und das Wohl seiner Leute hängen davon ab, dass ich MacKays Herrschaft hier beende.«

Annora nickte. Mitleid mit ihm stieg in ihr auf, doch damit würde er jetzt wohl nicht besonders viel anfangen können. »Meggie hat mir einmal erzählt ...«

»Dass sie gesehen hat, wie MacKay ihre Mutter küsste?«

»Aye. Sie hat es dir auch erzählt?« Plötzlich erinnerte sie sich an den flüchtigen Blick von Schuld, der über Meggies Gesicht gehuscht war, als sie berichtet hatte, dass sie mit dem Holzschnitzer gesprochen habe. Annora runzelte die Stirn. Vielleicht hätten sie doch eingehender darüber sprechen sollen?

»Aye, aber sie war ja erst zwei, als ihre Mutter starb. Wie soll sie sich an so etwas erinnern können?«

Einen Moment lang grübelte Annora darüber nach, dann weiteten sich ihre Augen überrascht. »Vielleicht war es ja gar nicht so lange her.«

»Wie meinst du das?«

»Was ist, wenn es nicht Mary war, die in jenem Cottage verbrannte? Das hieße doch, dass sie noch am Leben war, als du des Mordes an ihr beschuldigt worden bist, und sogar dann noch, als du alles verloren hattest und um dein Leben rennen musstest.«

»Und das hieße, dass sie mit deinem Cousin verbündet war.«

Die Wut in seiner Stimme ließ Annora zusammenzucken, aber sie ließ sich davon nicht abschrecken. »Das mag schon sein, aber vielleicht hat er sie ja auch irgendwo gefangen gehalten. Jedenfalls könnte es sein, dass Meggie zufällig ein Treffen zwischen Mary und Donnell mitbekommen hat, als sie alt genug war, sich an so etwas zu erinnern, und dass sich die beiden bei dieser Gelegenheit geküsst haben.«

»Wie sollte Mary am Leben sein und so nahe wohnen, dass Meggie sie sehen kann, aber kein anderer auf Dunncraig?« James zerbrach sich den Kopf, wo sich Mary versteckt haben könnte, falls sie tatsächlich noch am Leben war. »Hätte dir Meggie denn nicht erzählt, dass sie ihre Mutter gesehen hat?«

Annora lächelte ihn traurig an. »Gleich nach Donnells Ankunft auf Dunncraig hat Meggie gelernt, nicht so viel zu reden, vor allem nicht mit Donnell. Sie hat sehr früh gelernt, ein Geheimnis für sich zu behalten. Eine traurige Lektion für ein Kind, aber ich bin froh, dass sie klug genug war, es rasch zu begreifen.«

James trat an die schmale Bogenschießscharte, der einzigen Lichtquelle in diesem Raum, und starrte hinaus, obwohl er nichts sehen konnte. Er musste über all das nachdenken, was sie gerade besprochen hatten. Wenn Mary MacKays Geliebte und seine Verbündete gewesen war, würde das erklären, wie rasch der Mann ihn zu Fall hatte bringen können. Mary wäre dann die Verräterin gewesen, die MacKay so dringend gebraucht hatte, und zwar direkt auf Dunncraig. So ungern James erwog, seiner damaligen Ehefrau gegenüber mit Blindheit geschlagen gewesen zu sein – es war an der Zeit, seinen Stolz zu vergessen. Vielleicht konnte er sich dann immerhin damit trösten, dass er sie nie richtig geliebt hatte. Das war zwar traurig, aber es bedeutete, dass er kein völliger Narr gewesen war.

Es musste jemanden auf Dunncraig geben, der zwar nicht die ganze Geschichte kannte, doch immerhin wusste, dass Mary sich MacKay zum Geliebten genommen hatte. So etwas blieb nur sehr selten ein Geheimnis. MacKay mochte ja mehr oder weniger alle getötet haben, die die Wahrheit kannten, aber irgendwo musste es noch jemanden geben, der vernünftig genug war, sein Wissen für sich zu behalten. Er fragte sich, ob das zu den Dingen gehörte, die Big Marta zu Ohren gekommen waren und deren Wahrheitsgehalt sie nun herausfinden wollte.

Leise fluchend gestand er sich ein, dass er, statt der Wahrheit näher zu kommen, inzwischen in einem immer wirrer werdenden Netz von Lug und Trug verwickelt war. Abgesehen von ein paar hübschen Träumen war er zwar nie so einfältig gewesen zu glauben, dass er im Handumdrehen die Wahrheit aufdecken und für unschuldig befunden werden könnte, doch er hätte nie gedacht, dass sich die Sache als derart schwierig erweisen würde. Immerhin gewann er nach und nach ein paar Verbündete. Wenn ein paar weitere Leute Augen und Ohren aufsperrten, fand er vielleicht doch bald einmal, was er brauchte.

Annora beobachtete James, während er aus dem schmalen

hohen Fenster starrte. Ihr war klar, dass es keinen Unterschied machte, ob er etwas sah oder nicht, denn er war ausschließlich mit seinen Gedanken beschäftigt. Leise und nicht nur um ihrer selbst willen betete sie, dass er seine Frau nicht allzu sehr geliebt hatte. Ihr Instinkt sagte ihr, dass Mary, von der alle behaupteten, sie sei süß und schüchtern gewesen, mit im Komplott stand, das James um alles gebracht hatte. Es musste ein bitterer Trank sein für einen solch stolzen Mann.

Sie betrachtete seinen breiten, muskulösen Rücken und fragte sich, ob sie ihn daran erinnern sollte, dass er nach wie vor fast nackt war. Aus reiner Selbstsucht entschied sie sich dagegen. Es war einfach zu schön, ihn so zu betrachten. Angesichts all der düsteren, traurigen Dinge, über die sie nachdenken und reden mussten, fand sie es verzeihlich, wenn sie sich diese kleine Freude gönnte.

Mit einer Freiheit, die sie sich nie genommen hätte, wenn er sie angesehen hätte, ließ Annora ihre Blicke über seinen wohlgeformten Körper wandern. Gleichzeitig versuchte sie, darüber nachzudenken, was nun zu tun war, um einige der vielen drängenden Fragen zu beantworten. Außerdem durfte sie nicht vergessen, dass James Drummond, falls Mary noch lebte, ein verheirateter Mann war, und dass sie nicht hier herumsitzen und sinnieren sollte, wie gern sie seine glatte Haut mit Küssen bedeckt hätte.

Sie verdrehte die Augen. Welche Frau würde den Anblick nicht genießen, der sich ihr gerade bot? Und welche Frau wäre so kalt, dass sie der Anblick eines fast nackten James Drummond nicht erregen würde? Doch andererseits – falls das stimmte, was sie allmählich immer stärker vermutete, war Mary so ungerührt gewesen, dass sie diesen Mann ausgerechnet mit Donnell betrogen hatte. Es war kaum zu glauben, doch Annora hatte oft genug erlebt, wie töricht Frauen sein konnten, wenn es um Männer ging, sodass sie es zumindest erwägen musste.

Einen Moment lang schloss sie die Augen, entspannte ihren

Körper und versenkte sich. Ab und zu hatte sie in solchen Momenten eine Eingebung. Sie konnte es sich zwar nicht erklären, doch es schien ziemlich häufig so zu sein. Und wenn sie eine Erkenntnis hatte, dann war sie richtig. Ein sicherer Instinkt sagte ihr, dass Mary James hintergangen hatte, doch nun kam noch eine Erkenntnis hinzu: Mary war tot.

»Wir müssen herausfinden, wo sich Mary versteckt«, sagte James schließlich und wandte sich wieder Annora zu.

»Ich glaube nicht, dass uns das gelingen wird«, sagte Annora leise und blinzelte heftig, während sie wieder in die Wirklichkeit zurückkehrte.

James trat zu ihr ans Bett und runzelte die Stirn. »Warum sagst du das? Ist dir gerade etwas Wichtiges eingefallen?«

»Nein, mir ist nichts eingefallen. Ich habe es gespürt.«

»Gespürt?«

»Jawohl. Manchmal kann ich Dinge spüren.« So ungern sie ihm so etwas erzählte, es gab keinen anderen Weg, um die Gewissheit zu erklären, die sie verspürte. »Ich spüre deutlich, dass Mary tot ist. Sie ist zwar nicht in jenem Feuer umgekommen, aber jetzt ist sie tot.«

Zu ihrer Überraschung machte er sich nicht über sie lustig und bekreuzigte sich auch nicht zum Schutz gegen das Böse, wie es manche Leute taten, wenn sie auf jemanden mit solchen Gaben stießen. Vielmehr fragte er ganz ruhig: »Hast du eine Vision gehabt?«

Annora war so überrascht über seinen Mangel an Angst oder Verachtung, dass sie beinahe aufgekeucht hätte. »Nein, keine richtige Vision«, erwiderte sie, als sie sich wieder gefasst hatte. Nun musste sie ihm wohl oder übel doch alles erzählen. »Manchmal, wenn ich alle Gedanken aus meinem Kopf verbanne und mich entspanne, kann ich Dinge spüren. Ich spüre, dass Mary tot ist. Sie wusste zu viel.«

James' Miene verdüsterte sich, während er zustimmend nickte. »Aye, das hat sie, und Leute, die zu viel über MacKay und seine Verbrechen wissen, pflegen zu sterben.«

»Ganz genau. Er konnte sie nicht am Leben lassen. Vielleicht hat sie ihn zu sehr zu etwas gedrängt, bevor er bereit war, es zu tun. Mein Cousin reagiert sehr gewalttätig, wenn er bedrängt wird.«

»Das habe ich auch schon gehört. Und wenn Mary tatsächlich seine Verbündete bei seinem Komplott gegen mich war, hat sie wahrscheinlich erwartet, dass er sie zu seiner Frau macht.«

»Aber du bist nicht gestorben, und deshalb blieb sie mit dir verheiratet.«

Er nickte langsam, froh darüber, dass sie einander helfen konnten, indem sie alle Möglichkeiten durchdachten. »Und deshalb hat sie wahrscheinlich angefangen, ihn zu bedrängen, etwas zu tun, um sie zur Witwe zu machen. Dann hätte sie ihn heiraten und wieder zur Lady von Dunncraig werden können.«

»Aber dazu konnte er es natürlich nicht kommen lassen, schließlich hatte er dich wegen des Mordes an ihr verurteilen lassen.«

»Und wenn sie dann gesund und munter auf Dunncraig Keep aufgetaucht wäre, wäre er als Lügner dagestanden. Dass er mit seiner Täuschung einen Laird ruiniert und dessen Land an sich gerissen hat, hätte ihn mit Sicherheit an den Galgen gebracht. Nay, Mary durfte nicht weiterleben.«

Annora schüttelte den Kopf. »Ich weiß nicht – es klingt alles richtig, und dennoch kann ich kaum glauben, dass es ein derart raffiniertes Komplott gegen dich gegeben hat.«

»Aber es musste raffiniert sein und sehr ausgeklügelt. Ich habe nie etwas getan, was ein solch schnelles, hartes Urteil rechtfertigte. Ich habe einzig und allein lässliche Sünden begangen, so wie die meisten Menschen – Sünden, die ein Priester mit ein paar Bußübungen bestraft. MacKay musste sehr raffiniert sein, um zu erreichen, dass ich geächtet wurde, vor allem, da meine Familie nicht ganz machtlos ist. Doch sie wurden völlig überrumpelt und hatten keine Chance, gegen das Urteil vorzugehen.«

»Hätten sie das denn tun können?«

»Oh ja, ich glaube schon. Das Gericht hätte sich zumindest die Entscheidung vorbehalten können und uns jede Zeit geben, die Wahrheit herauszufinden. Ich vermute, das wusste MacKay, und deshalb hat er so verstohlen und schnell gehandelt.«

Sie nickte. »Aye, mein Cousin weiß ganz genau, wer Macht hat, wie man sie einsetzt und wie man sie umgeht.«

James starrte sie an, während sie dasaß und die Stirn runzelte, wahrscheinlich ob der Perfidie ihres Cousins. Er fand, dass sie jetzt genug geredet hatten. Zumindest war sein Körper dieser Meinung, denn er wurde hart in einem Verlangen, das James einfach nicht ignorieren konnte. Nachdem Annora sein Geheimnis kannte, hatte er keinen Grund mehr, vorsichtig zu sein oder sich vor ihr zu verstecken. Das verringerte seine ohnehin schwache Zurückhaltung. Vielleicht war es aber auch ihr Anblick, wie sie da auf dem Bett saß, in dem er sie sich so oft vorgestellt hatte, oder es war der Klang ihrer Stimme oder ihr angenehmer Duft. Sicher war er sich nur, dass er Annora haben wollte, und zwar sofort.

9

»Ich will nicht mehr darüber reden«, sagte James plötzlich, setzte sich neben Annora aufs Bett und nahm sie in die Arme.

Sie entnahm seinem Blick, dass er auch nicht mehr über andere Dinge reden wollte. Sie spürte, dass sich sein Verlangen heftig steigerte. Es befeuerte die Lust in ihr, sie fühlte sich fast fiebrig. Sie konnte sich kaum an all die Gründe erinnern, warum sie seine Kammer so rasch wie möglich verlassen sollte. Es gab eine ganze Reihe davon, aber mit jedem sanften Kuss, den er auf ihr Gesicht drückte, schrumpfte ihre Vernunft ein wenig mehr.

»Wenn ich jetzt nicht gehe, werde ich bestimmt vermisst«, sagte sie schließlich, auch wenn ihr klar war, wie lahm diese Ausrede klang und dass sie es nicht schaffte, sich aus seinen Armen zu winden.

»Wird man jemanden losschicken, um dich zu suchen?«

»Nay, das glaube ich nicht. Zumindest war das bislang nicht üblich.«

»Dann bleib bei mir.«

»Ich glaube nicht, dass das klug ist.« Daran denkend, wie er ihr Herz schon allein dadurch zum Hämmern brachte, dass er ihre Wangen streichelte, *wusste* sie, dass es nicht klug war.

»Ah, meine Süße, das Letzte, was du jetzt in mir weckst, ist der Wunsch, klug zu sein.«

Bevor Annora etwas sagen konnte, lag sie schon auf dem Bett und James auf ihr. Als sie sein Gewicht auf sich spürte, merkte sie, wie ihr ganzer Körper ihn mit schamloser Hingabe willkommen hieß. Doch ihr Kopf mühte sich noch, an ein paar Fasern gesunden Menschenverstandes festzuhalten. Falls auch nur einige ihrer Überlegungen zu Mary und Donnell der

Wahrheit entsprachen, war jetzt eine denkbar gefährliche Zeit, um sich hemmungslos der verbotenen Leidenschaft hinzugeben. Wenn Egan je dahinterkam, würde James bestimmt wieder davonlaufen oder aber eines grausamen Todes sterben müssen.

Außerdem war sie noch Jungfrau, und obgleich sie niemanden so gern zum Geliebten gehabt hätte wie Sir James Drummond, tauchten plötzlich Gedanken an das traurige Schicksal ihrer Mutter in ihr auf. Annora hatte sich geschworen, niemals den gleichen Pfad des Verderbens einzuschlagen und nie ein Kind mit dem Schandmal der Unehelichkeit zu verfluchen. Doch so, wie sie sich in James' Armen fühlte, wusste sie, dass sie kurz davor stand, jeden ihrer Vorsätze über Bord zu werfen, und das machte ihr Angst.

Sie stemmte die Hände gegen seine Brust. Dabei musste ihr Verstand einen weiteren schweren Kampf ausfechten, denn James' Haut war wundervoll glatt und warm, und beim Gefühl der festen Muskeln unter dieser schönen Haut wurde ihr ganz schwindelig vor Verlangen. Sie sehnte sich danach, ihn überall zu berühren, ihn von Kopf bis Fuß zu streicheln. Sie ertappte sich dabei, wie sie zärtlich über eine schartige Narbe fuhr, die oben von seinem Brustbein über seine linke Schulter lief, und merkte, dass sie den Kampf gegen ihr Verlangen abermals verlor. Nie hätte sie gedacht, dass es so schwer sein könnte, sich schicklich zu verhalten.

»Rolf«, fing sie an, doch dann errötete sie. »Nay, dein richtiger Name ist James, stimmt's? Erst jetzt weiß ich, wie du richtig heißt.«

James streifte ihren Mund mit einem Kuss. An der Art, wie sie sich anspannte und wieder entspannte, konnte er fast spüren, welche widersprüchlichen Gefühle in ihr tobten, und auch ihrem leicht erhitzten Gesicht war diese Botschaft unschwer zu entnehmen. Obwohl er schon erlebt hatte, wie sie vor MacKay oder Egan zurückhaltend, ja fast demütig auftrat, hatte sie das vor ihm zu seiner großen Freude kaum getan. Er bekam ein schlechtes Gewissen, als er den Kampf spürte, den sie nun ausfocht zwischen ihren Wünschen und dem, was als geboten galt. Eigentlich hätte er sich sofort zurückziehen und sie nicht zu einer Nähe zwingen sollen, zu der sie noch nicht ganz bereit war. Aber er glaubte nicht, dass er dazu stark genug war.

Es war so lange her, seit er die weiche Hitze einer Frau gespürt hatte. Nicht einmal seine Gemahlin hatte dieses Bedürfnis stillen können, denn Mary war immer vor Nähe zurückgewichen und nie leidenschaftlich und warm geworden. Aber vielleicht war sie auch angewidert gewesen, dachte er, doch dann verscheuchte er diesen schmerzhaften, erniedrigenden Gedanken.

Bislang war es ja nur ein Verdacht. Er wollte seine Frau nicht ohne handfeste Beweise verurteilen.

Bei dem Gedanken an Mary verspannte er sich kurz. Vielleicht war er ja noch verheiratet? Obwohl er den festen Vorsatz hatte, seine Ehe mit Mary zu beenden, falls sie noch am Leben war und ihn tatsächlich betrogen hatte, so konnte ihn das doch viel Zeit und viel Geld kosten. Aber dann schüttelte er unmerklich den Kopf. Mary war tot. Sie war vielleicht nicht an dem Tag gestorben, den sich alle vorstellten, aber er glaubte, dass Annora mit ihrem Gefühl, Mary sei nicht mehr am Leben, recht hatte. Da er bei den Murrays aufgewachsen war, einem Clan, der viele Mitglieder mit allen möglichen *Gaben* hatte, fiel es ihm ausgesprochen leicht, Annoras *Gefühlen* Glauben zu schenken.

Genauso leicht fiel es ihm, sie so heftig zu begehren, dass sich sein Körper anfühlte, als bestehe er nur noch aus geballtem heißen, schmerzenden Verlangen. Den brennenden Wunsch, sie zu besitzen, konnte sich James nicht mehr durch seine lange Enthaltsamkeit erklären. Er begehrte diese Frau so stark, so überwältigend, dass er trotz zahlreicher Angebote der Mägde von Dunncraig an seiner Enthaltsamkeit festgehalten hatte. Er hätte eine jede von ihnen irgendwo im Dunkeln besteigen können, sodass seine Tarnung gewahrt geblieben wäre. Aber er hatte seine Enthaltsamkeit einfach mit keiner anderen Frau als mit Annora MacKay beenden wollen, und wenn sie ihn nicht laut und deutlich zurückwies, würde er es jetzt tun.

»Von dem Moment an, als wir uns begegneten, habe ich mir gewünscht, meinen richtigen Namen aus deinem Mund zu hören«, sagte er leise, während er sanft an ihrem seidenweichen Ohrläppchen knabberte.

»Wir sollten das wirklich nicht tun«, wisperte sie mit bebender Stimme. Als er ihr Ohr mit Lippen und Zunge zärtlich neckte, begann sie unter einem Verlangen zu erzittern, das sie rasch jede Beherrschung verlieren ließ. »Ich sollte das nicht tun.«

»Doch, das solltest du. Du weißt ganz genau, dass du das willst. Wann hast du zum letzten Mal nach etwas gegriffen, was du haben wolltest, wann hast du zum letzten Mal überhaupt so eine Gelegenheit gehabt?«

»Es ist nicht immer klug oder richtig zu tun, was man will. Alles hat seine Folgen.«

»Welche Folgen soll es haben, wenn wir die Leidenschaft teilen, die wir beide so stark empfinden?«

»Ich bin die Folge einer solchen Kühnheit«, sagte sie leise.

»Ach, Mädchen, du bist keine Folge, du bist ein Geschenk, ein Segen. Du hörst zu sehr auf das, was Narren behaupten.« Er begann, ihr Gewand aufzuschnüren, ermutigt, als sie sich nur leicht verkrampfte und keine Anstalten machte, ihn zu hindern. »Du darfst nicht vergessen, dass diese Narren nur die Lehren der Kirche wiederholen. Und die Kirche wird von Männern beherrscht, Mädchen. Aye, manche mögen sich dazu berufen fühlen und von einem tiefen Glauben beseelt sein, aber allzu viele sind von ihrer Familie in die Kirche geschickt worden, nicht um Gott zu dienen, sondern um ein Auskommen zu finden oder einzig und allein der Macht willen.«

»Häresie«, sagte sie, doch auf einmal musste sie grinsen.

Sie merkte, dass sie bereit war, ihre Vorsicht über Bord zu

werfen. Kurz überlegte sie, ob sich ihre Mutter auch so gefühlt hatte, als sie sich einen Geliebten nahm: so heiß und kühn und sich danach verzehrend, ihr Glück bei einem wunderschönen Mann zu suchen, der ihr Herz schneller schlagen ließ. Doch anders als ihre Mutter wusste Annora, dass James seinem Kind niemals den Rücken kehren würde. Das genügte ihr.

»Hast du wirklich ein Auge verloren?«, fragte sie leise und berührte sanft den Rand seiner Augenklappe.

»Verflixt, ich habe gar nicht mehr daran gedacht, dass ich dieses verfluchte Ding noch trage.« James riss sich die Klappe vom Kopf und warf sie weg. »Nay, ich habe es nicht verloren, es ist nicht einmal verletzt. Mir ist oft gesagt worden, meine grünen Augen seien unvergesslich, und ich wollte mir von meinen Augen nicht die Tarnung verderben lassen.«

»Sie sind wirklich unvergesslich.« Annora küsste den Winkel des Auges, das so lange versteckt gewesen war. »Als ich dich zum ersten Mal sah, trauerte ich über den Verlust dieses Auges, weil sein Partner so wunderschön war.«

James spürte, wie er errötete. So hatte er schon lange nicht mehr auf die Komplimente einer Frau reagiert, und obgleich es eitel war, musste er zugeben, dass er früher eine ganze Menge erhalten hatte. Aber er wusste, dass jedes Wort, das Annora äußerte, aufrichtig gemeint war, und nicht Teil eines leeren Liebesgeplänkels oder ein Weg war, um ein paar Münzen mehr in die Hand gedrückt zu bekommen, die nach einem Liebesspiel allzu oft ausgestreckt wurde. Dass ihr sein Aussehen gefiel, machte ihn stolz und zufrieden wie einen auf dem Hühnerhof herumstolzierenden Hahn.

Er küsste sie, bevor er noch etwas Törichtes sagte. Bei ihr fühlte er sich plötzlich wie ein grüner Junge, viel zu eifrig und unbeherrscht. Er wusste nicht genau, was ihren Sinneswandel bewirkt hatte – schließlich hatte sie vor Kurzem noch deutlich gezögert –, aber er wollte ihn nicht hinterfragen. Am Ende hätte sie wieder angefangen zu denken, und das wollte er nun wahrhaftig nicht. Er wollte, dass sie nur noch fühlte.

James bemühte sich nach Kräften, sie mit seinen Küssen zu bannen. Er begann, sie langsam auszuzuziehen, um sie nicht zu erschrecken, auch wenn er ihr am liebsten die Kleider vom Leib gerissen hätte. Er wollte Hautkontakt mir ihr, er wollte sie ansehen, er wollte sie berühren, und er wollte sie schmecken.

Als er sie endlich ausgezogen hatte, konnte er nur noch daran denken, sie ausgiebig zu betrachten. Er kauerte über ihr und besah sich jede Wölbung und Senkung ihres weichen Körpers. Annora war eine kleine, schlanke Frau, doch sie hatte üppige Brüste, eine schlanke Taille und hübsch gerundete Hüften. Auch wenn sie nicht viel wog, so war ihr Gewicht doch auf die richtigen Stellen verteilt. Ein kleines Dreieck dunkler Locken verhüllte ihre Weiblichkeit, und die harten Spitzen ihrer vollen Brüste schimmerten verführerisch dunkelrosa. Einen Moment lang war er so gebannt von ihrer weichen, cremefarbenen Haut, dass er gar nicht wusste, wo er anfangen sollte, sie zu kosten. Dann kroch ein schwacher rosafarbener Glanz von ihrem Hals hinab zu den Brüsten, die er so bewunderte, und färbte auch sie.

Ihr Gesicht war so erhitzt, dass James hätte schwören können, die Wärme zu spüren. Abgesehen davon lag aber auch Schüchternheit und Verlegenheit darauf. Er verspannte sich. Diesen Ausdruck hatte er allzu oft auf Marys Gesicht gesehen, und dort hatte er ihm zu verstehen gegeben, dass ihm die ersehnte Wärme wieder einmal verwehrt würde. Aus Sorge, Annora und die Leidenschaft, die er in ihr gespürt hatte, zu verlieren, küsste er sie hart und heftig. Er wusste, dass in seinem Kuss ein Teil seiner plötzlich aufsteigenden Verzweiflung lag.

Erst als er spürte, dass sie mit wachsender Leidenschaft darauf reagierte, wich seine Angst langsam.

Annora hatte gedacht, unter der Hitze der Verlegenheit vergehen zu müssen, als James ihren Körper anstarrte. Sie hatte sich noch nie einem Mann völlig nackt gezeigt, ja nicht einmal einer Frau. Je länger er sie anstarrte, ohne etwas zu sagen oder zu tun, desto mehr hatte sie gefürchtet, ihn zu enttäuschen. Als er ihr endlich in die Augen blickte, hatte sie ein paar Worte von ihm erwartet. Sie hatte sich ein wenig verspannt und sich auf irgendein falsches Kompliment eingestellt, das seine Enttäuschung verbergen und ihr eine Verletzung ersparen sollte. Stattdessen hatte er sie geküsst – leidenschaftlich geküsst.

Selbst als die Begierde erneut in heißen Wogen über ihr zusammenschlug, entdeckte Annora kurz Verzweiflung, ja sogar Angst in James. Doch als sie seinen heftigen Kuss mit ihrer kaum beherrschbaren Gier erwiderte, schwanden diese Gefühle in ihm. Als er sich behutsam auf ihr niederließ und sie zum ersten Mal seine Haut spürte, entbrannte ein derart heftiges Verlangen in ihr, dass es ihr gleichgültig war, was ihn beunruhigt hatte. Sie konnte ihn ja später danach fragen.

»Ach, meine süße Annora, ich möchte ganz langsam vorgehen, ich möchte jeden süßen Zoll von dir kosten, aber du machst mich verrückt vor Verlangen«, murrte er gegen ihr Schlüsselbein.

Er wollte reden? Wie konnte jemand in einem solchen Moment reden wollen? Annoras Kopf und ihr Herz waren so beschäftigt mit dem Gefühl seiner Lippen auf ihrer Haut und der Hitze seiner warmen Haut unter ihren Händen, dass sie bezweifelte, überhaupt ihren eigenen Namen aussprechen zu können. Doch als er mit der Zunge über die steil aufgerichtete Spitze einer Brust fuhr, stellte sie fest, dass sie doch noch reden konnte.

Sie keuchte seinen Namen, als ein Feuer von der Stelle ausging, die er jetzt küsste, und durch ihren Körper raste. Als sich seine Lippen langsam um die harte Brustspitze schlossen und er daran saugte, stöhnte und keuchte sie leise auf. Hoffentlich würde sie sich später nicht mehr an diese Geräusche erinnern, ein derartiger Verlust ihrer Selbstbeherrschung würde sie wohl überaus verlegen machen.

Als er seine Aufmerksamkeit ihrer anderen Brust zuwandte, wurde es Annora egal, welche Geräusche sie von sich gab oder was er tat, solange nur die Wonnen nicht aufhörten, die er ihr schenkte. Sie spürte nur noch ihn und die Gefühle, die er in ihr hervorrief, sowie das harte, lange Glied, das sich an ihre Hüften presste. Einen Herzschlag lang machte ihr die Größe dieses Körperteils Angst, doch dann rieb er es an ihr, und die Lust, die sie dabei durchfuhr, vertrieb alle ihre Sorgen. Sie keuchte nur überrascht auf, als er mit der Hand über ihren Bauch zwischen ihre Beine fuhr und sie dort zu streicheln begann. Seine langen, schlanken Finger schenkten ihr jedoch solche Lust, dass sie sich, ohne zu zögern, seinen Zärtlichkeiten öffnete.

»Ach, meine Süße, du bist so herrlich heiß und feucht«, brummte er an ihren Bauch. Sein ganzer Körper bebte vor Verlangen, in sie einzudringen.

»Ist feucht gut?«, wisperte sie zittrig, denn in ihrem Hinterkopf regte sich Sorge über die zunehmende Feuchtigkeit zwischen ihren Beinen.

»Feucht ist sehr gut. Besser kann es gar nicht sein. Es bedeutet, dass dein Körper mich willkommen heißt, mich in sich einlädt.«

Und genau dorthin wollte er, und zwar sofort. James bemühte sich zwar noch immer, langsam vorzugehen, denn er wusste, dass sie noch Jungfrau war. Ihr erstes Mal sollte mit möglichst wenig Schmerzen und Angst einhergehen. Doch sie war wie ein Fieber in seinem Blut, und ihr ganzer Körper zeigte ihm, wie willkommen er war.

Langsam und vorsichtig zu sein, das war das Schwerste, was er sich je vorgenommen hatte. Er wollte in sie stoßen und immer weiter stoßen, bis er das Paradies erreicht hatte, nach dem er sich so sehr verzehrte.

Stattdessen schob er sanft ihre Beine noch ein wenig weiter auseinander und fing an, ganz langsam in sie zu gleiten. Sobald seine Männlichkeit ihre Hitze spürte, musste er sich gegen den überwältigenden Drang wappnen, sich so tief wie möglich in sie zu vergraben. Nach und nach glitt er immer tiefer, bis er die

Schranke ihres Jungfernhäutchens spüren konnte. Er beugte sich vor und streifte ihre Lippen mit einem Kuss.

»Das kann jetzt ein bisschen wehtun, Annora«, flüsterte er. »Aber ich schwöre dir, der Schmerz wird nicht lange währen.«

So viel wusste Annora schon. Sie schlang die Arme um seinen Hals. »Mach einfach weiter, James. Bringen wir den schmerzhaften Teil hinter uns, dann können wir wieder zu den Wonnen übergehen.«

Dass sie das Wort *Wonne* benutzte, wäre James fast zum Verhängnis geworden. Er begann wieder, sie zu küssen, und zog sich dabei ein wenig zurück, dann durchbrach er die Grenze mit einem einzigen kräftigen Stoß. Sie verspannte sich in seinen Armen und schrie leise auf. Sobald er tief in sie eingedrungen war, hielt er ganz still und streichelte und küsste sie nur noch. Er wollte sie über den Schmerz hinwegtrösten, den er ihr hatte zufügen müssen, und die Leidenschaft zurückholen, mit der sie ihn bis dahin beschenkt hatte. Darauf konzentrierte er sich so, dass er erst gar nicht merkte, wie sie versuchte, sich so zu bewegen, wie auch er es am liebsten getan hätte.

Er hob den Kopf und sah sie an. Auf ihrem Gesicht lag kein Ausdruck von Schmerz oder Abscheu. Die Hitze des Verlangens färbte ihre Wangen blutrot und ließ ihre nachtblauen Augen fast schwarz wirken. Er wusste, dass er ihr wehgetan hatte, doch offenbar hatte sie sich rascher erholt, als er gedacht hatte.

»Ist der Schmerz verschwunden?«, fragte er, wobei er sich kaum wunderte über seine Stimme, die fast schon ein Knurren war. Er hatte Angst, verrückt zu werden, wenn er sich nicht bald in ihr bewegen konnte.

»Aye«, wisperte sie und versuchte, die Lage ihrer Beine so zu verändern, dass die Lust, ihn in sich zu spüren, noch gesteigert wurde.

James legte die Stirn an die ihre. »Schling deine hübschen Beine um mich, Liebes.«

Annora folgte seinem Vorschlag und keuchte ein wenig auf, denn dadurch spürte sie ihn noch tiefer in sich. Reine Wonne durchströmte ihren ganzen Körper. »Und was soll ich jetzt tun?«, fragte sie.

»Genieß es«, sagte er. »Genieße es einfach.«

Als er sich beinahe ganz aus ihr zurückzog, schien ihr sein Wunsch ziemlich merkwürdig, doch bevor sie über seinen Rückzug protestieren konnte, stieß er wieder in sie, und sie schrie laut auf vor Lust. Dafür hatte ihre Mutter also alles riskiert, dachte sie noch, als er weiter stieß und stieß und eine Hitze in ihr entfachte, unter der sie dahinzuschmelzen glaubte. Und traurig war ihre Mutter dann wohl nur geworden, als sie all das verloren hatte, dachte sie. Doch von da an fühlte sie nur noch.

James kämpfte dagegen an, sich endlich sein eigenes Vergnügen zu gönnen.

Doch er beherrschte sich, obwohl er es so heiß ersehnte und wusste, dass er sie wahrscheinlich auch danach noch zu ihrem Höhepunkt würde bringen können. Er knirschte mit den Zähnen und dachte an irgendetwas möglichst Langweiliges, um sein Bedürfnis nach Erlösung zu zügeln, aber er wollte unbedingt, dass sie diese Erlösung gemeinsam fanden oder wenigstens möglichst kurz nacheinander.

Als er schon dachte, er müsse auf diese Freude verzichten, spürte er, wie ihr Körper anfing, sich um ihn zu spannen. Einen Herzschlag später schrie sie laut seinen Namen, bäumte sich auf und erbebte unter dem Gipfel ihrer Leidenschaft. Es fühlte sich an, als wolle sie ihn noch tiefer in sich ziehen, und dieses Gefühl brachte auch ihn zum Gipfel.

Annora lag ermattet auf dem Rücken, ihr Körper fühlte sich an, als habe sie den ganzen Tag schwer gearbeitet. Nur allmählich wurde sie sich bewusst, dass sie noch immer nackt war. Doch als James aufstand und zum Waschtisch trat, machte sie keine Anstalten, sich vor ihm zu verhüllen. In dem Moment, als sie ihre lahmen Arme dazu bringe wollte, nach dem Laken zu greifen, um ihre Nacktheit zu verbergen, kehrte er mit einem feuchten Tuch zurück. Der Anblick seines großen, sehnigen Körpers nahm Annora so gefangen, dass sie trotz der Intimität kaum zurückzuckte, als er sie säuberte.

Erst nachdem er wieder ins Bett gekrochen war und sie in die Arme genommen hatte, begann sie, wieder klarer zu denken. Sie hatte soeben ihre Unschuld einem Mann geschenkt, der nicht mit einem einzigen Wort von Liebe gesprochen hatte. Allein das hätte sie dazu veranlassen müssen, aus dem Zimmer zu stürmen und zu einem Priester zu eilen, um ihre Sünde zu beichten. Aber sie hatte keine Lust dazu. Sie wollte nur hierbleiben, in seinen Armen, sachte über seine breite, muskulöse Brust streichen und das Gefühl schläfrigen Glücks genießen, das sie erfüllte.

Doch dann drängten sich andere Gedanken in dieses angenehme Vergessen: Was würde als Nächstes passieren? Annora konnte nicht über alles hinwegsehen, was falsch daran war, sich einen Liebhaber – zumal diesen – zu nehmen. Selbst wenn James Donnell besiegte und alles zurückerlangte, was ihm gestohlen worden war, konnte es nur eine vorübergehende Liebschaft sein. James war ein Laird. Und Grundherren liebten und heirateten keine armen, unehelich geborenen Frauen, egal, wie vornehm die Abstammung des einen Elternteils war. Lairds suchten sich Gemahlinnen, die Land und Geld mitbrachten und ihre Macht oder ihren Besitz vergrößerten. Annora wusste, dass Donnell wahrscheinlich den Großteil von Dunncraigs Vermögen ausgegeben oder verschwendet hatte und wenig tat, um sicherzustellen, dass das Land bestellt wurde.

Umso wichtiger würde es, wie es sich gehörte, für James sein, eine reiche Frau und reiche Erbin zu heiraten. Und sie besaß nichts als die Kleider auf ihrem Leib.

Traurigkeit drohte sie zu überwältigen, doch sie wehrte sich mit Kräften dagegen. Sie hatte sich für dieses Los entschieden, und solange sie konnte, würde sie alles nehmen, was gut daran war. Wenn es vorbei war, würde sie noch genug Zeit haben, sich in Herzeleid zu ergehen und in ihr Kissen zu weinen.

Eines wusste sie ganz genau: Sie liebte diesen Mann, und es war eine Liebe ohne Hoffnung. Doch sie schob den Kummer rasch beiseite. Wenn er wollte, dass sie ein Liebespaar blieben, würde sie seine Geliebte bleiben, solange er sie wollte und sie ihn nicht mit dem belasten würde, was sie fühlte. Sie wusste, dass er ein guter Mann war und ihr nicht wehtun wollte. Außerdem hätte er sie bestimmt gehen und an ihrer Unschuld festhalten lassen, wenn sie sich gewehrt hätte. Es war nicht seine Schuld, dass sie ihn liebte und es ihr irgendwann einmal das Herz brechen würde.

Das Einzige, was man ihm vorwerfen konnte, war vielleicht, dass es so leicht war, ihn zu lieben.

Als er die Hand unter ihr Kinn schob und es ein wenig anhob, um ihr ins Gesicht sehen zu können, brachte sie sogar ein kleines Lächeln zustande. Sie hatte viel Übung darin, Verletzungen und Sorgen zu verbergen; sie wollte sich nicht die kurze Zeit ihres Glücks davon trüben lassen.

»Du bist sehr still, Mädchen«, sagte James und küsste sie zärtlich.

»Ich bin noch zu schwach für ein Gespräch«, erwiderte sie nur.

Er lächelte und streichelte zärtlich ihren Rücken. Er konnte in ihrem Gesicht keinerlei Reue oder Scham entdecken, aber ihr Schweigen fing an, ihm Sorgen zu machen. Seiner Gemahlin hatte er nur ein einziges Mal ins Gesicht geblickt, nachdem sie sich geliebt hatten, und danach nie wieder. Er hatte so viel Unglück, so viel Scham und Verlegenheit darin entdeckt, dass er sich völlig leer gefühlt hatte. Nur die schwache Hoffnung, dass er Mary mit der Zeit schon würde zeigen können, welche Freuden man im Ehebett finden konnte, und der Wunsch nach Kindern hatten ihm die Kraft verliehen, danach wieder das Lager mit ihr zu teilen.

Annora war so lange stumm geblieben, dass er schon befürchtet hatte, womöglich empfände sie dasselbe wie Mary. Es hatte ihn große Überwindung gekostet, in ihr Gesicht zu blicken. Als er darin nur die Hitze einer befriedigten Frau und ein Lächeln gesehen hatte, war er froh gewesen, nicht zu stehen; denn dann wäre er sicher vor Erleichterung zusammengebrochen.

Annora fielen auf einmal die Gefühle ein, die sie an einem gewissen Punkt bei James bemerkt hatte, und dann die Worte, die er gemurrt hatte, als er angefangen hatte, sie zu lieben. »James, warum warst du anfangs so – äh, so verzweifelt?«

Im ersten Moment begriff er gar nicht, was sie meinte, dann fragte er sich, woher sie gewusst hatte, was in ihm vorgegangen war. »Du denkst, ich war verzweifelt?«

Sie verzog das Gesicht und betete, jetzt nichts zu sagen, was ihrer Beziehung ein allzu rasches Ende bereiten würde. »Manchmal kann ich spüren, was ein anderer spürt. Ich habe bei dir die Wut gespürt, sobald du nach Dunncraig kamst. Und als du Donnell beleidigt hast und ich mir etwas einfallen lassen musste, als der mich fragte, was du gesagt hast, habe ich in dir den Hass auf ihn gespürt. Nachdem du mich lange genug betrachtet hattest und anfingst, mich zu küssen, spürte ich etwas, was ich nur als Verzweiflung beschreiben kann, wenn auch nur ganz kurz. Und vielleicht auch eine Spur Angst. Ich habe mich gefragt, ob ich etwas getan habe, um diese Gefühle in dir hervorzurufen.«

»Du kannst spüren, was in anderen vorgeht? Wirklich?«

Da sie bei dieser Frage nur sein Interesse spürte, nickte Annora. »Es ist ein Geheimnis, nur wenige wissen, dass ich das kann, und es ist mir auch lieber so. Manche waren nicht sehr freundlich zu mir, als sie es herausfanden.«

»Mach dir keine Sorgen, wenn du mit mir über deine Gaben redest, Liebes. Ich bin bei den Murrays aufgewachsen, und in diesem Clan haben viele Leute solche Gaben. Aber es stimmt schon, ich war verzweifelt, und nicht nur, weil ich dich von Anfang an begehrt habe; und wahrscheinlich hat sich auch ein wenig Angst dazugesellt. Warum das so war? Meine Gemahlin mochte die körperliche Liebe nicht. Sie sah dabei immer aus, als quäle es sie, als erniedrige und beschäme es sie, und ich konnte nichts dagegen tun. Als du so lange stumm warst und ich die Verlegenheit in deinem Gesicht sah, hatte ich Angst, wieder etwas falsch gemacht und die Lust zerstört zu haben, die du anfangs empfunden hast. Ich hätte Mary nie heiraten sollen, vielleicht hätte ich erraten sollen, dass sie zu den Frauen gehört, denen der Beischlaf kein Vergnügen bereitet. Aber dann hätte ich meine Meggie nie bekommen.«

»Das stimmt.« Annora konnte sich nicht vorstellen, dass einer Frau nicht gefiel, was James in ihr hervorrief, aber das sagte sie ihm nicht; denn dann hätte er zu leicht erraten können, was sie für ihn empfand. Stattdessen fragte sie: »Fällt es dir deshalb so schwer zu glauben, dass sie und Donnell ein Liebespaar waren?«

»Na ja, wahrscheinlich schon. Außerdem stellt sich kein Mann gern vor, dass seine Frau einen anderen begehrt. Aber vielleicht kamen ja all unsere Schwierigkeiten daher, dass sie in Wahrheit MacKay geliebt hat und nicht mich. Vielleicht ist sie von ihren Verwandten gezwungen worden, mich zu heiraten. Damals hatte MacKay ihr und ihrer Familie nämlich weitaus weniger zu bieten als ich.«

Annora krabbelte auf ihn. Es wunderte sie, wie sehr sie es genoss, nackt mit diesem Mann zusammen zu sein, denn bislang war sie ausgesprochen züchtig gewesen. Doch darüber hinaus wollte sie den verletzten Ausdruck aus seinem Blick verbannen. Instinktiv wusste sie, dass er Mary ein guter und treuer Ehemann gewesen war und dass es nicht seine Schuld war, dass sie in seinen Armen keine Freude empfunden hatte.

»Wenn Mary Donnell geliebt hat, dann solltest du dir nicht so zu Herzen nehmen, was zwischen euch beiden falsch gelaufen ist. Sie hat dir von Anfang an keine Chance gegeben. Außerdem hatte sie ganz offenkundig einen sehr schlechten Geschmack, was Männer angeht.«

James grinste. »So scheint das wohl gewesen zu sein.«
»Ich hingegen habe einen sehr guten Geschmack, was Männer angeht.«
»Den Mann, nur einen.«
»Aye«, sagte sie leise. »Nur einen.«
Annora wusste, dass sie den Rest der Zweifel und Ängste, die Mary bei ihm hinterlassen hatte, am ehesten dadurch vertreiben konnte, wenn sie ihm zeigte, welch wundervolle Gefühle er bei ihr auslöste, welche Leidenschaft und welche Gier. Leise lächelnd gab sie ihm einen Kuss. Es würde kein großes Opfer sein, denn sie war wirklich ziemlich gierig.

10

James stellte die Kamineinfassung, die er soeben eingeölt hatte, vor die Tür seiner Werkstatt. Dieses Schnitzwerk war eine seiner besten Arbeiten, und er konnte es selbst kaum erwarten, es im Schlafzimmer des Lairds zu sehen, dem Zimmer, das bald wieder ihm gehören würde, wie er sich schwor. Doch heute konnte der Gedanke, dass MacKay in seinem Bett schlief, James' gute Laune nicht verderben. Nach einer langen Liebesnacht mit Annora fühlte er sich vollkommen befriedigt – zum ersten Mal seit unendlich langer Zeit. Nachdem er sich insgeheim rasch bei seiner verstorbenen Frau entschuldigt hatte, musste er zugeben, dass er sich gar nicht mehr daran erinnerte, wann er sich zum letzten Mal so gut gefühlt hatte. Annora befriedigte weitaus mehr als seinen Körper.

»Ihr wirkt ausgesprochen gut gelaunt«, bemerkte Big Marta und trat neben ihn.

Dem Funkeln in den Augen der Alten nach wusste sie, dass er die Nacht in Annoras Armen verbracht hatte. Er weigerte sich, rot zu werden, denn das hätte als Zeichen von Scham gelten können, und die verspürte er keineswegs. Annora MacKay gehörte ihm. In der letzten Nacht hatte er ihr diesen Besitzanspruch klargemacht, der für ihn schon seit Langem bestand. Und diesen Anspruch würde er gegenüber jedem auf Dunncraig vertreten, wenn er, James, nicht in seiner Tarnung gefangen wäre.

»Noch ein bisschen Öl, dann ist diese Arbeit beendet«, sagte er und deutete auf das Schnitzwerk, unfähig, den Stolz darauf zu verhehlen.

»Aye, es ist ein wahres Wunder, was Ihr mit Holz schaffen könnt, aber ich bezweifle, dass es nur dieser Schönheit zu verdanken ist, wenn Ihr heute übers ganze Gesicht strahlt. Nay, so habt Ihr schon seit Jahren nicht mehr gelächelt, außer, wenn Ihr mit unserer kleinen Meggie zusammen wart.« Big Marta verschränkte die Arme vor der Brust und nickte.

James verdrehte seufzend die Augen. »Wie kommt es, dass du fast jedes kleine Geheimnis auf Dunncraig aufdeckst?«

»Du meine Güte, ich wünschte, dem wäre so. Wenn ich das könnte, würdet Ihr jetzt auf dem Stuhl des Lairds sitzen, wohin Ihr gehört. Stattdessen sitzt dieses eitle Schwein drauf und macht alles kaputt, was er in die Hände bekommt, während Ihr versucht, ihn mit so hübschen Dingen zu umgeben, wie sie nur einem König gebühren.«

»Aye, er muss beseitigt werden.« James sah sie ernst an, dann fragte er: »Willst du mir auf deine freundliche Art zu verstehen geben, dass du herausgefunden hast, dass nichts wahr ist an den Gerüchten, die dir zu Ohren gekommen sind?«

Big Marta presste die Lippen zusammen und wich seinem Blick aus. James vermutete, dass sie etwas entdeckt hatte, von dem sie fürchtete, es würde ihm nicht gefallen. »Hast du vielleicht erfahren, dass meine Gemahlin nicht das süße, schüchterne junge Ding war, für das ich sie gehalten habe?«

Als Big Marta herumwirbelte und ihn mit offenem Mund anstarrte, musste er trotz der hässlichen Wahrheit, mit der er fest rechnete, grinsen. Nur wenige Menschen schafften es, Big Marta zu überraschen. Aber vielleicht schmerzte eine solche Wahrheit nicht mehr so, weil er schon ausführlich mit Annora darüber gesprochen hatte. Die Möglichkeit, dass Mary ihn hintergangen hatte, schien ihm mittlerweile ziemlich wahrscheinlich. Außerdem vermutete er, dass die Nacht in den Armen einer Frau, die ebenso viel Wonne spenden wie empfangen konnte, einer Frau, die kein Geheimnis aus ihrer Lust machte, ihm ein fester Schild gegen solche bittern, schmerzhaften Wahrheiten war.

»Ist Euch denn etwas in dieser Hinsicht zu Ohren gekommen?«, fragte Big Marta.

»Nay, aber Annora versteht es ausgezeichnet, schwierige Fragen zu stellen und Dinge zu sehen, die ich nicht gesehen habe, auch wenn ich sie hätte sehen sollen. Mir wurde klar, dass Mary MacKay möglicherweise geholfen hat, ja vielleicht sogar MacKays Geliebte gewesen ist. Vor dieser Möglichkeit kann ich nicht länger die Augen verschließen. Darüber hinaus geht Annora auch davon aus, dass Mary tot ist.«

»Also ist sie wirklich damals im Feuer umgekommen.«

»Vielleicht, vielleicht auch nicht. Wie kann ich sicher sein? Die Leiche, die man gefunden hat, war ja kaum noch zu erkennen. Doch Annora bezweifelt, dass ihr Cousin Mary sehr viel länger leben lassen konnte, denn sie war eine Schwachstelle. Schon allein wenn sie eine Dorfstraße hinuntergegangen wäre, hätte sie MacKay ziemlich viel Ärger bereiten können.«

»Das stimmt. Nun ja, ich fürchte, Mary war Euch untreu gewesen. Das kleine Cottage, in dem sie angeblich gestorben ist, war ihr Treffpunkt mit MacKay – einer ihrer Treffpunkte. Die Magd, die die beiden zusammen sah, sah sie im Keep zusammen. Einmal sei Mary bei einem seiner allzu häufigen Besuche in MacKays Schlafzimmer geschlüpft. Und diese Magd behauptet auch, dass sie genug gehört hat, um zu wissen, dass es kein unschuldiges Treffen zwischen Cousin und Cousine war. Aber nein, ich werde Euch nicht verraten, wer diese Magd ist; zumindest solange MacKay hier herrscht. Es hat mich viel Überredungskraft gekostet und das Versprechen, den Mund zu halten, um sie zum Reden zu bringen.«

»Das verstehe ich, und schließlich kannst du ihr auch nicht sagen, dass sie mir vertrauen kann – noch nicht. Hat sie denn gesagt, wann genau sie die beiden zusammen gesehen hat?«

»Etwa einen Monat, bevor Mary starb oder zumindest angeblich starb.«

»Aber nicht mehr seit Marys angeblichem Tod?«

»Davon hat sie nichts erwähnt. Ich könnte natürlich noch einmal mit ihr reden, doch wenn sie Mary tatsächlich danach noch gesehen hat, hätte sie sie bestimmt für ein Gespenst gehalten. Aber das würde sie niemandem erzählen aus Angst, dass man sie für eine Hexe oder sonst etwas Albernes halten würde. Warum fragt Ihr?«

»Weil ich glaube, dass Meggie MacKay mit Mary zusammen gesehen hat. Sie hat Annora und mir erzählt, dass sie MacKay nicht für ihren Vater hält, obwohl sie einmal gesehen hat, wie er ihre Mutter geküsst hat. Ich denke, wenn es vor dem Brand passiert wäre, wäre sie viel zu jung gewesen, um so etwas mitzubekommen und sich zu merken. Aber danach? Schon einige Monate später hätte Meggie bestimmt gewusst, was sie sah, und hätte es sich auch merken und damit sich erinnern können.«

Big Marta schüttelte den Kopf. »Mir gegenüber hat das Kind nie ein Wort davon erwähnt. Wenn sie ihre Mutter nach dem Feuer tatsächlich noch einmal gesehen hätte, hätte sie doch bestimmt etwas gesagt, oder nicht?«

»Annora behauptet, meine Tochter hat sehr schnell gelernt, Geheimnisse zu wahren.« James seufzte. »Nachdem ich es für möglich hielt, dass Mary mit MacKay unter einer Decke steckte, habe ich auch eingehend über die Zeit nachgedacht, die ich mit Mary verheiratet war. In unserer Ehe lief einiges falsch, und Mary war auch Meggie keine gute Mutter. So sehr ich mich bemüht habe, ich kann mich nicht entsinnen, dass sie ihr Kind auch nur ein einziges Mal im Arm gehalten und geküsst hat. Ich hätte genauer hinsehen sollen, bevor ich sie heiratete, aber ich hatte gerade die Herrschaft über Dunncraig angetreten, mein Erbe, und wollte Frau und Kinder, eine Familie eben. Stattdessen bekam ich eine Gemahlin, die vielleicht nichts Besseres war als eine Hure, geschickt von MacKay, ihrem Geliebten. Meine Ehe war die reine Hölle, und das drei Jahre lang. Der einzige Segen, der mir daraus erwachsen ist, ist Meggie, meine hübsche, kluge Meggie.«

»Aye, das Kind ist wirklich blitzgescheit. Wenn sie in ihren jungen Jahren weiß, wann sie den Mund zu halten hat und ein Geheimnis hüten muss, dann ist sie wirklich ausgesprochen klug. Es ist zwar traurig, dass sie das schon so früh lernen musste, aber grundsätzlich ist es nicht schlecht, wenn man so etwas kann.« Big Marta senkte den Blick und sagte leise: »Ich habe Mary nie in mein Herz geschlossen. Sie war kalt.«

»Meine Güte, das war sie wirklich. Und ich habe es immer mit Schüchternheit und mädchenhafter Scham verwechselt. Wenn es wirklich stimmt, dass sie nur MacKay zuliebe meine Gemahlin gespielt hat, dann hat es ihr jedenfalls nicht viel Spaß gemacht. Sie mag ja bereit gewesen sein, für ihn die Hure in meinem Bett zu spielen, aber in ihrem Herzen war sie nie eine.« James verzog das Gesicht. »Und ich fürchte, womöglich war sie auch ziemlich dumm.«

»Wenn sie diesem Mistkerl vertraut hat, dann war sie das ganz bestimmt.« Big Marta rieb sich stirnrunzelnd das spitze Kinn. »Aye, das musste sie sein, wenn sie gedacht hat, sie könne Euch wegen des Mordes an ihr verurteilen lassen und dann als MacKays Frau nach Dunncraig zurückkehren. Glaubt Ihr, das war ihr Plan?«

»Ihrer schon, seiner nicht«, erwiderte James. »MacKay ist zu vorsichtig, um einen solchen Beweis seines Verbrechens herumlaufen zu lassen. Wenn Mary mit ihm verbündet war, dann ist sie jetzt tot.«

»Traurig, alles sehr traurig. Aber immerhin habt Ihr diesmal eine gute Wahl getroffen. Ihr müsst nur aufpassen. Egan hat sie von Anfang an haben wollen. Wenn er Wind von euch beiden bekommt, dann seid Ihr ein toter Mann, und ich fürchte, dass sich auch das Mädchen dann nicht mehr sicher fühlen kann.«

James nickte und sah Big Marta nach, die sich wieder Richtung Küche aufmachte. Eigentlich hätte er ihre Warnung nicht gebraucht, er wusste auch so, dass das, was er mit Annora teilte, nicht nur kostbar war, sondern auch sehr gefährlich. Egan wollte ihn jetzt schon am liebsten umbringen, allein dafür, dass er ihn geschlagen hatte. Wenn der Mann je herausfand, dass er Annora beschlafen hatte, würde er ihn, ohne zu zögern, langsam und qualvoll töten. Und Big Marta hatte auch recht mit ihrer Vermutung, dass Annora wahrscheinlich in derselben

Gefahr schwebte. Egan würde außer sich sein, wenn er erfuhr, dass sie einen Geliebten hatte. James hatte das Gefühl, dass Annoras edle Herkunft und ihre Unschuld eine große Rolle bei Egans Interesse an ihr spielten.

Er kehrte in seine Werkstatt zurück, um nach einem passenden Holz für MacKays Stühle zu suchen. Dabei gingen ihm all die Gründe durch den Kopf, sich von Annora MacKay fernzuhalten. Lauter gute Gründe, aber er wusste, dass er sie nicht beachten würde, jedenfalls nicht allzu strikt. Er sehnte sich zu sehr nach der Wärme, die ihm Annora schenkte. Doch er nahm sich fest vor, sehr, sehr vorsichtig zu sein. Big Marta wusste über ihn und Annora Bescheid, aber sonst durfte keiner von ihrer Verbindung erfahren. Sollte er je Verdacht schöpfen, dass jemand ihr Verhältnis entdeckt hatte, würde er Annora und Meggie möglichst weit weg von Dunncraig fortbringen, selbst dann, wenn er ein Vogelfreier bleiben müsste und Dunncraig nie mehr zurückbekam.

Nachdem er das passende Holz gefunden hatte, beschloss er, das Treffen, das MacKay verlangt hatte, um noch einmal über die Stühle zu reden, möglichst bald hinter sich zu bringen. Da er sich bemüht hatte, MacKays Gewohnheiten in Erfahrung zu bringen, wusste James, dass der sich bald in sein Arbeitszimmer begeben würde. Er holte das Pergament, auf dem er seinen Entwurf skizziert hatte, und machte sich auch Richtung Arbeitszimmer auf.

Er war nur wenige Schritte von MacKays Allerheiligstem entfernt, als er Donnell und Egan kommen sah. Die beiden waren so in ein Gespräch vertieft, dass sie ihn noch nicht bemerkt hatten. Rasch sah sich James nach einem Versteck um. Egan hätte zwar eine ordentliche Tracht Prügel verdient, aber er wusste, dass der Zeitpunkt dafür ungünstig war. Er wollte Egan einstweilen aus dem Weg gehen, und sei es nur um Annoras Sicherheit willen.

Nun schlüpfte er unbemerkt in die kleine Kammer neben dem Arbeitszimmer, die es früher, als er der Laird von Dunncraig gewesen war, nicht gegeben hatte. Gleich auf den ersten Blick erkannte er den Zweck dieses Raums. Vielleicht diente er auch gelegentlich als Gästezimmer für einen Besucher niederen Standes, doch aller Wahrscheinlichkeit nach hatte sich MacKay hier ein gemütliches Plätzchen eingerichtet, um sich in einer Arbeitspause mit einer Frau zu vergnügen.

Als er sich zu fragen begann, wie lange er sich noch hier aufhalten sollte, vernahm James Stimmen. Er legte seine Skizze auf das schmale Bett und trat näher an die hölzerne Wand, die nachträglich eingezogen worden war, um aus einem Raum zwei Räume zu machen. Es dauerte nicht lange, bis er das Astloch entdeckte, das jedem in der Kammer gestattete mitzuhören, was im Nebenzimmer gesprochen wurde. James presste das Ohr an die Wand. Er fragte sich, ob MacKay diese Stelle absichtlich so gelassen hatte, damit er mitbekam, was nebenan gesagt wurde, wenn andere glaubten, sie seien im Arbeitszimmer unter sich.

»Die Hochzeit wird in einem Monat stattfinden«, sagte MacKay und setzte sich auf einen Stuhl, wie James am Knarren feststellen konnte.

»Habt Ihr es dem Mädchen schon gesagt?«, fragte Egan.

»Nein, noch nicht, und mir wäre es lieber, wenn Ihr es ihr auch noch nicht sagen würdet.«

»Warum nicht? Wir könnten den Monat als Verlobte verbringen. Dann hätte ich die Gelegenheit, ihr zu zeigen, dass sie einen Mann in ihrem Bett braucht. Vielleicht wäre sie dann auch etwas williger, und vielleicht würde sie bald schwanger, was ihre Ablehnung rasch beenden würde. Vermutlich ist sie nicht scharf darauf, ein uneheliches Kind zu bekommen wie ihre Mutter. Schließlich weiß sie, wie sehr ein Mädchen darunter leiden kann.«

»Egan, entweder wir machen es so, wie ich es will, oder gar nicht. Annora ist nicht so fügsam, wie Ihr glaubt. Wenn Ihr Ärger vermeiden wollt, muss die Sache sehr behutsam angegangen werden. Gebt Euch damit zufrieden, dass Ihr sie in einem

Monat heiraten werdet. Und wenn's dich juckt, dann nehmt Euch eben eine der Mägde. Ihr werdet nichts gewinnen, wenn Ihr Euch Annora aufdrängt, bevor Ihr verheiratet seid. Sie würde sich bestimmt nicht stillschweigend in ihr Schicksal fügen, nur weil Ihr ihr die Jungfernschaft geraubt habt.«

»Das habe *ich* getan«, hätte James am liebsten laut verkündet in einer verrückten Zurschaustellung männlichen Stolzes und Besitzanspruchs. Er war wütend, und gleichzeitig hatte er Angst um Annora. Es dauerte eine Weile, bis er sich wieder beruhigt hatte und den Impuls unterdrücken konnte, ins Arbeitszimmer zu stürmen und diesen beiden Männern, die sich so kalt über Annora unterhielten, zu erklären, dass sie nicht mehr zu haben war. Sie gehörte ihm. Zu gern hätte er das den beiden mit seinen Fäusten klargemacht.

Stattdessen ergriff er Holz und Skizze und schlüpfte leise aus der Kammer. Er wollte Annora finden und sie warnen. Allerdings würde er es nicht bei einer Warnung belassen können. Solange er als Holzschnitzer und Tischler unter MacKays Herrschaft arbeitete, als jemand, dem dieser Mann sicher nichts von seinen Plänen erzählen würde, konnte er Annora nicht richtig beschützen. Er musste sie wegbringen, weit weg, an einen Ort, wo Egan sie nicht finden würde. Mit diesem Vorsatz schaffte er seine Sachen in seine Werkstatt und machte sich dann auf die Suche nach Annora.

Als er sich nach erfolgloser Suche ihrem Schlafzimmer näherte, spürte er eine leichte Panik in sich aufsteigen. Nun da Egan wusste, dass MacKay ihm Annora geben wollte, zweifelte James an, dass der Kerl MacKays Rat, Annora nicht mit Gewalt zu erobern, befolgte. Am liebsten hätte James immer ein Auge auf sie gehabt, denn er war sich sicher, dass Egan die nächstbeste Gelegenheit beim Schopf ergreifen würde, sie in sein Bett zu schleppen.

Aus Annoras Schlafzimmer drang ein leises Summen. James erkannte ihre Stimme. Er warf einen letzten wachsamen Blick in den Gang, dann klopfte er leise an die Tür. Zu seiner Erleichterung hatte sie seiner Bitte Folge geleistet und die Tür tatsächlich verriegelt, denn nun entriegelte sie sie hörbar, und er spürte, wie seine Angst um seine Gefährtin ein wenig nachließ.

»Bist du allein?«, fragte er, sobald die Tür einen Spalt offen stand.

»Aye«, erwiderte sie. »Aber ...«

Er schnitt ihr das Wort ab und drängte an ihr vorbei ins Zimmer. Dann verriegelte er die Tür wieder sorgsam hinter sich. »Du musst Dunncraig sofort verlassen«, sagte er und sah sich nach etwas um, in das sie ihre Sachen packen konnte.

»Du willst, dass ich weggehe?«, fragte sie bekümmert. Sollte ihre Beziehung tatsächlich schon so rasch und abrupt zu Ende sein?

»Ich will es nicht, aber du musst, und zwar schnell.«

»Warum?«

James trat zu ihr und nahm sie in die Arme. Er würde sie schrecklich vermissen, und nicht nur, weil sein Bett kalt und leer sein würde. Annora war ein Teil seines Lebens geworden, seiner Hoffnung auf eine Zukunft auf Dunncraig. Sein Plan, zu beweisen, dass MacKay der Mörder war, und sich Dunncraig zurückzuholen, hatte sich nicht geändert, aber Annora war inzwischen ein Teil davon.

»Ich habe gerade gehört, wie MacKay Egan gesagt hat, dass er dich in einem Monat heiraten kann.«

»So bald schon?«, wisperte sie, entsetzt, wie wenig Zeit ihr blieb zu überlegen, was sie nun tun sollte und wohin sie gehen konnte.

Er lehnte sich ein wenig zurück und sah sie an. »Du hast gewusst, dass es dazu kommen würde?«

»Ich habe sie davon sprechen hören, doch Donnell wollte sich nicht auf ein Datum festlegen. Er klang, als würde er noch ein Weilchen brauchen, aber offenbar hat er seine Meinung geändert. Gestern Abend bin ich deshalb so blindlings in dein Zimmer gestürmt, weil ich mitbekommen hatte, wie sie sich darüber unterhielten.« Sie errötete. »Aber dann wurde ich abgelenkt.«

»Du hättest es mir sagen können, sobald du nicht mehr abgelenkt warst.« James wusste nicht recht, ob er sich ärgern sollte, dass sie sich ihm nicht anvertraut hatte, oder ob er nur neugierig war, warum sie es nicht getan hatte.

»Du kannst doch nichts daran ändern, oder? Nicht, wenn du deine Unschuld beweisen und dir Meggie und Dunncraig zurückholen willst. Deine Leute wie auch Meggie haben es bitter nötig, dass du diesen Ort von Donnell befreist.«

»Und du denkst, ich könnte einfach darüber hinwegsehen, dass du einem anderen Mann zur Frau gegeben wirst?«

»Ich habe nicht vor, einem anderen Mann zur Frau gegeben zu werden, aber ich kann auch nicht sofort verschwinden.«

»Das kannst du, und das wirst du. Ich werde dich und Meggie nach Frankreich bringen. Egan kann dir nicht bis dorthin folgen, das würde MacKay nicht zulassen.«

»James, du kannst jetzt nicht weg.«

Annora sah ihm seufzend zu, als er anfing, erregt herumzulaufen. Dass sein Wunsch, sie zu beschützen, so stark war, dass er dafür alles andere ruhen lassen wollte, wofür er gekämpft hatte, rührte sie zwar, aber sie konnte es nicht zulassen. Dunncraig ging unter Donnells Herrschaft zugrunde. Für sehr viele Menschen war es wichtig, dass James seine Burg, sein Land und seinen guten Namen zurückerlangte. In Frankreich würde er das nicht tun können.

»Donnell zerstört Dunncraig«, sagte sie und bemühte sich, ihre Worte dringlich klingen zu lassen. »Er überfällt deine Nachbarn und macht sich viele Feinde, die die Menschen von Dunncraig vernichten werden, weil sie sie für Donnells Leute halten, für Menschen, die Donnell vielleicht sogar bei seinen Überfällen geholfen haben. Beim letzten Überfall ist der älteste Sohn eines Lairds getötet worden. Und es wird mit jedem Tag schlimmer. Ich kann es nicht zulassen, dass du das Leben deiner Leute für meine Sicherheit eintauschst.«

Er drehte sich ihr zu. Beinahe musste er lächeln. MacKay hatte recht, Annora war nicht das süße, fügsame Mädchen, für das Egan sie hielt. In diesem schlanken Rücken steckte Stahl. Besonders rührte ihn, dass sie sich um die Menschen von Dunncraig sorgte. Er hatte bald festgestellt, dass sie sich nicht freiwillig von diesen Menschen fernhielt, und ihre Sorge bestätigte sein Gefühl, dass Annora seine Leute wirklich am Herzen lagen, selbst wenn ihr nicht gestattet war, an ihrem Leben teilzuhaben. Sie war genau die richtige Herrin für Dunncraig.

»Ich könnte dich zu meiner Familie schicken«, sagte er.

Annora setzte sich aufs Bett. »Vielleicht. Ich muss darüber nachdenken.«

James setzte sich neben sie und legte den Arm um ihre Schultern. »Warum musst du darüber nachdenken? Du willst Egan doch bestimmt nicht heiraten, oder?«

»Meistens kann ich es nicht einmal ertragen, im selben Raum mit ihm zu sein. Er ist zwar nicht so verschlagen wie Donnell, doch genauso brutal und grausam. Derartige Gefühle beunruhigen mich sehr, manchmal werde ich richtig krank davon. Aber ich kann nicht einfach verschwinden. Meggie braucht mich hier. Irgendwie werde ich es schaffen müssen, Egan aus dem Weg zu gehen und weiter auf Meggie aufzupassen, bis du Donnell und seine Männer losgeworden bist. Wer auch immer von Donnell beauftragt wird, an meiner Stelle auf Meggie aufzupassen, wird bestimmt nicht gründlich genug darauf achten, Meggie von Donnell fernzuhalten und auch von den Grausamkeiten, die hier fast jeden Tag vorkommen.«

Er war so bewegt von ihrer Fürsorge für seine Tochter, dass er sie küssen musste. Bald lagen beide auf dem Bett, und er war hart vor Verlangen. Etwas zaghaft, denn er wusste noch genau, wie entsetzt seine Frau gewesen war, als er einmal tagsüber versucht hatte, sich ihr zu nähern, wartete er auf ein Anzeichen von Unbehagen oder Ablehnung. Als er Annoras Gewand aufgeschnürt hatte und begann, es abzustreifen, und sie noch immer nichts tat, um ihn daran zu hindern, schlug sein Herz höher.

»Wir müssen wirklich vorsichtig sein«, murmelte Annora, während sie James zusah, der sich aufgesetzt hatte, um sich zu entkleiden. Trotz seiner vielen Narben war er wirklich ein wunderschöner Mann.

»Ich weiß«, sagte er und warf sein letztes Kleidungsstück zur Seite. Dann machte er sich daran, sie ganz auszuziehen. »Ich habe gut aufgepasst, als ich hierher geeilt bin, um dich zu retten, galanter Ritter, der ich nun mal bin.«

Obwohl sie von einem nackten Mann mitten am Tag ausgezogen wurde, konnte Annora nur lachen. »Ausgesprochen galant, aber ich glaube nicht, dass galante Ritter auf diese Weise hübsche Jungfrauen retten.«

»Du kennst das Ende der Geschichte nicht. Eben deshalb riskieren galante Ritter alles, um die Mädchen zu retten. Der Lohn dafür ist zu süß, man kann ihm nicht widerstehen.« Freudig aufseufzend betrachtete er sie in ihrer Blöße, dann legte er sich auf sie und genoss das Gefühl ihrer nackten Körper. »Ich möchte nicht, dass du aus Dunncraig weggehst, aber es ist besser, als zusehen zu müssen, wie du Egan ausgeliefert wirst, oder, schlimmer noch, zu wissen, dass er dich irgendwo erwischt und vergewaltigt hat, und ich ihn nicht aufhalten konnte.«

Annora streichelte seine Wange. »Ich bin ihm seit drei Jahren entwischt, nun werde ich es bestimmt noch ein wenig länger schaffen. Ich habe vor, Dunncraig erst zu verlassen, wenn mir nichts anderes übrig bleibt. Meggie braucht mich, und wenn ich wegmuss, wird sie ganz allein sein, egal, mit wie vielen Kindermädchen Donnell sie umgibt.«

»Big Marta und ich könnten uns auch um sie kümmern«, begann er, doch zu seiner Überraschung hinderte sie ihn mit einem kurzen, heftigen Kuss am Weiterreden.

Annora wusste, dass sie ihr Geheimnis, was Donnell mit Meggie vorhatte, nicht länger wahren konnte. James' Entschluss, auf Dunncraig zu bleiben und um das zu kämpfen, was ihm gehörte, war ins Wanken geraten. Seine Angst um sie rührte sie zwar, aber er musste sie erst einmal beiseiteschieben und erkennen, dass es noch viel mehr gab, was gerettet werden musste. Sie hoffte nur, dass das, was sie ihm jetzt erzählen würde, ihm nicht einen umso stärkeren Grund liefern würde, sie zu packen und mit ihr und Meggie nach Frankreich zu fliehen.

»Meggie muss in den nächsten sieben Jahren sehr gut behütet werden. Donnell hat vor, sie mit Ian Chisholms jüngstem Sohn zu verheiraten.« Sie schlang die Arme um ihn und hielt ihn fest, während sein Körper sich anspannte, als wolle er auf der Stelle losstürmen und Donnell töten.

»Nay!« Mehr brachte James nicht heraus, denn seine Kehle war vor Wut wie zugeschnürt. Wie gern hätte er Donnell sofort erwürgt, doch trotzdem wehrte er sich nicht dagegen, von Annora gehalten zu werden.

»Nay, ist ganz richtig. Aber es ist ein Grund mehr, warum du bleiben und erledigen musst, was du dir vorgenommen hast. Donnell hat es geschafft, dass viele Leute glauben, Meggie sei seine Tochter, und er würde sie bestimmt zurückholen wollen, wenn wir sie aus Dunncraig fortbrächten. Vermutlich würden die Chisholms ihm dabei helfen, denn zweifellos winkt ihnen ein stattlicher Gewinn aus der Verbindung der beiden Familien. Meggies Sicherheit und ihr Glück hängen davon ab, dass du Donnell besiegst und als Laird nach Dunncraig zurückkehrst. Das ist wirklich die einzige Lösung für all unsere Nöte und für die Nöte der guten Leute von Dunncraig. Du kannst dich nicht von deinem Zorn leiten lassen, denn der wird dich auf den falschen Weg führen. Das tut Zorn nämlich immer.«

James lehnte seine Stirn an ihre und versuchte, Kopf und Herz von der Wut freizubekommen, die in ihm tobte – eine wilde Wut und gleichzeitig eine tiefe Angst um sein Kind. Die Angst half ihm schließlich, sich wieder zu fassen. Annora hatte in allen Punkten recht. Der einzige Weg, die beiden zu retten, bestand darin, weiter zu versuchen, alles zurückzugewinnen, was Donnell ihm gestohlen hatte. Es war bitter, dass er dadurch gehindert war, seiner Gefährtin den Schutz zu geben, den er ihr bieten wollte, aber er musste sich wohl oder übel fügen. Letztendlich war es der einzige Weg, Annora und Meggie zu retten.

Bis die Gefahr für Annora zu groß wurde, versprach er sich insgeheim. Er würde nicht zulassen, dass Egan sie bekam, weder vor noch nach der geplanten Hochzeit. Meggie war bis zu ihrer ersten Blutung sicher, und das würde noch Jahre dauern, doch Annora blieb nur ein Monat, bevor sie vor einen Priester geschleift und an einen Mann gebunden werden sollte, der längst am Galgen baumeln müsste. Eine Weile würde er den Dingen ihren Lauf lassen, doch sobald Annora echte Gefahr drohte, würde er sie fortbringen, selbst wenn er sie fesseln und in einem Sack aus der Burg würde tragen müssen. Und Meggie würde bestimmt seine Verbündete werden, wenn sie erfuhr, was Annora drohte, wenn sie bliebe.

Als er in Annoras wunderschöne Augen blickte, sah er dort Angst, aber auch Entschlossenheit. Sie würde bestimmt versuchen, ihm sein Vorhaben auszureden. Deshalb beschloss er, ihr nichts davon zu sagen. Dass sie sich um die Sicherheit der anderen größere Sorgen machte als um ihre eigene rührte ihn zwar, aber er würde es nicht zulassen, dass sie ein zu großes Opfer brachte. Wenn er mit ihr und Meggie nach Frankreich floh, würde das zwar das vorläufige Ende seiner Pläne zur Wiedergewinnung von Dunncraig bedeuten – aber aufgeschoben war nicht aufgehoben. Sobald er die Menschen, die ihm am meisten bedeuteten, in Sicherheit wusste, würde er zurückkehren und es erneut versuchen. Schließlich hatte sein Plan bislang ganz gut funktioniert; bestimmt würde ihm etwas Neues einfallen, was dann ebenso gut klappen würde.

Aber nun würde er sie wohl erst einmal von der ganzen Sache ablenken, von Egan und von Donnells Plänen für sie und für Meggie. Sie war nackt, er war nackt, sie lagen auf einem Bett hinter einer verriegelten Tür, die Pläne für ihre und Meggies Sicherheit konnten warten, jetzt wollte James seine Frau haben.

Annora sah seine Augen glitzern und erbebte. »Haben wir alles besprochen?«, fragte sie und streichelte ihm zärtlich über den Rücken.

»Aye, genug gesprochen, jetzt werde ich uns beide erst einmal von unseren Sorgen ablenken.«

»Ich glaube, das ist eine gute Idee.«

»Ach ja, glaubst du das?«

»Oh ja. Lass dir zeigen, wie gut ich sie finde«, sagte sie mit einer Stimme, die selbst sie stark an das Schnurren einer Katze erinnerte.

Und das tat sie auch, sehr zu James, Freude. Als er danach lang ausgestreckt neben ihr lag und sein Körper noch von der Lust vibrierte, die sie ihm gespendet hatte, wusste er, dass er Dunncraig ohne mit der Wimper zu zucken verlassen würde, wenn er diese Frau an seiner Seite wüsste. Die Vorstellung fiel ihm leichter, wenn er daran dachte, dass er ja später zurückkehren, sich reinwaschen und Dunncraig von Donnell MacKay befreien konnte. Aber wenn es nicht anders ging, würde er mit Annora und seiner Tochter fliehen und keinen Blick zurückwerfen. Allerdings schickte er insgeheim ein Stoßgebet zum Himmel, dass er nicht dazu gezwungen sein würde, denn Annora verdiente es, die Herrin von Dunncraig zu sein, und Dunncraig verdiente sie.

11

Während James auf der gefurchten Straße Richtung Dorf eilte, fragte er sich erneut, warum Edmund ihn hatte rufen lassen. Hatte seine Familie eine Botschaft geschickt? Hatten Edmund oder Ida etwas entdeckt, was diesem Spiel ein Ende machen und ihn endlich wieder als freien Mann auf den Stuhl des Lairds von Dunncraig zurückbringen würde? Doch am wahrscheinlichsten war wohl Ersteres – dass seine Familie sich gerührt hatte, denn er hatte sie über seine Pläne in Kenntnis gesetzt. Er hatte zwar weiter darauf beharrt, dass sie sich fernhielten, aber das hieß noch lange nicht, dass sie seine Anweisung befolgten.

Aus den Augenwinkeln nahm er eine Gestalt war, die sich in einem Hain herumdrückte. Einen Moment lang dachte er, man würde ihn verfolgen.

Seit er erfahren hatte, dass MacKay Annora in einem Monat an Egan ausliefern wollte, hatte er das Gefühl, dass Egan ihn ständig beobachtete. Sein Verstand sagte ihm, wenn das so war, dann wohl deshalb, weil er den Mann vor Annora zu Boden geschlagen hatte. Doch oft genug ließ ihn sein Verstand im Stich, wenn er daran dachte, dass Annora in einer Ehe mit Egan gefangen sein sollte. Und dabei wusste er erst seit zwei Tagen über diesen schändlichen Plan Bescheid. Er wollte gar nicht darüber nachdenken, wie er sich fühlen würde, wenn der Tag der geplanten Hochzeit vor der Tür stand.

Als er stehen blieb und zu dem Hain blickte, stellte er fest, dass er sich nichts eingebildet hatte. Es war tatsächlich jemand dort, ja, es waren sogar zwei Personen – Egan und eine Frau. Der Mann hatte die Frau gegen einen Baum gedrängt und trieb es offenkundig mit ihr, denn Egans Beinlinge waren heruntergerollt, und die Röcke der Frau bauschten sich um ihre Taille. Er rammelte sie so heftig und schnell, dass sie bei jeder Bewegung gegen den Baum schlug. Bei der Grobheit dieses Aktes dachte James unwillkürlich, dass die Frau es vielleicht nicht freiwillig machte und zu einem weiteren Opfer von Egans Trieb geworden war.

Doch als James einen Schritt auf die beiden zuging, drehte die Frau den Kopf, erblickte James und lächelte einladend, gab ihm zu verstehen, dass er sich gerne bedienen könne, sobald Egan fertig war.

James schüttelte angewidert den Kopf und eilte weiter, bevor Egan seinen Blick von den üppigen Brüsten des Weibes heben und ihn entdecken konnte.

Sobald er wieder der Hausherr war, würde er den Keep von all den Huren säubern müssen, mit denen Donnell ihn offenbar bevölkert hatte.

James rief gleich nach Edmund, als er seinen kleinen Laden betrat.

Edmund kam aus der Werkstatt im hinteren Teil des Hauses herbeigeeilt und vergewisserte sich erst einmal, dass James ohne Begleiter oder Verfolger gekommen war. Dann zog er ihn wortlos nach hinten.

Die Sorge wegen der Heimlichtuerei seines Freundes schwand abrupt, als James' Blick auf die zwei Männer fiel, die an einem kleinen, grob gezimmerten Tisch in der Mitte der Werkstatt saßen. Also hatte seine Familie doch nicht seine Anweisung befolgt, sich zurückzuhalten und darauf zu warten, dass er das Geheimnis allein löste.

Tormand Murray war zwar kein Blutsverwandter, aber in allem anderen waren sie wie richtige Brüder. Eric und Bethia Murray hatten James, als er im zarten Alter von einem Jahr verwaiste, zu sich genommen. Kurz nachdem sie hart gegen den Mann gekämpft hatten, der James hatte töten wollen, um sich Dunncraig unter den Nagel zu reißen. James verdankte ihnen nicht nur sein Leben, sondern auch ein sehr gutes Leben; denn jedes Kind, das ihnen geboren wurde, nachdem sie James bei sich aufgenommen hatten, war ihm als Geschwister vorgestellt worden, und er war wie ein Murray großgezogen worden. Nie hatten sie ihn anders behandelt als ihre leiblichen Kinder. Wäre er nicht der Erbe von Dunncraig gewesen, einer Festung, die dem Drummond-Clan gehörte, hätte er seinen Nachnamen in Murray geändert, denn der ganze Clan hatte ihn stets wie ein Murray-Mitglied behandelt. Und im Moment fühlte er sich wie ein großer Bruder, dessen Wünsche von einem jüngeren Bruder missachtet wurden: Am liebsten hätte er Tormand Murray kräftig versohlt.

»Wie ich sehe, fällt es dir noch immer schwer, selbst die einfachsten Befehle zu befolgen«, fauchte er Tormand an. Sein Zorn war deutlich zu hören.

Diese Provokation brachte ihm nur ein breites Grinsen ein, doch gleich darauf wurde Tormand wieder ernst.

»Das hier ist Sir Simon Innes.« Er nickte zu dem anderen Mann hinüber, der rasch aufstand und sich verbeugte. »Er ist ein Mann des Königs, ein durch und durch absolut vertrauenswürdiger Mann.«

»Du hast einen Mann des Königs mitgebracht? Hast du vergessen, dass ich geächtet bin?«

»Simon hat geschworen, das vorerst ebenfalls zu vergessen. Und wenn es uns nicht gelingt, etwas zu entdecken, um deine Unschuld zu beweisen, wird er darüber hinaus auch vergessen, dass er dich je gesehen hat.«

James sah seinen Bruder verständnislos an. »Er will es vergessen?«

»Aye«, erwiderte Simon mit einer Stimme, die überraschend tief war für einen solch schlanken, fast schon dürren Mann. »Das werde ich. In Wahrheit war ich mit dem Urteil nie einverstanden. Ich kenne Sir Donnell MacKay Gott sei Dank nicht sehr gut, jedoch gut genug, um an seinen Worten zu zweifeln. Leider war ich an dem Tag, an dem dieses Urteil unterzeichnet wurde, nicht am Hof. Und ich hege den Verdacht, dass auch dies geplant war.«

»Offenbar war das Schicksal in allen möglichen Momenten gegen mich.«

»Vielleicht dachte das Schicksal, dass du ein wenig Demut vertragen könntest, Bruder«, meinte Tormand gedehnt.

James sah Tormand böse an. »Und vielleicht hat das Schicksal dich hierher geschickt, damit du dir eine ordentliche Tracht Prügel abholst.«

»Setzt euch«, befahl Edmund und stellte einen Krug dunkles Ale und vier von James' kunstvoll geschnitzten Pokalen auf den Tisch.

»Deine Arbeit gefällt mir, James«, lobte Tormand, nachdem sich alle niedergelassen hatten und er den Pokal in seiner Hand betrachtete. »Mutter hat sich sehr über die zwei Becher gefreut, die du ihr zum letzten Michaelistag geschickt hast, auch wenn es ihr lieber gewesen wäre, dich persönlich zu sehen. Diese Geschichte macht ihr ziemlich zu schaffen, du weißt es.«

Nachdem James einen kräftigen Schluck des starken Ales getrunken hatte, um die plötzliche Sehnsucht nach seiner Familie so schnell wie möglich zu ertränken, erwiderte er: »Ich weiß es, aber der Tod folgt mir auf den Fersen. Ich konnte ihn nicht an ihre Tür bringen.«

»Das weiß sie, und sie sagt oft, dass sie sich gern damit abfinden würde, dich nie mehr zu sehen, solange du nur am Leben bleibst.« Tormand grinste. »Natürlich sagt sie unserem Vater auch oft genug, dass sie nicht versteht, warum er nicht einfach nach Dunncraig reitet und MacKay in Stücke hackt.«

James lachte. Er konnte sich gut vorstellen, wie seine zierliche Mutter das sagte, und seinen Vater, der sich in aller Ruhe einverstanden erklärte, dieser Aufforderung gleich am nächsten Tag nachzukommen, wobei beide ganz genau wussten, dass er es nicht tun würde, egal, wie sehr es ihn danach gelüstete.

»Also – was hast du bislang getan, abgesehen von deiner überaus faszinierenden Tarnung?«, fragte Tormand. »Ach, übrigens, hast du *all* deine Haare dunkel gefärbt?«

»Nicht so viel, wie ich gern hätte«, erwiderte James, ohne

auf die zweite Frage einzugehen. »Ich sage mir immer wieder, dass es nur langsam vorangeht, die Wahrheit über einen Mann herauszufinden, der es so geschickt versteht, sie zu verbergen; dass man so etwas einfach nicht beschleunigen kann.«

Simon nickte. »Wenn man auf der Hut sein muss, verzögert sich alles ganz erheblich.«

James murmelte zustimmend und betrachtete Simon Innes, während er sein Ale trank. Die grauen Augen des Mannes sprachen von Intelligenz, und James hatte den Eindruck, dass Simon diese Geistesschärfe auch gut zu nutzen verstand. Er war noch jung für einen Vertrauten des Königs. Obwohl Innes' Züge beinahe etwas Raubtierhaftes hatten, fühlte James, dass er dem Mann ebenso vertrauen konnte, wie es der König offenbar tat. Er fragte sich nur, warum der Mann sich entschlossen hatte, ihm zu helfen; denn damit konnte er den König verärgern, zeigte er doch Zweifel an einer Entscheidung seines Lehnsherrn. James wunderte sich ein wenig, als er sich dabei ertappte, dass er diese Frage laut ausgesprochen hatte. Noch mehr wunderte ihn, dass Simon breit grinste. Das Grinsen ließ ihn weit jünger wirken und seine Züge weicher.

»Der König weiß bereits, dass ich das Urteil nicht mittrage, und er weiß auch warum. Meine Zweifel erregten auch Zweifel in ihm, aber dafür war es dann zu spät. Wenn er ein Urteil einfach zurücknimmt, könnte es ihm als Schwäche ausgelegt werden, und er könnte den Eindruck erwecken, dass er leicht zu überreden sei. So etwas ist nicht ratsam.«

»Ah, nay, natürlich nicht.« James versuchte, den Ärger hinunterzuschlucken, der in ihm aufstieg bei dem Gefühl, seinem traurigen Schicksal überlassen zu bleiben, nur damit der König als stark und entschlusskräftig dastand.

»Doch Eure Verwandten ließen es nicht auf sich beruhen.«

»Nay, das sieht ihnen ähnlich. Sturköpfe, alle zusammen, das sage ich ja schon lange.«

Tormand schnaubte. »Ganz anders als du, stimmt's? Du bist ja so fügsam und lammfromm.«

James ignorierte seinen Bruder. »Also hat man das Urteil aufrechterhalten, obwohl es allem Augenschein nach nicht mehr gerecht war. Aber wie kommt es dann, dass Ihr nun hier seid, um zu sehen, ob Ihr die Wahrheit herausfinden könnt?«

»Nun, was mich angeht – ich benötigte nur eine kleine Einladung«, erwiderte Simon. »Der König und seine Berater hingegen brauchten weitaus mehr. Dass MacKay über die benachbarten Clans herfällt wie über seine private Speisekammer, hat Euch geholfen, auch wenn ich vermute, dass Ihr eine Weile alle Hände voll damit zu tun haben werdet, die aufgebrachten Gemüter zu besänftigen und die Leute zu entschädigen. MacKay hat eine einst friedliche Ecke unseres Landes in ein Schlachtfeld verwandelt. Das ist es, was den König und seine Berater jetzt beunruhigt. Offiziell bin ich nicht hier, und ich habe Euch nicht gesehen und Euch natürlich nie geholfen, aber all das ist mit einem kleinen Nicken und einem Wink des Königs und seiner Berater gebilligt worden.«

»Die Leute am Hof tun nie etwas auf dem direkten und einfachen Weg, stimmt's?«

»Sie können es nicht, und ich glaube, dass die meisten von ihnen nach einer Weile sogar Spaß daran haben. Nun, habt Ihr inzwischen irgendwelche Wahrheiten aufgedeckt, oder besser noch, einen Beweis gefunden, dass MacKay am Tod Eurer Gemahlin schuld ist?«

James zögerte einen Moment. MacKays Plan, Annora mit Egan zu verheiraten, ließ ihm nicht mehr viel Zeit. Wenn er sein Werk weiterhin allein verrichtete, würde das zwar seinen Stolz befriedigen, aber es könnte Annora teuer zu stehen kommen.

Seine Familie vertraute Simon, und das wohl zu Recht, wie James spürte. Kurz wünschte er, Annoras Gabe zu haben, doch dann beschloss er, sich auf das Urteil seiner Familie und seinen Instinkt zu verlassen.

»Als Erstes sollte ich Euch wohl berichten, dass meine Ehefrau höchstwahrscheinlich nicht nur MacKays Geliebte war, sondern auch seine Verbündete. Eine Magd sah Mary bei einem von Donnells Besuchen auf Dunncraig in sein Schlafzimmer gehen und sagt, es sei bald klar gewesen, dass es sich um kein unschuldiges Treffen zwischen Cousin und Cousine handelte. Allerdings weiß ich nicht, wer diese Magd ist, weil sie nur mit der Köchin gesprochen hat, und die musste ihr schwören, keinem zu verraten, woher sie die Geschichte hat. Und zweitens ist Mary höchstwahrscheinlich nicht in besagter Nacht gestorben.«

James war sehr zufrieden über die verblüfften Mienen von Edmund und Tormand. Simon hingegen wirkte nur höchst interessiert.

»Ihr habt sie doch begraben, oder?«, fragte er.

»Ich habe einen völlig verkohlten Leichnam begraben. Nur der Ring, den ich Mary zur Hochzeit geschenkt hatte, und ein paar verbrannte Fetzen des Gewands, das sie trug, als ich sie zum letzten Mal sah, waren noch zu erkennen. Ich ging davon aus, dass es sich um Mary handelte, auch wenn ich nicht wusste, was sie in diesem Cottage eigentlich zu suchen hatte. Inzwischen vermute ich, dass sie sich dort öfter mit ihrem Geliebten traf.«

James hatte sich inzwischen die uneingeschränkte Aufmerksamkeit der drei anderen gesichert. Nun erzählte er ihnen alles, was sich seit seiner Ankunft auf Dunncraig ereignet hatte. Er erzählte ihnen auch, was er mittlerweile herausgefunden und wie er das angestellt hatte.

Edmund unterbrach ihn nur ein einziges Mal, indem er lauthals fluchte, als James ihnen von Donnells Plänen erzählte, Annora mit Egan und die kleine Meggie mit Halbert Chisholm zu verheiraten.

Nachdem er seinen Bericht beendet hatte, verschränkte er die Arme vor der Brust und wartete auf die Meinung der anderen zu seinen Erfolgen oder vielmehr zu dem, was er als Mangel an Erfolgen sah.

»Wie ich sehe, seid Ihr der Ansicht, Ihr hättet bislang noch nicht viel erreicht«, stellte Simon fest, nachdem er kurz über alles nachgedacht hatte. »Aber eigentlich wart Ihr erfolgreich. Big Marta und Annora MacKay zu Verbündeten zu gewinnen, hat bestimmt viel geholfen. Zu viele Männer ignorieren Frauen als Informationsquelle oder hören nur auf diejenigen, die sie zum Plaudern verführen können. Bei solchen Frauen bin ich mir allerdings nie sicher, wie vertrauenswürdig sie sind. So manch ein guter Mann ist dadurch erledigt worden, dass er auf das gehört hat, was eine Geliebte oder Mätresse ihm erzählt hat, um schließlich festzustellen, dass die Frau für seine Feinde gearbeitet hat. Der Mann glaubte, der Verführer zu sein, in Wahrheit war er der Verführte.«

»Annora tut so etwas nicht«, sagte James mit fester Stimme. Er hatte die Warnung in Simons Stimme vernommen, doch er nahm sich vor, sich nicht allzu sehr darüber zu ärgern.

»Sie *ist* eine MacKay, und sie lebt von MacKay, der für ihren Lebensunterhalt sorgt«, erwiderte Simon.

»Sie verabscheut ihn aus tiefstem Herzen und findet es schrecklich, was er Dunncraig antut. Sie hat seinen Anspruch auf Meggie und Dunncraig von Anfang an bezweifelt. Und Big Marta vertraut ihr.«

»Ich und meine Ida ebenso«, warf Edmund ein. »Annora ist eine Waise, und sie ist unehelich geboren, aber aus vornehmem Haus. Das Mädchen hatte nicht viel Einfluss darauf, wohin man sie schickte. Jedenfalls wird sie alles tun, was sie kann, um Lady Margaret zu einem Leben in Sicherheit und Glück zu verhelfen.«

Simon nickte bedächtig. »Dies kann ich als Grund für ihre Hilfe akzeptieren.«

»Aber nicht, dass sie mir hilft, weil sie an meine Unschuld glaubt? Annora war noch jungfräulich, sie war keineswegs eine geübte Hure, die einen Mann mit ihrem Geschick im Schlafzimmer blenden kann.« James hoffte, dass Annora nie zu Ohren kommen würde, wie freimütig er sich über sie geäußert hatte.

»Und trotzdem bleibt sie auf Dunncraig, obgleich ihr Cousin vorhat, sie mit einem brutalen Schwein zu verheiraten?«

»Wie Edmund schon sagte – sie bleibt wegen Meggie. Es wird noch einige Jahre dauern, bis MacKay Meggie mit Halbert Chisholm verheiraten kann, doch Annora will das nicht zulassen. Sie bleibt, weil sie einen guten Plan braucht, einen, der ihre Sicherheit gewährleistet, sie jedoch nicht zu weit weg führt, damit sie Meggie helfen kann, wenn ihre Hilfe gebraucht wird.«

»Dann werden wir ihr vertrauen.«

James wusste nicht, ob er Simons Versicherung glauben sollte, aber er beließ es dabei.

»Habt ihr vor, im Dorf zu bleiben?« Die Frage war an Tormand gerichtet.

»Aye«, erwiderte dieser. »Hier weiß niemand, wer Simon ist, und ich werde versuchen, mich möglichst verborgen zu halten, auch wenn mich Donnell nie getroffen hat und ich unseren Eltern nicht ähnlich sehe.«

»Du hast dieselben verschiedenfarbigen Augen wie Mutter.«

»Nicht ganz. Meine Augenfarben sind sich viel ähnlicher als ihre.«

James fand, dass sich Tormands grünes und blaues Auge deutlich unterschieden, aber er nickte nur, denn er hatte im Moment keine Lust auf einen weiteren Streit. Eine Weile unterhielten sie sich noch darüber, was Simon und Tormand tun konnten, um Beweise für all ihre Vermutungen zu finden. Simon sagte nicht viel, aber was er sagte, verlieh James die Zuversicht, dass der Mann geübt darin war, Geheimnissen auf die Spur zu kommen. Wahrscheinlich war es auch diese Fähigkeit, die ihm geholfen hatte, in so jungen Jahren in die Nähe des Königs zu kommen.

Als James sich zum Aufbruch anschickte, hatte er neue Hoffnung, dass seine Prüfung bald ein Ende haben würde. Er wunderte sich nicht, als Tormand ihm aus dem Laden folgte und ihn hastig in die düstere Gasse zwischen den Läden von

Edmund und der Alebrauerin zog. Tormand konnte seine Gefühle vor anderen zwar recht gut verbergen, aber seine Verwandten spürten fast immer, was in ihm vorging. James hatte es gespürt, dass Tormand noch immer beunruhigt war über Annoras Verwandtschaft mit Donnell, und dieses Unbehagen konnte er ihm kaum vorwerfen.

Er hoffte nur, dass sein Bruder nicht allzu sehr daran festhalten würde.

»Willst du mir noch etwas sagen?«, fragte James ihn.

»Aye, was dieses Mädchen angeht, Annora ...«, fing Tormand an.

»Sie ist die Richtige für mich, Tormand. Bei unserem Clan heißt es doch immer, dass der perfekte Gefährte oder die perfekte Gefährtin auf einen warten.«

Tormand fluchte halblaut. »Bist du dir sicher? Glaubst du denn nicht, dass Mary das war?«

»Nay, das habe ich nie geglaubt, aber ich war es leid zu warten, und ich mochte und begehrte Mary. Ich dachte, sie würde eine gute Gemahlin werden und mir die Kinder schenken, die ich so gerne haben wollte. Ich hätte auf das hören sollen, was so viele Murrays immer wieder sagen, und hätte warten sollen. Aber wahrscheinlich fiel es mir deshalb so schwer, die Sache mit der perfekten Gefährtin zu akzeptieren, weil mir wie jedem Mann die Vorstellung nicht behagte, zu eng mit einer Frau verbunden zu sein, egal, wie viel Lust sie dir auch schenkt.«

Tormand nickte. »Aber jetzt, wo du sie gefunden hast, bist du noch begieriger, deinen Namen reinzuwaschen und Dunncraig zurückzubekommen.«

»Aye, auch wenn ich das früher nicht für möglich hielt. Allerdings geht es mir inzwischen gar nicht mehr so sehr um Rache; inzwischen will ich hauptsächlich deshalb meinen Namen reinwaschen und mein Land zurückbekommen, damit ich Annora an meiner Seite haben kann. Ich denke jetzt vor allem daran, ihr und Meggie ein gutes Leben zu ermöglichen.«

»Dann wollen wir zusehen, dass du das bald machen kannst.

Simon ist der Beste, James. Kaum einer bringt die Wahrheit so schnell ans Licht wie er, und wenn einem Unschuldigen Unrecht widerfahren ist, ist er sogar noch hartnäckiger. Wir werden dieser Sache ein Ende bereiten und zusehen, dass MacKay dort landet, wo er hingehört – an den Galgen.«

Als James nickte und sich endgültig auf den Rückweg nach Dunncraig machte, lehnte sich Tormand an die Mauer von Edmunds Laden und sah ihm hinterher. Er erschrak ein wenig, als Simon plötzlich neben ihm stand, denn er hatte ihn nicht kommen hören.

Unwillkürlich musste er daran denken, dass Simon wahrscheinlich ein sehr gefährlicher Gegner war.

»Glaubst du, es ist richtig, dass er dieser Frau vertraut?«, fragte Simon.

»Es ist ja nicht nur er – auch Edmund und Ida vertrauen ihr«, erwiderte Tormand.

Simon nickte nachdenklich, doch er runzelte die Stirn. »Es widerstrebt mir, einer Frau zu trauen, die sein Bett geteilt hat. Ein Mann lässt sich von sanften Worten und Leidenschaft zu leicht blenden.«

Tormand fragte sich, was Simon wohl passiert war, dass er nur ungern einer Frau vertraute, doch er fragte ihn nicht danach. »James ist felsenfest davon überzeugt, dass Annora MacKay seine ihm vom Schicksal bestimmte Gefährtin ist; die perfekte Frau für ihn, eine, die sein Leben vervollkommnet und seiner Seele Frieden schenkt. Du solltest ihre Ehre lieber nicht noch einmal infrage stellen, denn das wird er nicht hinnehmen.«

»Seine ihm vom Schicksal bestimmte Gefährtin?«

»Aye.« Tormand grinste. »Einem Mann fällt es nicht leicht, so etwas zu verstehen, und ich muss zugeben, auch mir behagt die Vorstellung nicht besonders. Aber viele in unserem Clan sind davon überzeugt, dass es so etwas gibt – für jeden die passende Gefährtin oder den passenden Gefährten. Manche behaupten sogar, dass es schon nach wenigen Momenten und

Worten möglich ist, die Richtige oder den Richtigen zu erkennen. In James fließt zwar kein Murray-Blut, aber streng genommen in keinem aus meiner Familie, weil auch mein Vater ein angenommener Sohn ist. Doch diesen Instinkt scheinen wir alle zu haben.« Er zuckte mit den Schultern. »Wenn ein Mann wie James so schrecklich scheitert mit einer Ehefrau, die auf den ersten Blick ganz passend schien für einen Laird, muss man sich schon fragen, ob nicht viele von uns recht hatten mit ihrer Meinung – dass Mary nicht die passende Gefährtin für James war.«

»Aber Annora MacKay ist es?«
»Zumindest sieht James das so.«
»Dann lass uns beten, dass er recht hat, denn wenn er dieses Gefühl hat, dann wird er ihr bald von uns erzählen.«

Annora war gerade am Einschlafen, als das leise und rhythmische Klopfen, das Zeichen von James, an ihrer Tür ertönte. Sie taumelte aus dem Bett.

Im Dunkeln dauerte es ein Weilchen, bis sie den Riegel zurückgeschoben hatte, aber schließlich schlüpfte James herein, zog die Tür hinter sich zu und verriegelte sie wieder.

Annora hörte nicht auf ihre innere Stimme, die sie leise ausschimpfte. Zweifellos hatte diese Stimme recht, denn ihr Verhalten stand im krassen Gegensatz zu jeder der Warnungen, die ein junges Mädchen auf der Schwelle zur Frau zu hören bekam. Aber sie wollte einfach jeden Moment mit James verbringen, der ihr vergönnt war. Später blieb bestimmt noch genug Zeit, dafür zu büßen.

»Was? Keine brennenden Kerzen und kein Wein, um deinen Mann zu begrüßen?«, neckte er sie, als er sie hochhob und zum Bett trug.

Sie lächelte nur, während er sich rasch auszog und zu ihr ins Bett schlüpfte. Im Handumdrehen segelte auch ihr Nachthemd auf den Boden. James hatte wirklich nicht sehr viel übrig für Zucht und Anstand.

Doch sie beschwerte sich nicht, dass er es so eilig hatte, sie zu entblößen. Es fühlte sich einfach zu gut an, wenn sich ihre nackten Körper aneinanderschmiegten.

»Du scheinst sehr gut gelaunt«, murmelte sie und wand sich ein wenig bei der Lust, die in ihr aufstieg, als er ihre Beine streichelte.

»Bestens gelaunt. Ich konnte es kaum erwarten, zu dir zu kommen und dir die gute Nachricht zu bringen: Mein Bruder und ein Mann des Königs sind im Dorf.«

Annora fand die Nachricht, dass ein Mann des Königs wusste, wo James sich aufhielt, nicht besonders gut. »Ein Mann des Königs? Ist das nicht gefährlich für dich? Er kann doch nicht darüber hinwegsehen, dass du für vogelfrei erklärt worden bist.«

»Er tut es dennoch. Er war mit dem Urteil nie einverstanden, und er denkt, dass dein Cousin wusste, dass er das nicht sein würde, vielleicht sogar wusste, dass Simon dem König und seinen Beratern ausgeredet hätte, mich für vogelfrei zu erklären. Doch offenbar weilte Simon an jenem Tag nicht am Hof.«

»Ach, und du glaubst, Donnell hat das gewusst und hatte es deshalb so eilig, beim König vorzusprechen und zu verlangen, dass du für den Mord an deiner Frau bezahlst?«

»Genau das glaube ich, und auch Sir Simon Innes, der Mann des Königs, ist dieser Meinung. Mein Bruder Tormand und er werden im Dorf bleiben und versuchen, etwas herauszufinden, womit wir beweisen können, dass MacKay derjenige ist, der auf der Flucht sein und sich verstecken sollte.«

Annora hätte gern noch viele Fragen zu diesen neuen Verbündeten gestellt, aber James fing an, ihre Brüste zu küssen, und ihre Fähigkeit, klar zu denken, schwand rapide. Als sie versuchte, beim Liebesspiel aktiver zu werden, nahm er sie an den Handgelenken und drückte ihre Arme seitlich aufs Bett. Sie lag wehrlos unter ihm, doch sie beklagte sich nicht, als er ihre Brüste mit Küssen bedeckte, die harten Spitzen mit seiner

Zunge neckte und an jeder Brust saugte, bis sie dachte, sie würde vor Lust gleich laut aufschreien.

Als er begann, mit Küssen ihren Bauch hinabzuwandern, war sie fast schon erleichtert, denn der Wahn, den er in ihr erregte, verblasste ein klein wenig. Doch auf einmal waren seine Lippen genau dort, wo es sie am heftigsten nach ihm verlangte. Sie verspannte sich ganz kurz, weil diese Berührung sie verwirrte; doch ihr Unbehagen legte sich sofort, als er anfing, sie dort zu küssen und mit seiner Zunge zu necken. Mit jeder Liebkosung wichen Annoras Verlegenheit und Anstand und machten einem wahnwitzigen Verlangen Platz, das ihren ganzen Körper erfüllte und so stark wurde, dass sie zu zittern begann.

Als sie merkte, dass sie sich dem Augenblick der blinden Wonne näherte, rief sie laut nach ihm, denn sie wollte ihn in sich spüren, wenn sie zur Seligkeit getrieben wurde, wohin nur er sie führen konnte. Langsam küsste er sich den Weg zurück über ihren Körper nach oben. In dem Moment, in dem sein Mund sich auf ihren legte, drang er heftig in sie ein. Sie stieß einen wilden Schrei aus und ließ sich von der Lust überwältigen. Jeder harte Stoß steigerte ihre Wonne, in heftigen Wogen schlug der Höhepunkt über ihr zusammen. Sie merkte nur noch am Rande, dass auch er den Gipfel erreichte und ihren Namen ächzte, bevor sie in verzücktes Vergessen versank.

James musste grinsen, als Annora kaum zusammenzuckte, während er sie säuberte. Sie war noch immer so schlaff vor Befriedigung, dass sie völlig benommen war. Er kletterte ins Bett zurück und zog sie an sich. Ihr festes, wohlgerundetes Hinterteil schmiegte sich perfekt an seine Lenden. Er hätte nie geglaubt, dass die stille, süße Annora, die er bei seiner Ankunft auf Dunncraig kennengelernt hatte, sich als eine derart leidenschaftliche Geliebte entpuppen würde. Dass seine Liebeskünste sie vor Wonne an den Rand der Ohnmacht bringen konnten, linderte alle Wunden, die ihm Marys Kälte zugefügt hatte.

Er küsste Annoras Schulter, und sie gab murmelnd ihre Freude kund. »Ich sollte wohl lieber nicht die ganze Nacht hier bleiben«, sagte er.

»Nay, das wäre vermutlich nicht klug.« Annora konnte ihr Bedauern nicht verhehlen. Sie liebte es, wenn sich sein großer, warmer Körper um sie schlang. Ihr Bett würde sich sehr kalt und leer anfühlen, wenn er weg war.

»Ich weiß schon, dass ich mich ganz und gar fernhalten sollte, aber das schaffe ich nicht. Also tue ich eben das Wenige, was mich mein schwacher Wille tun lässt, um dich zu beschützen.«

»Vor Egan?«

»Ich glaube, dass auch dein Cousin nicht besonders erfreut wäre zu hören, wie es zwischen uns steht, oder?«

Schon der bloße Gedanke, Donnell könnte herausfinden, dass sie sich einen Geliebten genommen hatte, ließ sie erzittern. »Nay. Er findet zwar, dass es sein gutes Recht ist, jede Magd zu rammeln, auf die sein Auge fällt, aber allein bei dem Verdacht, dass ich womöglich keine Jungfrau mehr bin, würde er außer sich geraten. Und wahrscheinlich nicht nur deshalb, weil er das Gefühl hätte, ich wäre nun verdorben für Egan. Meinen Beobachtungen nach will Donnell zwar, dass die Frauen, die er begehrt, Huren sind, aber seine weiblichen Verwandten sollen so rein sein wie frisch gefallener Schnee. Es wäre eine persönliche Beleidigung für ihn, wenn sie es nicht mehr wären.«

»Nun ja, viele Männer teilen diese Meinung. Aber ich vermute, Donnells Reaktion darauf, dass du mir Zutritt zu deinem Bett gewährst, könnte tödlich sein.«

Sie drehte sich in seinen Armen um, damit sie ihn direkt ansehen konnte.

»Aye, aber ich denke, er würde eher dich umbringen wollen als mich. Allerdings bin ich mir nicht sicher, ob Egan das auch so sehen würde.«

»Sei still, Mädchen«, meinte er und küsste sie. »Die Gefahr

war von Anfang an da. Wir werden eben sehr vorsichtig sein müssen. Dass du als süße, unschuldige Jungfrau giltst, wird uns ein wenig schützen. Niemand käme auf die Idee, dass du eine leidenschaftliche Frau bist, die einen Mann im Bett in den Wahnsinn treiben kann.«

»Ich glaube, diesen Wahnsinn teilen wir«, sagte sie leise, dann fragte sie: »Also – worüber hast du dich mit deinem Bruder und diesem Simon Innes unterhalten?«

»Darüber, wie ich meinen guten Namen, mein Land und meine Tochter zurückgewinnen kann, und wie sie mir dabei helfen können. Ich denke, vielleicht hat Simon Schuldgefühle, weil er nicht da war, um das Urteil auf Ächtung zu verhindern. Außerdem glaubt mein Bruder Tormand, dass Simon einen ausgeprägten Gerechtigkeitssinn hat, und gerecht ist es bei dieser Sache wahrhaftig nicht zugegangen. Ich habe den beiden alles erzählt, was wir herausgefunden haben, und sie wollen weiterforschen. Ich habe ihnen auch von den Möglichkeiten berichtet, die wir durchgesprochen haben, einschließlich, dass meine Frau mich wahrscheinlich hinterging.«

»Es tut mir leid, dass du den Männern diese Kränkung offenlegen musstest.«

»Ein wenig Beschämung, weil man für einen blinden Narren gehalten wird, ist ein geringer Preis, wenn die zwei den Beweis finden, den ich brauche, um wieder ein freier Mann zu sein.«

»Wenn es dir hilft, über deine Beschämung hinwegzukommen – viele von uns haben sich von Mary täuschen lassen. Ich kannte sie nicht sehr gut, aber alle haben von ihr immer nur als der süßen, scheuen, stillen jungen Frau gesprochen. Eine perfekte Lady, die ihren Platz kannte und all ihre Pflichten geschickt und geduldig erfüllte.« Annora erinnerte sich noch, dass man ihr Mary MacKay oft genug als Vorbild vor Augen gehalten hatte, dem sie nacheifern sollte.

»Weißt du was? Auch wenn ich immer dachte, dass ich genau so eine Frau haben wollte, klingt das, wenn wir uns jetzt darüber unterhalten, ausgesprochen langweilig.« Er grinste breit. »Du hingegen bist eine sehr aufregende Frau. Und außerdem sehr warm.«

Als er anfing, ihren Hals zu küssen, wurde es Annora noch wärmer. »Hast du nicht gesagt, dass du nicht die ganze Nacht bleiben kannst?«

»Das kann ich auch nicht, aber die Nacht ist noch jung.«

Es waren nur noch wenige Stunden bis zum Morgengrauen, aber da seine geschickten Hände ihren Körper rasch wieder in Flammen setzten, beschloss Annora, dass es sehr töricht wäre, James zu widersprechen.

12

»An-no-ra!«

Annora zuckte zusammen, als die klare, kindliche Stimme durch den Wald hallte. Sie merkte, dass Meggie nicht mehr an ihrer Seite war, um ihr beim Moossammeln zu helfen. Einen Moment lang befürchtete sie, dem Kind könnten alle möglichen schrecklichen Dinge zugestoßen sein. Doch als sie aufsprang, wurde ihr klar, dass in Meggies Stimme keinerlei Angst oder Schmerz gelegen hatte.

»An-no-ra!«

»Wo bist du, Meggie?«, rief Annora laut.

»Hier drüben!«

Annora wandte sich in die Richtung, aus der die Stimme des Kindes gekommen war. Endlich entdeckte sie Meggie und stellte erleichtert fest, dass die Kleine gar nicht so weit weg war, wie sie befürchtet hatte. Das Kind stand neben einem riesigen Baum, der fast so viele tote wie lebende Äste hatte. Annora dachte daran, dass sie jemandem davon erzählen sollte, denn dieser Baum würde eine Menge Brennholz liefern. Doch dann schüttelte sie tadelnd den Kopf über sich selbst: In letzter Zeit ließ sie ihre Gedanken zu sehr schweifen. Sie warf Meggie einen strengen Blick zu.

»Margaret Anne Drummond, du weißt ganz genau, dass du nicht allein im Wald herumwandern sollst«, sagte sie möglichst streng, auch wenn ihr die Erleichterung anzuhören war, dass das Kind nicht in Schwierigkeiten geraten war.

»Ich habe etwas gefunden. Komm her und schau es dir an!«

Auf dem Weg zu Meggie überlegte sich Annora, wie sie dem Kind ihren Unmut zu verstehen geben sollte. Normalerweise war Meggie sehr gehorsam und machte ihr kaum Schwierigkeiten, doch sie war auch von einer gewissen Neugier getrieben, die sie oft auf Abwege führte. Im Moment aber war es so wichtig wie nie, dass Meggie in ihrer Nähe blieb. Donnell hatte kein Hehl daraus gemacht, dass er wusste, wie er das Kind gegen Annora einsetzen konnte, und das bedeutete, dass es Egan wahrscheinlich ebenso wusste, und wenn nicht jetzt, dann bald. Außerdem gab es wegen der Überfälle, die Donnell und die Chisholms immer wieder verübten, inzwischen bestimmt viele verärgerte Menschen rund um Dunncraig, die nichts lieber täten, als dem Laird, der ihnen so viel Leid zufügte, eins auszuwischen.

»Sieh nur, Annora, ich habe ein Buch in dem Baum gefunden«, sagte Meggie, als Annora bei ihr angelangt war.

Als Annora das in Leder gebundene Buch in Meggies Hand erblickte, vergaß sie ihre Strafpredigt. Rasch wurde ihr klar, worum es sich handelte – es musste eines der Bücher sein, in die Damen ihre Gedanken oder all die persönlichen täglichen Erlebnisse eintrugen. Nicht viele Frauen waren des Schreibens kundig, sodass solche kleinen Bücher ein seltener Luxus waren. Ein Luxus, den eine Frau wie Mary wahrscheinlich gehabt und auch genossen hatte. Kein Wunder, dass Annoras Hand leicht zitterte, als sie Meggie das Buch abnahm. Hastig dankte sie Gott, dass ihre Bewacher – offenbar gelangweilt davon, Meggie und ihr beim Moossammeln zuzusehen – nicht in Sichtweite waren; denn instinktiv war ihr klar, dass Donnell von dieser Entdeckung besser nichts erfahren sollte.

»Es war in dieses Tuch eingewickelt und steckte in diesem Baum. Ich bin gerannt, und dann bin ich gestolpert und direkt neben dem Loch im Baum hingefallen. Dabei habe ich in das Loch geschaut und das Buch entdeckt. Kannst du mir vorlesen, was darin steht?«

Bei dem schweren, geölten Ledertuch, in das das Buch eingewickelt war, wunderte sich Annora nicht weiter, in welch gutem Zustand es war. Wer auch immer es versteckt hatte, wollte sichergehen, dass es keinen Schaden nahm. Das hieß, dass die Tagebuchschreiberin den Inhalt für wichtig erachtet hatte. So viel Annora wusste, hatte es in den letzten Jahren auf Dunncraig eigentlich nur ein Ereignis gegeben, das es wert gewesen wäre, darüber zu berichten. Das Buch zu verstecken, in dem die Wahrheit festgehalten war, war womöglich das *schlimmste* Verbrechen an James.

Annora schlug das Buch behutsam auf und las die ersten Worte auf der ersten Seite und fühlte ihr Herz stehenbleiben, um dann so heftig zu pochen, dass ihr ganz schwindelig wurde. Das Buch war ein Geschenk von Marys Mutter an Mary zu ihrer Hochzeit oder, wie die Mutter schrieb: *zum ersten Tag deines Lebens als Lady, Gemahlin und – so Gott will – Mutter.*

»Ich weiß nicht, ob das so spannend ist für dich, Meggie«, erwiderte Annora schließlich, verwundert, wie ruhig und gelassen sie klang. Innerlich zitterte sie vor Hoffnung und dem dringenden Bedürfnis, sich zurückzuziehen und das Buch zu lesen. »Es ist ein Buch, in das eine Lady all die Dinge schreibt, die sie jeden Tag macht.« *Und da diese Lady deine Mutter war und sehr wahrscheinlich deinen Vater hintergangen hat, ist der Inhalt mit Sicherheit nicht für deine jungen Ohren bestimmt,* dachte Annora.

»Oh.« Meggie verzog verdrossen das Gesicht. »Warum sollte sich eine Lady die Mühe geben, solche Dinge aufzuschreiben? Es wissen doch ohnehin alle, was sie macht.« Meggie hob das geölte Ledertuch auf und stopfte es in den kleinen Sack, den sie mitgenommen hatte. »Man sollte doch denken, dass sie über interessantere Dinge schreibt.«

»Nun, wenn ich etwas Interessantes in dem Buch finde, werde ich es dir bestimmt erzählen. Ach, übrigens – Meggie, mein Liebes, ich denke, du solltest lieber keinem etwas von diesem Buch sagen, bis ich weiß, wem es gehört und was darin steht. Es ist bestimmt nicht grundlos in einem Baum versteckt worden, und ich möchte erst den Grund herausfinden, bevor wir die Leute wissen lassen, dass du es gefunden hast.«

Meggie verzog das Gesicht, dann nickte sie. »Aye, vielleicht stehen ja auch Geheimnisse darin.«

»Das könnte gut sein, und das würde auch erklären, warum es versteckt worden ist.«

»Ich werde keinem etwas sagen. Kann ich das Tuch behalten, wenn ich sage, dass ich es im Wald gefunden habe?«

»Aye, und das ist ja auch nicht gelogen, du hast es im Wald gefunden. Aber was du darin eingewickelt gefunden hast, solltest du vorerst wirklich verschweigen. Und jetzt komm, wir sammeln noch ein paar Pflanzen, und dann kehren wir nach Dunncraig zurück und waschen uns.«

Es fiel Annora schwer, ruhig zu bleiben, als sie und Meggie sich wieder an die lästige Aufgabe machten, Pflanzen für die Herstellung von Heilmitteln zu sammeln. Seit Donnells Überfällen auf seine Nachbarn gab es viele Wunden zu versorgen. Am liebsten hätte sie sich sofort auf das Tagebuch gestürzt, das sie nun in ihren Beutel gleiten ließ. Sie hatte zwar nur die erste Seite überflogen, aber sie hätte schwören können, dass sie Mary in diesem Buch fühlte. Natürlich hoffte sie, dass sie sich das nicht nur einbildete und sie Antworten auf all die Fragen finden würde, die sie und James hatten. Sie hatten es jedenfalls dringend nötig, endlich auf ein paar Antworten zu stoßen. Sie hoffte nur, dass diese Antworten James nicht noch mehr Leid zufügen würden, als er ohnehin schon erlitten hatte.

»Ich kann ihn das nicht sehen lassen«, erklärte Annora dem Kater, der auf ihrem Schoß saß und schnurrte.

Sie starrte auf das Buch in ihren Händen und fragte sich, was sie jetzt tun sollte. Donnells Pläne waren nur am Rande erwähnt, offenbar war Mary nicht besonders interessiert daran, wie sie das bekam, was sie haben wollte. Aber die Frau hatte immer wieder sehr deutlich erklärt, dass sie James nur geheiratet hatte, weil Donnell es so gewollt hatte. Annora fiel es schwer, sich Donnell als jemanden vorzustellen, der eine Frau so völlig in seinen Bann schlagen konnte, dass sie Dinge tat, wie sie Mary für ihn getan hatte. Für Annora war er nach wie vor ausschließlich der eitle Tyrann, der er nun einmal war. Doch Mary hatte sich in mehreren Einträgen ausführlich darüber ausgelassen, wie ungern sie das Bett mit James teilte. Diese grausamen Worte wollte Annora James nicht lesen lassen.

»Ach, Mungo, ich weiß nicht, was ich tun soll. In diesem Buch wird bestätigt, dass Donnell und Mary ein Liebespaar waren, schon bevor Mary James geheiratet hat. Offenbar hat James nicht gemerkt, dass seine Gemahlin nicht mehr unschuldig war. Vielleicht hat sie ihn auch mit einer List dazu gebracht, es nicht zu bemerken. Aber leider steht in diesem Buch nicht viel darüber, wie sie James loszuwerden planten. Es gibt nur ab und zu einen kleinen Hinweis, und das Buch endet einige Monate vor Marys angeblichem Tod im Feuer. Weißt du was – ich glaube, irgendwo ist noch ein weiteres versteckt.«

Mungo stupste sie mit dem Kopf, und sie folgte dem stummen Befehl und kraulte ihn hinter den Ohren. »Ich denke, ich werde dieses Buch verstecken und mich auf die Suche nach dem anderen machen. Es muss noch ein anderes geben. Nach allem, was ich gerade gelesen habe, war Mary eine Frau, der es sichtlich Freude bereitet hat, all ihren Kummer niederzuschreiben, ob er nun echt war oder eingebildet. Sie hat jede Seite damit vollgekritzelt.«

Vieles war einfach nur das Gejammer eines verwöhnten Kindes, das nicht alles bekommt, was es will, dachte Annora verstimmt. Die meisten Frauen wurden mit Männern verheiratet, die ihre Familien für sie ausgesucht hatten. Immerhin hatte Mary einen Mann bekommen, der jung war und gut aussah, und darüber hinaus an sein Ehegelübde glaubte und es hielt. Er war seiner Frau treu geblieben, obwohl sie oft genug festgestellt hatte, wie abscheulich sie die körperliche Liebe mit ihm fand. Jemand hätte diese Frau einmal kräftig schütteln sollen, um sie zur Vernunft zu bringen, dachte Annora. Doch stattdessen hatte Mary Donnell für ihre große Liebe gehalten, für den besten aller Männer. Und dieser Irrtum hatte sie das Leben gekostet, daran hegte Annora inzwischen nicht mehr den geringsten Zweifel.

Sie legte ihren sanft schnarchenden Kater aufs Bett und beschloss, sich sogleich auf die Suche nach dem anderen Tagebuch zu begeben. Bestimmt hatte Mary auch dieses Buch an einem Ort versteckt, den sie häufig aufsuchte. Warum Mary oft in den Wald gegangen war, oft genug jedenfalls, um dieses schlaue Versteck zu finden, wusste Annora nicht, und es war ihr auch gleichgültig. Aber wenn die Frau oft zu dem Cottage im Wald war, konnte sie dort auch etwas versteckt haben. Dass das Cottage abgebrannt war, hieß nicht unbedingt, dass ein verstecktes Tagebuch das gleiche Schicksal erlitten hatte.

Annora verließ seufzend ihr Schlafzimmer. Ihre Bewacher waren erfreulicherweise nicht zu sehen. Doch sie sorgte sich, wie lange sie wohl brauchen würde, um das andere Tagebuch zu finden, und wie oft sie Gelegenheit haben würde, danach zu suchen. Einen Moment lang geriet ihre Gewissheit ins Wanken, doch dann schüttelte sie den Kopf. Instinktiv wusste sie, dass es noch ein weiteres Tagebuch geben musste und darin die Dinge standen, die James zur Freiheit verhelfen würden. Und sie hatte vor langer Zeit gelernt, ihrem Instinkt zu vertrauen.

Plötzlich fiel ihr ein, wen sie nach Marys Lieblingsorten fragen konnte, und sie eilte nach unten in die Küche. Beinahe hätte sie laut geflucht, als sie um eine Ecke bog und mit Egan zusammenstieß. So rasch sie konnte, entfernte sie sich von der Wand. Sie wollte wahrhaftig nicht noch einmal von Egan an eine Wand oder sonst eine harte Fläche gedrängt werden. Aber ihr momentaner Aufenthaltsort war für alle Augen gut sichtbar, und die Chance, dass jemand vorbeikam, stand recht hoch. Sie hoffte inständig, dass das reichen würde, um Egan davon abzuhalten, sich ihr mit Gewalt zu nähern.

»Wo sind Eure Wachen?«, fragte Egan barsch.

»Ich gehe in die Küche«, erwiderte sie so gelassen wie möglich. »Warum sollte ich dabei Wachen brauchen?« Allerdings befürchtete sie, dass es ihre Wächter teuer zu stehen kommen würde, dass sie sie unbeobachtet hatten herumstreifen lassen, und dass sie danach weitaus wachsamer sein würden – ausgerechnet jetzt, wo sie es so nötig gehabt hätte, dass sie ihre Pflicht zunehmend lockerer nahmen.

Egan kniff die Augen zusammen, offenbar bemüht, sich etwas einfallen zu lassen, um den wahren Grund, warum sie ständig beobachtet wurde, nicht zu enthüllen. Doch den Grund kannte Annora ganz genau: Ihr sollte nichts zu Ohren kommen, was sie veranlassen könnte, Donnells Recht, Laird von Dunncraig zu sein, in Abrede zu stellen. Männer, die etwas zu verbergen hatten, hielten es immer für notwendig, alle um sie herum genau zu beobachten nach einem Hinweis, ob sie etwas von ihren Geheimnissen wussten. Doch natürlich hatten weder Donnell noch Egan ihr das jemals erklärt. Obwohl es sie kränkte, dass die beiden sie für so einfältig hielten, nicht zu erraten, warum sie so sorgfältig bewacht wurde, war sie auch froh darüber. Je weniger Klugheit man ihr zutraute, desto kleiner war die Gefahr, in der sie schwebte.

»Ihr müsst vor den Männern beschützt werden«, sagte Egan schließlich. »Vielleicht wissen ja einige noch nicht, dass Ihr mir gehört.«

»Ich gehöre Euch nicht«, fauchte sie.

»Oh doch, das tut Ihr. Selbst Donnell meint ...«

»Egan, kann ich kurz mit dir reden?«, erklang auf einmal Donnells kalte, harte Stimme. Er trat zu ihnen und bedachte Annora mit einem Blick, als ob er ihr die Schuld an Egans zu freizügiger Rede gäbe. Sie erbebte innerlich. »Hast du nichts zu tun?«, fuhr er sie unwirsch an.

Annora wandte sich stumm ab und eilte in die Küche. James zufolge sollte Egan ihr nicht erzählen, dass sie ihm versprochen war. Offenbar hatte Donnell das Gefühl gehabt, Egan wäre kurz davor gestanden, seinen Befehl zu missachten. Sie bezweifelte, dass Egan wegen dieser Ungebührlichkeit allzu viel zu befürchten hatte, denn er und Donnell kannten sich von Kindesbeinen an und wussten viel zu viel übereinander und über ihre jeweiligen Geheimnisse. Doch die nächsten paar Minuten würden für Egan bestimmt sehr unerfreulich werden. Mit dieser Genugtuung musste sich Annora einstweilen zufriedengeben.

In der Küche musste sie erst eine Weile suchen, bis sie Big Marta gefunden hatte. Weitere kostbare Zeit verstrich, bis sie die Frau überzeugt hatte, sich mit ihr an einen ungestörten Ort zurückzuziehen. Doch schließlich siegte die Neugier der Köchin, und sie führte Annora in ein Kämmerchen im rückwärtigen Teil der Küche, wo die teureren Lebensmittel, Dinge wie Gewürze und gute Weine, aufbewahrt wurden.

»Und worüber wollt Ihr mit mir reden?«, fragte Big Marta. Sie entzündete ein paar Kerzen, dann schloss sie die Tür der Kammer. »Ich wollte gerade ins Bett«, erklärte sie und deutete auf den hintersten Teil des Raums.

Annora machte große Augen, als sie das kleine Bett erblickte. »Du schläfst hier?«

Big Marta zuckte mit den schmalen Schultern. »Das ist leichter, als zurück ins Dorf zu laufen, zu versuchen, in der vollen Kate meines Sohnes zu schlafen, und dann noch vor Sonnenaufgang wieder oben im Keep zu sein. Außerdem riecht es hier besser. Also, was habt Ihr mir zu sagen, was kein anderer hören darf?«

»Eigentlich wollte ich dir ein paar Fragen über Mary stellen«, erwiderte Annora.

»Warum?«

»Ich denke, sie spielte eine große Rolle bei der Ränke, mit der mein Cousin seinen Hintern auf den Stuhl des Lairds hieven konnte.«

»Ach so? Und wie kommt Ihr darauf?«

Annora spürte, dass die Frau ihr etwas zu verheimlichen versuchte und sorgfältig auf ihre Worte achtete. Big Marta wusste etwas über Mary, was sie anderen ganz offenkundig nicht sagen wollte, abgesehen vielleicht von James. Sie musste der Frau wohl mehr erzählen, bevor diese ihr so weit vertraute, dass sie ihr sagen konnte, was sie wusste.

»Meggie hat ein kleines Buch in einem alten Baum gefunden«, sagte sie schließlich.

»Was für ein Buch?«

»Eines, in das Damen gern schreiben, dem sie ihre Geheimnisse anvertrauen und in dem sie sich über ihr Leben und all seine Freuden und Leiden auslassen.«

»Die reine Verschwendung kostbaren Pergaments, würde ich sagen«, brummte Big Marta. »Wenn so eine törichte Frau Geheimnisse hat, dann ist das ja wohl der sicherste Weg, dass jedermann davon erfährt, wenn sie es aufschreibt. Habt Ihr das Buch gelesen?«

»Jawohl, und es hat Mary gehört.« Annora nickte, als Big Marta die Augen aufriss. »Mary und Donnell waren ein Liebespaar, das beweist das Büchlein in schmerzhafter Klarheit.«

»Aye, das waren sie, und wahrscheinlich schon bevor sie den Laird geheiratet hat.«

»Lange vor dieser Zeit.«

Big Marta schüttelte den Kopf und schimpfte leise. »Was für ein blödes Weibsbild! Und wie töricht von ihr, ihre Sünden auch noch aufzuschreiben!«

»Ganz meine Meinung. Doch woher wusstest du, dass Donnell und Mary ein Liebespaar waren?«

»Eine der Mägde hat Mary in Donnells Schlafgemach schlüpfen sehen, und sie hat genug gehört, um zu erkennen, dass die Frau nicht dort war, um nachzufragen, was er zum Abendessen wünschte.«

»Ach du meine Güte! Glaubst du, sie würde auch anderen Leuten erzählen, was sie gesehen und gehört hat?«, fragte Annora. Sie überlegte, ob sie und James die Frau zu James' Bruder und den Mann des Königs führen könnten.

»Nay. Ich musste es ihr mehr oder weniger Wort für Wort aus der Nase ziehen, und das gelang mir nur, nachdem ich ihr schwor, Stillschweigen über die Quelle dieser Kenntnisse zu bewahren. Und jetzt wollt Ihr, dass ich Euch bestätige, was Ihr in diesem kleinen Buch gelesen habt?«, fragte Marta.

»Nay, eigentlich wollte ich Euch etwas ganz anderes fragen: Wisst Ihr, ob Mary irgendwelche Lieblingsorte hatte, Stellen, wo sie hinging, wenn sie ungestört sein wollte?«

»Ihr meint zum Beispiel das Schlafzimmer des Lairds?«, fragte Marta gedehnt.

»Zum Beispiel, auch wenn ich inständig hoffe, dass das, was ich suche, nicht dort versteckt ist. Mir dorthin ungesehen Zugang zu verschaffen, ist nahezu unmöglich. Donnell lässt sein Schlafzimmer bestens bewachen.«

»So ist es eben bei einem Mann mit vielen Geheimnissen, vor allem solchen, die ihn an den Galgen bringen könnten.«

»Aye, das stimmt. Ich glaube, Donnell hat wirklich sehr viele Geheimnisse.«

»Warum wollt Ihr wissen, ob Lady Mary ein paar geheime Stellen hatte, wo sie ungestört Ehebruch begehen konnte?«

»Weil ich denke, dass sie vielleicht ein zweites Tagebuch versteckt hat. Das Buch, das Meggie gefunden hat, endet einige Monate vor Marys Tod.«

Big Marta musterte Annora eingehend, bevor sie erwiderte: »Aye, es gab einige Orte, an die Lady Mary gegangen ist. Nachdem ich jetzt ein bisschen mehr von ihr weiß, vermute ich, dass sie dort ihren Liebhaber treffen konnte, ohne befürchten zu müssen, erwischt zu werden.«

Als Big Marta innehielt und stumm auf ihre Füße starrte, bohrte Annora behutsam nach: »Fallen Euch denn keine mehr ein?«

»Ach, so manche. Ich habe nur versucht, mich an die zu erinnern, die Gelegenheit boten, etwas zu vergraben oder einfach nur zu verstecken. Unten am Bach zum Beispiel – Lady Mary ist oft dorthin gegangen. Dort wird man nicht gesehen, weil am Ufer hohe Bäume stehen. Ich habe sie häufig in diese Richtung weggehen sehen, und wenn ich es mir recht überlege, war das meist der Fall, wenn der Mistkerl auf Dunncraig zu Besuch weilte. Dorthin hätte sie auch nach dem Brand unbemerkt schleichen können.«

Annora dachte eine Weile nach und versuchte, sich vorzustellen, wo man sich am Bach verstecken oder zumindest von Dunncraig aus nicht gesehen werden konnte. Ihr fielen einige solcher Stellen ein, auch wenn sie selbst nur selten in die Nähe von Wasser ging. Sie fürchtete sich vor Bächen und Seen, seit sich ihre Mutter in einem Bach ertränkt hatte. Doch wenn es darum ging, Beweise zu finden, die James helfen konnten, sein Land zurückzugewinnen, würde sie diesen Bach notfalls auf beiden Seiten meilenweit absuchen.

»Dann werde ich mich so bald wie möglich auf die Suche nach Marys geheimen Orten machen«, murmelte sie.

»Glaubt Ihr wirklich, diese Närrin hat noch ein Tagebuch geschrieben?«

»Aye, denn offenbar hat Mary sehr gern Tagebuch geführt. Ich kann mir nicht vorstellen, dass sie damit aufgehört hat, nachdem das erste Buch voll war; danach war sie ja noch etliche Monate am Leben. Wenn das zweite irgendwo in der Nähe des Baches versteckt ist, werde ich es finden. Vielleicht enthält es ja alles, was wir brauchen, um Donnell für seine Verbrechen büßen zu lassen und James wieder auf den Stuhl zu setzen, der ihm rechtmäßig zusteht.«

»Ihr habt nicht vor, ihm das andere zu geben, oder?«

Manchmal war Big Marta sehr scharfsinnig, dachte Annora. Sie seufzte. »Nay. Es enthält nichts, was ihn retten, aber vieles, was ihn verletzen könnte. Mary hat vielleicht bei vielen Leuten den Eindruck erweckt, schüchtern und süß zu sein, aber das, was in diesem Buch steht, weist darauf hin, dass sich hinter ihrer Nettigkeit eine ausgeprägte Grausamkeit verbarg. Ich nehme an, du hast James erzählt, was du von dieser Magd erfahren hast?«

Big Marta nickte. »Aye, wenn auch ungern, denn er war ein guter Gemahl, ein viel besserer, als diese Frau verdiente, selbst wenn sie ihn nicht mit MacKay hintergangen hätte.«

»Darin sind wir uns einig. Er weiß schon, dass sie ihr Ehegelübde mit Donnell gebrochen hat, und ist sich so sicher wie ich, dass sie zu seinem Verhängnis beigetragen hat, indem sie alle in dem Glauben ließ, er habe sie getötet. Ich denke, er braucht nicht zu wissen, dass sie ihn verachtet und darüber hinaus für einen miserablen Liebhaber gehalten hat.«

»Nay, das hat er nicht verdient. Aber seid Ihr Euch wirklich sicher, dass in dem Büchlein nichts steht, was ihm helfen könnte?«

»Ziemlich sicher. Wenn ich sonst nichts finde, werde ich es ihm geben. Vielleicht kann er damit zumindest gegen das Urteil auf Ächtung vorgehen.«

»Das klingt fair. Ihr könnt Euch getrost an mich wenden, wenn Ihr Beistand braucht, um einmal ungesehen aus der Burg zu schlüpfen und Euch am Bach umzusehen. Ich helfe, wo ich kann.«

»Danke. Doch jetzt sehe ich wohl lieber zu, dass ich wieder in mein Schlafzimmer schlüpfe, bevor Egan noch einmal hier herumschnüffelt.«

Annora machte sich eilig auf den Weg zurück in die Sicherheit ihrer Schlafkammer, wobei sie bei jedem Schritt nach Egan Ausschau hielt. Doch als sie an der Tür stand, überlegte sie es sich anders. Es konnte gut sein, dass Egan versuchen würde, in ihre Kammer einzudringen, ob verriegelt oder nicht. Sie war sich nicht sicher, ob die Tür ihm standhalten würde, wenn er entschlossen war, zu ihr zu kommen. Bestimmt würde er wütend sein, weil er von Donnell gerügt worden war, und es sähe ihm ähnlich, ihr die Schuld daran zu geben. Deshalb sah sie sich noch einmal gründlich um und eilte dann zu James' Schlafkammer. Die Entscheidung war ihr ziemlich leichtgefallen, nicht nur, weil sie bei James vor Egan sicher sein würde. Auch wenn sie erst seit Kurzem seine Geliebte war, vermisste sie ihn, wenn er nicht neben ihr lag.

Schon nach einem hastigen, leisen Klopfen ging die Tür auf, und James zog sie in sein Zimmer. Annora wartete, bis er die Tür geschlossen und wieder verriegelt hatte. Einen Moment lang befürchtete sie, dass sie ihre Grenzen überschritten hatte, doch sein breites Grinsen, als er sich ihr schließlich zudrehte, sagte ihr, dass diese Sorge töricht war. Er strahlte richtig vor Freude. Das Unbehagen, das sie an ihm wahrnehmen konnte, kam bestimmt daher, dass sie so viel riskiert hatte, um zu ihm zu gelangen.

»Das war nicht sehr klug von dir, aber ich freue mich zu sehr über dich, um darüber zu klagen«, sagte er.

»Ich hatte die Befürchtung, dass ich vielleicht zu weit gegangen bin ...«, fing sie an.

»Aber nein, Liebes, nie«, fiel ihr ins Wort. »Wenn nicht an jeder Ecke die Gefahr lauern würde, entdeckt zu werden, bestünde überhaupt keine Notwendigkeit zu verheimlichen, was wir teilen.« Er schloss sie in die Arme und küsste sie. »Ich würde wie der größte Hahn im Hühnerhof herumstolzieren und mich vor jedem Mann damit brüsten, dass du mir gehörst.«

»Und vor jeder Frau, dass du mir gehörst?«, konnte sie sich nicht verkneifen zu fragen.

»Keine einzige Frau von hier bis nach London, dieser verfluchten Stadt, würde das je bezweifeln.« Er lehnte sich ein wenig zurück und musterte sie. »Aber mich beschleicht das Gefühl, dass es nicht nur meine charmante und äußerst stattliche Erscheinung ist, die dich heute Nacht hierher geführt hat.«

»Ich wollte mich sicher fühlen«, flüsterte sie.

In James regte sich Wut, auch wenn ihn ihre Worte tief berührten. Wut, weil sie Angst hatte – vermutlich war Egan ihr wieder einmal nachgestiegen. Wie gern hätte er den Mann umgebracht oder zumindest nach Strich und Faden verprügelt, aber das musste warten; diesem Wunsch auf der Stelle nachzugeben wäre momentan einfach zu gefährlich gewesen. Doch dass sie zu ihm kam, um sich sicher zu fühlen, obwohl ihm die Hände genauso gebunden waren wie ihr, berührte ihn so tief, dass er es gar nicht in Worte fassen konnte.

»Dann bleib, mein Liebes, und lass uns ein Weilchen so tun, als stünde in unserer Welt alles zum Besten.«

»So wird es bald sein, James«, sagte sie, während er sie sanft Richtung Bett zog und anfing, ihr Gewand aufzuschnüren.

»Mögen diese Worte von deinen wundervollen Lippen direkt in Gottes Ohr gelangen.«

Annora überließ sich seinen kundigen Händen. Sie liebte ihn so sehr, dass sie vor Verlangen fast verging, aber sie wusste, dass es auch das Bedürfnis nach Sicherheit, Geborgenheit und Glück war, das sie in seine Arme trieb. Bei James fühlte sie sich erwünscht und willkommen. Dieses Gefühl hatte sie in ihrem Leben wahrhaftig nicht oft gehabt. Während er sie vollständig entkleidete und sich dann, ohne sie aus den Augen zu lassen, ebenfalls die Kleider vom Leib streifte, merkte sie, dass sie bei James das Gefühl hatte, wirklich ein Zuhause gefunden zu haben.

Ein Schmerz durchfuhr ihr Herz, doch sie verbannte ihn rasch. Nein, sie wollte sich nichts vormachen, nichts einbilden. Wenn er wieder der Laird von Dunncraig war, würde sie gehen müssen. Sie würde ihm nicht im Weg stehen, wenn er sein und Meggies Leben wieder ordnen würde. Das hieße nämlich, eine Gemahlin zu finden, und zwar eine angemessene Gemahlin, keinen armen, landlosen Bastard. Doch im Moment konnte sie sich die Freude leisten, so zu tun, als sei sie zu Hause, und das Gefühl einfach genießen.

Während die Leidenschaft, entflammt durch James' Berührungen, dem Gefühl seines großen, warmen Körpers und seiner heißen Küsse, ihren Körper überwältigte, fragte sich Annora, wie eine Frau nur so töricht sein konnte wie Mary. Oder so blind. Oder so kalt und verwirrt, dass sie nicht erkannte, welch wunderbarer Liebhaber James war und was für ein Glück sie gehabt hatte, solch einen freundlichen, großzügigen und ehrbaren Mann zum Gemahl zu haben. Die Torheit, die Mary bei der Wahl ihres Geliebten an den Tag gelegt hatte, und ihre Herzlosigkeit gegenüber ihrem Gemahl und ihrem Kind, an dessen Sicherheit und Glück sie offenbar keinerlei Gedanken verschwendet hatte, konnte Annora einfach nicht verstehen.

Jedenfalls würde sie das kleine Buch, das von der ersten bis zur letzten Seite angefüllt war mit unfreundlichen Worten über den Mann, den sie nun in ihren Armen hielt, so lange wie möglich verstecken. Sie hoffte, es vielleicht sogar vernichten zu können, wenn es nicht für den Beweis von James' Unschuld benötigt wurde. An dem Tag, an dem sie James verlassen musste, damit er auf Dunncraig ein neues Leben anfangen konnte, wollte sie das kleine Buch voller vergifteter Worte ins Feuer werfen und zusehen, wie es zu Asche verbrannte. Mary hatte James genug Leid zugefügt. Auch wenn sie ihre unglückselige Cousine fast ein wenig bedauerte, wusste Annora, dass Mary an ihrem traurigen Ende selbst schuld war, und sie verzieh ihr alle ihre Sünden – bis auf zwei: Sie würde ihr nie verzeihen, dass sie Meggie eine schlechte Mutter gewesen war und sie versucht hatte, James zu vernichten.

13

Es fiel Annora nicht leicht, ihre Aufpasser abzuschütteln, weil sie tatsächlich ein weitaus achtsameres Auge auf sie hatten, doch schließlich schaffte sie es doch. Zwei lange Tage waren verstrichen, bevor sie endlich die Gelegenheit fand, unbemerkt zum Bach zu schleichen. Sie hatte vor, die beiden Uferseiten gründlich nach einem möglichen Versteck abzusuchen. Wann sich je wieder eine solche Chance bieten würde, wusste sie nicht, und das Letzte, was sie brauchte, waren zwei stämmige Kerle, die sie bei ihrer Suche beobachteten. Ihre Bewacher hätten Donnell sofort bei ihrer Rückkehr davon berichtet. Annora erbebte bei dem Gedanken, welchen Ärger ihr das einbringen könnte.

Sie vergewisserte sich noch einmal gründlich, dass niemand sie beobachtete, dann schlang sie den alten Kapuzenumhang, den ihr Big Marta geliehen hatte, fester um sich und setzte eilig ihren Weg zum Bach fort. Am Ufer angekommen, starrte sie verzagt auf das Wasser. Der Bach rauschte in seinem felsigen Bett und sah sehr kalt aus, aber er war nicht tief genug, um wirklich gefährlich zu sein. Sie hatte das Gefühl zu schaffen, was sie sich vorgenommen hatte, ohne einen Angstanfall zu bekommen, der sie an ihrem Vorhaben hinderte. Sie überlegte sogar, ob sie ihre Angst vor Wasser eines Tages sogar ablegen könnte, hielt sich aber nicht länger mit dieser Frage auf: Sie hatte jetzt keine Zeit, sich über all ihre Ängste und traurigen Kindheitserinnerungen den Kopf zu zerbrechen.

Als sie an einem schattigen Hain angelangt war, wusste sie, dass sie Marys Platz gefunden hatte. Er befand sich ein paar Yards abseits der Stelle, wo der schmale Pfad, der von der Burg hinunterführte, auf den Bach stieß. Annora spürte mit allen

Fasern, vor einer wichtigen Entdeckung zu stehen. Ihr war zwar klar, dass es töricht war, sich allzu viele Hoffnungen zu machen, doch ihr Instinkt sagte ihr, dass sich Hinweise zu Marys Schicksal in ihrer Reichweite befanden. Sie fragte sich, ob sie auch die *Gabe* hatte, Dinge zu finden. Das *hatte* sie tatsächlich immer sehr gut gekonnt, aber noch nie war es so wichtig gewesen wie jetzt.

Der schattige Hain, den Mary wahrscheinlich häufig aufgesucht hatte, war ein hübscher, von großen, alten Bäumen eingefriedeter Platz. Nicht einmal von Dunncraigs höchstem Turm aus hätte man sie hier sehen können. Der Ort war perfekt, um einen Liebhaber zu treffen, vor allem, wenn man für tot gehalten wurde. Wenn Mary sich entsprechend gekleidet hatte, wäre jeder, der sie getroffen hätte, davon ausgegangen, dass sie eine Magd war, die am Bach ihren Liebsten treffen wollte. Und wer glaubte, sie zu erkennen, hätte wahrscheinlich befürchtet, einen Geist zu sehen.

Zuerst untersuchte Annora jeden der Bäume nach einem Loch im Stamm, ähnlich dem, in dem Meggie das erste Tagebuch gefunden hatte. Zu ihrer großen Enttäuschung musste Annora feststellen, dass es hier nichts dergleichen gab. So einfach sollte ihr die Sache wohl nicht gemacht werden, aber das war ja kaum zu erwarten gewesen. Als Nächstes suchte sie an den über dem Erdboden liegenden Wurzeln der Bäume nach einer kleinen Höhle, in der man ein Buch verstecken könnte, doch auch diese Suche verlief erfolglos.

Sie wollte schon fast aufgeben, als ihr Blick auf zwei große, flache Steine nahe dem Ufer fiel. Sie bildeten eine Art Sitz, auf dem man sich niederlassen und dem Bach zusehen konnte, wie er an einem vorbeisprudelte. Mary hatte sich wohl viel Mühe gegeben – oder einen anderen dazu gebracht –, dafür zu sorgen, dass ihre Röcke nicht feucht und schmutzig wurden. Auf einmal verspürte Annora eine große Sicherheit und erstarrte. Sie kam sich vor wie ein Hund, der seine Beute wittert. Sie kniete nieder, um die Steine genauer zu untersuchen.

Verblüfft von ihrer Kraft, hievte sie einen Stein hoch, doch darunter kamen nur Erde und allerlei krabbelndes Getier zum Vorschein. Rasch ließ sie den Stein fallen und begann, den zweiten hochzustemmen. Sobald es ihr gelungen war, war sie so überrascht von dem, was sie zu sehen bekam, dass sie den Stein sofort wieder fallen ließ. Nur mit großer Mühe gelang es ihr, ihn ein weiteres Mal so weit zu bewegen, dass sie ihn ein wenig zur Seite schieben konnte. Zum Vorschein kam ein teilweise in der Erde vergrabenes, in geöltes Leder eingewickeltes Päckchen, ähnlich dem, das Meggie gefunden hatte.

Annora grub das Päckchen vorsichtig aus, dann schob sie den Stein wieder auf seinen alten Platz zurück. Da sie fürchtete, dass dieses Buch nicht so gut vor Feuchtigkeit und anderen Widrigkeiten geschützt gewesen war, wickelte sie es äußerst behutsam aus. Als sie sah, dass es nahezu so gut erhalten war wie das erste, sprach Annora ein leises Dankgebet. Bevor sie das Tagebuch aufschlug, wusch sie sich die Hände in dem eisigen Bachwasser und trocknete sie sorgfältig an ihren Röcken ab. Dann setzte sie sich auf den Stein, der das Büchlein so lange geschützt hatte, und begann zu lesen.

Als sie ihre Lektüre beendet hatte, legte sie das Tagebuch auf den Schoß und wischte die Tränen von den Wangen, die ihr, ohne zu wissen, warum, gekommen waren. Zwischen all den Klagen und langen, weitschweifigen Darstellungen, triefend von Selbstmitleid, stand die Geschichte eines Verrats. Mary hatte James hintergangen, und Donnell hatte Mary hintergangen. Es war wahrhaftig zum Heulen.

»Törichte Frau«, wisperte sie. »Du hast alles Gute in deinem Leben aufgegeben für einen Mann, der dich nie geliebt hat und dich mit einem namenlosen, ungeweihten Grab entlohnt hat.«

Annora erzitterte bei dem kühlen Wind, der sie plötzlich umwehte. Es hieß immer, man solle über die Toten nicht schlecht reden. Einen Moment lang fürchtete sie, Marys Geist könnte versuchen, mit ihr in Verbindung zu treten. Doch dann sah sie hoch und entdeckte dicke, dunkle Wolken, die rasch den blauen Himmel verdüsterten und einen heftigen Sturm versprachen. Sie stand auf, steckte das Buch in eine in ihren Röcken verborgene Tasche und machte sich auf den Weg zurück zum Keep. Für den Fall, dass jemand sie so allein außerhalb der Mauern ertappte und fragte, was sie am Bach zu suchen habe, blieb sie ab und zu stehen und sammelte ein paar Heilpflanzen. Das wäre eine hinreichende Entschuldigung. Es war so leicht, solche Pflanzen zu finden, dass sie daran dachte, häufiger an den Bach zu gehen und herauszufinden, wie groß die Fülle an Heilpflanzen hier tatsächlich war – vorausgesetzt, sie schaffte es, ihre Angst vor dem Wasser zu bezwingen.

Je näher sie Dunncraig kam, desto mehr Gedanken machte sie sich darüber, was sie James erzählen sollte. Dieses Buch würde sie ihm jedenfalls nicht verheimlichen können, es enthielt die ganze hässliche Wahrheit über Donnells Täuschung und Verrat. Außerdem bewies es, dass James seine Frau nicht getötet hatte. Mary hatte fast noch ein ganzes Jahr gelebt, nachdem James des Mordes an ihr für schuldig befunden und geächtet worden war. Doch da er sich danach hatte verstecken und um sein Leben hatte rennen müssen, würde es ihm schwerfallen zu beweisen, dass er sich nicht in der Nähe von Dunncraig aufgehalten hatte, als Mary ihren letzten Tagebucheintrag machte, der von ihrer Angst erzählte, von dem Mann, den sie viele Jahre geliebt hatte, getötet zu werden. Allerdings schloss Annora aus dem, was James ihr über sein Gespräch mit seinem Bruder und dem Mann des Königs berichtet hatte, dass ihm daraus kaum Schwierigkeiten erwachsen würden. Die Männer, die James' Exil beenden konnten, zweifelten offenkundig schon jetzt an Donnells Aussage. Donnell wurde in dem Tagebuch zwar nur von Marys wachsender Todesangst belastet, dennoch war sich Annora sicher, dass mehr als genug in dem Tagebuch stand, um Donnell aus Dunncraig zu vertreiben.

Sie war so versunken in ihre Gedanken, wie das Tagebuch James helfen konnte, dass sie beinahe mit Donnell zusammengestoßen wäre, als sie den Keep betrat. Sie konnte nur hoffen, dass Donnell den plötzlich aufgekommenen kalten Wind für den Verursacher der Röte hielt, die ihr heiß ins Gesicht schoss. Schließlich war sie nicht nur ein weiteres Mal ihren Bewachern entwischt und hatte sich außerhalb der Mauern herumgetrieben, sondern hatte auch noch ein Büchlein in ihrer Tasche, das sehr wahrscheinlich half, Donnell an den Galgen zu bringen. Es war nicht leicht, einem Mann in die Augen zu sehen, wenn man alles tat, damit er gehängt würde, dachte Annora, selbst wenn er diese Strafe verdiente.

»Wo wart Ihr?«, fragte er und musterte missbilligend ihren Umhang. »Und warum tragt Ihr diesen abgerissenen Lumpen?«

»Ich war im Wald«, erwiderte sie, ohne auf seine Kritik an ihrer Kleidung einzugehen.

»Ohne Eure Wächter. Wieder einmal!«

Der Argwohn in seiner Stimme und in seinem scheelen Blick ließ Annora erzittern, doch sie zwang sich, so ruhig zu wirken wie ein See an einem windstillen Tag. »Ich vergesse gelegentlich, Euren Männern zu sagen, wohin ich gehe.«

»Nun, ich schlage vor, Ihr versucht, das nicht mehr zu tun. Und jetzt kommt mit in mein Arbeitszimmer, wir müssen reden.«

Unheil verkündende Worte, dachte Annora, während sie ihm folgte. Bei jedem Schritt streifte das Tagebuch ihren Oberschenkel und erinnerte sie daran, dass sie ein machtvolles Geheimnis wahren musste. Nur mit großer Mühe konnte sie ihre wachsende Angst verbergen; denn wenn Donnell das Buch fand, wäre ihr Leben in Gefahr. Und außerdem würde James die erste brauchbare Quelle verlieren, die die Wahrheit beweisen konnte, nach der er so eifrig suchte.

In Donnells Arbeitszimmer angekommen, stellte sie sich stumm vor seinen großen Tisch, während er sich dahinter niederließ. Er faltete seine grobschlächtigen Hände auf dem Arbeitstisch und starrte sie wortlos an. So etwas tat er oft. Annora war sich sicher, dass er ihr damit Angst einjagen oder sie beunruhigen wollte. Das gelang ihm auch meist, wenn auch nicht mehr so häufig wie in ihren ersten Monaten auf Dunncraig. Sie begegnete seinem unverwandten Blick mit erzwungener Ruhe.

»Ihr seid inzwischen vierundzwanzig, stimmt's?«, sagte er schließlich.

»Seit zwei Monaten.«

»Höchste Zeit, dass Ihr heiratet, findet Ihr nicht?«

»Ich habe einem Gemahl nichts zu bieten, kein Land, keine Mitgift, nicht einmal eine kleine Truhe mit Wäsche.«

Donnell zuckte mit den Schultern. »Manche Männer lassen sich davon nicht abschrecken.«

Manche Männer heißt wohl Egan, dachte sie. Ihr Magen zog sich zusammen, und sie vergaß das Buch in ihrer Tasche und die Gefahr, in der sie dadurch schwebte. Ihr ging auf, dass sie insgeheim in törichten Momenten, in denen sie die Augen vor der Wahrheit verschloss, gehofft hatte, Donnell würde ihr nicht befehlen, Egan zu heiraten.

»Solche habe ich bisher noch nicht getroffen«, murmelte sie, auch wenn ihr klar war, dass Egan weder Landbesitz noch sonst eine Mitgift von ihr erwartete, sie jedoch auch nicht aus Liebe heiraten wollte. Er wollte sie heiraten, weil er sich dadurch einen Vorteil versprach; ihr war nur noch nicht klar, worin dieser Vorteil bestand.

»Nun, ich habe einen getroffen, und ich denke, Ihr wisst das auch. Egan hat mich gefragt, ob er Euch zur Frau bekommt, und ich habe es ihm gestattet.«

»Er hat mich nie gefragt, und ich hätte es ihm auch nicht gestattet, wenn er es getan hätte.« Obwohl sie sich die größte Mühe gab, ruhig und gelassen zu klingen, mussten ihre Worte ein wenig scharf geklungen haben, denn Donnells Miene verdüsterte sich.

»Ihr *werdet* es ihm gestatten, Cousine.«

»Warum? Warum muss ich diesen Mann heiraten?« Die zornige Röte, die Donnell ins Gesicht stieg, sagte Annora, dass er sie für unverschämt hielt; dennoch wollte sie zu gern wissen, warum er sie zu dieser Heirat zwingen wollte.

»Vielleicht bin ich es einfach wie viele Eurer Verwandten leid, mich um Euch zu kümmern. Egan möchte mir diese Last abnehmen, und ich beabsichtige, es ihm zu gestatten. Glaubt Ihr allen Ernstes, Ihr fändet einen besseren Ehemann als meinen Ersten Mann? Habt Ihr etwa vergessen, wer Ihr seid? Ich erinnere Euch gerne noch einmal daran: Ihr seid nichts weiter als ein armer, besitzloser Bastard. Egan könnte zwar eine weitaus bessere Partie machen, aber er will Euch, und er wird Euch bekommen.«

Annora war klar, dass Donnell absichtlich so grausam war, um ihren Widerstand mit groben Worten niederzuhalten, aber dieses Wissen linderte ihren Schmerz kaum. »Wie Ihr meint, Cousin«, sagte sie bedrückt, denn sie wusste, dass sie nichts mehr tun konnte, um ihn umzustimmen. »Wenn Ihr mich jetzt entschuldigen wollt? Ich muss noch einiges erledigen.« Ohne auf seine Erlaubnis zu warten, machte sie kehrt.

»Wagt bloß nicht, ungehorsam zu sein, Annora! Glaubt mir, Ihr würdet es bitter bereuen. Und versucht, öfter zu den Mahlzeiten in die Große Halle zu kommen. Es wäre gut für die Leute auf Dunncraig, wenn sie Euch und Egan ein paarmal vor der Hochzeit zusammen sehen würden.«

Sie nickte nur und eilte hinaus. Zweifellos sah das wie ein Rückzug aus, aber das war ihr egal. Sie war sich nicht sicher, ob Donnell ihr noch etwas Schlimmeres antun könnte, als ihr Egan zum Mann zu geben. Aber in der Großen Halle aufzutauchen und die Mahlzeiten mit ihrem zukünftigen Gemahl zu teilen, nur um Egan stolz zu machen – darauf würde Donnell lange warten müssen. Diese Folter zu vermeiden war es sogar wert, das Risiko von Prügel auf sich zu nehmen.

Nachdem sie einer unverblümt neugierigen Big Marta den Umhang zurückgegeben und sich vergewissert hatte, dass Meggie froh und munter mit Annie in ihrem Kinderzimmer spielte, eilte Annora in ihre Schlafkammer. Sie musste sich noch umziehen, bevor sie James zeigen konnte, was sie gefunden hatte, eine Sache, auf die sie sich wahrhaftig nicht besonders freute. Sie wollte James nicht wehtun, doch genau das würde sie tun, wenn sie ihm das Tagebuch mit Marys giftigen kleinen Kommentaren über ihn gab, auch wenn es womöglich seine Freiheit bedeutete.

Bevor sie ihr Schlafzimmer verließ, warf sie noch einen Blick auf die Truhe neben dem Bett, in der sie das erste Tagebuch versteckt hatte. Sie fragte sich, ob sie James nicht auch dieses Buch geben sollte. Es ihm vorzuenthalten, kam fast einer Lüge gleich, und das behagte ihr gar nicht. Doch dann schüttelte sie den Kopf und eilte hinaus. In dem zweiten Tagebuch fanden sich alle nötigen Beweise. Es zeigte ausführlich, dass Mary und Donnell jahrelang ein Liebespaar gewesen waren und geplant hatten, alle Welt glauben zu lassen, James habe seine Gemahlin umgebracht. Im Vergleich zum ersten Tagebuch hielten sich die Klagen, wie schwer es Mary gefallen war, James als ihren Gemahl zu ertragen, wie sehr sie sein Liebesspiel angewidert hatte und wie sehr sie sich gewünscht hatte, Donnell möge sie aus dieser Ehe befreien, mengenmäßig in Grenzen. Dennoch waren es der verletzenden Worte zu viele, besonders der, die enthüllten, wie sehr sie die Mutterschaft verabscheute.

Es war schon fast Abendessenszeit, als Annora James endlich fand. Sie hatte schon befürchtet, entdeckt und in die Große Halle geführt zu werden, um mit Egan zu essen. Als sie ein zweites Mal leise an James' Schlafkammer klopfte und er die Tür öffnete, hätte sie beinahe leise geschimpft. Offenbar waren sie mehrmals aneinander vorbeigelaufen. Doch bei seinem Anblick legte sich ihr wachsender Verdruss – er trug nichts bis auf ein strahlendes Lächeln, mit dem er sie willkommen hieß.

»Was wäre, wenn nicht ich vor deiner Tür gestanden hätte?«, fragte sie und lachte leise, als er sie hineinzerrte und die Tür hinter ihr rasch verriegelte.

»Ach, ich wusste, dass du es warst, Liebes« sagte er, hob sie hoch und trug sie zum Bett.

Annora keuchte überrascht auf, als er sie absetzte und anfing, sie zu entkleiden. »James! Ich bin hier, weil ich mit dir reden muss!«, protestierte sie, doch gleichzeitig musste sie lachen, was ihrer Stimme jeglichen Befehlston nahm.

»Reden können wir später.«

Sie setzte zu einem Widerspruch an, doch dann schluckte sie ihn hinunter. Was sie James sagen und zeigen musste, würde ihn verletzen, selbst wenn nur sein Stolz Schaden nahm. Sie war sich nicht sicher, was er wirklich für sie empfand, aber eins wusste sie ganz genau: Er begehrte sie, und sie konnte seine Leidenschaft so steigern, dass er kein vernünftiges Wort mehr herausbrachte. Wenn sie ihn liebte, bevor sie ihm die schlechten Nachrichten überbrachte, würde es den Schmerz vielleicht lindern; denn wenn er dann Marys unfreundliche Worte las, würde er sich noch lebhaft an ihr Liebesspiel erinnern.

»Aye, wir können später reden.«

Sie setzte sich rittlings auf ihn und musterte ihn. Sie wollte ihn so lieben, dass er sich als der schönste, begehrenswerteste Mann fühlte, der je sein Schwert gegürtet hatte. All ihre Sittsamkeit beiseiteschiebend – denn dafür war bei ihrem Vorhaben kein Platz –, küsste sie ihn leidenschaftlich. Er murmelte ihr etwas Ermunterndes zu, doch sie musste nicht ermuntert werden, denn sie hatte eine Mission: Wenn er befriedigt neben ihr liegen würde, würde sein Körper zwar ermattet sein von den Wonnen der Liebe, die sie ihm geschenkt hatte, doch sein Stolz würde ausreichend gestärkt sein, dass er Marys verletzende Worte verkraften konnte.

Als sie ihren Kuss beendete, deutete James an, oben liegen zu wollen, doch sie gab ihm sanft zu verstehen, dass sie dies nicht wollte. Wie sie gehofft hatte, war seine Neugier geweckt, und er gab sich widerstandslos ihrer Führung hin. Ein Wonneschauer begann sie zu durchrieseln, als sie seinen Körper mit Küssen bedeckte, an all ihren Lieblingsstellen, wie seiner breiten Brust und seinem muskulösen, flachen Bauch, verweilend. James schmeckte köstlich, und als er fast zu schnurren begann unter ihrer Liebkosung und sein athletischer Körper unter seiner wachsenden Erregung erbebte, fühlte sie sich unglaublich kühn und wagemutig, und auch ihre Erregung wuchs.

Der Laut, den er von sich gab, als sie seine stolz aufgerichtete, ihre Aufmerksamkeit einfordernde Männlichkeit umging und anfing, das eine seiner langen starken Beine mit ihren Küssen abwärts zu bedecken, ließ sie lächeln. In seinem Stöhnen lagen Enttäuschung und Genuss. Instinktiv wusste sie, dass es seine Lust steigern würde, wenn sie ihn noch ein Weilchen auf das warten ließ, was er sich so offenkundig von ihr erhofft hatte. Er stöhnte überrascht und lustvoll auf, als sie seine Füße küsste und an seinen Zehen knabberte, bevor sich ihr Mund auf seinem anderen Bein auf den Rückweg machte.

Als sie bei seinen Lenden ankam, verspannte sich sein ganzer Körper erneut erwartungsvoll, und diesmal neckte Annora ihn nicht mehr. Sie fuhr langsam mit der Zunge seine Männlichkeit entlang und um die schwach glänzende Spitze. Seine Hüften hoben sich bei der Wucht des Bebens, von dem sein Körper gepackt wurde. Annora brauchte ihre Gabe nicht, um zu wissen, dass sie ihm eine schon fast qualvolle Lust bereitete. Doch genau das hatte sie vor: Sie wollte ihn vor Lust und Verlangen verrückt machen.

James fuhr mit den Fingern durch Annoras dichtes, weiches Haar und drückte sie an sich, während sie mit ihrer Zunge einen wahren Zauber wirkte. Für eine Frau, die noch vor wenigen Tagen unberührt gewesen war, erwies sie sich als die beste Geliebte, die er je gehabt hatte, und er wusste, dass das nicht nur an seinen Gefühlen für sie lag. Er drängte sie leise dazu, ihn in den Mund zu nehmen, und schrie laut auf vor Wonne, als sie es endlich tat und ihn tief in die feuchte Hitze ihrer Mundhöhle zog.

Auch wenn sich sein Körper fast schmerzhaft verkrampfte beim Kampf gegen die Erlösung, genoss er das Geschenk ihrer Leidenschaft, solange er konnte. Schließlich wusste er, dass er ihrer kundigen kleinen Zunge gleich erliegen würde, und drängte sie, ihn zu besteigen. Sie folgte seiner Bitte. Auf ihrem Gesicht und in ihren nachtblauen Augen, die nun fast schwarz wirkten, zeigte sich deutlich ihr hitziges Verlangen. Dass sie ihre Lust allein dadurch, dass sie ihn bis zum Äußersten erregte, so angefacht hatte, wäre ihm fast zum Verhängnis geworden. In dem Augenblick, wo ihr heißer Leib sich um ihn schloss, packte er sie an den weichen, runden Hüften und half ihr, ihn so heftig zu reiten, wie sie wollte und wonach es ihn so dringend verlangte. Seine Erlösung kam viel zu früh und erschütterte ihn mit einer noch nie erlebten Kraft. Aber gleich darauf spannte sich ihr Körper um ihn und schien den Samen, den er in ihr verströmt hatte, begierig in sich aufnehmen zu wollen. Dass sein Samen in ihr aufgehen könnte, verstärkte nur seine Wonne, obgleich es ein tollkühner Wunsch war. Er hatte gerade noch so viel Verstand und Kraft, um sie in seinen Armen aufzufangen, als sie auf seiner Brust zusammenbrach.

Es dauerte eine ganze Weile, bis James wieder zur Besinnung kam. Er lag noch immer auf dem Rücken und Annora ausgestreckt auf ihm. Gedankenverloren streichelte er ihren Rücken. Er vermutete, dass die kleine Bewegung, die sie gemacht hatte, um ihre Körper zu trennen, ihn aus seiner tiefen Entspannung gerissen hatte, doch sie hatte nicht die Kraft gefunden, sich von ihm zu rollen und an ihn zu schmiegen, wie sie es sonst immer tat.

Noch keine Frau hatte ihn auf diese Weise geliebt. Einmal hatte er eine Dirne dafür bezahlt, ihn mit ihrem Mund zu lieben. Die meisten Frauen weigerten sich, so etwas zu tun, denn es galt als die sündigste Spielart der körperlichen Liebe. Plötzlich war er froh, dass er vor Annora noch keine Frau mit dem Mund geliebt hatte, denn jetzt teilten sie etwas ganz Besonderes. Zum ersten Mal in seinem Leben war er froh, dass er nicht die weitreichenden Erfahrungen mit Frauen hatte wie seine Brüder und Cousins. Natürlich war er nicht so unerfahren wie Annora, aber immerhin hatte er seine Jahre als Junggeselle nicht damit zugebracht, munter von einem Bett ins andere zu hüpfen.

Als er sich Annora leicht anspannen spürte, fragte er: »Bist du jetzt bereit zu reden?«

Annora verzog das Gesicht und setzte sich langsam auf. Sie wunderte sich, dass sie das, was sie soeben getan hatte, kaum verlegen machte, aber darüber wollte sie später nachdenken. Diesen herrlichen Moment mit Marys Tagebuch zu verderben, war das Letzte, was sie jetzt tun wollte, aber sie musste ihm endlich zeigen, was sie gefunden hatte.

Er hatte ihre Sorgen wohl gespürt, denn er richtete sich ebenfalls auf und runzelte die Stirn, als sie von ihm abrückte. Sie hüllte sich in ein Laken und machte sich auf die Suche nach ihren Kleidern. Als sie sie gefunden hatte, hob sie ihr Gewand auf und schüttelte es aus. Dann holte sie das Tagebuch aus der Tasche und reichte es ihm.

»Was ist das?«, fragte James. Das Ding in seiner Hand bereitete ihm ein gewisses Unbehagen. Er hatte keine der bei den Murrays verbreiteten Gaben, aber er hatte scharfe Instinkte, und die sagten ihm, dass ihm das, was dieses kleine Buch enthüllen würde, nicht gefallen würde.

»Das Tagebuch von Mary. Es beginnt ein paar Monate, bevor du geächtet und um dein Leben rennen musstest«, erklärte Annora. Es überraschte sie nicht, dass er erblasste, auch wenn in seinen Augen eine gewisse Erwartung stand.

»Hast du es gelesen?«

»Aye, und bedauerlicherweise könnte es dir helfen. Das ist natürlich gut, aber es ist schlimm, dass deine Gemahlin bei allem, was dir zugestoßen ist, ihre Hand im Spiel hatte.« Sie holte einmal tief Luft und begann, sich anzukleiden, als sie sagte: »Die Lektüre wird dir nicht viel Spaß machen, egal, wie sehr sie dir helfen wird.«

James verstand schon nach wenigen Zeilen, was sie gemeint hatte. Er konnte nur noch daran denken, wie blind er gewesen war, nicht zu erkennen, dass seine Gemahlin ihn zutiefst verachtete. Die überraschend groben Bemerkungen, mit denen sie sich über seine Männlichkeit und sein Geschick als Liebhaber lustig machte, kränkten ihn zwar, doch da sein Körper noch erfüllt war von den Wonnen der Liebe, die er mit Annora geteilt hatte, verloren sie einen Großteil ihrer Schärfe. Am Ende seiner Lektüre war er wütend, und zwar nicht nur auf Mary und Donnell, sondern auch auf sich selbst, weil er ein derart blinder Narr gewesen war. Er blickte von dem Buch auf und stellte fest, dass Annora fertig angezogen am Fußende des Bettes saß und ihn wachsam beobachtete.

»Wie konnte ich nur übersehen, dass Mary ein solches ...« Er stockte; die Regeln der Höflichkeit, die ihm in seiner Jugend beigebracht worden waren, machten es ihm schwer, das zu sagen, was er wollte.

»... Miststück war?«, beendete Annora den Satz für ihn und errötete nur ein klein wenig. Es war ein übles Schimpfwort, aber es fiel ihr keine bessere Bezeichnung für diese Frau ein, als sie den Schmerz und die Verwirrung in James wunderschönen Augen sah.

»Aye, ein treuloses ...« – er blickte auf das Buch, dann in Annoras besorgte Augen – »jammerndes kleines Miststück. Wie kommt es, dass ich das nie gesehen habe?«

»Weil sie es dich nicht sehen lassen wollte, James. Selbst in ihrer Familie kannte wohl kaum einer die Mary, die man in diesem Buch entdeckt. Sie war immer süß, ein bisschen schüchtern und sehr, sehr pflichtbewusst. Bestimmt war sie nicht die klügste Frau der Welt, aber sie war schlau, und deshalb schaffte sie es, so zu sein, wie alle es von ihr erwarteten, und schließlich den Lohn für ihr Wohlverhalten einzustreichen. Wahrscheinlich hat sie hinter dem Rücken der Leute, die sie für eine vollkommene Lady hielten, über unsere Dummheit gelacht. Was hast du mit dem Buch vor?«

James stand auf und begann, sich anzukleiden. Sein Zorn wuchs mit jedem Stück, das er anzog. Er wusste, was er mit dem Tagebuch tun musste, so schwer es ihm auch fiel: Er musste es

Tormand und Simon zeigen, und sei es nur, weil einige Leute erwähnt wurden, die die beiden womöglich aufsuchen konnten. Leute, die Donnells Verbrechen weitaus besser bezeugen konnten als die Worte einer Frau, die offenbar ein freudloses Leben geführt hatte. Allerdings war Mary an ihrem Elend zum großen Teil selbst schuld, weil sie immer alles hatte haben wollen und nicht immer bekam, was sie wollte.

Er spürte eine sachte Berührung an seinem Arm und hob den Blick. »Ich muss ins Dorf und mit Tormand und Simon reden«, erklärte er Annora.

»Es ist schon ziemlich spät.«

»Sie müssen das Buch so schnell wie möglich sehen, auch wenn es demütigend für mich sein wird, wenn sie lesen, was meine Frau über mich geschrieben hat.«

Annora nickte nur. Sie spürte eine Menge neue Wut in James. Zweifellos hielt er sich für einen kompletten Narren und musste jetzt auch noch andere ihn so sehen lassen. Darüber hinaus fragte sie sich, ob er seine Frau nicht doch geliebt hatte und dieser Beweis ihres Verrats und ihrer Abneigung ihn nicht doch weit tiefer traf, als er zeigen wollte.

»Pass auf dich auf«, murmelte sie, als er zur Tür ging, fast so tuend, als habe er Annoras Anwesenheit völlig vergessen.

Er blieb stehen, ging zurück und drückte ihr einen harten Kuss auf den Mund, bevor er sich erneut auf den Weg machte. »Pass auch du gut auf, wenn du aus dem Zimmer gehst. Doch ich denke, meine Gemahlin hat auch etwas Gutes getan: Sie hat weitaus mehr aufgeschrieben, als es ratsam für sie gewesen wäre. Vielleicht sind wir Donnell bald los.«

Als die Tür hinter ihm zuging, seufzte Annora auf. Vielleicht waren sie Donnell ja wirklich bald los, doch sie fragte sich, ob es James je gelingen würde, sich auch von dem Geist seiner Frau zu befreien. Ob er sie nun geliebt hatte oder nicht – er hatte sie als seine Ehefrau und als Mutter seines Kindes geachtet –, und er hatte ihr vertraut. Nun hatte er herausgefunden, dass Mary nichts davon verdient hatte. Wie mochte sich diese Erkenntnis wohl auswirken, wenn er erst einmal das Durcheinander von Gefühlen entworren hatte, das sie in ihm gespürt hatte? Momentan war er erfüllt von Wut über Marys Verrat und seine Unfähigkeit, die wahre Mary zu sehen. Doch Wut konnte rasch in Verbitterung umschlagen. Und mit Verbitterung geht oft ein Mangel an Vertrauen in sich und andere einher.

Als Annora aus James' Schlafkammer schlich, begleitete sie die Frage, ob sie jetzt alles verloren hatte, was zwischen ihr und James gut gewesen war, indem sie James den Beweis lieferte, dass Mary und Donnell alles gemeinsam geplant hatten, was ihn dazu gezwungen hatte, drei Jahre als Gejagter zu leben. Wie bitter das wäre, und wie ungerecht! Aber Mary hätte sich wahrscheinlich darüber gefreut, dachte sie, als sie in ihre Schlafkammer schlüpfte. Sie konnte nur hoffen, dass es ihr gelingen würde, ihre Sorgen zu vertreiben und in dieser Nacht ein bisschen Schlaf zu finden.

14

Nun, das ist ja interessant«, meinte Simon gedehnt.

James sah ihn böse mit funkelnden Augen an. Er hatte ein warmes Bett und die ebenso warme Annora verlassen, um Simon und Tormand Marys Ergüsse zu bringen. Sich durch mehrere dunkle Korridore und unterirdische Gänge zu schleichen, um ungesehen aus dem Dunncraig Keep herauszukommen, war auch nicht vergnüglich gewesen. Er hasste enge, dunkle Orte. Simon und Tormand von ihren Frauen weg- und aus ihren warmen Betten im Gasthaus zu holen und sie in dunkler Nacht zu Edmunds Laden zu führen, hatte James ein paar vergnügliche Momente beschert. Doch die lange Warterei, während Simon das Tagebuch sorgfältig las und Tormand es über die Schulter des Mannes mitlas, hatte das Vergnügen geschmälert. Und was in Marys Tagebuch stand, hatte weitaus mehr verdient als ein schlichtes *das ist ja interessant*.

»Es ist doch ein Geständnis, oder?«, fragte James. »Daraus geht doch klar hervor, dass sie eng mit MacKay zusammengearbeitet hat, dass sie noch lebte, als ich als ihr Mörder hingestellt wurde, und dass Donnell sie umgebracht hat, weil sie eine zu große Bedrohung für ihn war.«

»Na ja, es wird klar, dass sie Donnells Geliebte war und dass sie gemeinsam mit ihm den Plan geschmiedet hat, Euch loszuwerden, sodass Donnell Dunncraig als Entschädigung für ihre – angebliche – Ermordung beanspruchen konnte. Diese Entschädigung zu fordern war schlau, das muss ich zugeben. Und ich gebe zu, dieses Buch ist auch ein starker Beweis, dass Eure kleine Gemahlin noch Monate, nachdem Ihr wegen des Mordes an ihr geächtet worden wart, gelebt hat. Aber …«

»Ich hasse dieses Wort«, murrte James.

»Aber«, fuhr Simon fort, »es finden sich darin keine Beweise, dass Donnell sie getötet hat. Natürlich hätte er eine Reihe von Gründen gehabt, und sei es nur, sie zum Schweigen zu bringen«, murmelte er nachdenklich. »Aber Beweise? Nein. Mary befürchtete zwar zusehends, dass er sie töten würde. Doch wenn man dieses kleine Buch gelesen hat, merkt man, dass Mary MacKay Drummond eine Frau war, die das Gefühl hatte, in ihrer Welt müsse einfach alles stimmen, und sie verdiene es, alles zu bekommen, was sie wollte. Und wenn einmal etwas nicht nach ihrem Willen ging, dann war es immer die Schuld der anderen. Wenn ich ehrlich sein soll: Nachdem ich das alles gelesen habe, glaube ich, dass Eure verstorbene Gemahlin ein schrecklich verwöhntes Kind war. Ihr Verdacht, dass Donnell ihr nach dem Leben trachtete, fällt womöglich gar nicht so ins Gewicht.«

James raufte sich fluchend die Haare. Er hatte sich noch immer nicht von dem erholt, was Mary geschrieben hatte. Einen Moment lang hatte er tatsächlich erwogen, das verfluchte kleine Buch mit all den Klagen und dem Geschwafel seiner verstorbenen Frau einfach ins Feuer zu werfen. Am liebsten wäre ihm gewesen, keiner hätte gelesen, was Mary über ihn gesagt hatte. Innerlich krümmte er sich, wenn er daran dachte, wie Mary den Umfang und die Größe seiner Männlichkeit mit der ihres *geliebten* Donnell verglichen hatte. Es verletzte seine Eitelkeit zutiefst, dass Donnell diesen Wettbewerb klar gewonnen hatte.

Wäre er nicht sofort hart geworden bei der Erinnerung, wie Annora mit ihm in dieser Nacht geschlafen hatte, dann wäre er jetzt bestimmt eher verletzt als wütend gewesen. Zweifellos hatte sich Annora deshalb so bereitwillig und eifrig auf ihn eingelassen, obwohl sie anfangs gemeint hatte, sie müsse mit ihm reden. Auch wenn es ihm peinlich war, dass Annora Marys grausame Worte und Klagen gelesen hatte, nahm es dem Irrsinn seiner verstorbenen Frau doch den Stachel, dass Annora ihn vor der Übergabe des Buches zutiefst befriedigt hatte. Wie konnte er sich die erniedrigenden Äußerungen von Mary über seine Männlichkeit und sein Liebesspiel zu Herzen nehmen, nachdem er gehört hatte, wie Annora laut seinen Namen gerufen hatte, nachdem er erlebt hatte, welche Leidenschaft er in ihrem wunderbaren Körper hervorrufen konnte, als sie ihn ritt? Ein Mann, der mit Annora MacKay geschlafen hatte, würde seine Männlichkeit nie mehr infrage stellen, dachte James und war auf einmal ganz zufrieden mit sich, obwohl er Marys Klagen über ihn mit Simon und Tormand hatte teilen müssen.

»Findest du das lustig?«, fragte Tormand.

Abrupt aus seinen Gedanken gerissen, stellte James fest, dass sein Bruder ihn anstarrte, als sei er schwachsinnig. James war froh um den schweren Tisch, an dem sie in Edmunds Werkstatt saßen, und um sein langes Leinenhemd, denn bei den Gedanken an Annora zeigte sein Körper die übliche Reaktion – schließlich musste er eine Menge einsamer Nächte wiedergutmachen, sagte er sich, und blickte wieder auf das Buch, das Simon noch immer in Händen hielt, und zwang seine Gedanken zurück zu Simons recht enttäuschender Reaktion.

»Nay, ich habe nur an den Tag gedacht, an dem ich Donnells Hinrichtung beiwohnen werde«, sagte James. »Also, Simon, meint Ihr, das Büchlein ist wertlos und ich habe Euch völlig umsonst lesen lassen, wie teuer ich meiner lieben Gemahlin war? Habe ich umsonst dem Drang widerstanden, es ins Feuer zu werfen und zuzusehen, dass es zu Asche zerfällt?«

James wunderte sich nicht über seine Verbitterung, denn obwohl Marys Worte ihn nicht mehr verletzen konnten, war ihr Verrat doch völlig unverdient. Vielleicht hatte er sie nicht geliebt, aber er war bereit gewesen, es zu versuchen, und im Gegensatz zu ihr hatte er sein Ehegelübde gehalten. Das war weitaus mehr, als viele andere Männer ihren Ehefrauen boten. Er hegte auch ernste Zweifel, dass Donnell ihr je treu gewesen war.

»Ich würde nicht sagen, dass es wertlos ist«, erwiderte Simon. »Aber es sind eben nur ihre Worte, und Ihr müsst zugeben – wenn man das hier gelesen hat, wird der Glaube an ihre Aufrichtigkeit, ja sogar an ihre Vernunft, auf eine harte Probe gestellt.«

»Aye, ich weiß.« James kratzte sich am Kinn. »Es wundert mich wirklich, dass ich nie erkannt habe, wie kindisch und töricht sie eigentlich war. Erst auf dem Weg hierher, zu Euch, begann ich, eingehender über meine Ehe und meine Gemahlin nachzudenken.« Es hatte wohl nicht viel Zweck, vor Simon etwas zu verbergen, nachdem der Mann des Königs das Tagebuch gelesen hatte. Deshalb fuhr er fort: »Was ich immer für angeborene Züchtigkeit und Schüchternheit hielt, wenn auch selbst für ein behütetes Mädchen ziemlich übertrieben, war in Wahrheit Abneigung, wenn nicht sogar Hass. Mary offenbart das so gut wie auf jeder Seite. Außerdem stellt sie mich als einen Mann hin, der sie ständig schlug. Das könnte natürlich alle, die dieses Tagebuch lesen, zu der Annahme verleiten, dass Donnell rechtens handelte. Ich weiß schon, ich werde darin nicht direkt beschuldigt, doch durch jede ihrer Klagen klingt durch, dass ich ein brutaler Mann bin. Seltsamerweise sagt sie dasselbe aber auch über Donnell, und sie spricht über das Komplott, das er gegen mich ausgeheckt hatte. Ich kann es kaum glauben, dass Ihr das nicht auch aus ihren Worten gelesen habt.«

»Das habe ich genau wie Ihr, weil wir alle ja bereits wissen, dass es der Wahrheit entspricht.«

James fluchte. »Also habe ich meine Zeit vergeudet, als ich Euch das Buch zum Lesen brachte.«

»Nay, ganz und gar nicht. Es wird eine wichtige Rolle spielen bei dem Plädoyer für Eure Unschuld – bei den Anträgen auf Reinwaschung Eures Namens, Rückgabe Eures Landes und MacKays Verurteilung. Aber es wird nur ein Teil und nicht alles sein können: Tormand und ich werden noch einige der Leute aufsuchen, die Mary erwähnt hat, und sehen, ob wir noch ein paar vernünftige Zeugen auftreiben. Leute, die vor den Männern aussagen, die Euch freisprechen können, und vielleicht ein paar der Vorwürfe aus diesem Tagebuch wiederholen, das fällt viel mehr ins Gewicht als Marys bloße Aufzeichnungen.«

James nickte zögernd. Er konnte seine Enttäuschung nur schwer verbergen. Nachdem er sein Ale ausgetrunken hatte, nahm er das Tagebuch wieder an sich und stand auf. »Ihr wisst, wo ihr mich finden könnt, falls Ihr mir etwas zu sagen habt. Annora und ich werden weiter versuchen, etwas Brauchbares auf Dunncraig aufzustöbern.«

Tormand und Simon brachen gemeinsam mit James auf, trennten sich draußen vor der Tür und machten sich auf den Weg zurück ins Gasthaus. Erst als sie es fast erreicht hatten, fragte Tormand: »Ist dieses Tagebuch wirklich so wertlos?«

»Ich habe nur gesagt, dass es nicht reicht, um James aus der Falle zu befreien, die ihm Donnell gestellt hat; das heißt nicht, dass es wertlos ist«, erwiderte Simon. »Aber es reicht eben nicht. Jeder, der das Tagebuch dieser Frau liest, wird ihre Vorwürfe bezweifeln. Ehrlich gesagt, einige könnten sie für James' Beweggrund, Mary zu töten, halten.«

»Es ist kaum zu glauben, dass eine Frau so über James dachte.«

»Ich habe nicht gesehen, dass du das Buch gelesen hast. Woher willst du wissen, was darin steht?«

»Ich verstehe mich ausgezeichnet darauf, über jemandes Schulter mitzulesen. Du hast ja nicht versucht, das Buch vor mir zu verstecken.«

»Und was hältst du von dem Ganzen?«

»Abgesehen davon, dass ich mir wünsche, das Weibsbild wäre noch am Leben, damit ich es erwürgen könnte, hatte ich den Eindruck, dass das Tagebuch genug enthält, um eine Menge Fragen hinsichtlich MacKays Vorwürfen gegen James aufzuwerfen.«

Simon nickte, als sie das Gasthaus betraten und die schmale Treppe ins Obergeschoss zu ihren Kammern hinaufzusteigen begannen, wobei sie sich häufig umsahen, um sich zu vergewissern, dass niemand in der Nähe war, der sie belauschen konnte.

»So ist es, und jetzt werden wir uns bemühen, einige dieser

Fragen zu beantworten. Es gibt hier bestimmt einige Leute, die genug wissen, um uns zur Wahrheit zu führen. MacKay wird in diesem Dorf nicht besonders geschätzt, und seine Rolle bei den Überfällen in dieser Gegend hat seine Beliebtheit wahrhaftig nicht gesteigert. Wir brauchen nicht viel, um seiner Herrschaft ein Ende zu setzen.«

»Na gut, am besten gönnen wir uns jetzt noch ein paar Stunden Schlaf und fangen gleich morgen an, nach den Leuten zu suchen, die Mary erwähnt hat.«

Simon fluchte leise. »Ich hätte das Tagebuch behalten sollen, um sicher zu sein, um wen es sich handelt.«

»Keine Sorge, ich erinnere mich an alle.«

Simon starrte Tormand überrascht an. »Wirklich?«

»Wirklich. Wenn ich etwas lese, brennen sich die elenden Worte in mein Gedächtnis ein, ob ich will oder nicht.«

»Hast du je daran gedacht, Hofmann zu werden, der dem König hilft, die Ordnung zu wahren?«

»Warum? Weil ich ein gutes Gedächtnis habe?« Tormand lachte und schüttelte den Kopf. »Ich glaube nicht, dass ich bei all der Geheimniskrämerei und den Spielchen dort besonders hilfreich wäre. Der Hof ist wie ein riesiges Schachspiel, und im Schach war ich nie besonders gut.« Er öffnete die Tür zu seiner Schlafkammer. Die Frau, die er zurückgelassen hatte, setzte sich auf und lächelte ihn einladend an. »Ich glaube, ich bleibe bei den Spielen, in denen ich mich auskenne und bei denen ich nicht Gefahr laufe, getötet zu werden«, meinte er.

»Frauen zu beschlafen hat schon mehr Männern den Tod gebracht als die Pest«, grummelte Simon, als Tormand die Tür schloss. »Na gut, warten wir's ab, vielleicht änderst du deine Meinung ja noch«, sagte er und ging zu seiner Kammer – nur um festzustellen, dass die Frau, mit der er seinen Spaß gehabt hatte, bevor sie von James gestört worden waren, tief und fest schlief.

***

James war enttäuscht, dass Annora nicht in seiner Schlafkammer auf ihn gewartet hatte. Kurz dachte er daran, zu ihr zu gehen, doch dann beschloss er, dass es besser wäre, sie schlafen zu lassen. Durch seine Gier auf sie setzte er sie beide einem viel zu hohen Risiko aus. Er warf das Tagebuch aufs Bett, entkleidete sich bis auf seine Unterhose und wusch sich.

Dunncraig auf lang ungenutzten Wegen zu verlassen war eine ziemlich schmutzige Angelegenheit gewesen, und auf demselben Weg in den Keep zurückzukehren hatte sein Äußeres noch verschlimmert. Am liebsten hätte James ein ausgiebiges, heißes Bad genommen, doch auf diesen Luxus würde er wohl noch eine Weile verzichten müssen. Männern, die Stühle für den Laird schnitzten, wurde kein heißes Wasser in die Schlafkammer zum Baden gebracht. Die meisten Kunsthandwerker bekamen nicht einmal einen eigenen Schlafraum. Das kalte Wasser aus dem Krug vom Waschgeschirr auf dem kleinen Holztisch musste genügen.

Er war gerade dabei, sich die Arme abzutrocknen, als die Tür zu seiner Kammer knarrend aufging, und er erstarrte. Abgelenkt, mit seinen Gedanken fixiert darauf, wonach er noch suchen konnte, um MacKay zu Fall zu bringen, hatte er offensichtlich vergessen, die Tür zu verriegeln. Schon als er sich umdrehte, war ihm klar, dass es nicht Annora war, die auf Zehenspitzen in seine Schlafkammer geschlichen kam, und sei es nur, um eine Bemerkung über die unverriegelte Tür zu machen. Er war nicht wirklich überrascht, Mab zu erblicken, die dastand und ihn anstarrte, aber er war extrem verärgert über seine Torheit.

Während Mab ihn mit offenem Mund begaffte, vergeudete James keine Zeit für eine Erklärung, warum sein Haar von der Taille aufwärts braun und von der Taille abwärts rot war. Er stürzte sich auf die Frau, schlang die Arme um sie und zog sie von der Tür weg. Obwohl sie um sich schlug, gelang es ihm, die Tür leise zu schließen. Mab erwies sich als kräftige und auch ziemlich unfaire Kämpferin, doch James schaffte es, sie auf sein Bett zu verfrachten und zu fesseln, ohne dabei allzu viele Schläge abzubekommen.

Als es aussah, als habe sie sich von ihrer Verblüffung soweit erholt, um zu schreien, legte er ihr die Hand auf den Mund. Die andere ballte er zur Faust und hielt sie ihr drohend vor die Nase. Mab sah aus, als würde sie ihm glauben, dass er sie, ohne zu zögern, schlagen würde. In ihrer Miene lagen Zorn und Angst. Offenbar erwartete sie von Männern, grob behandelt zu werden. Einen flüchtigen Moment lang verspürte James ein gewisses Mitgefühl, doch das unterdrückte er rasch. Mab konnte und würde ihr zufällig erworbenes Wissen verwenden, um ihre Stellung auf Dunncraig zu verbessern, ohne auch nur einen einzigen Gedanken an die Folgen zu verschwenden. Und genau das würde sie bestimmt auch tun.

»Was hast du hier zu suchen?«, fragte er barsch. »Hat Egan dich geschickt?« Er nahm die Hand so weit von ihrem Mund, dass sie ihm eine Antwort geben konnte. Falls sie noch einmal versuchen sollte zu schreien, hätte er das jederzeit unterbinden können.

»Ich bin nur gekommen, um zu sehen, ob Ihr Eure Meinung geändert und vielleicht doch Lust auf ein bisschen Spaß im Bett habt«, erwiderte Mab. »Ich dachte, womöglich hätten Euch einige kalte Nächte allein im Bett umgestimmt.«

Welch schlechte Lügnerin, dachte er ein wenig verwundert. Den meisten Frauen in ihrer Lage gingen Lügen glatter von den Lippen.

»Egan hat dich geschickt, stimmt's? Ich habe deine Angebote viel zu oft ausgeschlagen, von dir aus hättest du es nicht noch einmal versucht. Selbst du besitzt einen gewissen Stolz. Warum hat er dich geschickt? Was geht es ihn an, ob ich meinen Spaß im Bett habe oder nicht?« James hatte das dumpfe Gefühl, dass Egan den Verdacht geschöpft hatte, Annora würde an einem Mann Gefallen finden und dass dieser Mann nicht er war. Bei einem Mann wie Egan konnte ein solcher Verdacht tödlich sein.

»Warum sollte ein Mann wie Egan sich darum scheren, was Ihr nachts treibt?«

»Du solltest mir lieber meine Fragen beantworten, Mab. Ich bin weder für meine Geduld noch für meine Freundlichkeit bekannt. Zwar schlage ich Frauen nur ungern und tue ihnen nur ungern weh, aber glaub bloß nicht, dass ich es nicht doch tun würde, und zwar ohne zu zögern. Jetzt sag mir ehrlich, warum du hier bist!«

»Wenn ich das tue, wird er mich schlagen. Vielleicht bringt er mich sogar um.«

»Glaubst du etwa, das würde ich nicht, wenn du mir nicht sagst, was ich hören will?«

Während James sah, wie die Frau nachdachte, stieg Panik in ihm auf. Instinktiv wusste er, dass Mabs Besuch, der zu einem solch ungünstigen Zeitpunkt erfolgt war, etwas mit Annora zu tun hatte. Er fürchtete, dass seine Geliebte, seine Gefährtin in großer Gefahr schwebte. Er musste sich zwingen, die Wahrheit nicht aus Mab herauszuschütteln, denn er hatte das schreckliche Gefühl, dass ihm die Zeit davonlief, die ihm blieb, um Annora zu retten und sie beide aus Dunncraig und in Sicherheit zu bringen. Dass Mab entdeckt hatte, dass er ein anderer war, als er zu sein vorgab, und damit sein Plan vereitelt war, etwas aufzudecken, was Donnell an den Galgen brachte, beunruhigte ihn nicht einmal besonders. Ihn beunruhigte aber, dass Egan wahrscheinlich hinter Mabs Besuch steckte.

»Egan glaubt, dass Ihr versucht, dieses alberne Kindermädchen Annora zu umwerben, und er wollte dafür sorgen, dass Ihr mit einer anderen Frau beschäftigt seid. Er war sich sicher, dass ich das richtige Händchen dafür hätte.«

Offenbar hielt sich Mab für eine sehr geschickte Liebhaberin, und vielleicht war sie das ja auch, aber James hatte sie kein einziges Mal in Versuchung führen können. »Hat Egan vor, heute Nacht um Annora zu werben?«

»Na ja, ich glaube schon. Und warum auch nicht? Er wird

sie heiraten«, grummelte Mab, wobei die Verbitterung in ihrer Stimme deutlich zu hören war.

James knebelte Mab rasch mit dem Leinentuch, mit dem er sich abgetrocknet hatte, dann zog er sich hastig an und packte seine wenigen Habseligkeiten. Was immer in dieser Nacht noch passieren würde, er musste Dunncraig so schnell wie möglich verlassen. Derjenige, der Mab befreite, würde zweifellos alles über den Mann erfahren, der zur Hälfte braunhaarig und zur Hälfte rothaarig war. Eine Frau wie sie konnte ein solch pikantes Geheimnis nicht lange für sich behalten. Sobald sie ihre Geschichte herumerzählte, würde er wieder ein Gejagter sein. Bevor die Jagd jedoch begann, musste er Annora und Meggie in Sicherheit bringen.

Annora streckte sich und rieb sich den Rücken. Sie hatte zu lange versucht, im schlechten Licht der wenigen Talgkerzen Kleider zu flicken und darauf zu warten, etwas von James zu hören. Schließlich schien es ihr töricht, noch mehr Schlaf zu verlieren. Morgen würde James zweifellos einen Weg finden, mit ihr zu sprechen. Zumindest hoffte sie das; sie befürchtete nämlich noch immer, dass das Gift, das in Marys Tagebuch steckte, dem, was sie und James teilten, schaden könnte. Ihr war zwar klar, dass das, was sie teilten, nicht für immer und ewig war, aber die Vorstellung, dass es aufgrund der grausamen Worte einer treulosen Gemahlin vielleicht schon viel zu bald enden sollte, war ihr unerträglich.

Während sie sich auszog, stiegen Sorgen in ihr auf, dass James etwas zugestoßen sein könnte. Egan hatte nie aufgehört, James wütend anzufunkeln, wann immer er ihm begegnete. Vielleicht packte Egan die Gelegenheit beim Schopf, James etwas anzutun, wenn er ihn allein im Dunkeln herumlaufen sah? Sie hielt inne und beschloss, dass es nicht schaden konnte, sich rasch zu vergewissern, dass James von seinem Gespräch mit Sir Simon und Sir Tormand unversehrt zurückgekehrt war.

Eine kleine Stimme in ihrem Kopf mahnte sie, das lieber

nicht zu tun, doch Annora hörte nicht auf sie. Sie schnürte ihr Gewand gerade so weit zu, dass es nicht von den Schultern fiel, und entriegelte die Tür. In dem Moment, als sie sie öffnete, wünschte sie inständig, sie hätte auf die kleine Stimme gehört: Auf der Schwelle stand Egan und grinste breit.

Annora versuchte, ihm die Tür vor der Nase zuzuschlagen, doch er war schnell und stark. Er stieß sie zurück ins Zimmer, trat ein und warf die Tür hinter sich zu. Einen Moment lang hoffte Annora, der Lärm würde jemand dazu bringen nachzusehen, was los war, doch diese Hoffnung verflog rasch. Selbst wenn jemand käme, um nach ihr zu sehen, konnte sie nicht erwarten, gerettet zu werden. Niemand auf Dunncraig würde sich gegen Egan stellen.

»Ihr müsst jetzt gehen!«, herrschte sie ihn an und wich aus, als er auf sie zukam. »Das ist nicht richtig. Ich bin ein anständiges junges Mädchen, und kein Mann sollte sich um diese Zeit in meiner Schlafkammer aufhalten, und ganz bestimmt nicht allein mit mir.«

»Ich bin Euer Verlobter, ich habe alles Recht der Welt, hier zu sein«, erwiderte er barsch.

»Wir sind noch nicht verheiratet, Egan, und ich weiß nicht, ob wir es je sein werden. Ich will Euch nicht heiraten.« Sie schrie schmerzerfüllt auf, als er sie so hart ohrfeigte, dass sie gegen das Bett taumelte.

»Ihr werdet mich heiraten, Mädchen, und jetzt werde ich dafür sorgen, dass Ihr Euch ohne Widerrede fügt.«

»Indem Ihr mich schlagt?«

»Nein, indem ich Euch zeige, wie es ist, einen Mann im Bett zu haben. Ihr habt viel zu lange an Eurer Keuschheit festgehalten.«

Beinahe hätte sie erwidert, dass sie diese Keuschheit vor einigen Nächten aufgegeben und jeden Moment genossen hatte. Doch ihr gesunder Menschenverstand hielt sie davon ab. Wahrscheinlich würde Egan sie dann so verprügeln, wie sie noch nie verprügelt worden war. Er wollte sie unberührt, und sie würde es bitter büßen müssen, wenn er herausfand, dass sie es nicht mehr war. Solche tollkühnen Worte würden nicht nur sie gefährden, sondern auch James. Sie sollte jetzt nur noch an Flucht denken. Doch Egan stand breit zwischen ihr und der Tür.

Bevor sie noch etwas einwenden konnte, packte er sie und warf sie aufs Bett. Annora schrie leise auf vor Furcht und Bestürzung, als er begann, ihr die Kleider vom Leib zu reißen. Jedes Mal, wenn sie versuchte, ihn aufzuhalten, oder auch nur sich an ihren Kleidern festzuhalten, die er ihr grob vom Leib zerrte, ohrfeigte er sie, und bald befürchtete sie, wenn sie sich weiter wehrte, das Bewusstsein zu verlieren, bevor sie eine Chance hatte, den Angriff zu vereiteln. Es war jedoch schwer, den Widerstand aufzugeben, da sie größere Angst vor der geplanten Vergewaltigung hatte als vor dem Schmerz, den er ihr jetzt zufügte.

Da es in ihren Ohren von Egans letztem Schlag auf ihren Kopf sauste, war sie sich nicht sicher, was sie hörte, doch es klang, als wäre die Tür zu ihrer Schlafkammer plötzlich aufgegangen und gegen die Wand geknallt. Aber sie glaubte nach wie vor nicht, dass jemand auf Dunncraig versuchen würde, Egan aufzuhalten. Doch dann wurde er plötzlich von ihr fortgerissen. Annora sah, wie sein Körper quer durch den Raum flog und gegen die Wand knallte, bevor sie aufschaute, um festzustellen, wer diesen Kraftakt vollführt hatte.

15

»James?«, wisperte sie. Nur unter Aufbietung all ihrer Kräfte gelang es ihr, gegen den Schmerz anzukämpfen, den Egan ihr zugefügt hatte, und nicht ohnmächtig zu werden. »Bist du es wirklich?«

»Aye, Mädchen. Hat er Erfolg gehabt?« James fuhr ihr sanft über das Gesicht, das bereits anzuschwellen begann, ließ Egan jedoch nicht aus den Augen, der sich bemühte aufzustehen.

»Nay, aber ich fürchte, ich hätte den Kampf verloren.« Sie versuchte, ihm ein kleines Lächeln zu schenken, doch die Lippen zu bewegen tat so weh, dass sie stattdessen nur zusammenzuckte.

»Am besten ziehst du dich in die äußerste Ecke zurück, denn ich habe nicht die Absicht, diesen Kampf zu verlieren, und ich möchte nicht, dass du zu Schaden kommst, wenn ich diesem Mistkerl ein paar Manieren beibringe.«

Annora wollte James sagen, dass er nichts tun solle, was dazu führen könnte, dass er aus Dunncraig vertrieben würde. Doch auf einmal ging ihr auf, dass er nicht Französisch sprach. Als sie einen kurzen Blick auf Egan warf, der inzwischen wankend dastand und James anstarrte, wurde ihr klar, dass auch er es gehört hatte.

Einen Moment lang starrten die beiden Männer sich nur an, dann spuckte Egan fluchend auf den Boden.

»Drummond!«, fauchte er hasserfüllt. »Ich kann es nicht glauben, dass Donnell das nicht gemerkt hat. Schlau von Euch, ein Auge zu verbergen, dann vermeiden es die Leute, einem direkt in die Augen zu blicken. Und dass Ihr Euer Haar gefärbt habt wie ein Weib, hat wahrscheinlich ebenfalls dazu beigetragen, dass Ihr all die Jahre Eure Freiheit genießen konntet.

Aber diesmal werdet Ihr nicht mehr entkommen. Nay, diesmal werden wir dafür sorgen, dass Ihr sterbt.«

»Kommt her und versucht es. Nur zu!« James schloss behutsam die ramponierte Tür. »Ich glaube nicht, dass uns jetzt jemand stören wird.«

Annora zuckte zusammen, als der Kampf begann. Sie verabscheute Schlägereien, doch diesmal wollte sie, dass der Kampf gestoppt wurde, weil sie um James Angst hatte. Dennoch hätte sie natürlich gern gesehen, dass Egan zu Brei geschlagen worden wäre für das, was er versucht hatte, ihr anzutun, und vielen anderen Frauen angetan hatte.

Sie bemühte sich, den Männern nicht in die Quere zu kommen, während sie sich ein paar neue Kleider griff, da ihr Gewand völlig zerrissen und sie fast nackt war. Immer wieder musste sie sich ducken und ausweichen, doch schließlich schaffte sie es, sich mit einem Kleid in der Hand in eine Ecke zu verdrücken.

Ohne die beiden Männer aus den Augen zu lassen, warf sie ihre zerrissene Kleidung weg und schlüpfte rasch in die neuen Sachen.

Sie schnürte gerade ihr Gewand zu, als James auf Egans bereits übel zugerichtetes Gesicht einen Schlag landete, der den Mann zu Boden schickte. Schon beim ersten Blick erkannte sie, dass Egan nicht mehr so bald aufstehen würde. Wenn die Wunden in seinem Gesicht verheilt waren, würde er nicht einmal mehr einigermaßen gut aussehen. Das würde ihn fast verrückt vor Zorn machen, denn er hatte sich immer für einen sehr gut aussehenden Mann gehalten. Das war das Letzte, was sie und James brauchten, Egan noch einen Grund mehr zu geben, James zu hassen.

Annora stolperte zu James, als der sich hinunterbeugte, um Egan an der Hemdbrust zu packen. Sie befürchtete, James könne so wütend sein, dass er weiter auf Egan einprügelte, obwohl dieser inzwischen bewusstlos war. Um Egan machte sie sich dabei weniger Sorgen, doch James würde sein Tun womöglich zutiefst bereuen, wenn seine Wut erst einmal verraucht war.

Er war ein Ehrenmann, dessen war sie sich sicher, und ein Ehrenmann schlug auf keinen ein, der bereits am Boden lag, egal, was der getan oder zu tun versucht hatte.

»Du musst fliehen, James«, sagte sie. »Er weiß, wer du bist.«

»Und Mab weiß es auch.« James hievte Egan hoch und warf ihn auf Annoras Bett, dann sah er sich suchend nach etwas um, mit dem er den Mann fesseln konnte.

»Mab?« Schon bei dem Namen der Frau stellte sich bei Annora der bittere Geschmack der Eifersucht ein. »Du hast Mab heute Nacht getroffen?«

»Aye, Egan hat sie geschickt, um mich zu beschäftigen. Ich war halbnackt, als sie in meine Kammer spazierte. Ich kann es kaum fassen, dass ich so unvorsichtig war, meine Tür nicht zu verriegeln. Also musste ich auch sie fesseln und knebeln. Allerdings dauerte es ein Weilchen, bis ich sie überzeugen konnte, dass ihr von mir ebenso große Gefahr drohte wie von Egan. Aber schließlich hat sie mir doch erzählt, was er vorhatte.« Er riss die Kordeln von den dicken Vorhängen vor Annoras kleinem Fenster und begann, Egan zu fesseln. »Sie hat mich in meiner Unterhose gesehen, weiß also, dass ich nicht der bin, der zu sein ich vorgebe. Mir war klar, dass sie sofort zu MacKay oder Egan gerannt wäre, wenn ich sie nicht daran gehindert hätte, und die beiden hätten sicher bald erraten, wer ich wirklich bin. Aber jetzt weiß es dieser Mistkerl ohnehin.«

»Dann musst du weg!«

»Wir müssen weg. Du, ich und die kleine Meggie. Vielleicht muss ich meinen Plan, Dunncraig zurückzubekommen, aufgeben, aber ich werde nicht dich und mein Kind aufgeben. Pack ein paar Sachen, und dann holen wir Meggie und suchen das Weite.«

»Aber es wäre doch bestimmt besser, wenn Meggie und ich blieben.«

»Liebes, er weiß, dass du mein Geheimnis schon eine Weile

kennst, verstehst du das denn nicht? Er hat gehört, dass du mich bei meinem Namen gerufen hast.«

Annora fluchte. James hatte recht – ihr Spiel war ebenso vorbei wie seines. Selbst wenn sie die Strafe überlebte, die sie bestimmt bekommen würde, weil sie Donnell nicht gesagt hatte, wer Master Lavengeance war, würde man sie nie mehr unbeobachtet lassen. Nie mehr würde sie allein irgendwohin gehen oder mit jemandem reden können. Die Wächter würden in ihrer Wachsamkeit niemals nachlassen. Eilig fing sie an, ein paar Kleider in einen großen Beutel aus Bettlaken zu stopfen.

»Wohin sollen wir gehen?«, fragte sie, während er ihren Beutel schulterte, sie am Arm packte und aus dem Zimmer zog.

»Ich bin mir noch nicht sicher.« Er schloss die Tür und schlug den Weg zum Kinderzimmer ein. »Wichtig ist jetzt nur, dass wir wegkommen, bevor Mab oder Egan gefunden werden. Sonst sind wir dran.«

Angst zog ihr den Magen zusammen. Seit sie durch das Tor von Dunncraig geschritten war, hatte sie in Angst gelebt, doch noch nie in einer derartigen. Auch der Tod, verursacht durch die Brutalität, die Donnell und Egan den Menschen so mühelos zuteil werden ließen, war kein Fremder für sie, aber sie hatte niemals das Gefühl gehabt, in Lebensgefahr zu sein. Vergewaltigung und Prügel waren die Dinge, die sie bislang gefürchtet hatte. Auch hatte sie nie daran gedacht, mitten in der Nacht zu fliehen, bis Donnell ihr mitgeteilt hatte, dass sie Egan heiraten müsse.

Jetzt hatte sie ihre Sachen gepackt, war dabei, Meggie aus ihrem Zuhause zu entführen und mit einem Mann, der zu Unrecht zum Mörder und Vogelfreien erklärt worden war, in die Nacht hinaus zu laufen.

Das Leben hielt wahrhaftig viele Überraschungen bereit, dachte sie und konnte nicht umhin, sich zu fragen, welche es für sie und James bereithielt. Er hatte nichts von Liebe oder Heirat erwähnt, aber offenbar wollte er sie noch eine Weile an seiner Seite behalten. Mit ihm als Geächtetem oder als Handwerker zu leben, konnte sie sich sogar vorstellen, aber James Drummond war ein Laird. Nun, egal, wie sich die Dinge entwickeln würden, sie würde sich damit abfinden. Sie beschloss, jeden Tag zu nehmen, wie er kam, und zu hoffen, dass am Ende eines großen Abenteuers ein bisschen Glück auf sie wartete.

Annie sprang aus dem Bett, als James und Annora ins Kinderzimmer kamen.

»Mistress Annora? Stimmt etwas nicht?«, fragte sie mit schläfriger Stimme und rieb sich die Augen wie ein Kind – was sie auch fast noch war.

»Annie«, begann Annora, während James nach Dingen suchte, die er für Meggie mitnehmen wollte, »wir bringen Meggie von hier weg.«

Einen Moment lang starrte Annie sie nur begriffsstutzig an, dann verzog sie das Gesicht. »Warum?«

»Weil sie hier nicht mehr sicher ist. Hast du gehört, dass MacKay vorhat, sie mit Halbert Chisholm zu verheiraten?«

Annora war schockiert über den Fluch, der über Annies volle Lippen kam. Noch überraschter war sie, als das Mädchen nach einer Tasche griff, James die Sachen abnahm, die er bereits zusammengesammelt hatte, und eifrig zu packen anfing. James trat ans Bett und weckte Meggie sanft, sodass Annora sich ganz Annie widmen konnte.

»Wie ich sehe, billigst du diese Hochzeit auch nicht«, murmelte sie.

»Nay. Der Mann ist ein Schwein«, fauchte Annie, dann blickte sie kurz auf Annora. »Genau wie der Mann, mit dem MacKay Euch verheiraten will. Ich nehme an, dieses Schwein hat Euch heute Nacht einen Besuch abgestattet, um sein Eheleben vorzuverlegen.«

Annora fuhr sich unwillkürlich mit der Hand an die Wange und zuckte ein wenig zusammen. »Aye. Er fand es an der Zeit, mir beizubringen, wie schön es ist, einen Mann im Bett zu haben.«

»Das kann ja gut sein, aber nicht diesen Mistkerl.«

Annie klang sehr viel älter, als es ihre Jahre vermuten ließen.

»Hat Egan dir wehgetan, Annie?«, fragte Annora bestürzt.

»Er hat es versucht, aber Big Marta hat ihn aufgehalten. Egan wagt es nicht, gegen sie die Hand zu erheben, weil MacKay ihre Kochkünste zu sehr schätzt. Sie hat auch dafür gesorgt, dass ich im Kinderzimmer beschäftigt werde. Hierher folgt mir der Kerl nicht, weshalb er auch nicht mehr viel von mir sieht. Außerdem würde es MacKay nicht gefallen, wenn Egan einer Frau etwas antut, die sich um das kleine Mädchen kümmert.« Sie warf einen Blick auf das Bett und steckte eine kleine Holzpuppe in den Beutel, die Annora noch gar nicht kannte. Wahrscheinlich hatte James sie geschnitzt. »Meggie mag Euren Mann.«

»Eigentlich ist er das nicht«, murmelte Annora, doch Annie lächelte nur.

»Machen wir eine Reise, Annora?«, fragte Meggie schlaftrunken, als James sie anzog.

»Aye, mein Schatz«, erwiderte Annora und trat ans Bett.

Meggie starrte Annora an. »Wer hat dich geschlagen? MacKay oder Egan?«

»Egan.« Annora sah keinen Grund, dem Kind etwas vorzuschwindeln, schließlich hatte Meggie oft genug mitbekommen, wie brutal die beiden Männer waren. »Master Lavengeance hat ihn aufgehalten.«

»Gehen wir weg, weil Master Lavengeance Egan getötet hat?«

»Das hat er nicht, aber er hat ihn ziemlich heftig verprügelt, und das könnte den Tod für ihn bedeuten. Darüber hinaus gefährdet es auch uns, denn wir haben ja oft genug gezeigt, dass wir mit ihm befreundet sind.«

»Und weil Sir MacKay will, dass ich diesen stinkenden Halbert Chisholm heirate?«

Annora konnte ihre Überraschung kaum verbergen. »Woher weißt du denn das?«

»Ich sperr die Ohren auf. Die Leute reden. Ich glaube, sie hielten das für eine ziemlich große Neuigkeit.«

»Nun kommt«, sagte James und nahm Meggie hoch. »Wir müssen weg.«

»Annie, du solltest dich lieber verstecken«, meinte Annora. »Wenn man herausgefunden hat, dass Meggie verschwunden ist, bist du hier auch nicht mehr sicher.«

»Wenn ich höre, dass Egan anfängt herumzubrüllen, werde ich schreien, dass das Mädchen weg ist«, sagte Annie. »Es wird ein großes Durcheinander geben, und dann werde ich mich aus dem Staub machen. Sie werden so beschäftigt sein, die Jagd nach Euch zu organisieren, dass sie an ein kleines Kindermädchen keinen Gedanken verschwenden.«

»Ein guter Plan, Mädchen«, sagte James. »Doch tu nichts, was ihre Aufmerksamkeit auf dich lenken könnte. Wenn du glaubst, dass du in Gefahr bist, wende dich an zwei Männer, die im Gasthaus im Dorf übernachten. Sie heißen Sir Simon Innes und Sir Tormand Murray. Die beiden werden dafür sorgen, dass du nicht bestraft wirst.«

Annie nickte und drückte hastig einen Kuss auf Meggies Wange.

»Passt auf euch auf, alle zusammen.«

Annora schulterte Meggies und ihren eigenen Beutel und folgte James. Der Weg, den er durch die düsteren Gänge von Dunncraig einschlug, zeigte, wie gut er den Keep kannte. Sie hatte zwar nie daran gezweifelt, dass er Sir James Drummond war, doch dieser greifbare Beweis war eine Rückversicherung für sie.

Als er sie zu einem stockdunklen, sehr engen Gang führte, zögerte sie. Es fiel ihr schwer, ihre tief verwurzelte Angst vor solchen Orten zu überwinden. So töricht ihr das vorkam, so hatte sie es doch nie geschafft, all die Wunden aus ihrer Vergangenheit vernarben zu lassen. Sie dachte sogar daran, James mit Meggie ziehen zu lassen und zu bleiben. Auch wenn sie sich über ihre Feigheit schämte, verringerte dies doch nicht ihre Angst.

»Gibt es keinen anderen Weg?«, wisperte sie.

James setzte Meggie ab und entzündete eine kleine Fackel, bevor er das Kind bei der Hand nahm. »Hilft das?«

»Ein wenig«, erwiderte Annora, dann straffte sie die Schultern. James brauchte sie vielleicht nicht, aber Meggie brauchte sie. »Durch diese Gänge können wir unbemerkt aus Dunncraig fliehen, oder?«, fragte sie.

»Aye, Liebes. Ich fürchte, es bleibt uns nichts anderes übrig; nicht, wenn wir unbeobachtet wegwollen. Es wird schon nicht so schlimm werden, schließlich bist du ja nicht allein.«

Meggie griff nach Annoras Hand. »Ich bin bei dir, Annora.«

Annora stiegen vor Rührung die Tränen in die Augen. Meggie war ein Kind mit einem sehr großen Herzen. »Danke, Meggie. Aber jetzt gehen wir lieber weiter. Ich denke, wir sollten heute Nacht die Burg so weit wie möglich hinter uns lassen.«

»Das ist mein Plan«, sagte James und machte sich auf den Weg durch den Gang.

Als sie endlich draußen waren, wäre Annora am liebsten auf die Knie gesunken, um die Erde zu küssen. Dass sie nicht panisch wurde, als sie einen engen, dunklen Gang nach dem anderen durchwanderten, hing bis zum Schluss am seidenen Faden.

Sie waren unbemerkt aus Dunncraig herausgekommen, sollten sie aber zurückkehren, beabsichtigte sie, es auf dem Rücken eines Pferdes und durch das große Burgtor zu tun. Durch diese Gänge wollte sie nie wieder gehen.

Sie eilten in den Wald. Bald blieb James stehen und hob Meggie hoch, die sofort den Kopf an seine Schulter lehnte und einschlief. Annora wünschte, er könne auch sie tragen. Sie war todmüde, und ihr Körper schmerzte von Egans Schlägen. Sie wusste, dass sie immer langsamer wurde und James behinderte, aber sie schaffte es einfach nicht, schneller zu gehen. Als sie auf eine kleine Lichtung kamen, auf der ein verlassenes Cottage stand, dessen Türöffnung nicht verschlossen war, wäre sie vor Erleichterung fast zusammengebrochen. Sie hoffte inständig, dass James anhalten und eine Rast einlegen würde, denn sie war sich nicht sicher, ob sie auch nur einen weiteren Schritt tun konnte.

»Wir sind nicht sehr weit gekommen«, sagte sie dennoch. Schließlich hatten sie Dunncraig möglichst weit hinter sich lassen wollen.

»Weit genug, und dieses Cottage steht nah an der Grenze zu MacLaren-Land«, erklärte James, als sie auf die Kate zugingen. »Sein ältester Sohn wurde bei MacKays letztem Überfall getötet.«

»Ist das dann nicht ein sehr unsicherer Ort für uns?«, fragte sie, breitete jedoch hastig eine Decke auf der festgestampften blanken Erde aus, dem Fußboden der Kate, damit James die schlafende Meggie absetzen konnte.

»Ein wenig unsicher schon«, meinte er. »Aber eher für MacKay und seine Leute. Für uns wird es hier sicher genug sein, um uns ein paar Stunden zu erholen, und dann ziehen wir weiter.«

»Und was ist mit deinem Bruder und Sir Simon? Sie wissen doch gar nicht, was mit dir passiert ist.«

»Sie werden verstehen, dass ich um mein Leben rennen musste. Sobald ich einen vertrauenswürdigen Mann auftreibe, werde ich ihnen eine Nachricht zukommen lassen. In dem Moment, wo sie erfahren, was auf Dunncraig passiert ist, wissen sie ohnehin Bescheid.«

»Sind sie im Dorf sicher?«, fragte sie. »Normalerweise halten sich dort nur selten Fremde auf, sie fallen bestimmt auf.«

»Selbst MacKay wird zögern, einen Mann des Königs zu töten, und er weiß genau, wer Simon ist. Simon meinte, er habe den Mann ein paarmal getroffen, und vermutlich wird sich MacKay sehr gut an jedes dieser Treffen erinnern. Nay, ihnen wird schon nichts passieren, solange sie auf sich aufpassen.«

Annora setzte sich auf die Decke, die er neben Meggie ausgebreitet hatte. »Ich war bislang keine große Hilfe«, sagte sie bedrückt.

»Mädchen!« James setzte sich neben sie, umarmte sie und gab ihr behutsam einen Kuss auf die geschwollene Wange. »Du hast das sehr gut gemacht für eine Frau, die sich vor wenigen Stunden eines großen, erfahrenen Kriegers erwehren musste.«

Sie lächelte dankbar über seine freundlichen Worte, auch wenn sie sie ihm nicht recht abnahm.

»Was werden wir denn jetzt bloß tun, James?«, fragte sie mit leiser, zitternder Stimme, denn erst jetzt begann ihr die Tragweite ihres Tuns aufzugehen.

»Wir werden so lange auf der Flucht sein und uns verstecken, bis ich dich und Meggie an einem sicheren Ort untergebracht habe. Niemand wird sich darum scheren, wenn mich MacKay und Egan bis ans Ende der Welt verfolgen und töten. Solange ich geächtet bin, kann mich jeder töten, und viele würden MacKay bei seiner Suche helfen. Ihr zwei hingegen seid frei von dieser Last. Aye, MacKay hat Meggie als sein Kind ausgegeben, aber sie wurde geboren von meiner Ehefrau, und deshalb hat sein Anspruch keine Geltung. Man hat es ihm nur durchgehen lassen, weil man mich für so gut wie tot hielt. Du bist nur seine Cousine, und obwohl männliche Verwandte als Herren über die sich in ihrer Obhut und Familie befindenden Frauen gelten, wird ihm wahrscheinlich keiner helfen, dich einzufangen. Eigentlich ist das, was du bist, jetzt dein bester Schutz.«

»Du meinst ein armer, landloser Bastard zu sein, dessen Verwandten ihn nicht wollen?«

»Traurig, aber wahr. Und jetzt ruh dich aus, Annora«, sagte er und drückte sie sanft auf die Decke.

Sie starrte auf den sternenübersäten Himmel, den sie durch die großen Löcher in dem Reetdach sehen konnte. James breitete eine Decke über sie, dann kroch er darunter und schmiegte sich an sie.

Sie blieb reglos liegen und wartete darauf, dass die Wärme seines Körpers ihre Schmerzen lindern und den Biss der kalten Nachtluft vertreiben würde. So hätte sie ewig liegen bleiben können, aber sie konnte ihren müden Geist nicht davon abhalten, sich Gedanken über die vor ihnen liegenden Hürden zu machen.

»Ich bin schrecklich feige«, flüsterte sie und schmiegte sich enger an ihn.

»Nay, Mädchen, das bist du nicht. Du hast nicht gezögert mitzukommen. Es hat nichts mit Feigheit zu tun, wenn du dir Sorgen über unsere Lage machst. Denkst du denn, ich mache mir keine Sorgen, wie wir MacKay und seinen Häschern entwischen können? Und ich bin jetzt nicht allein; es wird nicht leicht sein, zu entkommen und Zuflucht zu finden mit einer Frau und einem Kind an meiner Seite, egal, wie tapfer und gewillt sie sind, mir zu folgen. Leider hatten wir nicht die Zeit, uns einen guten Plan zurechtzulegen.«

»Nay, ich weiß; ich hatte ja selbst gerade erst angefangen, darüber nachzudenken, was ich tun kann, falls ich vor einer Ehe mit Egan fliehen muss.«

»Ich werde euch zu meinen Verwandten bringen, dort werdet ihr sicher sein.«

»Glaubst du denn nicht, dass sie das in Schwierigkeiten bringen würde?«

»Das könnte es, aber sie werden bestimmt wissen, was zu tun ist. Sie mussten sich im Lauf der Jahre schon mit vielerlei Nöten herumschlagen, sei es, dass Mädchen geraubt wurden, um Lösegeld zu erpressen, oder dass Söhne aller möglicher Verbrechen beschuldigt wurden. Aber Meggie können sie problemlos bei sich aufnehmen, schließlich gelten sie nach dem Gesetz und dem kirchlichen Recht als Meggies Blutsverwandte. MacKay hat keine rechtlichen Mittel, dich oder Meggie von ihnen zurückzufordern.«

James drückte einen zärtlichen Kuss auf ihren Hals, dann zog er sie fest an sich und versuchte, sie zu wärmen. Es juckte ihn nach wie vor in den Fingern, Egan umzubringen, und dieser Drang wurde umso heftiger, wenn er die Blutergüsse in Annoras Gesicht sah. Nach dem Kummer, den seine Familie hatte tragen müssen, als seine Schwester Sorcha brutal vergewaltigt worden war, schäumte James jedes Mal vor Wut über, wenn er von einer Vergewaltigung erfuhr. Jeder Mann, der so etwas tat oder versuchte, hatte den Tod verdient. Aber er hatte Egan laufen lassen müssen, einen bewusstlosen Mann brachte man nicht um.

Hätte er es dennoch getan, würde es ihm nur noch schwerer fallen, seinen Namen reinzuwaschen.

Als er spürte, wie Annora sich entspannte, lächelte er und küsste sacht ihren Scheitel. Er hätte in dieser Nacht gern eine größere Strecke zurückgelegt, aber Annora hatte sich kaum noch auf den Beinen halten können. Sie hatten alle eine Ruhepause nötig, denn es lagen noch viele Meilen vor ihnen, bis er sie und Meggie der Obhut seiner Familie übergeben konnte.

Er warf einen Blick auf die schlafende Meggie und lächelte. Sie hatte überhaupt nicht gejammert oder geklagt, vermutlich deshalb, weil sie überallhin gehen würde, solange sie bei Annora bleiben konnte; aber er war trotzdem stolz auf sie. Nachdem er Marys Tagebuch gelesen hatte, war ihm klar geworden, dass MacKays Anspruch auf Meggie womöglich rechtens war. Er hatte erwartet, dass das seine Gefühle für Meggie beeinträchtigen würde; doch das war nicht der Fall. Auch wenn er sich seiner Vaterschaft nicht ganz sicher sein konnte, blieb sie seine süße kleine Meggie.

Das Kind gehörte ihm und sonst keinem.

Das hier war seine Familie, seine Zukunft. Obwohl er wusste, dass sie alle in Gefahr schwebten, senkte sich plötzlich ein tiefer Frieden auf ihn. Dafür hatte er gekämpft, und das würde er nie mehr aufgeben. Donnell MacKay hatte ihm drei Jahre seines Lebens gestohlen; der Mann hatte ihm seinen guten Namen und sein Land geraubt; und inzwischen war James klar, dass Donnell auch seine Gemahlin Mary beherrscht hatte. Doch die beiden an seiner Seite würde er sich von diesem Mann nicht wegnehmen lassen. Die warme Frau, die sich an ihn schmiegte, und das süße Kind, das leise im Schlaf murmelte, gehörten ihm. An den beiden würde er festhalten, mit ihnen wollte er ein gemeinsames Leben führen. Würde er sie verlieren, wären all seine früheren Verluste gering und unbedeutend.

16

James betrachtete Annora und Meggie. Das Kind hatte sich in die Arme der Frau gekuschelt. Offenbar hatte es im Halbschlaf nach Annora gesucht, um sich bei ihr zu wärmen oder sich von ihr trösten zu lassen. James war klar, dass ihnen nichts anderes übrig geblieben war, als so rasch wie möglich aus Dunncraig zu fliehen, aber es tat ihm leid, dass sie das Kind mitten in der Nacht aus seinem Bett hatten holen müssen.

Das Wichtigste war nun ein tragfähiger Plan. Er konnte nicht erwarten, dass ein kleines Mädchen und eine zarte Frau das Leben führten, das er die letzten drei Jahre geführt hatte. Sie konnten nicht in der Nähe von Dunncraig bleiben und weiter versuchen, Beweise zu finden, um MacKay und die von ihm ausgehende Gefahr aus dem Weg zu räumen. MacKay würde erbittert nach den beiden suchen und auch seine Leute dazu antreiben. James musste seine Frauen möglichst weit fortbringen, aber Frankreich erschien ihm mittlerweile nicht mehr geeignet, selbst wenn er dort mit den beiden ungestört hätte leben können. Nein, es blieb ihm nichts anderes übrig, als die zwei zu seiner Familie zu bringen und seine Verwandten zu bitten, für Meggies und Annoras Sicherheit zu sorgen.

Meine Frauen, dachte er lächelnd, als er den Weinschlauch ergriff, um ihn mit Bachwasser zu füllen. Der Klang der Worte ›meine Frauen‹ gefiel ihm ausgesprochen gut. Und bald würden sie es wirklich sein, bald würde er ganz offen Anspruch auf sie erheben und sich um sie kümmern können. James hatte das Gefühl, dass er nahe daran war, MacKay zu besiegen. Dass sie jetzt davonlaufen und sich verstecken mussten, war bestimmt nur ein kleiner Stolperstein auf dem langen Weg, sich alles zurückzuholen, was er verloren hatte. Ihm war klar, dass er fest daran glauben musste, sonst hätte er die Schlacht bereits verloren.

Als er den Weinschlauch gefüllt hatte, hörte James nur wenige Schritte hinter sich einen Ast knacken. Den Dolch in der Hand, wirbelte er herum. Doch dann fluchte er leise, freilich eher vor Erleichterung als aus Ärger. Ein paar Schritte von ihm entfernt stand Annora. Sie trug nur ihr Leibhemd und starrte ihn mit weit aufgerissenen Augen wachsam an, während sie ans Ufer trat, um sich im Bach Gesicht und Hände zu waschen.

»Du hast mich erschreckt, Mädchen, und da überall Feinde lauern können, habe ich entsprechend reagiert. Aber ich wollte dir keine Angst einjagen«, sagte er und steckte den Dolch wieder zurück.

»Es tut mir leid. Es wird wohl noch ein Weilchen dauern, bis ich begriffen habe, dass wir auf der Flucht vor einem gefährlichen Gegner sind.« Sie trocknete sich mit dem Saum ihres Hemds ab. »Ich fürchte, ich war nicht sehr leise; im Gegenteil, ich bin mehr oder weniger im Halbschlaf ziemlich laut durch die Gegend gestolpert.«

»Nun, ich war gedankenverloren, was momentan auch nicht ratsam ist. Die Zeit auf Dunncraig hat mich wahrscheinlich um die Instinkte gebracht, die ich mir in meiner Zeit als Vogelfreier erworben habe. Was macht Meggie?«

»Sie schläft, und das wird sie wohl auch noch ein paar Stunden tun, denn es ist noch recht früh. Schließlich war die letzte Nacht ziemlich aufregend für sie.« Annora lächelte. »Die kleine Meggie schläft gern und tief. Es hat mich gewundert, wie rasch es dir gestern Nacht gelungen ist, sie aufzuwecken. Sollte sie aber aufwachen, bevor ich wieder bei ihr bin, wird sie auf mich warten oder nach mir rufen.«

»Gut. Es wäre mir nicht lieb, wenn sie beim Aufwachen Angst bekommt, weil sie allein ist.«

»Es will mir noch immer nicht recht in den Kopf, dass wir uns jetzt in dieser Lage befinden. Wir standen so kurz davor, die Wahrheit herauszufinden, deinen Namen reinzuwaschen und zurückzubekommen, was du verloren hast. Und alles nur, weil sich eine Hure von einer Dienstmagd nicht damit abfinden wollte, dass du sie abgewiesen hast. Ich hoffe, sie liegt noch immer gefesselt auf deinem Bett!«

James lächelte und nahm sie in die Arme. Sie sah in ihrem Zorn wunderschön aus. Er selbst hatte sich fast schon wieder darin gefügt, dass er jetzt wieder auf der Flucht war und sich verstecken musste. Annoras Empörung erinnerte ihn daran, dass es nicht fair und nicht gerecht war und dass er ein besseres Leben verdiente.

»Eigentlich bin ich froh, dass Mab noch einmal versucht hat, mich zu verführen.« Er küsste ihren schmollenden Mund und freute sich über ihre offenkundige Eifersucht. »Immerhin bin ich deswegen in deine Kammer gestürmt und habe dich vor Egan retten können.« Er drückte einen sachten Kuss auf ihre dick angeschwollene Wange. Wie gern hätte er Egan noch einmal bewusstlos geprügelt! »Tut es noch weh?«, fragte er und streichelte behutsam ihr Gesicht.

»Nay, eigentlich nicht. Am meisten schmerzt mich, dass du jetzt wieder auf der Flucht bist, noch dazu mit mir und Meggie belastet. Vielleicht sollten wir zwei doch nach Dunncraig zurückkehren oder einfach hierbleiben.«

»Nay, das ist keine gute Idee, Liebes. Letzte Nacht bin ich fast zu spät gekommen, um dich vor Egan zu retten. Ich werde dich keinesfalls in seine Reichweite lassen.«

»Aber Sir Innes und dein Bruder ...«, fing sie an.

»Werden bald wissen, was mir passiert ist. Big Marta hat den Auftrag, ihnen Bescheid zu geben, wenn ich in Schwierigkeiten geraten bin. Mitten in der Nacht aus Dunncraig fliehen zu müssen ist so ein Fall. Sobald klar wird, dass wir alle drei verschwunden sind, wird sie sich ins Dorf aufmachen und Simon und Tormand berichten, was sie weiß. Offenbar werden wir noch nicht verfolgt, und das ist gut so. Anderseits wären Simon und Tormand schon früher über uns unterrichtet gewesen. Früher wäre natürlich besser, aber solange sie überhaupt Bescheid bekommen, bin ich schon zufrieden.«

Annora nickte, dann wurde ihr klar, dass James sie langsam, doch beharrlich zu ein paar Bäumen drängte, die einen kleinen, schützenden Kreis bildeten. »Was machst du da, James?«, fragte sie, obwohl das Glitzern in seinen Augen die Frage eigentlich überflüssig machte.

»Ich dachte gerade, dass es für uns sehr schwierig sein wird, allein zu sein, weil Meggie bei uns ist. Dann fiel mir ein, dass wir im Moment allein sind.«

»Meggie …«, fing sie zu protestieren an, als er sie gegen einen Baum drängte.

»Du hast doch gemeint, sie würde noch ein Weilchen schlafen und nach dir rufen, wenn sie aufwacht und Angst bekommt oder Hilfe braucht.«

»Ja, das schon …«

James küsste sie und erstickte jeden Widerstand im Keim, als er mit seiner Zunge in ihre Mundhöhle eindrang und sie streichelte. Sie schlang die Arme um seinen Hals und erwiderte den Kuss mit derselben Gier, wie sie offenbar in seinem Körper brannte. Natürlich wäre es schicklicher gewesen, streng Nein zu sagen und zu Meggie zurückzueilen, schließlich war helllichter Tag, und sie waren im Freien – Umstände, bei denen eine Lady auf alle Fälle protestieren sollte. Als er sie hochhob, ihre Beine um seine Taille schlang und sich an ihr rieb, vermutete Annora, dass es nicht sanft und gemächlich werden würde. Sie hatte schon mehrmals mitbekommen, wie ein Mann eine Frau auf diese Weise genommen hatte, und ihrem Eindruck nach war es dabei ziemlich grob zur Sache gegangen. Doch jetzt kam es ihr gar nicht so vor, vielleicht, weil es James war und sie sich nicht vorstellen konnte, dass irgendetwas grob oder unsanft sein könnte, was er tat, um ihnen Lust zu schenken.

»Hübsche, süße Annora, ich kann es kaum erwarten, dich zu haben, hier und jetzt«, flüsterte James mit rauer Stimme. »Sag Ja.«

Seine hastigen und doch eindringlichen Zärtlichkeiten und Küsse hatten ihr Blut in Wallung gebracht. Abgesehen davon reizte es sie tatsächlich, ihn auf diese Weise zu lieben. »Ja«, sagte sie nur.

»Ah, Liebes, du bist so wunderbar entgegenkommend.«

»Ich versuche mein Bestes.«

Er lachte, dann drang er in sie ein. Annora klammerte sich an ihn und ließ ihn auf dem wilden Galopp zur Erfüllung nicht mehr los. Für Liebkosungen, sanfte, erregende Küsse auf ihrer heißen Haut und zärtliche Worte war keine Zeit, es ging schnell und heftig, doch Annora fand es höchst erregend. Bei der Erlösung, die ihren Körper bald erschütterte, schrie sie laut seinen Namen. Es fühlte sich höchst befreiend an, diesen Schrei als Echo widerhallen zu hören. Gleich darauf gesellte James sich zu ihr auf den Gipfel der Wonne.

Als er wieder zu Atem gekommen war, ließ er sie langsam los und stellte sie wieder auf die Füße. Er lächelte, als sie sich ermattet an ihn lehnte und die Arme fest um seine Taille schlang. Annora war nicht nur leidenschaftlich, sie war auch abenteuerlustig. Wenn die Angelegenheit MacKay doch nur endlich erledigt wäre, sodass er das Glück, das sie ihm schenkte, gründlicher genießen konnte als in kurzen, verstohlenen Augenblicken. Außerdem sehnte er sich nach der Freiheit, sie auf jede erdenkliche Weise und so oft zu lieben, wie er wollte. Eine abenteuerlustige Gefährtin konnte einen Mann auf alle möglichen Ideen bringen, dachte er und rückte ein wenig von ihr ab, um ihr nicht das Interesse zu zeigen, das sich bei dieser Vorstellung in seinem gierigen Körper regte.

Doch er ließ die Hände auf ihren Schultern, um ihr nicht das Gefühl zu geben, dass es ihm genügte, seine fleischlichen Gelüste befriedigt zu haben. Ein solch hitziges, gieriges Treiben konnte erregend sein, aber es ließ kaum Raum für Zärtlichkeiten und sanfte Worte, die einer Frau sagten, dass sie nicht nur dazu da war, einem Mann rasche Erleichterung zu verschaffen. Wenn er sich jetzt zu eilig entfernte, wäre es, als würde er sich von einer Frau wälzen, aufstehen, sich ankleiden und nach Hause gehen. Nein, er wollte nicht, dass sich Annora benutzt vorkam, oder schlimmer noch, dass sie ihr Verhalten infrage stellte und es für schamlos und liederlich hielt. Womöglich hätte sie sich daraufhin bemüht, ihre leidenschaftliche Natur zu zügeln. Das wollte er wahrhaftig nicht – er hatte mit dieser leidenschaftlichen Natur noch sehr viel vor.

»Du bist eine höchst willkommene Süßigkeit inmitten all der Bitternis, aus der mein Leben so lange bestanden hat«, sagte er und küsste zärtlich ihren Scheitel, als sie ihr erhitztes Gesicht an seine Brust legte.

»Ich bin schrecklich liederlich«, wisperte sie, denn es erschreckte sie einigermaßen, dass sie sich kaum oder gar nicht dessen schämte, was sie gerade getan hatte.

»Ach nein, Mädchen, das stimmt nicht. Andernfalls wärst du im hohen Alter von vierundzwanzig keine mehr oder weniger ungeküsste Jungfrau mehr gewesen.« Er musste sich auf die Zunge beißen, um nicht breit zu grinsen, als sie sofort den Kopf hob und ihn anfunkelte.

Im hohen Alter?«, wiederholte sie. Sie wunderte sich ein wenig, dass sie fast wie ihr Kater Mungo klang, wenn er in seinem Revier einen anderen, ihm unbekannten Kater antraf.

»Ich wollte damit doch nicht sagen, dass du alt bist. Aber die meisten Frauen haben in diesem Alter schon den einen oder anderen Mann gehabt.« Er rückte von ihr ab und hob den Weinschlauch auf, denn er hatte das deutliche Gefühl – ein warnendes Prickeln in seinem Nacken –, dass er gleich einen Tritt verpasst bekäme.

»Natürlich haben sie das, schließlich sind die meisten Mädchen in meinem Alter längst verheiratet.«

»Ach du meine Güte, Annora, glaubst du wirklich, alle Mädchen warten züchtig auf den Segen des Priesters?« Er schüttelte den Kopf. »Beileibe nicht. Sobald ein Paar, das aneinander Gefallen findet, offiziell verlobt ist, verdrücken sich die zwei so schnell wie möglich in ein Bett. Und ärmere Mädchen haben oft mehrere Liebhaber, bevor sie sich für einen entscheiden und ihn heiraten. Im Allgemeinen halten nur die sehr jungen, die sehr gottesfürchtigen oder die sehr reichen Mädchen eisern an ihrer Jungfräulichkeit fest.«

»Und ich bin weder das eine noch das andere.«

»Nay, aber du bist eine Lady, und obwohl du nicht reich bist, hast du doch immer unter den Reichen gelebt, oder? Hast immer in einem Keep oder auf einem Herrenhof gelebt und warst immer irgendwie mit einem der Besitzer verwandt. Die Armen müssen tagaus, tagein von früh bis spät arbeiten, es ist ihnen nicht zu verdenken, wenn sie nach einem Augenblick des Glücks gieren. Woher, glaubst du wohl, haben all die hungrigen jungen Männer ihre Erfahrung?«

Annora hatte keine Lust auf eine Antwort. Sie wollte nichts von seinem zweifellos ausgedehnten früheren Liebesleben hören. Das Grinsen in seinem hübschen Gesicht sagte ihr, dass ihm das auch klar war. Selbstverständlich war sie nicht so naiv, die Frauen, die sich nie einen Geliebten nahmen, für Heilige zu halten, und alle anderen für Sünderinnen, dazu verdammt, für alle Ewigkeit im Höllenfeuer zu schmoren. Andererseits befanden sich Frauen, die ihrem Geliebten erlaubten, sie am hellen Morgen an einem Bachufer gegen einen Baum gedrückt zu lieben, bestimmt auf einem gefährlichen Grat, von dem aus man Aussicht auf die Unterwelt hatte.

Sie wollte ihm das gerade mitteilen, als sie Meggie nach ihr rufen hörte. Auf diesen Ruf zu reagieren war der perfekte Vorwand, um sich zurückzuziehen. Annora machte sich eilig auf den Weg zur Kate.

»Ich muss mich noch ein bisschen umsehen«, rief ihr James nach. »Bleibt in der Nähe des Cottage.«

Er wusste, dass es töricht gewesen war, im Wald zu schreien; schließlich waren sie auf der Flucht vor einem Feind. Den Fehler konnte er jetzt nicht mehr bereinigen. Sobald er wieder bei Meggie und Annora war, würde er klarmachen, dass sich fortan alle so leise wie möglich zu verhalten hatten. Und er selbst nahm sich fest vor, sich von seiner Lust nicht mehr ablenken zu lassen, denn auch das war viel zu gefährlich. Wenn er Annora liebte, vergaß er alles um sich herum. MacKay hätte sich unbemerkt heranschleichen und sie an den Baum fesseln können, an den gelehnt sie sich geliebt hatten.

Auch wenn er nicht wusste, warum er gerade diese Richtung einschlug, beschloss James, seinen Instinkten zu folgen. Mittlerweile waren Egan und Mab bestimmt gefunden worden, er konnte es sich also eigentlich nicht leisten, nur aus einer Laune heraus Zeit zu vergeuden; doch der Laune einen Moment lang nachzugeben, konnte nicht schaden. Viele seiner Cousins hätten wohl darauf bestanden, dass er seinen Instinkten folgte, dachte er, während er im Schutz der Bäume Richtung Dunncraig zurückschlich. Freilich besaß er nicht die Gaben vieler seiner Verwandten, denn er war ja nicht blutsverwandt mit ihnen. Trotzdem waren seine Instinkte scharf, und in der Zeit seines Exils waren sie noch geschärft worden. Im Moment drängten sie ihn, sich zu beeilen und zu erforschen, was immer es war, was ihre Aufmerksamkeit erregt hatte. War das etwa ein Hinweis darauf, dass MacKay und seine Männer ihnen bereits auf den Fersen waren?

Er wollte gerade kehrtmachen, verstimmt, weil er wertvolle Zeit vergeudet hatte, und zum Cottage zurückgehen, als er Stimmen hörte. Im Schutz der Bäume schlich er näher, bis er fünf Männer entdeckte, die am Bach ihre Pferde tränkten. Er legte sich auf den Bauch und kroch vorwärts, bis er die Männer deutlicher sehen konnte. Er war noch zu weit entfernt, um die Kennzeichen, die sie auf ihren schmutzigen Röcken trugen, zu erkennen, doch er vermutete, dass die Männer zum MacLaren-Clan gehörten, dem Clan, den MacKay vor Kurzem überfallen hatte, wobei der älteste Sohn seines Lairds getötet worden war. Plötzlich packte James große Unruhe: Das waren Kundschafter, die durch Dunncraig-Land streiften.

»Ich denke, wir sollten herausfinden, was diesen Mistkerl in derartige Aufregung versetzt hat«, sagte ein großer, ziemlich haariger Mann, dessen Gesicht fast zur Gänze von einem dichten Bart und zotteligen Haaren verdeckt war. »Es könnte nützlich sein.«

»Ich bin ganz deiner Meinung, aber es ist zu gefährlich, weil sich zu viele seiner Leute in der Gegend herumtreiben«, sagte ein etwas kleinerer, hagerer Mann. »Du hast doch mitbekommen, wie sie sich jeden Mann, jede Frau und jedes Kind vorknöpfen, die ihnen über den Weg laufen, Ellar. Wenn sie auch nur einen flüchtigen Blick von uns erhaschen, werden sie nicht einfach vorbeireiten. Diesmal können wir uns nicht zwischen den Schafhirten verstecken.«

Ellar strich sich den langen, dichten Bart. »Tja nun, Robbie, als sie den armen Mann verprügelt haben, nur weil er vor seiner eigenen Kate gepinkelt hat, habe ich mitbekommen, dass sie nach jemandem namens Annora suchen.«

»Ich glaube, so heißt das Mädchen, das sich um das Kind von dem Scheißkerl kümmert.«

»Ein kleines Mädchen mit blonden Locken?«

»Ja, ich glaube schon, auch wenn ich immer dachte, dass Drummond ihr Vater ist.«

»Mein Cousin Will denkt das auch, und es ist ihm egal, was dieser Scheißkerl MacKay behauptet«, sagte ein kleiner, braunhaariger Mann zu Ellars Linken. »Und ich denke, es ist ein großer Fehler, dass sich unser Laird nicht eifriger bemüht, mehr über diesen Scheißkerl MacKay in Erfahrung zu bringen. Nur deshalb waren wir so schlecht auf den Überfall von Dunncraig vorbereitet, und deshalb musste der arme David sein Leben lassen.«

»Ich glaube, da hast du recht, Ian, aber das werde ich dem Laird tunlichst nicht sagen«, meinte Ellar. »Du etwa?«

»Nay«, grunzte Ian. »Also, was sollen wir tun, wenn wir hier nichts weiter herausbekommen?«

»Na ja, etwas haben wir ja schon herausbekommen: Wir wissen, dass das Kind, das Mädchen und ein Holzschnitzer aus Dunncraig Keep geflohen sind und dass MacKay jeden, der ihm über den Weg läuft, fast tot prügelt, um herauszufinden, wohin die drei gegangen sind.«

»Und er und fast alle seine Männer reiten durchs Land, sodass der Keep so gut wie schutzlos ist«, fügte Robbie hinzu.

»Meinst du wirklich, das sollen wir dem Laird erzählen?«, fragte Ian. »Er ist halb wahnsinnig vor Trauer um seinen Lieblingssohn. Er wird uns auf der Stelle zu den Waffen rufen und Dunncraig angreifen.«

Ellar nickte. »Ich weiß, und das könnte für viele von uns den Tod bedeuten. Aber wir sollten es ihm trotzdem sagen. So, wie die Narren sich aufführen, wird es sich bestimmt bald überall herumgesprochen haben.«

Während die Männer wieder in den Sattel stiegen und losritten, dachte James einen Moment lang daran, sich ihnen zu erkennen zu geben. Vielleicht hätte er sie überreden können, sich mit ihm gegen MacKay zu verbünden. Andererseits aber hätten sie auch versucht sein können, ihn, Annora und Meggie als Geiseln zu nehmen und als Druckmittel gegen MacKay einzusetzen. Der Laird der MacLarens war nicht besonders scharfsinnig, und jetzt konnte er vor Trauer bestimmt erst recht keinen klaren Gedanken fassen. So verführerisch es war zu versuchen, ein paar Verbündete zu gewinnen – Annoras und Meggies Sicherheit konnte er nicht für eine solch vage Möglichkeit aufs Spiel setzen.

Sobald die MacLaren-Männer aus seinem Blickfeld verschwunden waren, machte sich James eilig auf den Rückweg zum Cottage. Er besaß jetzt zwar ein paar nützliche Informationen, aber er fürchtete, dass seine Instinkte ihn dazu gebracht hatten, Annora und Meggie genau dann allein zu lassen, als es am vordringlichsten gewesen wäre, gemeinsam das Weite zu suchen.

Annora hatte ihre wenigen Habseligkeiten gepackt. Sie setzte sich auf die steinerne Schwelle der Kate und sah Meggie zu, wie sie auf der Lichtung herumsprang. Sie überlegte, was aus den Leuten geworden war, die früher hier gelebt hatten, befand aber im nächsten Moment, lieber nicht darüber nachzudenken. Donnell hatte viele Menschen vertrieben, aufgehängt und auf Dunncraig eingekerkert, nur weil er dachte, sie hielten James die Treue. Nach einem kurzen Gebet für die ehemaligen Bewohner dieser Kate lenkte sie ihre Gedanken wieder auf das, was vor ihr lag.

James hatte wahrscheinlich recht, sie und Meggie zu seiner Familie zu bringen und nicht nach Frankreich zu fliehen. Doch bei der Vorstellung, seine Verwandten kennenzulernen, wurde Annora ein wenig bange. Er hatte erzählt, dass viele ähnliche Gaben hatten wie sie, und das bedeutete, dass es ihr wahrscheinlich schwerfallen würde, ein Geheimnis zu hüten. Und dabei hatte sie ein großes Geheimnis, das sie keinem offenbaren wollte: Sie glaubte nämlich nicht, dass seine Familie wollte, dass die Frau, die er zu seiner Geliebten gemacht hatte, dieselbe war, die sich in MacKays Auftrag um sein Kind gekümmert hatte.

»Annora, hörst du das auch?«, fragte Meggie und lief rasch zu ihr. »Ich habe etwas gehört. Ich glaube, da kommt jemand.«

Nun hörte es auch Annora. Es kam vom Bach her und klang, als würde jemand durch das Unterholz stürzen – entweder ein erschrockenes Tier oder ein erschrockener James. Keine dieser Möglichkeiten konnte ihre aufkommende Angst lindern.

Hinter der Hütte und nördlich davon war Hufschlag zu hören. Annora wusste, dass dieses Geräusch nur eines bedeuten konnte, dass sie und Meggie sich in einer rasch näher rückenden Gefahr befanden. Ein einzelner Reiter konnte jemand sein, der irgendwohin unterwegs war, ein einfacher Reisender oder einer der Leute von Dunncraig. Aber es waren mehrere Reiter, die da heranrückten. Entweder fand ein Überfall auf Dunncraig statt, oder Donnell und seine Bewaffneten standen kurz vor ihrem Ziel. Für Angreifer und Banditen waren Annora und Meggie ein wunderbarer Gewinn und für

Donnell waren sie jemand, dem klargemacht werden musste, wer über ihr Leben bestimmte. All dies hatte nichts Gutes zu bedeuten, weder für sie noch für das Kind in ihrer Obhut.

Annora ergriff ihren Beutel und packte Meggie bei der Hand, die schreckerfüllt die Augen aufgerissen hatte. Sie waren nur wenige Schritte in die Richtung gegangen, aus der ihnen keine Gefahr zu drohen schien, als sich die kleine Lichtung mit Männern füllte. Donnell und über ein Dutzend Reiter brachen von zwei Seiten aus dem Wald hervor und zügelten scharf ihre Pferde, als sie Annora und Meggie erblickten. Kurz darauf brach James aus den Bäumen hervor und blieb abrupt stehen, als sein Blick auf Donnell und dessen Bewaffnete fiel.

Einen Moment lang betrachtete Annora die stumme Auseinandersetzung. Das Herz pochte ihr bis zum Hals aus Angst um James. Sie wollte ihm zurufen, dass er weglaufen solle, aber gerade, als sie dazu ansetzen wollte, bedeutete er ihr mit einem harten, finsteren Blick zu schweigen. Sie begann, ganz langsam vor den Männern zurückzuweichen, die James anfunkelten und die er ebenso wütend und hasserfüllt anfunkelte. Die angespannte Stille konnte jeden Moment zerreißen. Meggie sollte von diesem Kampf möglichst wenig mitbekommen, auch wenn er bestimmt nicht lange dauern würde – James stand allein gegen ein gutes Dutzend Bewaffnete. Annora war klar, dass sie keine Möglichkeit mehr hatte, Donnell zu entkommen. Sie konnte jetzt nur noch beten, dass nicht auch James verloren war.

17

Ihr seid wohl hergekommen, um zu sterben, MacKay?«, fragte James ungerührt und zog sein Schwert.

Annora blinzelte. Hatte der Mann den Verstand verloren? Doch dann stellte sie sich vor, wie er sich fühlen musste: Er war gezwungen worden, seine Suche nach der Wahrheit aufzugeben und aus Dunncraig zu fliehen. Hier und jetzt von Donnell entdeckt zu werden bedeutete zweifellos, dass er keine Möglichkeit mehr haben würde, seinen Namen reinzuwaschen. Er würde sterben, und alle Welt würde weiterhin glauben, dass er seine Frau getötet hatte.

Doch dann wies Annora den Gedanken, dass James sterben würde, hastig von sich, weil sie wusste, dass sie niemals die Stärke besitzen würde, die sie bräuchte, wenn sie über das Schicksal nachdachte, das ihn erwartete, wenn er in Donnells Gewalt geriet.

»Ihr seid ein Narr, Drummond«, bellte Donnell. »Habt Ihr Euch eingebildet, Ihr könntet mich schlagen, wenn Ihr meine Cousine verführt?«

»Ich habe sie nicht verführt, ich habe sie mitgenommen, damit sie sich um das Kind kümmert. Und das Kind habe ich mitgenommen, um Euch zu mir zu führen.« Er schaute die Männer um Donnell an. »Ich hätte mir denken können, dass Ihr zu feige seid, allein zu kommen. Seid Ihr nicht Manns genug, Euch mit mir zu messen? Ihr kämpft wohl lieber gegen wehrlose, angekettete Männer.«

»Wird etwas Schlimmes passieren, Annora?«, wisperte Meggie und drückte sich an Annoras Bein.

»Ich fürchte schon, mein Schätzchen«, flüsterte Annora und setzte langsam ihren Weg zum Rand der Lichtung fort.

»Ich will nach Hause.«

»Nicht reden, Liebes, wir sollten lieber keine Aufmerksamkeit auf uns lenken.«

Doch offenbar meinte es das Schicksal mit Annora momentan nicht besonders gut, denn plötzlich wurde sie von hinten gepackt. Auch ohne sich umzudrehen, wusste sie, dass es Egan war, der sie umklammerte; denn sie erkannte ihn an seinem unangenehmen Geruch. Meggie kreischte und trat nach ihm, doch Egan schlug sie so heftig, dass sie nach hinten flog und dann auf dem Boden aufschlug. In dem verzweifelten Versuch, zu Meggie zu kommen und zu sehen, dass sie nicht ernsthaft verletzt war, begann sich Annora zu winden, leise zu fluchen und nach Egan zu treten.

James starrte auf sein Kind, das ausgestreckt auf dem Waldboden lag. Auf seinen wutverzerrten Zügen zeichnete sich ein Anflug der Erleichterung ab, als Meggie sich langsam aufrappelte. Tränen liefen ihr über das schmutzige Gesicht. Er sah Annora kurz an, die versuchte, sich von Egan loszureißen, um zu Meggie zu eilen, dann sah er wieder Donnell MacKay an.

Warum war alles so schiefgelaufen, fragte er sich. Er fühlte sich innerlich erstaunlich taub bis auf den brennenden Wunsch, MacKay zu töten. Das Schicksal hatte ihm sehr schlechte Karten ausgeteilt. Wie bitter diese Niederlage schmeckte! Sein einziger Hoffnungsschimmer war, dass Tormand und Simon bald wissen würden, was ihm passiert war. Sie würden alles tun, um Annora und Meggie aus den Händen dieses Dreckskerls zu befreien. James wollte im Moment nur daran denken, dass die beiden gerettet werden würden. Alle Gedanken daran, was er verloren hatte, würden ihn wohl in den Wahnsinn treiben.

»Ich glaube, es ist an der Zeit, dass Ihr kapituliert, Wolf«, knurrte MacKay.

»Warum sollte ich? Damit Ihr mich langsam töten könnt wie meine Männer?« James sah keinen Grund mehr, seine Identität länger zu verheimlichen.

Donnell legte den Kopf schief und grinste hämisch. »Aye.«

Im Handumdrehen stürzten sich Donnells Männer auf James. Annora schrie laut auf, sie war sich sicher, dass James gleich vor ihren Augen getötet werden würde. Doch er konnte sich eine Weile behaupten und zeigte ein atemberaubendes Geschick mit dem Schwert. Einige von Donnells Männern wichen trotz der Beschimpfungen und Befehle, weiter zu kämpfen, zurück. Dann schaffte es ein ungewöhnlich Geschickter, hinter James zu gelangen, während der damit beschäftigt war, drei Männer von sich abzuwehren. Der Mann drosch James das Heft des Schwerts so heftig auf den Hinterkopf, dass der dumpfe Knall auf der Lichtung widerhallte.

Annora stöhnte verzweifelt auf, als James zu Boden ging. Sie verharrte reglos in Egans gnadenlosem Griff, als Donnell aus dem Sattel stieg, zu James trat und ihm einen Tritt versetzte. Annoras lautes Stöhnen erregte Donnells Aufmerksamkeit. Schier gelähmt vor Angst, stand sie da, während er auf sie zuging und sie von oben bis unten musterte.

»Nun, Cousine, Ihr habt also gemeint, Ihr müsstet mich mit diesem Geächteten hintergehen?«, fragte er mit kalter, ruhiger Stimme, bei der es sie eiskalt überlief.

Sie beschloss, bei der Geschichte zu bleiben, die James erzählt hatte – dass er sie nur mitgenommen hatte, damit sie sich um das Kind kümmerte. »Ich konnte Meggie nicht allein lassen«, erklärte sie.

Donnell starrte sie so lange an, dass sie fast schon fürchtete, die Wahrheit stünde ihr ins Gesicht geschrieben. »Ich denke, dass das nicht alles ist«, murmelte er schließlich. »Aber das werden wir schon noch herausfinden.« Sein Blick fiel auf Egan. »Setzt sie und dieses heulende Kind auf ein Pferd und lasst uns diesen Wolf ins Verlies schaffen, wohin er gehört.«

Aus den Augenwinkeln sah Annora, dass Donnells Männer James hochzerrten und quer über ein Pferd warfen. Sie versuchte, sich einzureden, dass noch nicht alles verloren war. Schließlich lebte er noch, und das war im Augenblick alles, was zählte. Egan packte sie grob um die Taille und hob sie auf ein Pferd, dann warf er ihr die leise weinende Meggie in die Arme.

Zu ihrer Erleichterung machte Egan keine Anstalten, hinter ihr in den Sattel zu steigen, sondern nahm sein eigenes Pferd. Er packte die Zügel ihres Pferdes und führte es mit Annora und Meggie auf seinem Rücken zurück nach Dunncraig Keep. Annora versuchte leise, Meggie zu beruhigen, und bemühte sich, nicht daran zu denken, was sie auf Dunncraig erwartete. Ganz offenkundig glaubte Donnell nicht, dass sie nur ein unschuldiges Opfer war. Doch irgendwie musste sie es schaffen, ihn davon zu überzeugen, sonst würde wahrscheinlich auch sie eingesperrt und könnte James auf keinen Fall mehr helfen.

Möglichst unauffällig blickte sie zu James lebloser Gestalt. Aus der klaffenden Wunde an seinem Hinterkopf tropfte Blut. Das war kein gutes Zeichen, doch sie wusste, dass Kopfverletzungen häufig stark bluteten; damit versuchte sie, sich ein wenig zu beruhigen.

Was sie brauchte, war ein Plan. Sollte sie das Glück haben, nicht allzu schlimm verprügelt zu werden, dass sie sich nicht mehr rühren konnte, oder eingesperrt zu werden, um als Verräterin am Galgen zu landen, würde sie einen Plan brauchen, um Hilfe für James aufzutreiben. Die Angst vor der bevorstehenden Bestrafung und um das Leben ihres Geliebten ließen sie zwar kaum einen klaren Gedanken fassen, doch sie bemühte sich, all diese Sorgen beiseitezuschieben. Die Chance, James zu helfen, mochte gering sein, und die Zeit, die ihr blieb, sie zu ergreifen, sehr kurz. Sie durfte sich jetzt nicht von ihren Besorgnissen leiten lassen und diese Chance vertun.

Als sie schließlich vor Donnell im Arbeitszimmer stand, war sie erschöpft. Egan war nicht von ihrer Seite gewichen, während sie sich um Meggie gekümmert hatte, die gar nicht mehr aufhören konnte zu weinen. Egans Schweigen und die Art, wie er sie anstarrte, begannen, sie um den Verstand zu bringen. Es war, als wollte Egan sie nach einem Zeichen absuchen, dass ein anderer Mann sie angerührt hatte. Die Tatsache, dass sie James zum Geliebten genommen hatte, machte es ihr sehr schwer, die unschuldige, verwirrte Jungfrau zu spielen. Sie fühlte sich zwar nicht schuldig, weil sie James liebte, aber sie fürchtete, sie könnte irgendetwas tun oder sagen, was sie verriet.

»Ihr wollt mir also einreden, dass Ihr mit Drummond mitgegangen seid, weil er Meggie geraubt hat?«, fragte Donnell, der auf dem Stuhl hinter seinem Arbeitstisch lümmelte, den Blick starr auf sie gerichtet.

»Ihr habt sie meiner Obhut anvertraut, Donnell. Ich hielt es für meine Pflicht, bei ihr zu bleiben und sie zu beschützen.«

»Aha. Und dass Drummond in Euer Schlafzimmer kam und Egan bewusstlos schlug, hatte nichts damit zu tun, dass Ihr und Drummond ein Paar seid?«

»Ich mag ja ein Bastard sein, Cousin, aber ich habe aus den Fehlern meiner Mutter gelernt«, entgegnete sie kühn. »Egan hat versucht, mich zu vergewaltigen. Er ist ungeladen in meine Schlafkammer gekommen. Ich habe ihn nicht dorthin gelockt, damit Master Lavengeance ihn findet, falls Ihr das meint.«

»Dieser Mann ist nicht Master Lavengeance, er ist Sir James Drummond, der Mann, der unsere Cousine Mary getötet hat.«

»Seid Ihr Euch da ganz sicher?«

Donnell richtete sich auf und starrte sie wütend an. »Natürlich. Hat es Euch nicht gewundert, dass er zwei gesunde Augen hat, obwohl er eine Augenklappe trug?«

Annora hatte vergessen, dass James in der Nacht ihrer Flucht die Klappe abgenommen hatte. »Na ja, ein bisschen schon, aber es gibt viele Gründe, warum man so ein Ding trägt – eine Verletzung, eine Augenschwäche, eine Entzündung …«

»Schon gut«, fiel ihr Donnell ins Wort. »Nun, ich werde so gütig sein, so zu tun, als glaube ich Euren Erklärungen und Vorwänden. Doch James Drummond ist mein größter Feind, er will meinen Tod, Cousine. Er tarnte sich, schlich in mein Haus und in mein Vertrauen, um mich zu ermorden. Dass Ihr mit diesem Mann offenbar Freundschaft geschlossen habt, bringt mich dazu anzunehmen, dass ich Euch nicht mehr vertrauen kann.«

»Er war ein Holzschnitzer, Cousin. Mehr habe ich nicht von ihm gewusst.«

»Glaubt Ihr etwa, ein Holzschnitzer könnte mir das antun?«, fauchte Egan, packte sie und drehte sie so, dass sie ihn ansehen musste.

Annora hatte ihn bislang noch nicht eingehender gemustert, doch nun stellte sie fest, dass er wahrhaftig nicht sehr gut aussah. Seine Augen waren zugeschwollen, sie wunderte sich, dass er noch genug gesehen hatte, um zu reiten.

»Ihr habt versucht, mich zu vergewaltigen, Egan, und Ihr habt mich geschlagen.« Sie deutete auf ihre geschwollene Wange. »Als Master Lavengeance in mein Zimmer stürmte, habe ich in ihm nur den Mann gesehen, der versuchte, mich zu retten.« Sie wandte sich wieder Donnell zu. »Ich gebe zu, dass ich misstrauisch war und sehr enttäuscht, als mein vermeintlicher Retter mich ins Kinderzimmer zerrte und Meggie mitnahm. Aber ich kann nur noch einmal wiederholen: Ich betrachtete es als meine Pflicht, bei Meggie zu bleiben.«

»Wie habt Ihr es geschafft, unbemerkt aus dem Keep zu gelangen?«, wollte Donnell wissen.

Die Antwort fiel Annora einigermaßen schwer. Sie war gottfroh, dass sie auf dem Rückweg nach Dunncraig über alle möglichen Antworten und Ausflüchte nachgedacht hatte. Auch wenn sie keine gute Lügnerin war, so war sie doch eine gute Geschichtenerzählerin. Und da sie mit dieser Frage gerechnet hatte, begann sie nun, ihre Geschichte zu erzählen.

Sie beobachtete Donnell genau, während sie ausführlich erzählte, wie sie mit einem Mann, der ein Messer gezückt hatte, und einem schlafenden Kind durch die Dunkelheit geschlichen war. MacKay runzelte die Stirn, aber sie konnte nicht erkennen, ob er nachdachte oder ob er ihr nicht glaubte. Schlimmer noch, sie spürte auch nichts von dem, was in ihm vorging. Da Donnells Wächter sich schon oft als ziemlich nachlässig erwiesen hatten, bekam Annora auch kein schlechtes Gewissen bei der Andeutung, dass es vor allem der laschen Bewachung zu verdanken war, dass sie und Meggie so leicht aus dem Keep hinausgeschmuggelt werden konnten.

»Der Mann ist schlauer, als ich dachte«, murmelte Donnell.

»Nehmt Ihr ihr diese Geschichte etwa ab?«, fragte Egan.

»Das meiste davon. Aber ich frage mich, ob meine liebe Cousine wirklich das Opfer ist, das sie zu sein behauptet.«

Über Annoras Rücken rann der Angstschweiß, doch sie schaffte es, mit unschuldiger Miene zu sagen: »Ich habe in dem Mann nie etwas Schlechtes gesehen, Cousin. Ihr habt ihm vertraut, und deshalb hatte ich das Gefühl, es auch tun zu können. Und da er mich zweimal vor Egans Versuchen, mir die Unschuld zu rauben, bewahrt hat, konnte ich wahrhaftig nicht ahnen, dass er nicht vertrauenswürdig war.«

»Ihr gehört mir, Frau, und ich habe das Recht, Euch zu nehmen, wann und wie es mir gefällt«, fauchte Egan und verpasste ihr eine derbe Ohrfeige.

Annora ging zu Boden und war einen Moment lang völlig benommen. Sie bemerkte jedoch, dass Donnell nichts sagte oder tat, um Egan aufzuhalten, und bei dieser stillschweigenden Billigung wurde ihr angst und bange. Offenkundig vermutete Donnell, dass sie ihn angelogen hatte, auch wenn er nicht wusste, in welchem Punkt.

Egan zerrte sie hoch und schüttelte sie. »Seht Euch doch nur ihren Mund an!«, brüllte er. »Es ist überdeutlich, dass sie heftig geküsst worden ist.«

»So sieht es aus, Cousine«, meinte Donnell. »Seid Ihr Euch sicher, dass Ihr dem Mann nicht erlaubt habt, Euch auf seine Seite zu ziehen und zu verführen?«

»Haltet Ihr mich für eine Hure?«, fragte sie in gespieltem Zorn darüber, dass ihr unterstellt wurde, sich einen Geliebten genommen zu haben. »Glaubt Ihr nicht, dass ich zumindest so viel Verstand habe zu wissen, wenn mich jemand verführt? Ich bin nicht meine Mutter.«

»Aber in Euren Adern fließt ihr Blut.«

»Und auch das meines Großvaters, und dem konnte keiner etwas vormachen.«

»Aye, das stimmt. Trotzdem fürchte ich, dass ich Eurer Geschichte nicht ganz glaube, Cousine.«

»Ich kann nichts anderes sagen, denn sie entspricht der Wahrheit und nichts als der Wahrheit.«

»Wie Ihr meint. Aber ich denke, ich werde Egan gestatten, ein wenig von der Wut, die ihn zerfrisst, an Euch auszulassen und zu versuchen, Euch davon zu überzeugen, dass Ihr uns vielleicht doch noch etwas mehr erzählt.«

Gerade als Annora die volle Bedeutung von Donnells Worten aufging, landete Egans Faust in ihrem Gesicht. Sie ging nur deshalb nicht zu Boden, weil er sie grob am Arm gepackt hatte. Bei seinem boshaften Grinsen wurde ihr klar, dass ein langes, schmerzhaftes Verhör auf sie wartete. Sie betete um die Kraft, standhaft zu bleiben und auf ihrer Geschichte zu beharren.

Es kam ihr vor wie Stunden voller Schläge, unterbrochen von immer denselben Fragen, bis Donnell endlich sagte: »Genug, Egan. Entweder sie sagt uns die Wahrheit, oder sie wird sterben, bevor sie ihre Geschichte abändert.«

Annora blieb liegen, wo sie unter Egans letztem Schlag zu Boden gegangen war. Sie hatte das Gefühl, dass jedes Körperteil vor Schmerz laut aufschrie. Langsam drehte sie den Kopf auf dem kalten Steinfußboden, bis sie die beiden Männer sehen konnte, die auf sie herunterstarrten. Sie fragte sich, wie es nur sein konnte, dass die beiden frei und quicklebendig ihr Unwesen treiben konnten und ein guter Mann wie James angekettet in einem dunklen Kerker auf einen zweifellos langen, grausamen Tod warten musste.

Gerade wollte sie versuchen, sich aufzurichten, als ein Mann ins Arbeitszimmer stürmte und schrie: »Die MacLarens überfallen uns!«

»Es dämmert noch nicht«, murrte Donnell. »Was denken sich diese Narren eigentlich?«

»Vielleicht wollen sie den Tod des Sohnes ihres Lairds rächen?«, sagte Annora und schaffte es immerhin, sich auf Knie und Hände hochzustemmen.

Ein grober Tritt in die Seite ließ sie wieder zusammensacken. »Zu diesem Tod kam es während eines Überfalls«, fauchte Donnell. »So etwas kann passieren. Nur ein grenzenloser Narr überfällt einen gut bemannten Keep am helllichten Tag.«

»Vielleicht hat ihnen jemand mitgeteilt, dass die Burgbesatzung im Moment nicht vollständig ist«, sagte Egan. Er zerrte Annora hoch und warf sie auf einen Stuhl.

Sie kämpfte darum, nicht ohnmächtig zu werden, um mitzubekommen, was Donnell und der Bote sprachen. Offenbar waren die MacLarens kurz davor gewesen, Dunncraig Keep zu nehmen. Die Burg war nur gerettet worden, weil der große Rest der Männer plötzlich von ihrer Jagd auf sie und James zurückgekommen war. Die Männer hatten die MacLarens im Rücken angegriffen und ihnen in der darauf folgenden Schlacht eine Niederlage beschert. Donnell war jedoch so erbost, dass er dem Boten mit einem derben Hieb die Nase brach. Aus einem Augenwinkel heraus sah Annora den Mann das Weite suchen, während Donnell begann, mit Egan Pläne zu schmieden. Sie dachten daran, die MacLarens zu verfolgen und bis zum letzten Mann abzuschlachten.

Als die beiden zur Tür gingen, dachte Annora schon, sie hätten sie vergessen. Doch als Donnell die Tür geöffnet hatte, drehte er sich um und musterte Annora abfällig. Offenbar sah sie wirklich schlimm aus.

»Versucht bloß nicht, Euch noch einmal aus Dunncraig zu schleichen, Annora«, meinte er. »Wir sind noch nicht fertig mit Euch.«

Sie starrte lange auf die Tür, nachdem sie hinter Donnell und Egan zugefallen war, und versuchte, gegen ihre Schmerzen anzukämpfen. Was sollte sie jetzt bloß tun? Im Moment fühlte sie sich allerdings so kraftlos auf ihrem Stuhl, dass sie sich kaum rühren konnte.

Plötzlich ging die Tür langsam wieder auf. Annora verzog das Gesicht. Donnell oder Egan konnten es nicht sein, die beiden hatten keinen Grund, in dieses Zimmer zu schleichen. Die Gestalt, die schließlich hereinschlüpfte, kam Annora bekannt vor, doch vor Schmerzen sah sie sie nur ganz verschwommen. Sie erkannte Big Marta erst, als sie direkt vor ihr stand. Und der seltsame Klumpen an Martas rechter Seite entpuppte sich als eine Schüssel Wasser und ein kleiner Beutel, gefüllt mit nützlichen Dingen, um die Schmerzen zu lindern, die Annoras Körper zerrissen.

»Glaubt Ihr, er hat Euch etwas gebrochen, Kind?«, fragte Big Marta mit überraschend sanfter Stimme.

»Nay, aber ich glaube nicht, dass es auch nur eine einzige heile Stelle an meinem Körper gibt«, erwiderte Annora. Ihre Stimme kam ihr seltsam vor, doch das kam wohl deshalb, weil ihre Lippen so geschwollen waren. »Wie geht es Meggie und James?«

»Meggie ist im Kinderzimmer, Annie hat es endlich geschafft, sie zum Einschlafen zu bringen«, berichtete Big Marta und begann behutsam, Annoras Gesicht zu säubern. »Ich fürchte, der echte Laird hängt in Ketten im Verlies, wo viele gute Männer ihr Leben lassen mussten, als Euer elender Cousin Dunncraig übernahm. Und MacKay und seine Männer hetzen über die Felder und versuchen, MacLarens zu erwischen und zu töten.«

Das war die Gelegenheit, etwas zu unternehmen, doch Annora war ganz von der Behandlung ihrer Prellungen und Quetschungen durch Big Marta in Anspruch genommen. Als die Frau Salbe auf die Wunden auftrug und Annora den übel geprellten Brustkorb verband, musste diese ihre ganze Kraft aufbieten, um nicht in Ohnmacht zu fallen.

Allein das Aus- und Anziehen ihrer Oberteile war schon die reinste Folter.

»Ich muss Tormand Murray und Sir Simon Innes finden«, stöhnte sie schließlich und richtete sich mühsam auf.

»Mädchen, Ihr seid so übel zugerichtet, dass Ihr es wahrscheinlich nicht einmal allein auf den Abort schafft«, erwiderte Big Marta.

»Ich muss ins Dorf. Hat sich der Kampf mit den MacLarens über das Dorf hinaus verlagert?«

»Aye«, erklärte Big Marta und half Annora beim Aufstehen und stützte sie, als sie schließlich schwankend auf den Beinen stand. »Die Narren verfolgen die MacLarens bis auf MacLaren-Land.«

»Ich bete zu Gott, dass die MacLarens gewinnen, und sei es nur, weil ich damit die Chance bekomme, auf die ich gehofft habe.«

»Die Chance wozu? Euch umzubringen, indem Ihr Euch zu sehr strapaziert, anstatt das Bett zu hüten und Euch zu erholen?«

»Ich muss Simon Innes und Tormand Murray finden. Ich kann sie in den Keep bringen, ohne dass sie gesehen werden.«

»Ach so. Hat Euch der Junge durch die Geheimgänge geführt?«

»Aye. Und ich werde auf demselben Weg Hilfe holen. Werdet Ihr für mich auf Meggie aufpassen?«

»Selbstverständlich. Ich werde dafür sorgen, dass sie nicht in einen Kampf verwickelt wird.«

»Danke. Ich glaube, sie hat einstweilen genug von solchen Dingen gesehen.«

Als Big Marta sie zur Tür führte, versuchte Annora, ihre Schmerzen zu vergessen und sich zu beherrschen. Es würde niemandem nutzen, wenn sie umfiel, bevor sie das Dorf erreicht hatte. Behutsam setzte sie einen Fuß vor den anderen. Als sie bei der Tür, die nach draußen führte, angelangte, hatte sie das Gefühl, dass sie nun ohne Hilfe gehen konnte.

»Vielleicht sollte ich Euch doch noch zum Dorf begleiten«, meinte Big Marta und sah sich auf dem nahezu völlig verlassenen Hof um. »Ich glaube, MacKay ist gar nicht klar, dass er diesen Ort so leer zurückgelassen hat.«

»Gut. Er war wütend, und Wut macht ihn töricht. Aber James wird bewacht, oder?«

»Oh ja, von sechs stämmigen Kerlen. Sie wollten mich nicht in seine Nähe lassen, als ich ihnen erklärte, ich solle dafür sorgen, dass er nicht an seiner Kopfverletzung stirbt. Ich habe behauptet, der Laird wäre gar nicht froh, wenn der Mann stirbt, denn dann könnte er ihn nicht mehr foltern.«

»Und das hat nichts bewirkt?«

»Nay. Sie meinten, der Mann würde schon nicht sterben, und ich solle meinen dürren Hintern in die Küche zurückschaffen, wo er hingehört. Vielleicht probiere ich es später noch einmal, vielleicht klappt es ja dann.«

Diese Männer würden wohl von Glück sagen können, wenn sie bei der nächsten Mahlzeit nicht vergiftet würden, dachte Annora. »Pass auf Meggie auf, Big Marta. Sie ist bestimmt völlig verängstigt, und womöglich versucht Donnell sogar, ihr etwas anzutun, wenn er merkt, dass er kurz davor steht, alles zu verlieren.«

»Dem Kind wird nichts passieren, das schwöre ich Euch. Es reicht, wenn Ihr Euch um Euch selbst sorgt.«

Annora hätte beinahe genickt, doch dann befürchtete sie, dass sie schon bei der kleinsten Bewegung ihres schmerzenden Kopfes in die ständig drohende Ohnmacht sinken könnte. Stattdessen konzentrierte sie sich wieder darauf, einen Fuß vor den anderen zu setzen. Mit der Zeit wurden ihre Schritte ein wenig fester, doch sie kam nicht sehr schnell voran. Sie fürchtete, dass sie wie eine gebeugte Alte aussah, doch ihr Äußeres gehörte im Moment wahrhaftig zu ihren geringsten Sorgen.

Am Dorfrand angekommen, spürte sie, dass sie jemand am Arm nahm. Sie blickte hoch zu der Person, die jetzt neben ihr ging. »Ida, es ist im Moment sehr gefährlich, mit mir gesehen zu werden.«

»Es ist im Moment gefährlich, in Dunncraig zu leben«, erwiderte Ida. »Ich weiß nicht, wohin Ihr unterwegs seid, aber ich konnte es nicht ertragen zu sehen, wie Ihr Euch mühsam weiterschleppt und ausseht, als ob Ihr gleich zusammenbrecht. Wohin wollt Ihr überhaupt?«

»Ins Gasthaus. Zu James' Bruder und diesem Sir Simon Innes.«

»Nun, da habt Ihr Glück, denn die beiden sind soeben zurückgekehrt. Sie haben gehört, was passiert ist, und ich glaube, sie schmieden Pläne, auch wenn ich nicht weiß, was sie vorhaben. Selbst jetzt, wo die meisten Krieger in der Gegend herumgaloppieren und nach dem Blut der MacLarens dürsten, wird es schwer sein, den Laird aus seinen Ketten zu befreien.«

»Nay, es wird nicht leicht werden. Big Marta hat mir gesagt, dass ihn sechs stämmige Kerle bewachen, und keiner weiß, wann Donnell und seine Männer wieder zurück sind. Sie können nicht einfach in den Keep stürmen und James befreien, da müssen sie sich schon etwas Schlaueres einfallen lassen. Ich hoffe nur, dass dieser Simon und der Bruder von James schlaue Burschen sind.«

»Oh ja, Mädchen, das sind sie. Schließlich sitzen sie schon tagelang direkt unter MacKays großer Nase, und er hat noch nichts davon mitbekommen.«

Das verlieh Annora die Hoffnung, die sie brauchte, als sie die Treppe im Gastaus erblickte und spürte, wie jede ihrer Blessuren allein bei dem Gedanken, die Stufen zu erklimmen, protestierend schmerzte. Doch dann legte Ida einen starken Arm um ihre Taille, und Annora machte sich auf den Weg. Bei jedem Schritt schickten ihre geprellten Rippen Stiche durch ihren ganzen Körper. Ohne Idas Hilfe hätte sie es nie bis ins Obergeschoss geschafft, und sie vermutete, dass die arme Ida sie mehr oder weniger bis nach oben getragen hatte. Sie ließ sie auch nicht los, als sie gleich an die erste Tür klopfte.

Ein großer Mann öffnete und fragte: »Was ist los, Ida?« Ein übler Fluch entfuhr dem Mann, und dann spürte Annora, wie sich ein starker Arm um ihre Schultern legte. »Wer ist diese Frau, und warum hast du sie hierhergebracht?«

»Das ist Annora MacKay, Sir Innes«, erwiderte Ida.

Ein weiterer großer Mann tauchte an der Schwelle auf, und Annora fragte: »Tormand Murray?«

»Der bin ich. Mein Gott, was ist Euch zugestoßen?«

»Man hat mir ein paar Fragen gestellt zu dem Versuch Eures Bruders, aus Dunncraig zu fliehen.«

»Warum habt Ihr Euch hierher geschleppt? Ihr solltet das Bett hüten.«

»Später. Ist der Mann des Königs bereit, James über das Sammeln von Informationen hinaus zu helfen?«

»Jawohl, das ist er«, ließ der im Dunkeln stehende Mann verlauten, den Ida mit Sir Innes angesprochen hatte.

»Gut, denn ich kann Euch nach Dunncraig führen, damit Ihr James herausholt, bevor Donnell ihn in kleine Stücke hackt, nur um seinen Spaß zu haben.« Sie spürte, wie ihr die Knie weich wurden. »Allerdings fürchte ich, dass das noch ein Weilchen warten muss.«

Das Letzte, was Annora hörte, war eine tiefe Stimme, die leise fluchte und dann befahl: »Haltet sie gut fest. Sie braucht wahrhaftig nicht noch mehr Prellungen.«

18

Das Erste, was Annora wahrnahm, als sie wieder zu sich kam, waren Schmerzen. Dann spürte sie ein kühles feuchtes Tuch auf ihrem Gesicht, das ihr ein wenig Linderung verschaffte. Vorsichtig schlug sie die Augen auf. Weit ließen sie sich nicht öffnen, doch als ihr einfiel, warum sie solche Schmerzen hatte, wunderte sie sich, dass ihre Augen überhaupt aufgingen. Ein gut geschnittenes Gesicht mit verschiedenfarbigen, jedoch sehr schönen Augen tauchte in ihrem Blickfeld auf.

»Tormand Murray?«, fragte sie, weil ihr einfiel, was James über die Augen seines Bruders gesagt hatte. Es gab bestimmt nicht noch einen Mann im Dorf, der ein grünes und ein blaues Auge hatte.

»Aye, und Ihr seid wohl James' Annora«, sagte er.

»Oh, das klingt schön!« Wie töricht von ihr, so etwas zu sagen. Sie errötete, als er grinste. »Wie lange war ich bewusstlos?«

»Fünf Stunden.«

»Nay!«, schrie sie erschrocken auf, denn sie fürchtete, dass sie nun die Gelegenheit verpasst hatten, James zu helfen. »Warum habt Ihr mich nicht früher geweckt?«

»Wir haben es mehrmals versucht, doch dann haben wir beschlossen, ein paar Vorkehrungen zu treffen, während Ihr Euch ausruht.« Er legte den Arm um sie und half ihr, sich aufzurichten. »Jetzt sind wir bereit, uns von Euch zu James führen zu lassen. Wenn Ihr nicht ein wenig geruht hättet, hättet Ihr das wahrscheinlich nicht tun können.«

»Es wundert mich, dass Ihr es bis ins Dorf geschafft habt«, sagte der Mann, der auf der anderen Seite ihres Bettes stand. Er verbeugte sich leicht. »Sir Simon Innes, Mistress. Zu Euren Diensten.«

»Ihr seid nur zu zweit?«, fragte sie, als Ida Tormand zur Seite schob und Annora half, ein wenig Met zu sich zu nehmen.

»Nay. Während Ihr geruht habt, haben wir ein paar Leute zusammengetrommelt«, erwiderte Simon. »Es war nicht schwer, Männer zu finden, die es kaum erwarten können, Dunncraig von Eurem Cousin zu befreien. War er es, der Euch so übel zugerichtet hat?«

Sir Innes schien ziemlich bestürzt wegen ihrer Blessuren. Annora wertete das als gutes Zeichen. James hatte ihr zwar versichert, dass er vertrauenswürdig war, aber im Moment war sie bei allen wachsam. Leider blieb ihr wenig Zeit zu überlegen, wem sie vertrauen konnte, denn James hatte einfach keine Zeit.

»Nay, er hat seinem Ersten Mann Egan den Vortritt gelassen«, erwiderte sie. »Egan hat es kaum erwarten können, sich auf mich zu stürzen, weil James ihn ziemlich verprügelt hat, bevor wir aus Dunncraig geflohen sind. Hat Donnell inzwischen ein paar MacLarens getötet? Das hatte er nämlich vor, als er mich zurückließ.«

Tormand schüttelte den Kopf. »Nay, sie sind ihm entwischt. Doch ein paar sind wieder zurückgeschlichen. Simon meinte, einige gut ausgebildete Krieger könnten nicht schaden. Solche Leute werden wir jedenfalls brauchen, wenn wir Dunncraig zurückerobern wollen.«

»Selbstverständlich, und die MacLarens helfen euch bestimmt gern. Donnell hat alle Männer, die treu zu James hielten, aus Dunncraig beseitigt. Also – wann soll ich Euch nach Dunncraig Keep führen?«

»In einer Stunde.«

Annora sank zurück auf die Kissen, die Ida ihr in den Rücken gestopft hatte. »Reicht mir bitte noch einmal ein feuchtes Tuch für meine Augen. Dann kann ich klarer sehen, wohin ich gehe, wenn es Zeit zum Aufbruch ist.«

»Glaubt Ihr, eine Stunde wird Euch genügen?«, fragte Tormand und gab ihr das Tuch.

»Aye, auch wenn Ihr nicht erwarten dürft, dass ich mehr tue, als mich irgendwo in eine Ecke zu verdrücken, sobald ich Euch in den Keep gebracht habe.«

»Ich werde persönlich dafür sorgen, dass Ihr ein sicheres Fleckchen findet.«

Sie legte das Tuch über ihre Augen und seufzte erleichtert auf, denn es tat ihr sehr gut. Dann hörte sie, wie die Tür leise zuging. »Ida?«

»Ich bin noch da. Jetzt ruht Euch aus, Mädchen. Ihr werdet alle Eure Kräfte bitter nötig haben, um die nächsten Stunden zu überstehen.«

»Diesmal werden wir gewinnen, nicht wahr, Ida?«

»Oh ja, daran hege ich nicht die geringsten Zweifel.«

»Ich kann es kaum glauben, dass sie in der Lage war, sich hochzurappeln, geschweige denn, dass sie den ganzen Weg auf der Suche nach uns gelaufen ist«, sagte Tormand, sobald sie Simons Schlafkammer betreten hatten.

Simon schenkte zwei Pokale Ale ein und reichte Tormand einen. »Man würde ihr diese Kraft kaum zutrauen, aber es hat sie bestimmt sehr mitgenommen. Selbst ihr Brustkorb ist verbunden, was wohl heißt, dass ihre Rippen übel geprellt, wenn nicht sogar gebrochen sind. Schon das Atmen ist dann die reine Qual.«

»Also befürchtest du jetzt nicht mehr, dass man ihr nicht vertrauen kann?«

»Nay, aber nicht deshalb, weil sie so zusammengeschlagen zu uns gekommen ist. Na gut, schon das allein lässt darauf schließen, dass sie eine gute Frau ist. Aber nein, es war ihr Blick, als du sie ›James' Annora‹ genannt hast. Trotz all der Schwellungen und Prellungen konnte man erkennen, wie sehr sie das gefreut hat, und dann sagte sie: ›Oh, das klingt schön.‹« Er grinste kurz, als Tormand über seinen Versuch, Annoras Stimme nachzumachen, lachen musste. »Darin schwang die fast zu süße Note einer Frau, die glaubt, verliebt zu sein.«

Tormand schüttelte den Kopf. »Du bist ein Zyniker, Simon. Ein harter Mann. Vielleicht erzählst du mir ja eines Tages, was dich bei Dingen wie Liebe und Ehe so verbittert gemacht und dieses tief verwurzelte Misstrauen Frauen gegenüber in dir erregt hat.«

»Vielleicht. Im Moment spielt es keine Rolle, was ich über solche Sachen denke. Aber ich glaube wirklich, sie liebt James, und deshalb hat sie auch Außerordentliches geleistet. Ich wünschte nur, James hätte dir den geheimen Weg nach Dunncraig gezeigt, dann hätte die arme Frau ins Bett kriechen und sich von jemandem pflegen lassen können.«

»Nun, James hatte vor, ihn mir zu erklären. Er hat sogar eine Karte gezeichnet, aber dann ist auf Dunncraig offenbar einiges schiefgelaufen, und er hat sein Heil in der Flucht suchen müssen.«

»Gut, dass das Mädchen sich auskennt, denn sonst hätte dein Bruder kaum eine Chance, die Sache zu überleben. Und wir wissen beide, dass MacKay ihm keinen raschen Tod gönnen würde.«

Tormand nahm einen kräftigen Schluck, dann betrachtete er den Holzpokal.

»Den hat James gemacht. Es ist einer seiner schlichteren Entwürfe. Der Wirt muss diese Pokale mit seinen schönsten Zimmern gekauft haben.«

Er sah Simon an und seufzte.

»Ich weiß genau, was für ein Typ MacKay ist. Sobald MacKay wieder auf Dunncraig ist, wird er meinen Bruder foltern. James wird es aushalten. Er wird darauf warten, dass ich ihn rette, aber er wird mich nie kritisieren, wenn ich es nicht schaffe, ihn zu retten. Ich muss wohl kaum erwähnen, dass ich ihm die Schmerzen gern ersparen und sein Leben retten möchte, aber im Moment macht mir das nicht einmal die größten Sorgen. Nay, ich möchte unbedingt bei James sein, bevor MacKays Folter zu weit geht, bevor er James' Hände zertrümmert.«

»Seine Hände?« Simon betrachtete den Pokal in seiner Hand,

der ein genaues Gegenstück zu Tormands war. »Er leistet wirklich großartige Arbeit.«

»Du verstehst es nicht. Für James ist das nicht nur Arbeit. Natürlich kann er damit Geld verdienen, aber er schnitzt, weil er *muss*. James hat immer geschnitzt, lange bevor es unserer Mutter recht war, dass er mit scharfen Werkzeugen hantierte. Er steht vor einem Stück Holz, starrt es eine Weile lang an, und dann macht er sich plötzlich an die Bearbeitung. Manchmal sieht er ein Bild im Holz und zeichnet es auf ein Stück Pergament, damit er anderen zeigen kann, was er sieht, oder um sicherzugehen, dass das, was er sieht, auch in Holz gearbeitet gut aussehen wird. Und das tut es immer.«

»Ich fürchte, ich habe solche Begabungen nie ganz verstanden, auch wenn sie mir öfter begegnet sind, sei es bei einem Bildteppichwirker oder einem Goldschmied. Doch dein Bruder ist ein Laird.«

»Das spielt keine Rolle. Selbst wenn er ein König wäre, würde er noch an einem Stück Holz herumschnitzen. Er *muss* einfach. Wenn MacKay dieses Talent vernichtet, James' Hände unheilbar bricht, wird er in meinem Bruder etwas zerstören, was wahrscheinlich nicht einmal seine Annora richten kann. Ich glaube, so geht es vielen Menschen, die mit solchen Gaben gesegnet sind.«

»Dann müssen wir ihn eben befreien, bevor MacKay ernsten Schaden anrichten kann. Wenn es dich tröstet – trotz all seiner Schläue und Brutalität ist MacKay meiner Meinung nach nicht besonders schnell von Begriff. Ich denke nicht, dass er weiß, wo dein Bruder verwundbar ist.«

»Ich hoffe inständig, dass du recht hast; denn wenn MacKay weiß, wie wichtig es meinem Bruder ist, mit Holz zu arbeiten, wird er sich als Erstes seine Hände vornehmen.«

Kaltes Wasser klatschte in sein Gesicht. James wachte mit einem Ruck auf. Ihm war, als würde sein Kopf entzweispringen. Sein Körper fühlte sich an, als wäre er von einem hohen Fels auf einen harten Steinboden geworfen worden – und zwar mehrmals. Er erinnerte sich, dass MacKay voller Wut, weil es ihm nicht gelungen war, auch nur einen einzigen MacLaren zu töten, von seiner Verfolgung zurückgekommen war. Er hatte sich schwarz geärgert über den dreisten Versuch der MacLarens, Dunncraig einzunehmen, und hatte sie dafür mit ihrem Blut bezahlen lassen wollen. Doch dann konnte er seine Wut nur an James auslassen.

Ein gewaltiger Schlag ins Gesicht hatte James schließlich in die willkommene Ohnmacht geschickt, doch offenbar war die Verschnaufpause nun vorbei.

Er blickte in die Richtung, aus der das Wasser gekommen war. Erst nach mehrmaligem Blinzeln gelang es ihm, etwas zu erkennen. Doch er sah keine Gesichter. Erst als er nach unten blickte, entdeckte er Big Marta, die mit einem Eimer Wasser, einem Krug und einem Beutel vor ihm stand.

»Gut, jetzt seid Ihr wach«, sagte sie, stellte den Eimer ab und öffnete den Beutel.

»Und du glaubst, das freut mich?« Im Fall von MacKays baldiger Wiederkehr wäre es James lieber gewesen, bewusstlos zu bleiben.

»Aye und nay.« Big Marta sah sich um, bevor sie anfing, ihm den Schmutz vom Leib zu waschen. »MacKay wird bald wieder da sein, und er will Euch dazu bringen, um Gnade zu flehen.«

»Er wird achtzig Jahre in seinem Grab verrotten, bevor es dazu kommt.«

»Da wäre ich mir nicht so sicher. Er hat schon viele tapfere Männer gebrochen.«

»Meine Männer, meinst du wohl. Gute Männer, die mir gegenüber nicht eidbrüchig werden wollten, selbst wenn es ihnen das Leben gerettet hätte.«

»Aye, die Wochen, nachdem Ihr weg wart und MacKay Dunncraig beanspruchte, waren eine sehr traurige Zeit. Aber bald wird alles wieder seine Ordnung haben.«

James starrte die Frau an, die auf Zehenspitzen stand und

sich reckte, um ihm die Arme zu waschen. »Kannst du in die Zukunft sehen? Hast du gesehen, dass ich hier herausgekommen bin, und zwar nicht als Leiche?«

Big Marta schnalzte ob des Hohns in seiner Stimme missbilligend mit der Zunge.

»Ihr wisst, dass ich nicht über eine derartige Gabe verfüge, aber ich habe zwei gute Ohren, und momentan weiß ich auch ein bisschen mehr als Ihr.«

»Es ist nicht ganz einfach, an Wissen zu kommen, wenn man an die Wand gekettet ist und von einem Kerl bewusstlos geschlagen wird.« James musste fast lächeln bei den blumigen Flüchen, die Big Marta ausstieß. »Was weißt du?«, fragte er leise und sah sich kurz nach den Wächtern um. »Weißt du, wie es Meggie und Annora geht?«

»Deinen Mädchen geht es so weit ganz gut. Meggie ist ein bisschen verängstigt und Annora ein bisschen angeschlagen.«

»Nur ein bisschen?«

»Na ja, während MacKay die MacLarens verfolgte, ist sie ins Dorf, um deinen Bruder und seinen Freund zu finden. So schlecht konnte es ihr also nicht gehen.«

James war sich nicht sicher, ob er ihr glauben sollte, doch er wollte jetzt nicht weiter in sie dringen. Sie hatte gesagt, dass Meggie und Annora am Leben waren, damit musste er sich einstweilen zufriedengeben. »Also, was weißt du noch?«

»Eine ganze Menge«, erwiderte sie sehr leise. »Eure Wächter sind fort, um etwas zu essen und auf den Abort zu gehen. MacKay glaubt, dass ich in der Küche gut aufgehoben bin. Allerdings hat er wohl nicht ganz verstanden, dass ich nicht gefragt habe, ob ich Euch sehen könnte, sondern *gesagt* habe, dass ich zu Euch gehen werde. Also bin ich hier runter und habe diesen feisten Narren gesagt, dass ich mich um Eure Wunden zu kümmern habe, und sie hatten nichts dagegen.«

»Sie haben sich damit abgefunden? Ich kann mir kaum vorstellen, dass MacKay oft jemanden hierher schickt, um die Wunden seiner Gefangenen versorgen zu lassen.«

Big Marta seufzte. »Früher hat er es jedenfalls getan. Er wollte, dass Eure Männer möglichst lange am Leben blieben. Manches aus dieser Zeit verfolgt mich noch heute im Schlaf.«

»Es tut mir leid, dass du das miterleben musstest. Ich hätte nicht weggehen dürfen.«

»Meine Güte, befreit Euch endlich von Euren Schuldgefühlen. Ihr musstet fliehen, um Euer Leben zu retten, und niemand hat damit rechnen können, dass MacKay Eure Leute so misshandelt. Die meisten sind davon ausgegangen, dass er sie dazu verurteilt, ihm den Treueid zu leisten oder aus Dunncraig zu verschwinden. Einige hatten ein paar schlimme Geschichten über den Mann gehört und gingen, sobald Ihr weg wart. Andere haben ihm die Treue geschworen und sind geblieben, obwohl sie sich nie mit den Männern angefreundet haben, die MacKay mitgebracht hat. Ihr einziger Gedanke war und ist es heute noch, zu überleben und in der Nähe ihrer Familien zu bleiben.«

»Ich wusste gar nicht, dass noch einige meiner Männer hier sind. Ich dachte, sie wären alle tot oder weg. Wie viele sind es denn?«

»Ich glaube fünf. Sie hatten hier eine Geliebte oder Verwandte, die sie nicht zurücklassen wollten. Edmund kannte Eure Männer nicht gut genug, um es genau zu wissen. Aber sie sind bereit«, fügte sie flüsternd hinzu.

»Bereit wozu?« James fühlte sich besser, nachdem er gründlich gewaschen worden war und einige seiner Wunden versorgt waren. Sein Kopf aber schmerzte noch immer so sehr, dass er dem, was Big Marta erzählte, allmählich nur noch mit Mühe folgen konnte.

»Euch zu retten, Junge. Diesmal wird der Dreckskerl nicht gewinnen.«

Bevor James fragen konnte, was sie damit meinte, stand Big Marta an der Tür seines Gefängnisses, und gleich darauf kehrten auch die Wächter zurück und schickten sie weg. James dachte an seine nächste Begegnung mit MacKay und verspannte sich. Diesmal würde der sich bestimmt ausgiebiger an ihm auslassen.

Ein Zittern lief durch seinen Körper, aber James versteckte es vor den Wächtern, indem er sich fest an die Steinmauer in seinem Rücken drückte. Jeder hätte wohl Angst gehabt vor dem, was MacKay ihm antun würde, doch James weigerte sich, diese Angst zu zeigen. Noch hatte er seinen Stolz, und wenn die Stunde seines Todes gekommen war, wollte er ihm mit Mut und Würde begegnen.

Seine Gedanken schweiften zu Annora. Ihm war, als würde ihm das Herz in der Brust zerspringen. Endlich hatte er die richtige Frau gefunden, nach der er immer gesucht hatte, seine ihm vom Schicksal bestimmte Gefährtin, und nun sollte ihm keine Zeit mit ihr vergönnt sein. Es würde keine Kinder mit schwarzen Haaren und großen, nachtblauen Augen geben. Seine kleine Meggie würde zur Frau heranwachsen in dem Glauben, dass MacKay ihr Vater sei, und Annora würde sehr wahrscheinlich bald zur Heirat mit Egan gezwungen werden. Um diesem Schicksal zu entkommen, würde ihr nichts anderes übrig bleiben, als zu einem weiteren Verwandten zu fliehen, dem nichts an ihr lag. James wusste, dass Tormand alles tun würde, um Annora und Meggie zu beschützen, aber wahrscheinlich würde das nicht so leicht sein, wie sie sich das vorgestellt hatten. Die beiden Menschen, die ihm am meisten bedeuteten, befanden sich in den Fängen von MacKay, und nach ihrem Fluchtversuch würde sein Griff mit Sicherheit fester.

Er sehnte sich von ganzem Herzen danach, Annora und Meggie noch einmal zu sehen – nur noch einmal. Doch er wusste, dass ihm dieser Wunsch niemals gewährt würde. Außerdem konnten Annora daraus Schwierigkeiten erwachsen. Nur wenn es ihr gelungen war, MacKay davon zu überzeugen, dass sie bloß das unschuldige Opfer eines Verrückten war, hatte sie eine Chance, dieses Abenteuer lebendig zu überstehen.

Einen Moment lang befürchtete James, dass es Annora, aufrichtig, wie sie war, nicht gelingen würde, ihren Cousin glaubhaft zu belügen. Doch dann erinnerte er sich, wie er MacKay auf Französisch beschimpft hatte und der Annora nach der Bedeutung seiner Worte gefragt hatte. Bei dieser Gelegenheit hatte Annora großes Geschick bewiesen, ihren Cousin zu belügen. Wenn sie das Gefühl hatte, dass sie oder jemand, der ihr wichtig war, in Gefahr schwebte, konnte sie offenbar nicht nur Halbwahrheiten oder Ausflüchte, sondern auch blanke Lügen auftischen, ohne mit der Wimper zu zucken.

»Na, sehen wir uns doch mal den großen Laird Drummond an, der hier herumhängt wie ein frisch geschlachtetes Lamm«, erklang auf einmal eine gedehnte weibliche Stimme, die James nur allzu bekannt war.

Als sein Blick auf Mab fiel, hätte er beinahe erschrocken aufgekeucht.

Die Frau war von oben bis unten mit Beulen übersät, und die Haare waren ihr abgeschnitten worden. Offenbar hatte sie teuer dafür bezahlt, dass sie es nicht geschafft hatte, ihn in seiner Schlafkammer festzuhalten.

»Und warum hat man dich hier heruntergelassen?«, fragte er derart verächtlich, dass die Wächter leise lachten. »Hier drunten gibt es nichts, von dem du mich ablenken könntest, Weib. Scher dich weg.«

»Aber Ihr werdet nicht mehr rauskommen, elender Wolf; jedenfalls nicht lebendig.«

James zuckte mit den Schultern und versuchte, den Schmerz zu verbergen, den diese Bewegung ihm verursachte. »Ganz offenkundig hast du nicht vor, mir zu helfen oder auch nur ein bisschen Mitgefühl zu zeigen. Also werde ich dir die Frage stellen, die ich dir jedes Mal gestellt habe, wenn du in meine Schlafkammer geschlichen bist: Was willst du hier?«

»Vielleicht möchte ich ja nur sehen, wie MacKay Euch ein wenig Demut beibringt, bevor er Euch aufhängt.«

»Und vielleicht sollte man dir auch noch den Rest deiner

Haare vom Kopf scheren«, erklang eine tiefe Stimme, die James sogleich als die von Egan erkannte.

Mab erbleichte und eilte davon.

Offenbar war es Egan gewesen, der versucht hatte, das bisschen Schönheit, das Mab ihr Eigen nennen konnte, zu zerstören. Er war es wahrscheinlich auch gewesen, der die törichte Frau auf James angesetzt hatte. Es sähe ihm ähnlich, dachte James, jeden, der ihm in die Hände fiel, für seine Demütigung leiden zu lassen.

»Ah, noch ein Besucher«, meinte James gedehnt. »Ich bin recht beliebt, hm? Wem oder was verdanke ich die Ehre?«

»Ich habe nur noch ein paar Fragen an Euch, bevor Donnell Euch zum Schreien bringt«, knurrte Egan.

»Welche Fragen?«

»Habt Ihr Annora MacKay angerührt?«

James starrte Egan wortlos an. Der Mann hatte gerade zu verstehen gegeben, dass er Annora noch nichts angetan hatte, was ihre verlorene Jungfernschaft offenbart hätte. James war so erleichtert, dass er einen Moment brauchte, um seine Gedanken zu sammeln.

»Wie ich MacKay schon gesagt habe, sollte die Frau sich um das Kind kümmern«, entgegnete er schließlich.

»Und Ihr erwartet, dass ich glaube, Ihr habt die Nacht mit ihr verbracht, ohne sie zu berühren?«

»Es gibt Männer, denen es nicht besonders lohnenswert erscheint, ein unwilliges Mädchen mit Gewalt zu beschlafen. Um Eure Frage zu beantworten – nein, ich habe Annora MacKay nicht angerührt.«

Unter bestimmten Umständen konnte auch er offenbar sehr gut lügen, dachte James. Doch ihm war klar, dass Egan nicht bereit war, ihm zu glauben, selbst wenn es die Wahrheit gewesen wäre. Für einen Mann wie Egan war es wohl unvorstellbar, dass ein Mann mit einer reizvollen Frau zusammen sein konnte, ohne seine Lust an ihrem Körper zu stillen, ob sie nun willig war oder nicht. Vermutlich war es ihm sogar ganz recht, wenn die Frau unwillig war, denn das verlieh ihm bestimmt ein Gefühl großer Macht.

Und so ein Mann sollte Annora nahe sein, wenn James nicht mehr da war. Er wollte sich lieber nicht ausmalen, was dieser Mann mit ihr anstellen würde. Aber leider konnte er es sich nur zu gut vorstellen, schließlich hatte er ihn ja schon zweimal von Annora wegreißen müssen. Es tat ihm in der Seele weh, dass er aller Wahrscheinlichkeit nach nicht mehr in der Lage sein würde, sie vor einer solchen Brutalität zu beschützen.

»Egan, ich habe nach Euch gesucht«, fauchte MacKay und trat in die Zelle.

»Ich musste den Mann fragen, ob er Annora angerührt hat«, erklärte Egan.

MacKay schubste Egan fluchend aus dem Weg und baute sich vor James auf.

»Was ist schon, wenn Annora keine Jungfrau mehr ist?«, fragte er, ohne den Blick von James zu lassen.

»Weil ich es bin, der ihr die Jungfernschaft nehmen sollte. Er behauptet standhaft, dass er sie nicht berührt hat, aber ich glaube, er lügt.«

»Tut Ihr das, Drummond?«, fragte MacKay mit einer weichen, fast sanften Stimme, bei der es James eiskalt überlief.

»Ich denke, Egan könnte recht haben. Ich denke, dass Ihr mich anlügt. Ich denke, dass auch Annora lügt. Aber ich werde ihr die Wahrheit bald aus dem Leib geprügelt haben. Allerdings muss sie sich dafür noch ein bisschen erholen, Egan hat sie nämlich etwas zu heftig verhört.« MacKay griff nach der Peitsche, die an der Wand hing. »Ich denke, jetzt werde ich mir erst einmal die Zeit nehmen, Euch zu verhören. Wisst Ihr, bei einer Sache hat mich Annora sicher belogen – nämlich wie ihr es geschafft habt, ungesehen aus Dunncraig zu verschwinden.«

»Ihr habt sehr sorglose Wächter«, erwiderte James. Er zwang sich, nicht auf die Peitsche zu blicken in Erwartung des Schmerzes, den MacKay ihm gleich zufügen würde.

»Tja nun, das mag schon sein, aber so sorglos sind sie nun doch nicht. Kaum jemand würde einen Mann, eine Frau und ein Kind übersehen, die mitten in der Nacht Dunncraig verlassen. Nay, ich denke, dieser Keep hat ein paar Geheimnisse, die ich noch aufdecken muss, und ich werde Euch dazu bringen, sie mir zu verraten.«

»Tut Euer Schlimmstes«, sagte James mit kalter Stimme. Seine Angst versteinerte sich zu tiefem, kalten Hass.

»Genau das habe ich vor«, erwiderte MacKay und hob die Peitsche.

19

Annora schien, als würden alle damit rechnen, dass sie gleich umfiel. Tatsächlich stand sie kurz davor, und die Besorgnis der anderen machte es ihr umso schwerer, sich auf den Beinen zu halten. Und die Besorgnis, kombiniert mit dem großen Respekt vor ihr, die die Männer, die mit ihr durch die Dunkelheit schlichen, ausstrahlten, ließen in ihr den Wunsch wachsen, sich einfach hinzusetzen und trösten zu lassen. Der einzige Mann, bei dem sie das heftige Bedürfnis weiterzugehen verspürte, war Tormand, und so versuchte sie, weiterhin für seine Gefühle offen zu sein. Das reichte, um sich, wenn auch mühsam, bis zu dem gut verstreckten Zugang zum Tunnelsystem vom Dunncraig Keep aufrecht zu halten.

»Wie weit ist es noch?«, flüsterte Tormand.

»Nur noch ein paar Yards«, erwiderte sie, während die Männer einer nach dem anderen tiefer in das Dunkel des Waldes eintauchten, den sie soeben erreicht hatten.

»Setzt Euch hin«, sagte Tormand und drängte sie sanft, sich mit dem Rücken an den knorrigen Stamm eines großen Baumes zu lehnen.

»Das ist wahrscheinlich nicht sehr klug, womöglich komme ich dann nicht mehr hoch.« Als Simon sich zu ihr herunterbeugte und ihr einen Weinschlauch hinhielt, lächelte sie dankbar und trank einen kleinen Schluck.

»Ihr müsst Euch nur bemühen, nicht ohnmächtig zu werden«, meinte Tormand. »Wenn nötig trage ich Euch, und Ihr könnt uns den Weg weisen. Vielleicht sollte ich das gleich tun.«

»Das ist zwar ein sehr freundliches Angebot, aber ich glaube nicht, dass ich dann weniger Schmerzen hätte«, entgegnete sie matt.

»Könnt Ihr uns den weiteren Weg nicht einfach beschreiben oder hier auf den Boden zeichnen?«

»Ich wünschte, ich könnte es, aber ich bin nur ein einziges Mal durch diese Geheimgänge gelaufen. Ich weiß, wie man von hier aus zum Durchschlupf in der Ringmauer gelangt, auch wenn das nicht der Weg ist, den James und ich nahmen, als wir aus Dunncraig flohen. Aber das weiß ich nur, weil ich in den letzten drei Jahren oft hier war und jeden Baum und jeden Strauch kenne. Den unterirdischen Weg muss ich sehen, um Euch sagen zu können, wie Ihr laufen müsst.«

»Denkt Ihr denn, Ihr werdet Euch an den Weg erinnern, wenn wir drinnen sind?«

»Aye. Ich möchte Euch nicht mit Geschichten aus meiner Kindheit langweilen, aber ich habe sehr rasch gelernt, den Weg zum Ausgangsort zurückzufinden. Ich kann einen Weg einmal gehen und finde zurück, egal, wie viel Zeit dazwischen verstrichen ist. Aber um anderen sagen zu können, wie sie gehen sollen, oder um eine Karte zeichnen zu können, muss ich den Weg sehr oft gegangen sein.«

»Eine interessante Fähigkeit«, murmelte Simon.

»Wahrscheinlich.« Sie warf einen Blick auf die MacLarens, die sich in den dichten Schatten mehrere Fuß entfernt zusammengedrängt hatten.

Leise fragte sie: »Seid Ihr Euch sicher, dass es klug ist, den MacLarens den Weg für einen Ausfall und jetzt ins Innere der Burg zu zeigen? Schließlich hegen sie einen gewaltigen Groll gegen Dunncraig.«

»Sie hegen einen Groll gegen Euren Cousin«, entgegnete Simon. »Falls James sich sorgt, dass die MacLarens jetzt über dieses Schlupfloch Bescheid wissen, kann er den Durchschlupf mühelos schließen, wenn alles vorbei ist.«

»Das stimmt.« Sie richtete sich auf und holte ein paarmal tief und langsam Luft, weil ihr klar war, dass es ziemlich wehtun würde aufzustehen. »Am besten setzen wir unseren Weg fort.«

Simon und Tormand halfen ihr behutsam auf die Beine, sodass die Schmerzen erträglich waren, aber es bedurfte weiterer tiefer, langsamer Atemzüge, damit sie das Gleichgewicht wiederfand, bevor sie sich in Bewegung setzen konnte. Mit Tormand an ihrer Seite, der seinen Arm um ihre Taille gelegt hatte, um sie zu stützen, führte Annora sie durch den Wald zum Durchschlupf zu den Geheimgängen, die sich durch den Bauch des Keeps zogen. Obgleich der Durchschlupf in der Ringmauer zwischen den dicken Wurzeln eines alten Baums schlau versteckt war, führte Annora die Männer direkt dorthin.

Tormand begab sich als Erster in den unterirdischen Gang, und dann ließ Simon Annora behutsam zu ihm hinunter. Jeder Schritt bereitete ihr nach wie vor Schmerzen, doch inzwischen konnte sie sie besser verbergen. Unablässig sagte sie sich vor, dass bald ein weiches Bett auf sie warten würde, ein Trank gegen die Schmerzen und Zeit, in aller Ruhe ihren Schmerz auszuweinen, den sie so lange hatte unterdrücken müssen. Manchmal stellte sie sich sogar vor, dass sie im Bett lag und ein besorgter James ihre Stirn sanft mit kühlem Lavendelwasser erfrischte.

Mit diesem Bild schaffte sie es, sich selbst dann weiterzuschleppen, wenn sie sich am liebsten nur noch auf den Boden gelegt und wie ein kleines Kind geweint hätte.

Als sie sich an die felsige Wand des Gangs sinken ließ, entzündete Tormand eine Fackel. Annora blinzelte, weil das plötzliche Licht ihren Augen wehtat. Tormand überließ es Edmund, den anderen in den Gang zu helfen und Fackeln zu verteilen. Er selbst begleitete Annora auf dem weiteren Weg. Sie gelangten an mehrere Abzweigungen, die Annora standhaft ignorierte, bis sie schließlich an einer die Richtung änderte. Nach wenigen Schritten hielt Simon sie auf.

»Wohin führt uns dieser Weg?«, fragte er.

»Zu den Verliesen«, erwiderte sie. Sie erinnerte sich noch sehr deutlich daran, dass James hier angehalten und sie darauf hingewiesen hatte. »Der Gang, den wir soeben verlassen haben, führt zur Küche. Man muss einfach nur geradeaus weitergehen und nach ein paar breiten, unebenen Stufen Ausschau halten. Auf diesen Stufen gelangt man an eine Tür, die in die Vorratskammer führt. Diese Kammer ist stets unverschlossen.«

»Wartet hier«, ordnete Simon an.

Sie lehnte sich an Tormands starken Körper und murrte: »Wohin, denkt er wohl, werde ich gehen?« Als Tormand leise lachte, musste sie lächeln. »Was hat er vor?«, fragte sie.

»Ein paar Männer durch die Küche in den Keep schicken.«

»Hoffentlich warnt er sie vor Big Marta.«

»Sie rechnet damit, dass etwas passiert, also glaube ich nicht, dass von ihr Gefahr droht. Wie weit ist es denn noch bis zu den Verliesen?«

»James meinte, man müsse einfach geradeaus weitergehen, dann würde es etwa zehn Minuten dauern, wenn man sich sehr wachsam bewegt, und viel weniger, wenn man nicht befürchten muss, gesehen oder gehört zu werden. Ich war nicht besonders erpicht, mehr zu erfahren, ich wollte nur wissen, wie ich zurückfinde.«

»Weil Ihr schon einmal ausgesetzt worden seid?«

Der Mann war tatsächlich sehr scharfsinnig. »Aye«, erwiderte sie. »Mehrmals hat mich ein Verwandter zu einem anderen gebracht, ohne sich zu vergewissern, dass der andere zu Hause oder überhaupt bereit war, mich aufzunehmen. Meine Tante Agnes hat es dreimal getan, bis mich dann eine andere Cousine endlich bei sich aufgenommen hat.«

Tormand blieb stumm, doch sie spürte, wie sich sein Arm in stillem Mitgefühl ein wenig fester um ihre Schulter legte. Annora hatte befürchtet, dass eine solche Geste demütigend sein könnte, aber dem war nicht so. Sie spürte nur Tormands Empörung, und das tröstete sie so, dass sie das Mitgefühl gut annehmen konnte.

Jedenfalls war es kein Mitleid, denn damit hätte sie nur schlecht umgehen können.

Als Simon zurückkehrte, setzten sie ihren Weg fort. Das leise Geräusch von Stimmen gab ihnen zu verstehen, dass sie sich rasch ihrem Ziel näherten. Tormand löschte seine Fackel, und Annora wartete auf die Angst, die sie immer überfiel, wenn sie im Dunkeln festsaß. Doch die Angst flackerte nur kurz auf, bevor sie wieder verschwand. Offenbar war Annora zu sehr mit ihren Schmerzen und den Sorgen um James beschäftigt, um sich vor der Dunkelheit zu fürchten. Im Dunkeln konnte nichts lauern, was beängstigender war als die Möglichkeit, nichts tun zu können, um James vor ihrem grausamen Cousin zu retten. Als ihre Knie nachgaben, war Tormand sofort wieder neben ihr und zog sie fest an sich.

»Ganz ruhig, Mädchen«, flüsterte er ihr ins Ohr. »Ich habe einen sicheren Platz gefunden, wo Ihr Euch ausruhen könnt, während wir James retten.« Damit schlich er leise weiter und zog sie mit sich.

Als sie seine wachsende Erregung wahrnahm, dachte sie, dass Männer wirklich sonderbare Wesen waren. Wie kam es nur, dass sie solche Angriffe anregend fanden? Tormand und die anderen schienen sich auf den bevorstehenden Kampf richtig zu freuen. Sie würden bestimmt bitter enttäuscht sein, wenn es kein blutiges Gefecht würde.

Ein schwacher Lichtschein drang in die Dunkelheit, als Tormand Annora zu einer Nische in der Wand führte und ihr bedeutete, dort zu bleiben. Die Stimmen waren inzwischen deutlich zu vernehmen, offenbar war sie wirklich nur noch wenige Schritte von James' Gefängnis entfernt. Beim scharfen Knall einer Peitsche hätte Annora fast laut aufgestöhnt. Tormand hatte jedoch damit gerechnet und sanft eine Hand auf ihren geschwollenen Mund gelegt.

»Ganz ruhig, Mädchen. Ihr habt bisher großen Mut bewiesen«, flüsterte er ihr ins Ohr und nahm die Hand wieder weg. »Bleibt stark!«

»Er tut James weh!«, flüsterte sie zurück, den Tränen nahe.

»Nicht mehr lange.«

Obwohl Tormand noch immer flüsterte, konnte Annora die kalte, harte Entschlossenheit in seiner Stimme hören. Außerdem kochte die Wut in ihm. Eine solche Wut machte Annora meist sehr unruhig, doch diesmal fand sie einen gewissen Trost darin. Tormand Murray würde ihren Cousin teuer bezahlen lassen für jeden Schmerz, den er James zugefügt hatte. Sie nickte, während Tormand davonschlich, dann saß sie da, mit dem Rücken an den kühlen, feuchten Stein gelehnt, und hoffte, dass die von den Felswänden ausgehende Kälte sie wach halten würde.

Sie hörte Tormands Männer einen nach dem anderen vorbeischleichen. Die grimmige Entschlossenheit, die sie in jedem von ihnen wahrnahm, beschwichtigte ihre Angst um James ein wenig. Donnells Schreckensherrschaft auf Dunncraig stand kurz vor ihrem blutigen Ende.

James biss die Zähne so fest zusammen, dass er schon fürchtete, bald keine mehr im Mund zu haben, wenn die Folter anhielt. Das Schwitzen aber konnte er nicht unterdrücken, aber MacKay könnte denken, dass es viele Ursachen haben könnte, abgesehen von Angst. James wünschte, er hätte keine Angst, doch da der Mann vor nichts zurückschrecken würde, um ihm den größtmöglichen Schmerz zuzufügen, fiel es ihm schwer, seine Angst zu bezähmen.

»Ihr seid ein sturer Kerl, James Drummond«, sagte MacKay mit ruhiger Stimme.

Diese Ruhe ließ MacKay weitaus furchterregender wirken, als er tatsächlich war. James bezweifelte, dass der Mann so ruhig vor ihm stehen und ihn so sanft und kalt angrinsen würde, wenn er es mit jemandem zu tun hätte, der nicht in Ketten lag. Die meisten brutalen Männer vom Schlage MacKays waren im Grunde feige. Sobald er sich bedroht wähnte, würde MayKay um sein Leben rennen, dessen war sich James sicher.

»Und Ihr seid ein feiger Hund, der vor einem gefesselten

Mann herumstolziert und tut, als sei er tapfer und habe das Kommando. Nehmt mir die Ketten ab, damit wir fair kämpfen können, und dann werden wir sehen, wie mutig Ihr wirklich seid.« Er wunderte sich nicht, dass ihm seine Worte einen weiteren Peitschenhieb einbrachten.

»Ihr herrscht hier nicht mehr, Drummond«, fauchte MacKay und zeigte dabei die Wut und den Neid, die er hinter seiner kühlen Skrupellosigkeit verborgen hatte. »Jetzt herrsche ich.«

»Eure Herrschaft fußt auf Lügen und Verrat. Wie lange, glaubt Ihr, wird sie wohl dauern?«

»Solange ich will. Die Einzigen mit einem rechtmäßigen Anspruch auf diesen Ort sind tot, wie Eure kleine Gemahlin Mary etwa, oder auf der Flucht.«

»Ich nehme an, es machte Euch großen Spaß, mir die Hörner aufzusetzen.«

»Mary hat zuerst mir gehört.«

»Warum habt Ihr sie nicht behalten?«

»Weil sie eine stattliche Mitgift hatte und ihre Eltern meinten, sie könne eine bessere Partie machen. Aber ich wollte es so, ich hatte es mir verdient.«

»Verdient, womit?«

MacKay richtete sich auf und blähte seine runde Brust, sodass er wie ein stolzer Hahn aussah. James wollte ihn dazu bringen, die Wahrheit über seine Verbrechen auszuplaudern. Wenn er schon sterben musste, dann wollte James es mit den Antworten auf all seine Fragen und den Bestätigungen seiner Annahmen oder einfach nur mit der vollen, hässlichen Wahrheit.

»Indem ich die dumme Kuh dazu gebracht habe, sich in mich zu verlieben.« MacKay schüttelte den Kopf, als wundere er sich wieder einmal, wie leicht es gewesen war, Marys Zuneigung zu gewinnen. »Wisst Ihr, warum sie Euch so gehasst hat? Warum sie alles tat, was ich wollte, und Euch wieder und wieder hinterging?«

»Zugegeben – ich bin neugierig, warum sie ein brutales kleines Schwein wie Euch haben wollte und nicht einen Laird mit vollem Geldbeutel, einen, der weder zu hässlich noch zu alt war.« Er biss wieder die Zähne zusammen, als MacKay seine Peitsche nur eine Handbreit von seinen Lenden entfernt auf ihn herabsausen ließ.

»Narr! Ihr habt die Frau, die Ihr geheiratet habt, nie richtig gekannt. Sie war nicht die süße, schüchterne Maid, wie sie es allen, selbst ihren Eltern, vorgespielt hat. Sie war eine Hure. Ich wette, Ihr habt sie für eine Jungfrau gehalten, aber das war nur ein Trick, den sie von einer Frau in einer Schenke gelernt hat, als sie mit ihrer Mutter auf Pilgerreise war.«

James hatte sich tatsächlich oft genug gefragt, wie er sich nur so gewaltig hatte täuschen lassen. Wahrscheinlich hatte es Marys Betrug erleichtert, dass er zuvor noch nie mit einer Jungfrau geschlafen hatte.

Seit er mit Annora zusammen war, hatte er gelegentlich über seine seltsame Hochzeitsnacht mit Mary nachgedacht. Die Geständnisse in ihrem Tagebuch, aus denen klar hervorging, dass sie in Liebesdingen sehr erfahren war, hatten ihn nicht völlig überrascht.

»Dennoch habt Ihr die Frau umgebracht, die Euch so lange etwas bedeutete.«

»Meine Güte, wer behauptet, dass mir diese Kuh etwas bedeutete? Sie war eine Geliebte, die Spaß an den härteren Praktiken hatte. Und als ihre Eltern dann beschlossen, sie Euch zur Frau zu geben, dachte ich, dass mir das nutzen konnte. Aber Ihr habt mir nie eine Stellung angeboten und mir auch nie geholfen, eine zu finden, die meinem Verstand und meiner Listigkeit würdig war.« Der Groll in MacKays Stimme verriet James, dass diese Beleidigung ihn noch immer kränkte. »Also beschloss ich, mich auf Euren Stuhl zu setzen. Ich hatte von einem Mann gehört, der den gesamten Besitz eines anderen bekommen hatte, nachdem er bewiesen hatte, dass der eine Verwandte ermordet hatte. Er beanspruchte alles als Wiedergutmachung für den Verlust der Frau. Da ging mir auf, dass Mary mir von Nutzen sein konnte. Ich drängte sie, Euch zu heiraten, und versicherte ihr, dass sie bald Witwe sein würde.«

»Ihr habt Euch ziemlich viel Zeit gelassen, Euren Plan in die Tat umzusetzen.«

In der anderen Ecke des Verlieses, nahe der Stelle, wo die Wächter trinkend und dem Geständnis ihres Lairds lauschend saßen, bewegte sich ein Schatten.

Gerade als James sich fragte, warum die Männer nicht gingen, offenbar nicht begriffen, dass es tödlich war, MacKays düstere Geheimnisse zu kennen, bemerkte er eine weitere schwache Bewegung im Dunkeln. Sein Herz pochte vor Hoffnung, dass er nicht nur einer Täuschung des Lichtes aufgesessen war oder einem Trugbild, heraufbeschworen durch seine Schmerzen.

Er versuchte, den Blick wieder starr auf MacKay zu richten. Sollte in der anderen Ecke des Verlieses etwas passieren, wollte er MacKay nicht darauf aufmerksam machen.

»Ein guter Plan braucht Zeit zu reifen«, verkündete MacKay hochtrabend. »Ich musste mir Verbündete suchen, Männer, die dafür sorgten, dass ich die Wiedergutmachung auch wirklich bekam, wenn man Euch für den Mord an Eurer Frau, meiner Verwandten, verurteilte. Dann brachte Mary Margaret zur Welt, was natürlich noch besser für mich war. Ich hatte Zeugen, dass sie und ich ein Paar waren, und konnte mühelos behaupten, dass Margaret mein Kind war, wenn nicht nach dem Gesetz, so doch nach dem Blut. Das konnte mir helfen, und es würde Euch einen ausgezeichnetes Beweggrund liefern, Eure Gemahlin zu töten.«

»Aber sie wurde damals gar nicht umgebracht, oder? Es war nicht Marys Leichnam, den wir in dem ausgebrannten Cottage fanden.«

»Nay, das war eine Magd aus dem Nachbardorf. Wir hatten ein Verhältnis miteinander, und Mary kam dahinter. Eine Weile hat sie es geduldet, doch dann wurde sie eifersüchtig und brachte die Frau um. Da ich mittlerweile alles hatte, was ich brauchte, um Euch verurteilen zu lassen und mir Dunncraig anzueignen, beschloss ich, meinen Plan auszuführen und die Welt glauben zu lassen, die Tote sei Mary.«

Das Kinn auf der Brust, spähte James zu den Wächtern hinüber und hätte beinahe laut seiner Überraschung Ausdruck gegeben – sie waren verschwunden. Da er sich sicher war, dass niemand außer ihm und Annora die Geheimnisse von Dunncraig kannte, wusste er, dass die Wächter nicht durch einen der Gänge davongeschlichen sein konnten. Doch als er MacKay wieder dazu bringen wollte, mit seinem Geständnis fortzufahren, traf ihn die Peitsche quer über den Bauch, und er keuchte auf.

Die Überraschung machte es ihm unmöglich, die Zeichen des Schmerzes zu verbergen.

»Werdet Ihr es leid, meinen Siegen weiter zuzuhören?«, schnaubte MacKay.

»Vielleicht solltet Ihr ihm nicht so viel erzählen«, gab Egan zu bedenken.

»Warum nicht? Wem will er es erzählen? Er wird sehr bald die Würmer füttern, und Tote können keine Geschichten mehr erzählen.«

Egan schnitt eine Grimasse. »Mir ist es lieber, wenn möglichst wenige meine Geheimnisse kennen.«

»Möglichst wenige lebendige, atmende Menschen, Egan. Der Narr hier ist so gut wie tot. Er ist nur zu dumm, um mit dem Atmen aufzuhören.«

»Wo habt Ihr Mary eigentlich versteckt?«, fragte James, sobald er das Gefühl hatte, wieder mit ruhiger Stimme sprechen zu können.

»Hier und da«, erwiderte MacKay. »Ich habe sie dazu gebracht, sich an verschiedenen Orten aufzuhalten, damit keiner sie entdeckte. Aber sie hat sich nicht an meinen Befehl gehalten. Sie kam immer wieder her, und dann fing sie an, von mir zu verlangen, dass ich sie heirate. Die dumme Frau begriff offenbar nicht, dass sie nie mehr nach Dunncraig zurückkehren konnte. Sie hatte es sich in ihren törichten Kopf gesetzt, dass sie wieder Herrin von Dunncraig sein könnte und meine Gemahlin, sobald ich Dunncraig übernommen hatte. Ich habe monatelang versucht, sie dazu zu bringen, die Gegend zu verlassen. Dann hat sie mir erklärt, dass sie mit meinem Kind schwanger sei. Ihr braucht nicht zu erfahren, warum ich mir sicher war, dass es nicht mein Kind war, aber ich wusste es genau. Sie hat immer wieder irgendwelche Liebhaber gehabt und ständig riskiert, erkannt zu werden. Wenn sie je erwischt worden wäre, hätte sie mich nie gedeckt. So habe ich sie schließlich getötet, fast ein Jahr nach Eurer Flucht, nach Eurer Bezichtigung des Mordes an ihr.«

»Wo ist sie begraben?«

»Was geht Euch das an?«

»Ich weiß nicht, ob es mich etwas angeht, aber Mary war Meggies Mutter, und deshalb verdient sie ein ordentliches Begräbnis. Es wundert mich, dass Ihr nicht selbst dafür gesorgt habt, um sie ab und zu besuchen zu können.«

»Warum hätte ich das tun sollen?«

»Wenn sie nicht eine solch törichte, blinde Frau gewesen wäre, hättet Ihr Euren dicken Hintern nie in meine Große Halle gebracht.«

»Ihr seid einfach nicht schlau genug, an den richtigen Stellen den Mund zu halten, stimmt's?« MacKay knallte ihm die Peitsche auf die rechte Hüfte.

James ignorierte das Brennen und das Gefühl von warmem Blut, das ihm über den Oberschenkel rann. Er ließ MacKay nicht aus den Augen. »Wo ist sie begraben?«

»Was geht Euch das an?«, fragte MacKay erneut.

»Eines Tages will Meggie es vielleicht wissen, und ich würde ihr gern zeigen, wo ihre Mutter beerdigt ist.«

»Es Margaret zeigen? Seid Ihr sicher, dass Ihr noch bei Trost seid? Wie wollt Ihr dem Kind etwas zeigen, wenn Ihr tot seid? Ich sollte Euch direkt neben Mary einscharren, damit sie Euch auf dem Weg in die Hölle die Ohren volljammern kann. Ihr seid ein toter Mann, Ihr Narr. Ihr seid ein toter Mann!«

Ein flüchtiger Blick auf seinen Bruder Tormand sagte ihm, dass das Verschwinden der Wächter nur der Anfang gewesen war. Er fragte sich, ob Annora seine Leute dazu gebracht hatte, ihn aus dem Verlies zu befreien. Lächelnd blickte er MacKay an.

»Nay, ich glaube vielmehr, dass Ihr das seid.«

20

Der Angriff brach so plötzlich los, dass Annora es fast nicht mitbekommen hätte. Völlig benommen von all den Geständnissen, die aus Donnell heraussprudelten, hatte sie sich nicht von dem Fleck gerührt, an den Tormand sie gebracht hatte. Jedes Mal, wenn MacKay eine Pause einlegte – offenbar, weil er James noch ein wenig mehr demütigen wollte –, hatte sie versucht, in den Schatten Simon auszumachen. In dem Moment, als sie ihn, an die gegenüberliegende Wand des Gangs gedrückt, entdeckte – dichter bei James kauernd als sie –, drehte er kurz den Kopf und winkte ihr zu, als hätte er gespürt, dass sie nach ihm suchte. Erleichtert, dass der Mann des Königs jedes der Worte vernahm, die Donnell ausspuckte, hörte sie wieder aufmerksam zu, wie ihr Cousin sein eigenes Grab schaufelte.

Obwohl sie begierig auf die Antworten wartete, die Donnell so ahnungslos von sich gab, kostete es Annora große Mühe, wach zu bleiben. Ihr Körper verlangte nach Ruhe, um zu heilen. Annora zwang sich, aus ihrem Halbschlaf zu erwachen, als sie Edmund die Leiche eines Wächters wegschaffen sah. Sofort war sie wieder hellwach.

Sie blickte auf die Stelle, an der die Wächter gesessen hatten, und stellte fest, dass Edmund offenbar den letzten von ihnen aus dem Weg geräumt hatte.

Simon, Tormand und die anderen begannen nun, sich langsam an Donnell und Egan heranzuschleichen. MacKay war offenbar so beschäftigt, James zu zeigen, wie gründlich er ihn an der Nase herumgeführt hatte, dass er gar nicht merkte, dass sechs seiner Männer getötet worden waren und eine Gruppe Bewaffneter langsam näher rückte. Wieder einmal fragte sich

Annora, wie Donnell es nur geschafft hatte, unbemerkt all diese Verbrechen zu verüben. Dann vernahm sie in der Stimme von James etwas Seltsames und kroch leise um die Ecke, um ihn besser sehen zu können.

Es fiel ihr schwer, einen empörten Aufschrei zu unterdrücken. James war halb nackt an die Wand gekettet, und sein schöner, starker Körper war überzogen von Peitschenstriemen. Doch offenbar war er noch nicht ernstlich verletzt. Zweifellos hatte er große Schmerzen, aber seine Wunden würden rasch verheilen, wenn er befreit wurde, bevor Donnell ernsten Schaden anrichten konnte.

Plötzlich blickte Egan in ihre Richtung. Annora war sicher, dass niemand sie sehen konnte, doch einige der Männer, die auf Donnell zukrochen, befanden sich nicht länger unter dem Schutz der Dunkelheit. Auf einmal zog Egan sein Schwert, und Tormands Männer erhoben sich mit einem Schlachtruf. Ohrenbetäubendes Gebrüll erfüllte den Gang, in dem Annora in der Nische kauerte. Sie hielt sich die Ohren zu, um den Lärm zu lindern. Während das Schreien und Rennen anhielt, wandte sie keinen Blick von James und schickte ein Stoßgebet gen Himmel, dass ihm nichts passieren möge, jetzt, nachdem seine Rettung so nahe war.

James sah den Schrecken in Donnells Gesicht aufblitzen, als Tormand, Simon und ein halbes Dutzend Bewaffneter einen Herzschlag nach Egans Warnruf in das Verlies stürmten. Zweifellos dachte Donnell an all das, was er in seiner wüsten Prahlerei preisgegeben hatte.

James erstarrte, als Donnell sein Schwert zog und ihn wütend anfunkelte. Wie sollte er sich verteidigen?

Doch dann schubste Donnell Egan auf die Angreifer zu und hastete die Stufen in den Keep hinauf. Egan fluchte, verschwendete aber keinen Gedanken darauf, ob er sich verteidigen oder ergeben sollte, sondern jagte sofort hinter seinem feigen Laird her.

»Grundgütiger, befreit mich aus diesen Ketten!«, knurrte

James, als es aussah, als ob alle anderen ebenfalls hinter Donnell und Egan die Treppen hocheilen und ihn einfach in seinen Ketten unten lassen wollten.

»Aye, aye«, erwiderte Tormand. »Ich suche ja nur nach dem Schlüssel.«

»Hier«, meinte Edmund, der inzwischen ebenfalls aus dem Dunkel des Gangs getreten war, und überreichte Tormand einen Schlüsselbund. »Der letzte Wächter hatte die Schlüssel. Kümmert Ihr Euch um Euren Bruder?«

»Aye, und ihr anderen solltet sehen, ob ihr oben gebraucht werdet. Wir müssen das Tor öffnen.« Während die Männer davoneilten, trat Tormand zu James und fing an, die Schlösser an den Ketten zu öffnen.

»Habt ihr denn ein Heer mitgebracht?«, fragte James. Er fluchte, als er endlich wieder auf den Füßen stand und feststellte, dass er nach dem stundenlangen Hängen in Ketten schwankte.

»Ein kleines«, erwiderte Tormand, während er seinen Bruder stützte, der versuchte, seinen Körper zu lockern, um sich mehr oder weniger geschmeidig bewegen zu können.

»Wie habt ihr das geschafft?«

»Wir haben ein paar Dorfbewohner rekrutiert, die einigermaßen mit dem Schwert umgehen können, und den Rest deiner früheren Burgbesatzung, der dir die Treue bewahrt hat. Und ein paar MacLarens.«

»MacLarens? Wir befehden uns doch. Donnells letzter Überfall kostete dem Sohn des Lairds das Leben.

»Simon hat sie überzeugt, dass du und die meisten der Menschen von Dunncraig nichts damit zu tun haben. Er hat ihnen gesagt, wenn sie den wahren Schuldigen zu fassen bekommen wollten, sollten sie sich mit dir verbünden. Dir vor Simon ein Versprechen zu geben, ist fast dasselbe wie es dem König selbst zu geben. Sie wollen Donnell.«

»Ich auch. Hast du gehört, was er gesagt hat?« Allmählich hatte James wieder das Gefühl, dass ihn seine Beine tragen würden. Er suchte seine Kleider zusammen und zog sich an, begierig darauf, sich in den Kampf oben zu stürzen.

»Ach, übrigens – auch Simon hat sehr gut zugehört. Ich glaube, er würde Donnell am liebsten lebend haben und nicht tot, denn er will von ihm noch die Namen der Leute von oben, die ihm geholfen haben, einen Unschuldigen verurteilen zu lassen.«

Während er sein Schwert gürtete, meinte James: »Auch ich will ihn lebend, damit alle anderen sein Geständnis hören können. Aber wie habt ihr überhaupt den Weg hierher gefunden? Ich konnte dir ja keine Karte zeichnen, und niemand sonst kennt sich in den unterirdischen Gängen aus.«

»Das stimmt nicht ganz«, meinte Tormand. »Dein Mädchen kennt sich aus.«

»Annora? Aber sie ist doch nur ein einziges Mal durch diese Gänge gelaufen.«

»Offenbar reichte ihr das, um sich an jeden Schritt zu erinnern.«

»Erstaunlich. Aber wo steckt sie eigentlich? Ich glaube, Egan hat sie verprügelt. Ich würde mich sehr gern davon überzeugen, dass es ihr gut geht.«

»Nun, sie ist hier.« Tormand zuckte mit den Schultern, als James ihn anfunkelte. »Sie konnte uns den Weg nicht sagen, und sie konnte auch keine Karte zeichnen, denn sie erinnert sich nur an einen Weg, wenn sie ihn selbst geht.«

»Das verstehe ich nicht.«

Als Annora das hörte, seufzte sie und versuchte, sich zu erheben.

»Das habe ich heute Abend schon ziemlich oft gehört«, sagte sie mühsam.

»Annora?«

James eilte zu ihr, doch dann blieb er erschrocken stehen. Auch wenn es sehr düster war, konnte er doch erkennen, dass sie alles andere als gut aussah. Er nahm sie sanft bei der Hand und führte sie in das von Fackeln erleuchtete Verlies. Als er sie endlich eingehend mustern konnte, keuchte er erschrocken auf. Eine harte, kalte Wut ballte sich in ihm zusammen.

»Dein armes kleines Gesicht«, sagte er leise und strich vorsichtig über ihre geschwollenen Wangen. »Das hat Egan dir angetan, oder?«

»Aye. Ich habe ihm und Donnell nicht gesagt, was sie hören wollten.« Sie streichelte sein ebenfalls malträtiertes Gesicht. »Aber du siehst nicht viel besser aus.«

»Das wird bald wieder heilen.«

»Bei mir auch.«

»Geht es dir wirklich gut?«

Sie nickte matt lächelnd. Sein Eifer, sich in die Schlacht zu stürzen und sein Heim zurückzubekommen, war unverkennbar, und sie wollte ihn nicht davon abhalten. So versuchte sie nach Kräften, ihm zu verheimlichen, dass sie kaum stehen konnte, und drückte die Knie durch, als ihre Beine vor Schmerz und Schwäche zu zittern begannen. James sollte jetzt hinaufgehen und kämpfen, bevor sie zusammenbrach und er sich genötigt sah, ihr zu helfen.

»Geh, James«, sagte sie. »Geh und rette Dunncraig.«

»Wenn du Hilfe brauchst …«, fing er an.

»Nay, schließlich bin ich auch ohne deine Hilfe hierhergekommen.« Er brauchte nicht zu wissen, dass sie sich dafür ziemlich viel Hilfe bei anderen hatte holen müssen. »Ich weiß, dass du an diesem Kampf teilnehmen willst, ja teilnehmen musst, also geh und kämpfe! Aber versuche nicht, Donnell zu töten, da Simon denkt, dass er uns lebendig mehr nützen wird, zumindest noch ein Weilchen.«

»Ich werde es versuchen. Darf ich wenigstens Egan töten?«

Trotz der grimmigen Anfrage wirkte er so jungenhaft, dass sie lächeln musste.

»Aye, ich glaube eigentlich nicht, dass ihn jemand lebendig brauchen kann.«

Er drückte einen sanften Kuss auf ihre geschwollenen Lippen, dann stürmte er nach oben. Annora sah Tormand an, der sie stumm musterte. Sie versuchte, sich etwas aufzurichten, doch seinem schiefen Lächeln entnahm sie, dass es ihr nicht gelang.

»Er muss an diesem Kampf teilnehmen«, sagte sie.

»Aye, das muss er. Und Ihr müsst ins Bett«, meinte er.

»Ich schaffe es dorthin auch alleine. James braucht Euch, damit Ihr ihm Deckung gebt, oder?«

Tormand nahm sie am Arm und half ihr die Stufen hoch. »Edmund und Simon werden das übernehmen, bis ich mich zu ihnen gesellen kann.«

Annora merkte schon nach der ersten Stufe, dass sie seine Hilfe benötigte. Auf dem Weg nach oben musste Tormand sie zunehmend stützen.

An der Tür angelangt, zitterte sie so heftig, dass er sie beinahe tragen musste.

In der Großen Halle sahen sie Simon, Donnell, James und Egan miteinander kämpfen. Tormand setzte Annora auf eine Bank nahe der Tür, die zur Küche führte, und eilte an James' Seite. Annora spürte eine Bewegung neben sich. Als sie den Kopf hob, sah sie Big Marta und Meggie, die hinter den Röcken der Köchin hervorlugte. Da Annoras Aussehen das Mädchen augenscheinlich erschreckte, rang sie sich ein beruhigendes Lächeln ab, was Big Marta mit einem Brummen kommentierte und was Annora sagte, dass sie ihr das nicht abnahm.

»Soll ich Euch ins Bett helfen, Mädchen?«, fragte sie Annora.

»In Kürze«, erwiderte diese, wohl wissend, dass sie gestützt werden musste, aber das wollte sie vor Meggie nicht zugeben. »Ich wollte mir das hier nicht entgehen lassen.«

Big Marta starrte ihr übel zugerichtetes Gesicht an, dann nickte sie.

»Ja, da habt Ihr recht.«

***

»Ihr habt die MacLarens in den Dunncraig Keep geführt!«, brüllte Donnell, als ob James etwas Unrechtes getan hätte.

»Sie sind nicht meine Feinde«, entgegnete James. »Sie wollen gegen Euch kämpfen, und ich denke, sie haben es verdient, den ältesten Sohn ihres Lairds zu rächen.« James sah Egan an, und sah Annoras malträtiertes Gesicht vor sich. »Und Euch werde ich für jede Prellung, die Ihr Annora beigebracht habt, ein Stück abschneiden.«

»Ich hatte also recht«, fauchte Egan und baute sich vor James auf, während Donnell zurückwich. »Ihr habt sie zu Eurer Hure gemacht.«

James wusste, dass es falsch war, sich beim Kampf von der Wut die Sinne trüben zu lassen. Dennoch stürzte er sich mit einem wütenden Knurren auf Egan. Schon nach wenigen Hieben hatte er allerdings die nötige Ruhe zurückerlangt. Sobald er seine Gefühle wieder im Griff hatte, drängte er Egan kalt und präzise in eine Ecke.

Egans Kampfstil war unüberlegt, er hatte es einzig und allein darauf abgesehen, seinem Gegner den Kopf von den Schultern zu trennen. James wusste, dass er diesen Mann mit seinem Geschick mühelos schlagen konnte, und er nutzte es meisterhaft. Innerhalb kürzester Zeit schwitzte Egan und blutete aus einem Dutzend kleinerer Wunden, doch noch hinderte er James am Todesstoß.

»Ergebt Ihr Euch?«, fragte James, dem sein Ehrgefühl gebot, dem Mann diese Wahl anzubieten.

»Wozu? Dass ich neben dem Narren baumle, der vor einem Mann des Königs alles gestanden hat?«

»Vielleicht könnt Ihr Euch ein wenig Milde erkaufen, wenn Ihr Euch bereit erklärt, von all den Verbrechen zu berichten, die Euer Laird begangen hat.«

»Das glaube ich nicht.«

»Wollt Ihr es nicht versuchen?«

»Nein!«

Egans plötzlicher Angriff überraschte James, und er bezahlte dafür mit einer großen Schnittwunde in seiner Seite und einer kleineren am Bein. Doch Egan war nicht geschickt genug, daraus einen Vorteil zu ziehen. Sobald James sein Gleichgewicht wiedergefunden hatte, begann er, Egan anzugreifen. Der folgende Kampf dauerte nicht lange. Egan war schnell geschwächt, sodass James kaum über den Hieb nachdenken musste, der den Mann niederstreckte.

Sobald Egan auf dem Boden lag, das Leben aus seiner sauberen Schnittwunde am Hals sprudelte, wandte sich James Donnell zu.

»Ergebt Ihr Euch?«, fragte er.

Zu seiner Überraschung gab Donnell auf, warf sein Schwert Simon vor die Füße und ließ sich von ihm die Hände auf den Rücken binden. James wankte, Blutverlust und Folter machten sich bemerkbar. Doch Tormand war sofort zur Stelle und half ihm, ein letztes Mal Donnell gegenüberzustehen. Bevor James seine Wunden versorgen ließ, musste er sich noch vergewissern, dass das tatsächlich das Ende war – dass er bald ein freier Mann sein würde und sein Land wieder ihm gehörte.

»Habt Ihr alles gehört, was Ihr hören wolltet, Simon?«, fragte er.

»Aye, mehr als genug. Das und das Tagebuch und die Zeugen, die wir haben, werden reichen, um Euer Ansehen wieder herzustellen«, erwiderte Simon.

»Was für ein Tagebuch?«, fragte Donnell.

»Mary hat Tagebuch geführt und darin viel über all Eure Verbrechen festgehalten«, erwiderte James.

Der Ausdruck auf Donnells Gesicht zeigte James, dass MacKay es bereute, sich ergeben zu haben. Eindeutig hatte er gedacht, seine Freunde zu benutzen oder einflussreiche Männer zu erpressen, um seinen Kopf zu retten. Doch diesmal würde es nicht funktionieren. Und er, James, würde sich nicht wundern, wenn jetzt sogar einige derjenigen, die Donnell das letzte Mal erpresst hatte, ihm zu helfen, erpicht darauf wären, den Mann am Galgen zu sehen.

Als Simon und Edmund Donnell fortbrachten, ging James zu der Bank hinüber, auf der Annora saß und wartete, während Big Marta ihre Sachen zur Wundversorgung holte. Als Meggie vorsichtig näher kam, rang er sich ein Lächeln ab, konnte jedoch die Sorge in ihren braunen Augen kaum zerstreuen. Er las allerdings auch Neugier in ihrem Blick.

Gleich würde er wohl ein paar unangenehme Fragen beantworten müssen.

»Wer seid Ihr?«, fragte Meggie. »Ihr seid kein Holzschnitzer, oder?«

»Nay, Mädchen, ich bin Sir James Drummond, der ehemalige Laird von Dunncraig.«

»So hieß mein Vater. Er war der Mann, der mit meiner Mutter verheiratet war, als sie mich bekam. Deshalb ist er auch mein Vater, oder?«

»Aye, das macht ihn zu deinem Vater.« Es war wohl zwecklos, dieses Gespräch zu vermeiden oder die Gedanken des Kindes auf etwas anderes zu lenken. James vermutete, dass sich Meggie nicht so leicht von etwas ablenken ließ, das sie interessierte.

Annora beobachtete die unterschiedlichen Gefühlsregungen in Meggies Gesicht, und ihr wurde mulmig, als sie Zorn in den braunen Augen aufblitzen sah. Nachdem Meggie gestanden hatte, sie glaube nicht, dass Donnell ihr richtiger Vater sei, hatte sie ab und zu über den früheren Laird gesprochen. Da er der Mann ihrer Mutter gewesen war, hatte Meggie vermutet, dass er ihr Vater sei. Annora hatte nie etwas dazu gesagt, weil sie wusste, dass James dem kleinen Mädchen die Wahrheit selbst sagen wollte. Was James nicht wusste, war, dass Meggie gelegentlich den Verdacht geäußert hatte, ihr richtiger Vater sei ihretwegen weggegangen.

Annora bedauerte jetzt, ihm das nie gesagt zu haben, denn sie befürchtete, dass er es jetzt gleich mit der Wut eines Kindes zu tun bekommen würde, das dachte, es sei verstoßen, verlassen und ungeliebt gewesen.

»Wenn Ihr Sir James Drummond seid, dann seid Ihr mein Vater.«

»Aye, das bin ich.«

»Warum seid Ihr fortgegangen?«

»Weil MacKay alle Welt glauben ließ, dass ich deine Mutter getötet habe, und ich geächtet worden bin. Hast du diese Geschichte nie gehört?«

»Aye, zum Teil schon. Aber Ihr habt meine Mutter nicht getötet, oder?«

»Nay, das war MacKay.«

»Das wundert mich nicht. Er hat ständig Leute getötet.«

»Und was denkst du nun, meine kleine Meggie?«, fragte James. »Bist du bereit, mich als deinen Vater anzuerkennen, oder müssen wir uns noch ein Weilchen darüber unterhalten?«

Meggie kaute auf ihrer Unterlippe und betrachtete nachdenklich den vor ihr sitzenden Mann. »Ihr seid also nicht weggegangen, weil ich ein böses Mädchen war?«

»Nay! Ich bin weggegangen, weil ich nur so mein Leben retten und versuchen konnte, meinen Namen reinzuwaschen und mein Kind und mein Land zurückzubekommen«, erklärte James. »Ich hätte dich nie verlassen, nur weil du etwas Unartiges getan hast.«

Sie sah seine Wunden an und lächelte dann. »Na gut, dann sollte Big Marta jetzt wohl Eure Wunden versorgen, ich kann ja nicht zulassen, dass mein Vater den ganzen Keep mit Blut besudelt.«

James schloss sie in die Arme und drückte sie fest an sich, dann gab er ihr einen Kuss auf den Scheitel. Tränen traten ihm in die Augen, doch er blinzelte sie weg, weil er fürchtete, Meggie könne das vielleicht falsch deuten.

Als sie anfing, sich ein wenig zu winden, ließ er sie los. Ihm war klar, dass es ein Weilchen dauern würde, bis sich die Anerkennung als Vater in die Liebe eines Kindes zu seinem Vater wandeln würde.

»Ich glaube, Annora muss auch versorgt werden, Big Marta.«

Meggie setzte sich neben Annora und begann, ihr sanft über die Haare zu streichen. »Mach dir keine Sorgen, Annora, wir werden alle dafür sorgen, dass es dir bald besser geht.«

»Das ist schön«, sagte Annora und begann, von der Bank zu gleiten, außerstande, die Dunkelheit zurückdrängen, die sie schon so lange zu verschlingen drohte.

James schrie auf und griff nach ihr, doch schließlich war es Tormand, der sie auffing. Bevor James etwas sagen konnte, wurden er und Annora in ihre Kammern verfrachtet und dort versorgt. Es dauerte mehrere Stunden, bis seine Wunden gereinigt und genäht waren und er dafür gesorgt hatte, dass die drängendsten Probleme Dunncraigs in Angriff genommen wurden. Erst dann konnte er sich wieder mit Annora befassen.

»Hast du sie gesehen?«, fragte er Tormand, der gerade in sein Zimmer geschlendert war.

»Aye, sie schläft. Keine ihrer Verletzungen ist ernst, nur schmerzhaft.«

»Warum habt ihr sie nach Dunncraig mitgenommen, nachdem sie so schlimm verprügelt worden war?«

Tormand setzte sich auf die Bettkante und fing an, James zu berichten, was sich nach seiner Gefangennahme durch Donnell zugetragen hatte. »Also Bruder, du siehst wohl, wenn sich das Mädchen etwas in den Kopf gesetzt hat, lässt sie sich nicht mehr davon abbringen«, schloss er seinen Bericht.

Einen Moment lang war James sprachlos vor Rührung über das, was Annora für ihn getan hatte. Sich solcher Gefahr auszusetzen und trotz all ihrer Schmerzen weiterzumachen, musste bedeuten, dass ihr etwas an ihm lag. Das stimmte ihn so froh, dass es ihm schon fast peinlich war. Am liebsten wäre er sofort zu ihr geeilt, aber er wusste, dass er mit seinen Wunden vorsichtig sein musste.

Also lehnte er sich zurück und kam zu einem Entschluss. Sie durfte ihn nie mehr verlassen.

Er hoffte nur, dass sie seinem Plan zustimmte.

Doch bereits nach zwei Tagen merkte James, wie hart er um

das kämpfen musste, was er sich wünschte. Annora war nur selten gekommen, um ihn zu sehen, während er unter einem kurzen, jedoch heftigen Fieber litt. Bei ihren Besuchen hatte er gespürt, dass etwas anders war. Er wollte nicht zu viel in ihr förmliches Verhalten hineinlesen, schließlich war sie noch immer ganz steif von den Schlägen, und vielleicht brauchte sie auch ein wenig Zeit, um die Veränderung seiner Lebensumstände anzunehmen. Doch diese Erklärung konnte seine wachsende Angst keineswegs beschwichtigen: Annora zog sich langsam aber sicher von ihm zurück.

21

»Sie denkt daran, wegzulaufen, nicht wahr?«

Als Tormand nur mit den Schultern zuckte, starrte James ihn missmutig an. In Tormands verschiedenfarbigen Augen lag ein allzu bekanntes Glitzern: Sein Bruder rechnete damit, dass etwas Unterhaltsames passieren würde, wenn James sich mühte, die Frau festzuhalten, die er begehrte.

Für die Männer der Murrays hatte es einen ausgesprochen hohen Unterhaltungswert, wenn einer der ihren sich bei der Verfolgung seiner Auserwählten ins Zeug legen musste. James nahm sich vor, Tormand ordentlich zu verdreschen, sobald er wieder im Vollbesitz seiner Kräfte war. Seinem jüngeren Bruder musste unbedingt ein wenig mehr Achtung vor den Älteren beigebracht werden.

»Wo ist sie?«, fragte er, bemüht, möglichst gebieterisch zu klingen.

»Mit Meggie im Garten«, erwiderte Tormand und grinste, als James vorsichtig aufstand und sich am Bettpfosten festhalten musste, um nicht hinzufallen. »Brauchst du Hilfe?«, fragte er, auch wenn er wusste, dass das Angebot abgelehnt werden würde.

»Nay, es geht mir gut«, knurrte James, während er dagegen ankämpfte, in den Knien einzuknicken.

»Natürlich«, meinte Tormand gedehnt. »Allerdings glaube ich nicht, dass du in der Verfassung bist, ihr nachzustellen. Du würdest bäuchlings auf dem Boden landen, bis du bei ihr angekommen bist, und einen solchen Anblick möchte ein Mann seiner Geliebten nicht unbedingt bieten.«

»Aber ich kann doch nicht herumliegen und sie weglaufen lassen.«

»Sie wird nicht weglaufen, solange du so schwach und noch nicht vollständig genesen bist.«

»Ich bin nicht schwach«, murrte James, obwohl er wusste, dass das nicht stimmte. »Ich habe nur zu lange im Bett gelegen, deshalb ist mir ein wenig schwindelig.«

»Kein Wunder.«

»Es wird gleich vorbei sein.«

»Selbstverständlich.«

»Halt die Klappe. Warte – gehorche erst, wenn du mir erzählt hast, warum du glaubst, dass sie erst weglaufen wird, wenn ich wieder stark und gesund bin.«

»Wie ich schon sagte – sie will sich vergewissern, dass du auch wirklich wieder heil bist.«

James machten diese Worte etwas Hoffnung, doch leider nicht viel. Vielleicht blieb Annora so lange in Dunncraig, bis sie wusste, dass er ganz gesund war, vielleicht würde sie sogar ab und zu nach seinem armen, malträtierten Körper sehen – obwohl sie sich kaum hatte blicken lassen, seit es ihm wieder besser ging.

Vielleicht betrachtete sie es auch als ihre Pflicht, sich weiter um Meggie zu kümmern, bis er ein neues Kindermädchen für seine Tochter gefunden hatte. Da ihr MacKay oft auch die Pflichten einer Burgherrin übertragen und ihr befohlen hatte, sich um seine Gäste zu kümmern, würde sie vielleicht auch damit einstweilen weitermachen. Doch James musste sie an Dunncraig fesseln, bis er gesund genug war, um sie wieder einfangen zu können, wenn sie wegrannte.

Als er sich etwas sicherer auf den Beinen fühlte, ging er vorsichtig ein paar Schritte. Doch bei jedem Schritt zuckte er zusammen, da es in seiner noch nicht ganz verheilten Wunde in der Seite stach. Die Fäden waren zwar entfernt worden, doch die Wunde schmerzte noch immer bei jeder zu schnellen Bewegung. Ihm war klar, dass er sich noch ein paar Tage Genesung gönnen musste, bevor er sich ausmalen konnte, was er alles mit Annora tun wollte, sobald sie ihm wieder unter die

Finger kam. Ein Mann musste bei Kräften sein und sich einigermaßen geschickt bewegen können, wenn er vorhatte, seine Frau bis zum Wahnsinn zu lieben. Sein Bruder grinste immer noch, als James sich wieder ins Bett begab und zu verbergen versuchte, wie schwach er sich fühlte. Doch Tormands besorgter und mitfühlender Blick sagte James, dass ihm das nicht besonders gut gelang.

»Sorg dafür, dass sie auf Dunncraig bleibt, Tormand«, befahl er.

»Selbst wenn sie gehen möchte?«, fragte Tormand und trat an den Tisch, um einen Humpen mit starkem, dunklen Ale zu füllen und ihn James zu reichen.

»Aye, auch dann. Sperr sie in das verdammte Verlies, wenn es sein muss.« James nahm einen großen Schluck, froh darüber, dass das starke Bier rasch seine Schmerzen und die Spannung linderte, die ihm die Sorge um Annora bereitete.

Tormand lachte leise. »Ich glaube nicht, dass du mit deiner Werbung besonders weit kommst, wenn du sie ins Verlies steckst.«

»Ich komme damit auch nicht weiter, wenn ich sie verfolgen muss. Ich weiß nicht, warum, aber ich glaube, dass Annora es ausgezeichnet versteht, sich zu verstecken.«

»Möglich. Ich vermute, das arme Mädchen hatte viel zu viele Gelegenheiten, das zu lernen. Aye, vor allem das Kunststück, unsichtbar zu werden.«

James nickte langsam. »Ich fürchte, du hast recht. Sie macht sich zu viele Gedanken um ihre uneheliche Geburt und lässt sich von selbstgerechten oder grausamen Menschen wehtun. Viele ihrer elenden Verwandten hatten kaum je ein gutes Wort für sie. MacKay hat sie ab und zu so heftig geschlagen, dass sogar dieser Mistkerl Egan dazwischengegangen ist und ihn aufgehalten hat. Eine Verwandte hat sie in ihrer Kindheit zur Strafe stundenlang in kleine, dunkle Räume gesperrt.« Unwillkürlich musste er an Annoras ausgeprägte Angst vor der Dunkelheit denken. »Wenn du sie ins Verlies stecken musst, um sie am Weglaufen zu hindern, lass die Fackeln brennen und lass Meggie sie besuchen, wann immer sie möchte. Und gib ihr auch ihren Kater Mungo mit.«

Tormand verschränkte die Arme vor der Brust.

»Lieber würde ich einen Priester belügen als Annora ins Verlies sperren.«

»Du *hast* schon einmal einen Priester belogen«, entgegnete James geistesabwesend. Hauptsächlich war er noch immer mit dem Gedanken beschäftigt, wie man Annora auf Dunncraig festhalten konnte, wenn sie versuchte wegzugehen, bevor er in der Lage war, sie zum Bleiben zu bewegen. »Unseren Cousin Matthew, wenn ich mich recht entsinne.«

»Er ist kein Priester; er ist ein Mönch. Und ich habe ihn angeschwindelt, bevor er in seinen Orden eingetreten ist. Außerdem habe ich es getan, um seine Gefühle zu schonen. Er wusste nicht, dass das Mädchen, dem er so zugetan war, versucht hatte, mit jedem Murray ins Bett zu steigen, der nicht mehr als einen Tagesmarsch von ihrem Cottage entfernt lebte.«

»Sorg einfach dafür, dass Annora hierbleibt. Lass sie nicht aus den Augen, dann wirst du schon merken, wenn sie weglaufen will. Das Mädchen kann ihre Gefühle nicht besonders gut vor Menschen verbergen, von denen sie glaubt, dass ihr keine Gefahr droht und sie ihnen vertrauen kann. Inzwischen weiß sie bestimmt, dass sie dir vertrauen kann.«

»Menschen, die daran denken, sie in ein Verlies zu sperren?« Tormand ignorierte James' zornigen Blick. »Warum rufst du sie nicht einfach und redest mit ihr?«

»Das törichte Ding glaubt, sie sei nicht gut genug für mich. Deshalb muss ich wahrscheinlich ein wenig Überzeugungsarbeit leisten, bis sie glaubt, dass mir ihre Herkunft und das Fehlen einer Mitgift egal sind.«

»Aha, verstehe. Na ja, streng dich dabei nur nicht so an, dass du danach wieder das Bett hüten musst. Ich will Annora allerdings nicht allzu augenfällig verfolgen, sonst denken die Leute noch, dass ich ihr nachsteige.«

James schüttelte noch immer den Kopf über diese Bemerkung, als Tormand längst gegangen war. Schließlich sank er wieder in seine Kissen und zuckte zusammen bei dem Schmerz, der sich in seiner Wunde in seiner Seite regte. Obwohl er es satthatte, so schwach zu sein, dass er tagelang das Bett hüten musste, wusste er doch, dass er Ruhe brauchte. Doch gerade, als er die Augen schließen wollte, ging die Tür auf. Im ersten Augenblick war er tief enttäuscht, als er Meggie auf der Türschwelle stehen sah und nicht Annora, doch dann schenkte er dem Kind sogleich ein herzliches Begrüßungslächeln.

Sein Lächeln wurde breiter, als Meggie zu ihm aufs Bett hüpfte und ihn fröhlich angrinste.

»Wie geht es dir heute, Papa?«

Zu hören, wie Meggie ihn Papa nannte, war einer der süßesten Klänge, die er je vernommen hatte. Manchmal wunderte er sich, wie schnell sie ihn als ihren Vater angenommen hatte. Es war, als ob sich trotz der vielen Jahre, die sie getrennt gewesen waren, etwas in ihr noch an ihn erinnerte.

»Es geht mir mit jedem Tag besser«, erwiderte er. »Die Wunden haben sich geschlossen. Ich muss nur noch die Kraft zurückerlangen, die ich bei dieser Bettruhe verloren habe.«

»Damit du Annora nachlaufen kannst?«

Er lachte. »Aye, ganz genau. Wir können doch nicht zulassen, dass sie Dunncraig verlässt, oder?«

»Nay, das können wir nicht. Aber sie denkt daran, weißt du. Sie wirft immer wieder diesen Abschiedsblick auf mich.«

»Einen Abschiedsblick? Wie sieht der denn aus?«

»Sie sieht mich an und lächelt, aber in ihren Augen steht kein Lächeln. Sie sieht mich an, als ob sie mein Bild in ihr Gedächtnis einbrennen will.«

Auch ihm war dieser Blick schon aufgefallen, und es hatte ihn jedes Mal geschmerzt, wenn Annora ihn so betrachtet hatte. Anfangs hatte er nicht über eine Zukunft reden können, weil er nicht sicher gewesen war, überhaupt eine zu haben.

Dann hatte er sich zurückhalten müssen, weil sie nie allein gewesen waren; allerdings vermutete er, dass Annora dafür gesorgt hatte. Und jetzt war ihm verwehrt, mit ihr zu reden, weil sie ihm aus dem Weg ging.

»Ich kenne diesen Blick«, sagte er leise.

Meggie nickte. »Also musst du jetzt sehr bald wieder ganz gesund und stark werden, und dann kannst du ihr nachlaufen und ihr sagen, dass sie bei uns bleiben muss, weil wir sie brauchen.«

»Genau das habe ich vor, Mädchen.«

»Ich kann dir helfen. Ich bin nämlich sehr gut im Knotenmachen.«

James musste sich ein Lächeln verbeißen. »Das werde ich im Hinterkopf behalten, aber ich hoffe, ich kann Annora überzeugen zu bleiben, ohne dass ich sie dazu fesseln muss. Annora MacKay gehört uns, meine Meggie, und ich habe vor, ihr das begreiflich zu machen. Das hier ist ihr Zuhause, wir sind ihre Familie, hier soll sie bleiben.«

»Bist du jetzt bereit, deine Frau zur Strecke zu bringen?«, fragte Tormand drei Tage, nachdem James Meggie versprochen hatte, dafür zu sorgen, dass Annora blieb.

James warf einen letzten Blick in den kostbaren, sündteuren Glasspiegel, den MacKay im Schlafgemach des Lairds hatte anbringen lassen. Der Mann hatte zu viel für solchen unsinnigen Luxus ausgegeben, aber in diesem Moment war James ganz froh über den Spiegel. Außerdem freute er sich über seine roten Haare. Sich das Haar braun zu färben und dafür zu sorgen, dass es auch braun blieb, war ziemlich aufwendig gewesen. Bis auf die Narbe auf seiner Wange und ein paar Falten in seinem Gesicht sah er mehr oder weniger so aus wie früher, bevor all seine Schwierigkeiten begonnen hatten. Selbst nackt war er wohl auch ziemlich unverändert, abgesehen von der hässlichen roten Narbe in seiner Seite. Er hoffte inständig, dass er wie ein Mann aussah, den Annora lieben und heiraten wollte. Dass sie ihn in ihrem Bett haben wollte, wusste er, aber jetzt ging es ihm um weit mehr als nur um Leidenschaft.

»So bereit wie nur möglich«, erwiderte er. »Sobald die Wunden sich geschlossen hatten, habe ich mich ja zum Glück rasch erholt. Macht sie dir Ärger?«

»Manchmal habe ich das Gefühl, sie weiß, dass ich sie beobachte, auch wenn sie nicht weiß, warum. Und wenn sie mich wieder einmal ertappt, fängt sie an, sich mit irgendetwas schrecklich Langweiligem zu beschäftigen, nur um zu sehen, wie lange ich es aushalte. Mir war gar nicht klar, wie viele langweilige Dinge ein Mädchen im Lauf eines Tages verrichten muss.«

»Ich glaube, bei MacKays Wächtern ist sie genauso vorgegangen. Wenn die Burschen gründlich gelangweilt waren, sind sie gegangen, aber dann haben sie mit Egan Ärger bekommen.«

»So lästig diese Beobachterei ist – heute kam es noch schlimmer: Big Marta hat sich auf mich gestürzt. Sie hat mich am Ohr gepackt und mir befohlen, mich von deiner Frau fernzuhalten. Mir tut noch immer der Rücken weh, weil sie mich dazu gezwungen hat, mich eine schiere Ewigkeit zu bücken. Ich musste ihr stundenlang schwören, mich zu benehmen, und Süßholz raspeln, bis sie mir geglaubt hat, dass ich nur aufpasse, dass Annora nicht davonläuft, bevor du Gelegenheit hattest, sie dir zu schnappen und zu Verstand zu bringen.«

James lachte leise und schüttelte den Kopf. »Ich vermute, Big Marta hat dir viel rascher geglaubt, als du denkst. Aber sie hat es noch ein wenig ausgekostet. Diese Frau nutzt jede Gelegenheit, uns arme wirre Männer zurechtzuweisen.«

»Dann hat sie heute bestimmt ihren Spaß gehabt«, murrte Tormand und rieb sich das brennende Ohr, das Big Marta so gründlich missbraucht hatte. »Ich wollte dir nur sagen, dass dein Mädchen soeben in ihre Kammer geeilt ist, um sich für die Abendmahlzeit umzukleiden.«

»Wie überaus günstig. Das ist der perfekte Ort für mein Vorhaben.«

»Das dachte ich auch. Soll ich dafür sorgen, dass Meggie nicht versucht herauszufinden, ob du Annora schon überzeugt hast? Auch sie hat sie kaum aus den Augen gelassen. Und das Kind ist unheimlich geschickt im Bespitzeln, darüber solltest du dir im Klaren sein.«

James verzog das Gesicht und nickte. »Aye, es ist wohl besser, jetzt auf Meggie aufzupassen. Ich habe wahrhaftig keine Lust, einer Fünfjährigen zu erklären, wie ich Annora überzeugen will.«

Tormand lachte und machte sich auf den Weg, doch auf der Türschwelle blieb er stehen und wandte sich um.

»Ich weiß natürlich, dass du den einen oder anderen Zweifel gehegt hast, ob Meggie wirklich dein Kind ist ...«, fing er vorsichtig zögernd an. »Da Mary MacKays Geliebte war, auch nach Eurer Hochzeit ...«

»Meggie gehört mir. Dem Gesetz nach, dem Namen nach und deshalb, weil ich der Erste war, der sie in den ersten fünf Minuten ihres Lebens in den Armen gehalten hat. Es ist mir gleichgültig, wessen Samen sie erzeugte.«

»Das ist gut, aber ganz offenkundig war es deiner.«

Trotz seiner Versicherung und der Gewissheit, dass er Meggie lieben würde, egal, was passierte, machte James' Herz einen freudigen Sprung. »Du sagst das mit einiger Bestimmtheit.«

»Na ja, ich war mir vorher auch schon recht sicher, trotz ihrer sehr hellen Haare – die übrigens einen Rotstich haben, wenn die Sonne darauf scheint – und dieser großen braunen Augen hat sie viel von dir: die Art, wie sie lächelt, und auch ihr Kinn. Aber der endgültige Beweis ist wohl, dass MacKay offenbar unfähig ist, ein Kind zu zeugen.«

»Woher willst du das wissen?«

»Ganz sicher kann man sich vermutlich nie sein, es sei denn, jemand hat seine Männlichkeit komplett verloren, durch das Schwert eines wütenden Ehemanns zum Beispiel. Aber er hat nie ein Kind gezeugt.«

James runzelte die Stirn. »Ich dachte, ich hätte Gegenteiliges gehört.«

»Sehr wahrscheinlich wurde es von ihm oder Egan in Umlauf gesetzt. Nay, MacKay hat schon mit zwölf angefangen, mit Frauen ins Bett zu steigen, hat jedoch nie ein Kind gemacht. Auf der Schwelle vom Kind zum Mann hatte er einmal hohes Fieber und einen Ausschlag, vielleicht hat das seine Zeugungsfähigkeit zerstört. Die wenigen Kinder, die er zum Beweis seiner Manneskraft als seine ausgegeben hat, wurden von Egan gezeugt.«

»Das würde natürlich auch erklären, warum er so versessen darauf war, Meggie als sein Kind auszugeben; und wahrscheinlich erklärt es auch, warum er Annora unbedingt mit Egan verheiraten wollte.«

Tormand nickte.

»Er brauchte einen Erben für den Keep, den er gestohlen hatte. Aye, und mit einem Erben hätten der König und seine Berater auch die Möglichkeit gehabt, dafür zu sorgen, dass all die Leute, die ihre Finger in diesem bösen Spiel hatten, letztendlich etwas gewannen und sich einreden konnten, dass sie niemandem Unrecht getan oder verärgert hätten.«

»Wahrscheinlich war es dieses Wissen, das Egan vor MacKays Wutanfällen bewahrte, obwohl es dem Mann Macht über MacKay verlieh. Allerdings verstehe ich nicht, warum MacKay Egan nicht einfach umbrachte wie so viele andere, die eines seiner Geheimnisse aufgedeckt hatten. Für einen wie MacKay ist die Unfähigkeit, ein Kind zu zeugen, bestimmt sehr erniedrigend. Wie hast du das herausgefunden?«

»Ich habe es von einer Frau im Dorf, von der man sagt, dass sie seine Geliebte gewesen war, erfahren, bevor sie durch die Wut und Verachtung der Leute vertrieben wurde. Sie sagte, dass MacKay ihr eines Nachts erklärt habe, dass die Leute sich fragten, warum sie noch nicht schwanger sei, nachdem er sie schon so lange beschlief. Solche Fragen wollte er nicht zulassen. Er brachte sie deshalb dazu, so lange heimlich mit Egan ins Bett zu steigen, bis sie schwanger war. Dann machte

MacKay die Leute glauben, das Kind sei von ihm. Der Frau machte er klar, dass sie das Kind als seines auszugeben hatte und Egan nie erwähnen dürfte, oder sie würde eines sehr qualvollen Todes sterben.«

»Lebt das Kind bei ihr?«

»Nay, das kleine Mädchen lebt bei einer guten Familie im Dorf, die mehrere Kinder verloren hat und die Kleine gerne wollte. Das war für alle Beteiligten das Beste, denn diese Frau ist und bleibt eine Hure. Sie machte kein Hehl daraus, dass sie am liebsten die Mätresse eines reichen Mannes ist und vorhat, einen zu finden, bevor sie ihre Schönheit verliert.«

James schüttelte den Kopf. »Der Mann hatte wahrhaftig viele Geheimnisse.«

»Aye, und er hat darauf geachtet, dass sie möglichst mit den Leuten begraben wurden, die sie kannten. Zwischen ihm und Egan muss es eine starke Verbindung gegeben haben, sonst wäre der Mann wahrscheinlich schon tot gewesen, bevor er geschlechtsreif war.«

»Vermutlich wird uns noch mehr zu Ohren kommen. Egan ist jetzt tot, das wird die Zungen lockern. Das alles kann mir nur helfen. Ich bin jetzt zwar für unschuldig befunden worden und das Urteil auf Ächtung ist aufgehoben, aber je schwärzer MacKay wirkt, desto klarer ist meine Unschuld.« Er schubste Tormand auf den Gang und machte sich auf den Weg zu Annoras Kammer. »Jetzt ist es Zeit, mit meiner Lady zu sprechen.«

»Ich rechne damit, dass wir beim Abendessen auf eure baldige Hochzeit anstoßen können.«

James hoffte, dass Tormand recht hatte, aber er musste sich eingestehen, dass er unsicher war. Er wusste, dass Annora nicht mit jedem das Bett teilen würde, der sie küssen und berühren konnte, wie es ihr gefiel. Er wusste auch, dass sie von derselben Leidenschaft und demselben Verlangen befallen war wie er. Doch er wusste nicht, wie tief diese Empfindungen reichten, und ob sie von der Art waren, auf denen man eine Ehe gründen konnte. Er wollte, dass Annora ihn liebte. Wenn er das nächste Mal mit einer Gemahlin das Lager teilte, wollte er wissen, dass sie ihm gehörte, mit Leib und Seele, Herz und Verstand.

Annora saß seufzend auf ihrem Bett. Sie wusste, dass sie Dunncraig verlassen sollte, aber sie fand ständig neue Gründe zum Bleiben. Doch inzwischen gab es keine mehr. James war genesen, Dunncraig war erlöst, der Schatten, den Donnell auf Dunncraig-Keep geworfen hatte, war nahezu gänzlich verflogen, und Meggie war über alle Maßen glücklich, dass James ihr Vater war. Es bestand keine Notwendigkeit mehr zu bleiben, sie verlängerte lediglich ihren Schmerz, James und die kleine Meggie zu verlassen.

Wahrscheinlich musste sie sogar Mungo zurücklassen, dachte sie und spürte, wie ihr Tränen in die Augen stiegen, als sie den Kopf des Katers tätschelte. Ihre Verwandten würden sie für töricht halten, weil sie ein Haustier besaß. »Ich bin ein törichtes Weib. Töricht, töricht, töricht«, murmelte sie.

Mungo miaute leise und stupste sie an der Hand, denn sie hatte aufgehört, ihn zu streicheln.

Sanft begann sie, ihn hinter den Ohren zu kraulen. »Ich liebe James, Mungo. Ich liebe ihn aus tiefstem Herzen. Der Mann ist so wichtig für mich wie mein Atem. Aber ich muss ihn verlassen. Er ist der Laird einer vornehmen Familie und der Gastgeber von Verbündeten, die ihm seine Familie zugeführt hat und die ihn in ihr Heim und ihre Herzen aufgenommen haben. Viele dieser Verbündeten besitzen Macht und Einfluss am Hof. Ein armer, besitzloser Bastard ist keine Frau, die sich ein Laird wie Sir James Drummond zur Ehefrau wählen würde.«

Der Kater drehte sich auf den Rücken, damit sie ihm den Bauch kraulte.

»Ich weiß, dass du dich nicht besonders für all die Nöte der Menschen interessierst, Mungo, aber du könntest zumindest ein wenig Mitgefühl heucheln.« Sie kraulte seinen Bauch. »Ich muss mir nur noch überlegen, wohin ich gehe und wem ich mich als Nächstem aufdränge. Es wäre schön, wenn es jemand wäre, der in der Nähe von Dunncraig lebt, denn ich möchte mich ab und zu vergewissern können, dass es Meggie gutgeht.«

Bei dem Gedanken an Meggie musste sie lächeln. Das Kind hatte James ohne Vorbehalte als ihren Vater akzeptiert, und es war für jedermann sichtbar, wie sehr sie sich darüber freute. Das Einvernehmen, das zwischen James und Meggie bestand, hatte sich schon abgezeichnet, als alle ihn für einen Holzschnitzer namens Rolf Larousse Lavengeance gehalten hatten.

Annora schnitt eine Grimasse, als sie an diesen Namen dachte – Wolf, Rothaariger, Rache, das bedeuteten diese drei Wörter. Sie hätte sich die Zeit nehmen sollen, gründlicher darüber nachzudenken. Bei der Wahl seines Namens war James ziemlich direkt gewesen. Wenn Donnell nicht so viel Zeit damit vergeudet hätte, Geld auszugeben und Frauen ins Bett zu bekommen, hätte er das bestimmt auch bemerkt.

»Mit diesem törichten Namen ist er ein großes Risiko eingegangen«, murrte sie. »Um Dunncraig herum hätte ein enger Verbündeter Donnells genug Französisch verstehen können, oder mein Cousin hätte sich die Zeit nehmen können, mehr über ihn herauszufinden. Außerdem ist es seltsam, dass ich von einem Wolf mit rötlicher Färbung und grünen Augen geträumt habe, seit James in mein Leben trat.

Wahrscheinlich war es mir vom Schicksal bestimmt, hier zu sein und ihn zu treffen. Das wollte mir auch mein Traum sagen, und dahin wollte er mich führen. Ich wünschte nur, mir wäre auch gezeigt worden, wie ich James und Meggie helfen kann, ohne mein Herz an die beiden zu verlieren.« Unwirsch wischte sie eine Träne weg und drängte die anderen zurück. »Ich weiß, dass Gutes getan worden ist, aber ich wünschte, das Schicksal hätte jemand anders dafür gewählt. Das Schicksal ist ein grausamer Herr, wenn es mich an einen Ort zum Helfen schickt und mich dann in diejenigen verlieben lässt, denen ich geholfen habe, nur um mich wieder von ihnen zu trennen.«

Auf einmal richtete sich Mungo auf, sprang vom Bett und tappte zur Tür. Dort saß er und starrte sie an, miaute aber nicht laut wie sonst, wenn er hinauswollte. Sie würde ihren Kater vermissen, dachte sie, als sie aufstand und zur Tür ging. Er war auf Dunncraig ihr engster Freund gewesen, da Donnell ihr nicht erlaubt hatte, Freundschaften zu schließen.

»Und jetzt, wo ich die Chance habe, Freundschaften zu schließen und mich hier richtig einzurichten, muss ich gehen«, murrte sie und öffnete die Tür.

»Und warum, glaubst du, musst du gehen?«

22

Einen Herzschlag lang erwog Annora, James die Tür vor der Nase zuzuschlagen und zu verriegeln. Offenbar las er diesen Gedanken in ihrer Miene, denn er schob sie sanft, jedoch bestimmt zurück.

Dann ließ er Mungo hinaus und verriegelte die Tür eigenhändig. Nun stand er in ihrer Kammer, genau dort, wo sie ihn nicht haben wollte. Es war gefährlich für ihr Herz und ihren Seelenfrieden, mit diesem Mann allein zu sein – vor allem in einer Schlafkammer.

Und vor allem, weil er ausgesprochen gut aussah, dachte sie. Sie konnte der Versuchung nicht widerstehen, ihn gründlich von oben bis unten zu betrachten. Sie versuchte zwar, sich einzureden, sie wolle sich ja nur vergewissern, dass er gesund genug sei, um vor ihr zu stehen und sie mit gerunzelter Stirn anzusehen, doch im Grunde musste sie über diese faustdicke Lüge fast lachen. Mit seinem goldroten Haar und seinen schönen Kleidern sah er genauso aus wie das, was er war – ein richtiger Laird, bereit, die Herrschaft über sein Land zu übernehmen und mithilfe von Freunden und Verbündeten zur Macht zu kommen.

Und zu einer guten Heirat, dachte sie und wandte sich hastig ab. Auf einmal quälte sie sein Anblick, denn er machte ihr nur deutlich, wie fern sie einander waren. Sie hatte sich in den letzten Tagen nach Kräften von ihm ferngehalten in der Hoffnung, dass dies ihr Leid lindern würde, wenn sie ihn endgültig verlassen musste. Doch als sie ihn nun vor sich stehen sah, wusste sie, dass das töricht gewesen war. Er war ein Teil von ihr; ihm aus dem Weg zu gehen, änderte daran rein gar nichts.

Als sie seine Hände auf den Schultern spürte, verspannte sie sich. Sie hoffte nur, dass er nicht versuchen würde, mit ihr zu schlafen. Den Geschmack all dessen zu bekommen, wonach sie sich so verzehrte, und gleichzeitig zu wissen, dass sie ihn nie für sich würde beanspruchen können, wäre so qualvoll, dass sie gar nicht weiter darüber nachdenken wollte.

»Annora, was ist los?«

James drehte ihren steifen Körper zu sich und schloss sie in die Arme. Sie blieb steif, auch als er sie festhielt und ihr zärtlich über den schlanken Rücken streichelte.

Er bekam Angst, dass sie ihn bereits aus ihrem Herzen verbannt hatte, obwohl er nicht recht wusste, warum sie das hätte tun sollen.

»Ich bin froh, dass du wieder ganz gesund bist«, sagte Annora schließlich und widerstand der Versuchung, sich an ihn zu schmiegen und tief seinen sauberen, frischen Duft einzuatmen.

»Das fällt mir schwer zu glauben, wenn du steif wie ein Brett vor mir stehst«, erwiderte er gedehnt. »Aber wenn du es sagst, dann muss ich es wohl glauben, aye?«

Sie versuchte verzweifelt, seine Gefühle abzuwehren, doch es gelang ihr nicht. Er war verwirrt, verzagt und unruhig. Annoras Augen wurden ein wenig größer, als sie noch etwas anderes spürte: Er hatte Angst, und in ihm wuchs ein Schmerz, gegen den er sich nach Kräften sträubte. In ihrem Herzen regte sich ein Funke Hoffnung, von dem sie sich freilich nicht verführen lassen wollte. Dennoch wiesen die Gefühle, die sie in ihm spürte, auf mehr hin als nur auf Verlangen und Achtung.

»Aye«, flüsterte sie und entspannte sich ein wenig. »Glaub es mir.«

Er lehnte sich zurück und umfasste ihr Gesicht, um ihr in die Augen zu sehen. Dass sie die Arme um seine Taille gelegt hatte und nicht von ihm wich, linderte sein Unbehagen ein wenig. Der Kummer und die Verwirrung in ihren Augen sagten ihm jedoch, dass ihm ein schwerer Kampf bevorstand. Da er nicht wusste, was diese Gefühle in ihr ausgelöst hatte, wusste er auch nicht, was er tun oder sagen sollte, um diesen bekümmerten, verwirrten Blick aus ihren wunderschönen Augen zu verscheuchen.

»Du hast vor, uns zu verlassen, Annora, stimmt's?«

Sie errötete seltsam schuldbewusst. »Aye. Du bist jetzt wieder gesund und hast alles zurückbekommen, was du verloren hattest. Es wird Zeit, dass du wieder dein Leben als Laird führst.«

»Und du willst kein Teil davon sein?«

»Ich kann hier nicht weiter als Meggies Kindermädchen bleiben. Es wird sich vieles ändern, du wirst dich ins Zeug legen und mit deinen Nachbarn neue Verträge aushandeln müssen. Und du wirst dich bestimmt auch bei Hofe zeigen müssen, damit dich die mächtigen Leute dort kennenlernen und dir vertrauen. Und …«

Er küsste sie und legte all sein Verlangen in diesen Kuss. Einen Moment lang widerstand sie James, doch dann stieg die Leidenschaft in ihr auf, die er so liebte, und sie entspannte sich in seinen Armen und erwiderte den Kuss. Obwohl er nicht die Gabe hatte zu spüren, was in anderen vorging, konnte er die Verzweiflung und den Kummer in ihrem Kuss fast schmecken. Allmählich dämmerte ihm, dass Annora tun wollte, was sie für das Beste für alle Beteiligten hielt, und nicht das, was ihr wirklich am Herzen lag.

»Nay!«, schrie sie plötzlich und wand sich aus seinen Armen. »Wir können das nicht mehr tun. Du bist wieder der Laird. Hast du mir nicht gesagt, dass die Murrays dir beigebracht haben, aus Mägden keine Bettgespielinnen zu machen?«

»Annora, du bist nicht meine Bettgespielin!«, erwiderte er, zwischen Bestürzung und Ärger schwankend. »Habe ich dir je das Gefühl gegeben, das zu sein?«

»Aber was sollte ich denn sonst sein? Bin ich nicht deine Geliebte?«

»Meine Geliebte und meine Liebe!«

»Nay, James, ich kann nicht deine Liebe sein«, flüsterte sie verzagt. Wie gern hätte sie ihm geglaubt! Doch sie wusste, dass es keine Zukunft für sie geben konnte, selbst wenn er die Wahrheit sagte.

»Warum nicht?« James beschlich die Angst, dass er sich geirrt hatte und ihre Gefühle sich nur auf die Leidenschaft beschränkten und nicht bis in ihr Herz reichten. »Willst du mir sagen, dass du nicht mehr von mir wolltest als ein paar hitzige Liebesspiele?«

Annora errötete vor Zorn wie vor Verlegenheit über seine groben Worte. Sie wollte ihm eine aufgebrachte Antwort geben, doch dann zögerte sie. Sie spürte sehr starke Gefühle in ihm und fragte sich, ob sie sich vielleicht geirrt hatte. In James tobten Schmerz und Angst, und sie zweifelte nicht daran, dass sie der Anlass war. Aber es gab auch noch etwas anderes, etwas Starkes, Warmes, das zu benennen sie sich scheute.

Einen Moment lang dachte sie daran, etwas zu tun oder zu sagen, um ihn zu vertreiben, und dann aus Dunncraig zu fliehen. Doch das wäre feige gewesen.

Sie straffte die Schultern.

Nein, sie wollte jetzt nicht mehr feige sein. Es mochte viel Kummer vor ihr liegen, wenn sie dieses Gespräch fortsetzte, aber sie würde es durchstehen.

Wenn sie Dunncraig verließ, mussten alle Fragen geklärt sein.

»Wenn ich so eine Frau gewesen wäre, dann wäre ich keine Jungfrau mehr gewesen, stimmt's?«, sagte sie schließlich.

»Annora«, erwiderte er etwas sanfter. Er kämpfte gegen seine wachsende Angst an, die ihn dazu trieb, mit zornigen Worten zuzuschlagen. »Ich habe in dir nie eine Bettgespielin gesehen«. Vorsichtig legte er wieder die Hände auf ihre Schultern. »Wenn ich so einer gewesen wäre, hätte ich dann Mab vertrieben? Wenn es mir nur um ein hitziges Liebesspiel gegangen wäre, hätte ich ihr doch wahrhaftig ihren Willen lassen können.«

Das stimmte, dachte sie, doch dann verzog sie das Gesicht.

»Es war nicht sehr schwer, mich zu verführen, James, auch wenn ich mich dafür schäme.«

»Mir kam es vor wie eine Ewigkeit, wenn ich überlege, wie heftig ich dich begehrt habe.« Als sie flüchtig lächelte, legte sich seine Angst ein wenig. »Ich wollte nur dich, keine andere, obwohl die Zeit nicht günstig war, um dich zu werben.«

»Werben?«, flüsterte sie. Ihr Herz pochte mit neuer Hoffnung.

»Aye, Liebes. Ich weiß, dass es die Umstände nicht danach haben aussehen lassen, aber genau das habe ich getan. Annora ...« Er schloss sie in die Arme und atmete erleichtert auf, als sich diesmal ihr Körper nicht mehr angespannt anfühlte. »Ich brauche dich. Ich brauche dich hier. Ich brauche dich, damit du die Finsternis von meiner Seele fernhältst.«

Er küsste sie, und sie schmolz in seinen Armen. Er hatte weder von Hochzeit noch von einer Zukunft gesprochen, doch diesmal war es ihr gleichgültig. Seine Worte hatten all ihren Widerstand gebrochen. Zwar hatte er nicht klar gesagt, dass er sie liebte, aber was sonst hätten seine süßen Worte zum Ausdruck bringen sollen?

»Annora, meine geliebte Annora«, sagte er mit rauer Stimme und küsste ihren Hals.

»Aye, ich spüre genau dasselbe. Es ist wie ein Fieber.«

Er sagte nichts mehr, während er hastig erst sie, dann sich entkleidete. Annora wunderte sich, dass sie lachen konnte, als er sie ungestüm aufs Bett drückte und sich auf sie stürzte. Das Verlangen in ihr war so groß und heftig, dass ein Lachen fehl am Platze schien.

Dennoch war sie so froh, wieder in seinen Armen zu liegen, dass ein Lachen wohl doch passte. Als er anfing, sie heftig zu lieben, gab sie sich ohne einen weiteren Gedanken der gemeinsamen Leidenschaft hin.

Er vergrub sich tief in ihr und stöhnte laut auf vor Lust. »Dorthin gehöre ich«, sagte er und stemmte sich ein wenig von ihr ab, um sie zu küssen. »Das ist es, was ich brauche.«

»Ich brauche es auch, James. Ich fürchte, ich werde es immer brauchen.«

»Das solltest du nicht fürchten, Liebste.«

Sie klammerte sich an ihn, als er sie mit einer Wildheit liebte, derer sie offenbar beide bedurften. Annora schlang Arme und Beine um ihn, während er sie mit schwindelerregender Schnelligkeit zum Höhepunkt brachte. Bald erbebte sie unter der Erlösung, die so gewaltig und herrlich war, dass sie laut nach ihm schrie. Außerdem gestand sie laut, wie sehr sie ihn liebte. Die Sorge wegen dieses Geständnisses währte nicht lange, die Freude, die nur James ihr schenken konnte, besiegte sie rasch.

James säuberte sie beide von den Resten ihrer Leidenschaft, dann schlüpfte er wieder ins Bett neben eine unselig stumme Annora. Nur die Erinnerung an die Worte, die sie auf dem Gipfel der Leidenschaft geschrien hatte, hielten seine Ängste davon ab, mit voller Wucht zurückzukehren. Sie hatte gesagt, dass sie ihn liebte. Das verlieh ihm die Sicherheit, all ihre Sorgen bezwingen zu können.

»Was beunruhigt dich, Liebste?«, fragte er und schloss sie wieder in die Arme.

»Ach, James. Du bist jetzt wieder der Laird.«

»Das ist es? Findest du es denn nicht schön, dass ich jetzt für dich sorgen kann?«

»Nay, das ist es nicht. Ich bin ein Bastard ...«, fing sie an, doch er brachte sie mit einem ungestümen Kuss zum Schweigen.

»Deine Herkunft ist mir gleichgültig. Es ist mir gleichgültig, ob du Land oder Geld oder eine alte Tante hast, die mit den Vögeln redet.« Er lächelte ein wenig, als sie lachte. »Du gehörst mir, Annora.«

»Donnell hat Dunncraig nahezu ausgeblutet, James. Es muss sehr viel gerichtet und ersetzt werden. Du brauchst eine reiche Ehefrau mit Land und mächtigen Verwandten, sonst gelingt es dir nie, Dunncraig zu retten.«

Er legte sich auf sie und stützte sich mit den Händen ab, die er neben ihr Gesicht legte. »Ich brauche dich, Annora. Und du brauchst mich. Willst du etwa leugnen, dass du mich liebst?«

»Nay, das kann ich kaum, ich habe es ja laut herausgeschrien wie eine Irre. Aber vielleicht kannst du eine andere finden, die dich genauso liebt.« Annora fiel es unglaublich schwer, so etwas zu sagen. Das Letzte, woran sie angesichts ihrer einsamen Zukunft denken wollte, war, dass James eine andere liebte und von ihr geliebt wurde.

»Ich bin froh, dass du an diesen Worten fast erstickt bist. Hörst du denn gar nicht auf das, was ich sage? Ich brauche dich. Du bist meine andere Hälfte.« Er lächelte, als ihre Augen groß wurden, und merkte, dass er seine Gefühle wohl doch etwas genauer erklären musste. »Ich liebe dich, Annora. Ich liebe dich, wie ich noch nie jemanden geliebt habe und auch nie mehr lieben werde. Verstehst du mich? Du bist meine Gefährtin, die perfekte Partnerin für mich.«

Aus Angst, in Tränen auszubrechen, bevor sie alles richtig verstanden hatte, fragte sie mit kleiner, zittriger Stimme: »Soll das heißen, dass du mich heiraten möchtest?« Sie errötete. Vielleicht hatte sie seine Worte falsch gedeutet und sich soeben gründlich blamiert?

»Aye, Liebes, genau das soll es heißen, auch wenn ich es vielleicht ein wenig ungeschickt ausgedrückt habe. Als ich erkannt hatte, dass du meine Gefährtin bist, bin ich davon ausgegangen, dass wir heiraten werden, sobald ich aus meinen Schwierigkeiten mit MacKay heraus war. Ich muss mich wohl für meine Arroganz entschuldigen. Also, Annora MacKay: Willst du mich heiraten?«

»Oh, James, bist du dir wirklich sicher? Du könntest doch wahrhaftig eine viel bessere Partie machen.«

»Nay, das könnte ich nicht. Ich habe bereits einmal eine Frau geheiratet, von der alle dachten, sie sei die perfekte Gemahlin für einen Laird; und wir wissen beide, was dabei herausgekommen ist.«

»Hast du denn bei Mary auch gedacht, sie sei deine perfekte Gefährtin?«

»Niemals. Ich war es nur leid, danach zu suchen, ich wollte eine Familie und Kinder. Das, was viele Männer tun, um ihre fleischlichen Gelüste zu stillen, hat mich nie begeistert. Ich wollte eine liebevolle Frau in meinem Bett. Eine, bei der ich mir keine Sorgen machen musste, ob ich sie vielleicht ungewollt geschwängert hätte, oder die ich am nächsten Morgen bezahlen musste. Ich wollte eine Frau, die mir das schenkt, was aus purer Wollust Liebe macht.«

»Aber du hast Mary bekommen«, sagte sie. Einen Moment lang tat er ihr zutiefst leid.

»Aye, und sehr viel Ärger. Aber ich kann nicht alles bereuen, was daraus entstanden ist. Letztlich hat es dich in meine Arme geführt. Und jetzt sag mir: Hast du vor hierzubleiben? Willst du mich heiraten und mir Kinder schenken?«

»Oh ja. Ich kann nicht anders, weil ich dich liebe und es mich langsam umgebracht hat, daran zu denken, dich zu verlassen. Ich hoffe nur, dass deine Familie deine Wahl nicht allzu schlecht findet.«

»Sie werden dich lieben, weil du mich liebst.«

»Ich hoffe, dass es so einfach ist.«

Doch genau so einfach war es. Ein paar Stunden später hießen ein breit grinsender Tormand und einige Cousins von James Annora in der Familie begeistert willkommen. Ihnen allen schien hauptsächlich daran gelegen, James glücklich zu sehen, und Annora gestand jedem, der sie danach fragte, dass sie ihn liebte. Es gab nur noch ein kleines Hindernis, dachte sie, als sie sich suchend nach Meggie umsah.

»Sie steht dort drüben am Fenster und wirkt ein wenig verstimmt«, meinte James.

»Hast du ihr denn gesagt, dass du Annora gebeten hast, dich zu heiraten und nicht nur hierzubleiben?«, fragte Tormand und winkte seiner Nichte zu, die ihm matt zurückwinkte.

»Nay. Wahrscheinlich war das ein Fehler«, sagte James, der jetzt ganz zerknirscht aussah.

»Ich finde, du solltest jetzt gleich mit ihr reden und dich entschuldigen, bevor eure Hochzeit öffentlich verkündet wird. Wahrscheinlich hat sie bereits etwas in dieser Richtung gehört und ist deshalb jetzt verstimmt.«

Annora nickte und nahm James bei der Hand. »Ich glaube, Tormand hat recht. Wir haben ihr nicht gesagt, dass wir heiraten wollen, ja nicht einmal, dass du mich gefragt hast. Aber allen anderen haben wir es verkündet. Vielleicht ist sie deshalb gekränkt.«

Meggie begrüßte sie sehr zurückhaltend, sie schien also tatsächlich verletzt, weil niemand ihr von Annoras Plan, James zu heiraten, erzählt hatte. »Es tut mir leid, dass ich es dir nicht gesagt habe, Meggie«, meinte Annora zerknirscht. »Ich fürchte, ich war einfach zu aufgeregt und auch ein bisschen überrascht. Deshalb habe ich an nichts anderes denken können als an James und unsere Hochzeit.«

Meggie starrte sie einen Moment lang stumm an, dann verdrehte sie die Augen. »Soll das heißen, dass du wegen eines gut aussehenden Mannes ganz wirr im Kopf geworden bist?«

»Ja, so könnte man es wohl ausdrücken. Richtig, ich bin ganz wirr im Kopf geworden wegen deines sehr gut aussehenden Dads.«

»Aye, vermutlich ist er das«, meinte Meggie zurückhaltend, dann fiel ihr Blick auf James. »Aber du warst doch mit meiner Mutter verheiratet.«

»Das ist richtig«, meinte James und kauerte sich vor sie, um ihr in die Augen sehen zu können. »Wie du weißt, hat man mich fälschlicherweise beschuldigt, sie getötet zu haben, und mich dann geächtet. Ich musste um mein Leben rennen. Drei Jahre lang habe ich versucht, mein Ansehen wiederherzustellen, den wahren Mörder zu finden und alles zurückzubekommen, was mir gehört.«

»Dunncraig?«

»Aye, Margaret Anne, Dunncraig und dich. Glaube nie etwas anderes. Ich habe mein kleines Mädchen nie vergessen, und ich hatte immer fest vor, deinetwegen zurückzukommen. Deshalb bin ich zurückgekehrt. Es war mein Glück, dass ich Annora hier getroffen habe. Erlaubst du mir, dass ich sie heirate?«

Annora war gerührt, dass James so viel Verständnis für die Ängste eines kleinen Mädchens aufbrachte. Meggie war bestimmt unsicher, welche Rolle sie von nun an spielen würde. Indem ihr wiedergefundener Vater sie um Erlaubnis bat, das Kindermädchen zu heiraten, das ihr in drei Jahren so ans Herz gewachsen war, ließ er sie ebenbürtig an dieser Entscheidung teilnehmen. Annora hoffte jetzt nur, dass das Kind sich nicht störrisch zeigen und seine Einwilligung verweigern würde. Eine Ablehnung könnte ihnen viel Ärger mit dem Kind bereiten, weil James seine Entscheidung sicher nicht zurücknehmen würde. Er würde sich nur stur bemühen, Meggie umzustimmen.

Was er nicht wusste, war, dass die kleine Meggie genauso stur sein konnte wie er.

»Werden wir dann eine Familie sein?«, fragte Meggie.

»Aye, mein Mädchen, das werden wir«, sagte James, und mit einem Blick auf Tormand setzte er hinzu: »Eine sehr große Familie.«

»Ich wäre gern wieder eine Familie.«

»Also billigst du meinen Plan, Annora zu heiraten?«

Meggie grinste und umarmte ihn. »Dann wird sie auf alle Fälle auf Dunncraig bleiben, stimmt's?«

»Aye, mit Sicherheit.« James stand auf und fügte hinzu: »Aber wenn Annora und ich verheiratet sind, sollst du sie nicht mehr beim Vornamen rufen, sondern ...«

Annora legte ihm die Hand auf den Mund und lächelte Meggie an. »Wie du mich nennen willst, überlasse ich dir, Meggie-Schätzchen.«

»Danke, ich werde darüber nachdenken.« Meggie wartete

nicht ab, ob James noch etwas zu sagen hatte, sondern hüpfte zu ihrem Onkel.

»Warum hast du mich daran gehindert, ihr zu sagen, dass sie dich Mutter nennen soll, wenn wir verheiratet sind?«, fragte James. »Du wirst ihre Mutter sein, deshalb soll sie dich auch so nennen.«

»Nur nach dem Gesetz. Meggie weiß, dass Mary ihre Mutter war. Sie war zwar keine gute Mutter, aber das spielt keine Rolle. Ich wollte nicht, dass du Meggie befiehlst, mich Mutter zu nenne. Ich möchte, dass das Kind mich freiwillig so nennt.«

James seufzte und legte den Arm um ihre Schultern. »Wie du meinst. Sollen wir es jetzt öffentlich verkünden? Es wissen zwar ohnehin schon alle, dass wir so bald wie möglich heiraten wollen, aber bei so etwas erwartet jeder eine öffentliche Verkündigung.«

»Eine öffentliche Verkündigung und danach Ale in Strömen«, murmelte Annora, als sie zur Hohen Tafel schritten.

»So ist es Brauch.«

In der Halle wurde es mucksmäuschenstill, als James mit seinem Pokal mehrmals auf den Tisch klopfte. Annora stand neben ihm und hielt seine Hand, als er verkündete, dass er Annora MacKay gebeten habe, seine Frau zu werden, und sie eingewilligt habe. Sobald der Jubel verstummt war, erklärte er, dass die Hochzeit so bald wie möglich stattfinden und es ein sehr großes Fest geben würde.

»Mit so viel Begeisterung habe ich nicht gerechnet«, sagte Annora, als sie sich neben James setzte.

»Sie lieben dich, mein Schatz, genau wie ich.« James gab ihr einen raschen Kuss. »Sie wissen, dass du hierher gehörst, und freuen sich, dass ihr Laird so vernünftig war, das ebenfalls zu erkennen.«

Annora errötete und betrachtete all die Leute, die sich in der Großen Halle versammelt hatten. Sie hatte geglaubt, die Menschen auf Dunncraig würden sie gar nicht kennen, und wenn doch, dann wäre sie nicht besonders beliebt, da Donnell sie ja stets von allen anderen möglichst ferngehalten hatte. Am meisten freute die Leute wahrscheinlich, dass James wieder gesund und stark war und über Dunncraig herrschte. Aber Annora wusste, dass viele Leute sich auch aufrichtig für sie freuten. Mit Tränen in den Augen sah sie James an, als er ihr einen kleinen Kuss auf die Wange drückte.

»Du bist jetzt zu Hause, mein Schatz«, sagte er leise. »Vergiss das nie!«

Und darüber freute sie sich am allermeisten. Endlich hatte sie ein Zuhause gefunden.

Epilog

Ein Jahr später

Ist sie noch nicht fertig?«

James sah seine Tochter an. Trotz seiner wachsenden Angst um Annora und das Kind, das sie gerade gebar, musste er fast lächeln. Meggie hatte die Hände in die Hüften gestemmt und starrte ihn durch ein Gewirr goldblonder Locken finster an. Offenbar hatte sie gedacht, Annora würde sich mit ein paar Frauen ins Schlafgemach zurückziehen und bald darauf alle rufen, um ihnen Meggies neuen Bruder oder neue Schwester vorzustellen. Seine Tochter wusste noch nichts von den Gefahren einer Geburt, und er wollte sie lieber erst später darüber aufklären. Nun schickte er ein Stoßgebet gen Himmel, dass Annora diese Prüfung heil und mit einem gesunden Kind in den Armen überstehen möge.

Er dachte an den Tag von Meggies Geburt und entsann sich nicht, damals auch so viel Angst um Mary oder das Kind gehabt zu haben. Mary hatte sich die ganze Geburt hindurch lautstark über ihn beschwert und geklagt, dass sie seinetwegen all die Schmerzen erlitt. Wahrscheinlich hatten ihre Klagen, die durch den ganzen Keep hallten, so stark und gesund geklungen, dass man sich kaum Sorgen um Marys Wohl hatte machen müssen. Seine anfänglichen Sorgen hatten sich bei Marys Geschimpfe rasch gelegt.

Von Annora hingegen war die ganze Zeit kaum etwas zu hören, und das machte James wirklich unruhig. Mittlerweile war er an die Tür zur Großen Halle getreten, jederzeit bereit, nach oben zu Annora zu eilen. Da packte ihn jemand am Arm. Es war sein Bruder Tormand, der ihn breit angrinste, ein belustigtes Funkeln in den verschiedenfarbigen Augen. Am liebsten hätte ihn James geohrfeigt, um diesen Ausdruck aus seinem Gesicht zu vertreiben.

»Was willst du?«, fragte er unwirsch. »Und hör auf mit diesem verfluchten Grinsen.«

»Ich wollte dich nur zurückhalten, damit du nicht nach oben stürmst und die arme Annora zu Tode erschrickst«, erwiderte Tormand. »Du hast so ausgesehen.«

»Wie ausgesehen?«

»Wie ein Verrückter, der glaubt, seine Frau wird gefoltert, und der jetzt unbedingt zu ihr will, um sie vor den Gefahren einer Geburt zu beschützen. Das klappt nicht, Bruder. Das hat es noch nie, und das wird es auch zukünftig nicht. Es würde nur die Ängste deines armen Mädchens vergrößern.«

Tormand hatte die Stimme gesenkt. James warf einen kurzen Blick auf Meggie und stellte fest, dass sie ihn sehr genau beobachtete. »Aye, du hast recht«, sagte er und trat an eines der großen Fenster der Großen Halle, die auf den Hof hinausgingen und einen Blick auf das Burgtor boten. »Das haben wir von den Frauen in unserer Familie oft genug gehört, ich hätte daran denken sollen.«

»Stimmt es, dass MacKay farbige Glasfenster einsetzen wollte wie in einer Kirche?«, fragte Tormand. »Für wen hat dieser Narr sich eigentlich gehalten?«

»Für einen Laird, der König werden konnte, wenn er nur klug genug war.« James dachte an die großen Buntglasscheiben, die einige Monate nach MacKays Tod nach Dunncraig geliefert worden waren. »Der Narr hat offensichtlich zu viele Jahre in Frankreich verbracht und all den Überfluss gesehen, den sich der dortige Adel leistet. So etwas Ähnliches wollte er wohl auf Dunncraig schaffen, das eitle Schwein.«

Tormands unschuldiges Gesicht ließ James innerlich fluchen. Ihm war klar, welches Spielchen sein Bruder spielte. Er wollte den sorgenerfüllten Ehemann von seiner Ehefrau und dem Geburtsgeschehen ablenken. Am meisten ärgerte James, dass es wirklich eine Weile funktioniert hatte. Zögernd gestand er sich ein, dass er gern abgelenkt worden war und sich wieder gern ablenken ließ, was aber nicht hieß, dass er sich gern manipulieren ließ.

»Ich glaube, sobald MacKay seinen Hintern auf den Stuhl des Lairds gepflanzt hatte, begann sein Hirn zu verrotten«, sagte James. »Aye, er wollte Buntglasfenster. Vor Kurzem wurden riesige Scheiben geliefert. Sie waren alle bezahlt, also konnte ich sie nicht mehr zurückschicken. Aber ich kann die verfluchten Dinger auch nicht in meine Fensteröffnungen einsetzen, weil sie den Blick auf den Hof verhindern, und außerdem sperren sie dann auch noch das wenige Sonnenlicht aus, das in diesen Raum fällt. Aber der Hauptgrund, warum ich sie nicht haben will, sind die Bilder.«

»Aha, wahrscheinlich sind es lauter lüsterne nackte Weiber, stimmt's? Szenen wüster Ausschweifungen?«

»Aye, was sie so entsetzlich macht, ist, dass der Mann im Zentrum all dieser dargestellten Lüsternheit MacKay ist, mit Egan, sitzend zu seiner Rechten. Beide splitterfasernackt, beide von großbusigen Frauen flaniert. Und beide mit einem Gemächt, würdig eines mythischen Bullen.«

Tormand schüttelte sich vor Lachen, er musste sich an die Wand lehnen, um nicht umzufallen. »Das ist nicht dein Ernst.«

»Traurig, aber wahr, so ist es.«

»Wenn es in Frankreich solche Sachen gibt, habe ich wahrscheinlich etwas versäumt, weil ich unsere Verwandten dort drüben nie besucht habe.«

»Ich glaube nicht, dass man in Frankreich solchen Unsinn hat.«

»Sag mir, wo du sie gelagert hast, diese Wunder will ich unbedingt mit eigenen Augen sehen.«

»Annora hat sie gesehen und so schallend gelacht, dass ich schon Angst hatte, sie würde auf der Stelle ihr Kind gebären.«

»Sind sie so lustig?«

»Sie sind gut gearbeitet, die Farben sind wirklich prächtig.

Aber so, wie Mackay und Egan gemalt sind, wirkt das Ganze wie ein einziger überaus teurer Witz, auch wenn es wirklich einigermaßen erregend ist. Ich habe ein paar Leute gebeten, sich im Sommer die Malereien anzuschauen und mir zu sagen, ob man sie irgendwie bereinigen kann. Ein paar Stücke sind trotz der lüsternen Darstellungen sehr schön, außerdem sind letztere Glasbilder nur Teil einer großen Szene. Den König und seinen Hofnarren mit ihren Ausstattungen könnte man wahrscheinlich rauslassen.«

»Ich glaube, ich muss mir die Fensterscheiben wirklich ansehen. Vielleicht kaufe ich dir eine oder zwei ab, wenn sie so gut sind, wie du behauptest.«

»Willst du Fenster mit wüsten Gelagen für dein Heim?«

»Man muss solche Glasmalereien ja nicht unbedingt in eine Fensteröffnung einsetzen, sie brauchen doch nur etwas Licht, das hindurchscheint, damit die Farben wirken, oder? Man kann sie bestimmt noch anders verwenden, einfach als auf Glas gemalte Bilder – zumindest die Glasbilder, die nicht mit MacKays und Egans göttergleichen Abbildern gesegnet sind.«

James dachte eine Weile nach, dann nickte er bedächtig. Die eine oder andere Scheibe war wirklich sehr schön, und die dargestellte Lüsternheit stellte nur einen kleinen Teil ihrer Faszination dar. Doch es gab noch etwas, was er Tormand bestimmt nicht erzählen würde: Als er und Annora sich nach ihrem Lachanfall wieder so weit gefasst hatten, um die Scheiben genauer zu betrachten, waren sie sehr lüstern geworden. Sie hatten die Tür zum Lager verriegelt und auf der Stelle auf dem Steinboden miteinander geschlafen.

Es gab sogar eine Scheibe, die er ganz gern selbst behalten hätte, denn die Frau darauf sah Annora sehr ähnlich, auch wenn sie darüber einigermaßen entsetzt gewesen war. James vermutete, dass MacKay Annoras Schönheit erkannt hatte, obwohl er immer so grausam zu ihr gewesen war. Er dankte Gott, dass der Mann sich trotzdem nie dazu hatte hinreißen lassen, seine Cousine zu erobern. Lüsterne Gedanken hatte er jedenfalls gehegt, das zeigte die sinnliche Frau auf dem Glasbild ganz deutlich. Dass auf einem anderen Bild ein Mann zu sehen war, der ihm in seiner Tarnung als Rolf recht ähnelte, ließ ihn hingegen kalt. Annora dagegen hatte es fasziniert, nachdem sie die Eifersucht überwunden hatte, ihn mit anderen Frauen zu sehen. James hatte auch nicht die Absicht, sich die exquisit illustrierten Bücher über die unterschiedlichsten Arten des Liebemachens oder die Wandteppiche im Schlafzimmer des Lairds, die auch die Lüsternheit darstellten, zu eigen zu machen.

»MacKay mochte offenbar die üblichen religiösen Darstellungen oder moralischen Allegorien nicht, ja nicht einmal die Jagdszenen, wie sie in der Kunst oft zu finden sind«, sagte er schief lächelnd. »Mir war gar nicht klar, dass man mit Glasmalereien oder auch mit Stickereien solche eher irdischen Dinge vermitteln kann.«

»Wenn ein Künstler geschickt genug ist, kann er Bilder von allem machen, was gewünscht wird«, erwiderte Tormand. »Offenbar wollte MacKay sich mit Werken umgeben, bei denen alle anderen sich abwenden würden. Ich habe schon einige irdischere Dinge dargestellt gesehen, doch MacKay plante wohl Dunncraig Keep zu einer Art Bastion lüsterner Kunstwerke zu machen.« Plötzlich fasste Tormand James wieder am Arm. »Big Marta kommt.«

Da Big Marta eine der Frauen war, die bei der Geburt seines Kindes mithalfen, erstarrte James. Er merkte, dass Tormand ihn festhielt, um ihn zu stützen, vielleicht aber auch, um ihn daran zu hindern, gleich loszustürmen. James verschränkte die Hände hinter dem Rücken, um möglichst ruhig zu wirken. Er blickte nach unten, da sich plötzlich etwas an sein Bein lehnte, und stellte fest, dass es Meggie war. Seine Tochter ahnte wohl doch, dass eine Geburt gefährlich war. Er legte den Arm um ihren schmalen Körper.

»Na, Junge«, meinte Big Marta, als sie vor ihm stand. Ganz offenkundig kostete sie den Moment aus, da alle in der Großen Halle verstummt waren und darauf warteten, dass sie etwas sagte. »Ihr habt Euch eine wackere Gebärerin ausgesucht. Ihre Schmerzen waren gar nicht so schlimm, nur die letzte Stunde war ziemlich heftig.«

Obwohl ihm die Knie vor Erleichterung weich wurden, schaffte es James, mit ruhiger Stimme zu fragen: »Annora und dem Kind geht es also gut?«

»Aye, das tut es. Ihr habt einen strammen Sohn!«, verkündete Big Marta und grinste, als alle in Jubel ausbrachen. »Und auch Eurer Gemahlin geht es gut, sie ist nur etwas müde nach dieser schweren Arbeit.«

Kaum hatte Big Marta den Satz beendet, stürmte James schon die Stufen ins Geschoss hinauf, wo die herrschaftlichen Gemächer lagen. Nach wenigen Schritten merkte er, dass etwas an seinem linken Bein hing. Das Gelächter in der Großen Halle war viel zu groß, um allein der Reaktion eines besorgten neuen Vaters zu gelten, der es kaum erwarten konnte, seine Frau und seinen neugeborenen Sohn zu sehen. James blieb stehen und blickte in Meggies lustig funkelnde braune Augen. Sie hatte sich mit Armen und Beinen an sein Bein geklammert und nicht losgelassen, als er losgerannt war. Lachend hob er sie hoch und warf sie sich über die Schulter, dann eilte er weiter. Tormand war ihm auf den Fersen, denn er war erwählt worden, den neuen Erben von Dunncraig zu begutachten und dann den vielen Cousins, die in der Großen Halle warteten, die frohe Kunde zu überbringen.

Annora machte große Augen, als sie James ins Schlafgemach stürzen sah, eine kichernde Meggie auf den breiten Schultern und einen grinsenden Tormand im Schlepptau. Sobald ihre Überraschung gewichen war, begrüßte sie alle, die sich nun um sie und ihren Sohn versammelten, mit einem frohen Lächeln. Da sie von vielen schlimmen Geburten gehört hatte, die zuweilen sogar mit dem Tod der Mutter endeten, hatte sie ziemlich Angst gehabt, doch bei ihr war alles recht reibungslos verlaufen.

Obwohl sie wusste, dass sie Glück gehabt hatte, war ihr klar, dass sie sich auch bei James' Pflegefamilie zu bedanken hatte. James, zierliche, reizende Mutter Bethia und einige seiner Cousinen waren vor einigen Monaten zu Besuch nach Dunncraig gekommen, da sie gewusst hatten, dass sie zum Zeitpunkt der Geburt wahrscheinlich nicht da sein konnten. Die Frauen hatten Big Marta, Annora und ein paar anderen Frauen viele nützliche Ratschläge gegeben. Dieses Wissen würde von nun an vielen Kindern und Müttern in Dunncraig das Leben retten.

»Warum ist er nicht knallrot und verschrumpelt wie Morags kleine Schwester, Mama?«

Als Annora das Wort *Mama* aus Meggies Mund hörte, wäre sie fast in Tränen ausgebrochen. Auf diesen Beweis, dass Meggie sie als Mutter akzeptierte, hatte sie beinahe ein ganzes Jahr warten müssen. Als sie nun zu James sah, bemerkte sie, dass auch seine Augen feucht waren. Offenbar hatte er es mitbekommen und war ebenso gerührt wie sie. In Meggies großen Augen stand eine gewisse Unsicherheit. Annora wusste, dass sie ihre Tränen erst einmal zurückdrängen musste.

Sie lächelte Meggie an. »Er ist ein großer Bursche, Meggie-Schätzchen. Ich glaube, deshalb sieht er anders aus. Morags Schwester war winzig klein.« Sie wäre bestimmt gestorben, wenn nicht die Murray-Frauen genau zu dieser Zeit nach Dunncraig gekommen wären und mit ihrem Wissen Morags Mutter rasch geholfen hätten, das Kind am Leben zu halten.

»Wie heißt mein Bruder? Mungo?«, fragte Meggie und betrachtete den Kleinen eingehend.

»Nay, wir nennen unseren Sohn doch nicht nach einem Kater«, sagte James und gab Tormand einen kleinen Klaps, als dieser zu lachen anfing.

»Es ist nicht nur der Name eines Katers«, protestierte Annora. »So hieß mein Freund aus meiner Kindheit.«

»Dann hättest du den Kater nicht so nennen sollen. Ich biete dir die Wahl zwischen Niocal und Quinton.«

Das fand Annora ein bisschen selbstherrlich, doch sie beschloss, nicht mit ihm zu streiten. »Dann eben Quinton. Quinton Murray Drummond.«

»Na, das ist doch ein hübscher Name, darüber werden sich die Alten sicher freuen«, sagte Tormand und nahm Meggie bei der Hand. »Komm mit, meine Hübsche, und hilf mir, den Cousins die Neuigkeit zu überbringen.«

Meggie entwand sich seinem Griff und eilte noch einmal zu Annora, um sie rasch zu umarmen und zu küssen. Annora erwiderte die Liebkosung herzlich. Dann war sie mit James und ihrem Kind allein. Er setzte sich vorsichtig aufs Bett neben sie und küsste sie so zärtlich, dass ihre Zehen vor Wonne zu kribbeln begannen, auch wenn sie von der Geburt noch ziemlich mitgenommen war. Als er die Arme nach Quinton ausstreckte, zögerte sie nicht, ihm das Kind zu überreichen.

Geduldig wartete sie, bis er den Kleinen von seinen Wickeltüchern befreit hatte. Nachdem Big Marta ihr das Kind in die Arme gelegt hatte, hatte sie erst einmal dasselbe getan. Nun zählte sie noch einmal zusammen mit James leise jeden kleinen Finger und jede Zehe. Als er ihr Kind wieder gewickelt hatte und sie ansah, waren ihre Augen genauso feucht wie die seinen. Er blinzelte die Tränen weg, setzte sich wieder aufs Bett und legte den Arm um sie, während der kleine Quinton in seiner anderen Armbeuge geborgen schlummerte.

»Du hast mich sehr stolz gemacht, Liebste«, sagte er leise und drückte ihr einen Kuss auf die Stirn.

Annora schmiegte den Kopf an seine Schulter und ließ das schlafende Kind nicht aus den Augen. »Quinton ist ein Wunder, bei dessen Entstehung wir beide beteiligt waren.«

»Aber du hattest die meiste Arbeit.«

»Na gut, das will ich nicht leugnen.«

»Hast du denn noch viele Schmerzen?«

»Nay, aber es zwickt schon noch ein bisschen, und ich bin sehr müde.«

»Ich habe mir schon Sorgen gemacht, weil du gar keinen Laut von dir gegeben hast.«

»Oh, das habe ich schon, aber ich habe nicht so laut geschrien, dass es der wartende Vater mitbekommt.« Sie langte an James' breiter Schulter vorbei, um die weiche Wange ihres Sohnes zu streicheln. »Er ist jedes bisschen Schmerz wert, jedes Stöhnen, jedes Wimmern, jedes Unbehagen.«

»Oh ja, und auch jedes graue Haar, das mir in den letzten paar Stunden gewachsen ist, in denen ich mich so schrecklich hilflos gefühlt habe.« James grinste, als sie lachte, dann fuhr er sehr sanft über Quintons Kopf. »Er hat deine dicken schwarzen Haare. Hat er auch blaue Augen?«

»Jetzt schon, aber ich hoffe, dass sie später grün werden. Meggie hat mich Mama genannt«, flüsterte sie und spürte wieder Tränen aufsteigen.

»Endlich! Aber du hattest recht, es war besser, ihr die Entscheidung zu überlassen. Ich fand nur, dass du ihr eine bessere Mutter bist, als Mary es je gewesen ist, und wollte dir die Ehre dieses Namens gleich zukommen lassen.«

»Es bedeutet weitaus mehr, wenn es aus ihrem Herzen kommt und nicht, weil ihr geliebter Vater es ihr befohlen hat.«

»Aye, das dachte ich auch, als sie es endlich gesagt hat. Ich will nur immer alles gleich haben, und dann muss ich mir vorsagen, dass es manchmal besser ist, ein wenig zu warten. Aber jetzt habe ich ja dich, jetzt kannst du das für mich tun.«

»Aye, aber ich kann dich gut verstehen. Mir geht es oft genauso. Ich wollte dich auch sofort haben. Und sobald ich wusste, dass ich dein Kind unterm Herzen trug, wollte ich es sofort in den Armen halten. Es ist sehr verführerisch, immer alles gleich haben zu wollen.«

»Nun, ich werde nicht mehr in Versuchung geführt. Ich habe jetzt alles, was ich will.«

Sie sah ihn liebevoll an, und er gab ihr einen zärtlichen Kuss. Dann murmelte sie: »Mir geht es genauso. Ich habe meinen großen, roten Wolf mit den grünen Augen.« Er errötete ein wenig, so wie beim ersten Mal, als sie ihm von ihrem Traum erzählt hatte.

»Ich liebe dich, Annora. Du bist mein Ein und Alles.«

»Und ich liebe dich. Ich habe dich vom ersten Moment an geliebt, ich habe dich geliebt, als du mich vor Egan gerettet hast, vor allem aber, als du bereit warst, alles aufzugeben und mich nach Frankreich zu bringen, um mich vor dem Mann zu bewahren. Und mit jedem Tag liebe ich dich mehr. Du hast mir alles gegeben, was ich mir je erträumt habe.«

»Wirklich?«

»Aye. Du hast mir eine Familie gegeben, eine große, laute, liebevolle, streitende, fröhliche Familie. Du, ich, Meggie und jetzt Quinton und alle anderen Kinder, mit denen wir hoffentlich noch gesegnet werden, sind der Kern dieser Familie. Aber auch alle anderen sind die reine Freude, ob blutsverwandt oder nicht. Danke, Gemahl!«

»Ach, Mädchen. Ich bin derjenige, der zutiefst dankbar sein muss. Du hast die Finsternis aus meiner Seele vertrieben und mir wieder ein Herz geschenkt.«

Sie kuschelte sich an ihn, tief bewegt von seinen Worten und der tiefen, unerschütterlichen Liebe, die sie in ihm spüren konnte, einer Liebe, die das perfekte Gegenstück war zu der Liebe in ihrem eigenen Herzen. »Wir sind ein perfektes Paar, mein Wolf.«

»Das sind wir, Liebste, das sind wir wirklich.«